中國小說史略

魯迅 著

題　記

　　回憶講小說史時，距今已垂十載，即印此梗概，亦已在七年之前矣。爾後研治之風，頗益盛大，顯幽燭隱，時亦有聞。如鹽谷節山教授之發見元刊全相平話殘本及"三言"，並加考索，在小說史上，實爲大事；即中國嘗有論者，謂當有以朝代爲分之小說史，亦殆非膚泛之論也。此種要略，早成陳言，惟緣別無新書，遂使尙有讀者，復將重印，義當更張，而流徙以來，斯業久廢，昔之所作，已如雲煙，故僅能於第十四、十五及二十一篇，稍施改訂，餘則以別無新意，大率仍爲舊文。大器晚成，瓦釜以久，雖延年命，亦悲荒涼，校訖黯然，誠望傑構於來哲也。

一九三〇年十一月二十五日之夜，魯迅記

序　言

　　中國之小說自來無史；有之，則先見於外國人所作之中國文學史中，而後中國人所作者中亦有之，然其量皆不及全書之什一，故於小說仍不詳。

　　此稿雖專史，亦粗略也。然而有作者，三年前，偶當講述此史，自慮不善言談，聽者或多不憭，則疏其大要，寫印以賦同人；又慮鈔者之勞也，乃復縮爲文言，省其舉例以成要略，至今用之。

　　然而終付排印者，寫印已屢，任其事者實早勞矣，惟排字反較省，因以印也。

　　自編輯寫印以來，四、五友人或假以書籍，或助爲校勘，雅意勤勤，三年如一，嗚呼，於此謝之！

一九二三年十月七日夜，魯迅記於北京

中國小説史略　目錄

漢文學史綱要　目錄

中國小說史略

第一篇

史家對於小說之著錄及論述

《庄子》書影

小說之名，昔者見於莊周之云「飾小說以干縣令」❶（《莊子》《外物》），然案其實際，乃謂瑣屑之言，非道術所在，與後來所謂小說者固不同。桓譚❷言「小說家合殘叢小語，近取譬喻，以作短書，治身理家，有可觀之辭。」（李善注《文選》三十一引《新論》）始若與後之小說近似，然《莊子》云堯問孔子，《淮南子》云共工爭帝地維絕，當時亦多以為「短書不可用」，❸則此小說者，仍謂寓言異記，不本經傳，背於儒術者

---

❶ 「飾小說以干縣令」，語見《莊子·雜篇·外物》。

❷ 桓譚（前？—56年），字君山，東漢沛國相（今安徽淮北市）人，撰有《新論》，《隋書·經籍志》著錄十七卷，已散佚。

❸ 「短書不可用」，語見《太平御覽》卷六○二引桓譚《新論》。

矣。後世眾說，彌復紛紜，今不具論，而征之史：緣自來論斷藝文，本亦史官之職也。

　　秦既燔滅文章以愚黔首，漢興，則大收篇籍，置寫官，成哀二帝，復先後使劉向及其子歆校書祕府，歆乃總群書而奏其《七略》❹。《七略》今亡，班固作《漢書》❺，刪其要爲《藝文志》，其三曰《諸子略》，所錄凡十家，而謂「可觀者九家」❻，小說則不與，然尚存於末，得十五家。班固於志自有注，其有某曰云云者，唐顏師古❼注也。

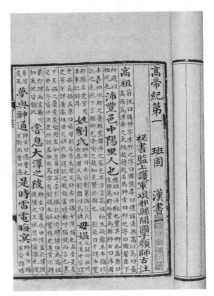

《漢書》內頁

　　《伊尹說》❽二十七篇。（其語淺薄，似依託也。）
　　《鬻子說》❾十九篇。（後世所加。）
　　《周考》❿七十六篇。（考周事也。）

---

❹ 劉向（約前77—6年），本名更生，字子政，西漢沛（今江蘇沛縣）人，官諫大夫、中壘校尉等。曾於天祿閣領校群書，撰有《別錄》。劉歆（？—23年）：字子駿，官騎都尉、奉車光祿大夫。受詔與父劉向領校祕書，撰有《七略》。

❺ 班固（32—92年），字孟堅，東漢安陵（今陝西咸陽）人。繼其父班彪編撰完成《漢書》共一百卷。

❻ 「可觀者九家」，《漢書·藝文志·諸子略》記述十家，指儒家、道家、陰陽家、法家、名家、墨家、縱橫家、雜家、農家及小說家，並評論云：「諸子十家，其可觀者九家而已。」

❼ 顏師古（581—645年），名籀，唐萬年（今陝西西安）人。精於訓詁，注《漢書》。

❽ 《伊尹說》，撰人不詳。記述商初相伊尹事。原書已佚，《玉函山房輯佚書》從《呂氏春秋·本味》中輯出。

❾ 《鬻子說》，撰人不詳。鬻子名熊，周文王時人，爲楚國先祖。原書已佚。

❿ 《周考》，已佚，作者及內容均無法考證。

《青史子》⑪五十七篇。（古史官記事也。）

《師曠》⑫六篇。（見《春秋》，其言淺薄，本與此同，似因托之。）

《務成子》⑬十一篇。（稱堯問，非古語。）

《宋子》⑭十八篇。（孫卿道：「宋子，其言黃老意。」）

《天乙》⑮三篇。（天乙謂湯，其言殷時者，皆依託也。）

《黃帝說》四十篇。（迂誕依託。）

《封禪方說》十八篇。（武帝時。）

《待詔臣饒心術》二十五篇。（武帝時。師古曰，劉向《別錄》云：「饒，齊人也，不知其姓，武帝時待詔，作書，名曰《心術》。」）

《待詔臣安成未央術》一篇。（應劭曰，道家也，好養生事，爲未央之術。）

《臣壽周紀》七篇。（項國圉人，宣帝時。）

《虞初周說》九百四十三篇。（河南人，武帝時以方士侍郎，號黃車使者。應劭曰：其說以《周書》爲本。師古曰，《史記》云：「虞初，洛陽人。」即張衡《西京賦》「小說九百，本自虞初」者也。）

---

⑪ 《青史子》，青史爲古史官，原書已佚，魯迅《古小說鉤沉》輯得三則。

⑫ 《師曠》，作者不詳。師曠爲春秋晉國人，字子野，著名音樂家。原書已佚。又兵陰陽家類亦有《師曠》八篇，已佚。

⑬ 《務成子》，撰人不詳。務成子爲五行家，東漢王符《潛夫論·贊學》有「堯師務成」的記載。小說今已佚。

⑭ 《宋子》，戰國時宋鈃撰。宋鈃，又稱宋榮子、宋牼，宋國人。原書已佚，《玉函山房輯佚書》輯有一卷。

⑮ 《天乙》，撰者不詳。天乙即商湯。原書已佚。宋王應麟《漢書藝文志考證》認爲賈誼《新書》及《史記》中所載「湯曰」詞即錄自《天乙》。下文《黃帝說》《封禪方說》《待詔臣饒心術》《待詔臣安成未央術》《臣壽周紀》《虞初周說》《百家》，均佚。《百家》，劉向編撰。

《百家》百三十九卷。

　　右小說十五家，千三百八十篇。[16]

　　小說家者流，蓋出於稗官，街談巷語，道聽塗說者之所造也。孔子曰，「雖小道，必有可觀者焉，致遠恐泥。」[17]是以君子弗爲也，然亦弗滅也，閭里小知者之所及，亦使綴而不忘，如或一言可采，此亦芻蕘狂夫之議也。

　　右所錄十五家，梁時已僅存《青史子》一卷，至隋亦佚；惟據班固注，則諸書大抵或托古人，或記古事，托人者似子而淺薄，記事者近史而悠繆者也。

　　唐貞觀中，長孫無忌[18]等修《隋書》，《經籍志》撰自魏徵，[19]祖述晉荀勗《中經簿》[20]而稍改變，爲經史子集四部，小說故隸於子。其所著錄，《燕丹子》[21]而外無晉以前書，別益以記談笑應對，敘藝術器物遊樂者，而所論列則仍襲《漢書・藝文志》（後略稱《漢志》）：

　　　　小說者，街談巷語之說也，《傳》載輿人之頌，《詩》美詢於芻蕘，古者聖人在上，史爲書，瞽爲詩，工誦箴諫，大夫規誨，士傳言而庶人謗；孟春，徇木鐸以求歌謠，巡省，觀人詩以知風俗，過則正之，失則改之，道

----

[16] 《漢書・藝文志》所錄小說總數，應爲「千三百九十篇」。

[17] 語見《論語・子張》。

[18] 長孫無忌（？—659年），字輔機，唐洛陽（今屬河南）人。曾奉命監修《隋書》十志。

[19] 魏徵（580—643年），字玄成，唐館陶（今屬河北）人。曾校定祕府圖書，主修梁、陳、北齊、北周、隋五朝史。按，《經籍志》當係長孫無忌等人編撰。

[20] 荀勗（？—289年），字公曾，晉穎陰（今河南許昌）人。他曾據魏鄭默《中經》撰成《中經簿》，爲《七略》之後最詳盡的目錄學著作，已散佚。

[21] 《燕丹子》，不署撰人，或題燕太子撰，凡一卷，敘燕太子丹派荊軻刺秦王事。清孫星衍從《永樂大典》輯出，爲三卷，有《問經堂叢書》等本。

聽塗説，靡不畢紀，周官誦訓掌道方志以詔觀事，道方應以詔避忌，而職方氏掌道四方之政事與其上下之志，誦四方之傳道而觀其衣物是也。孔子曰，「雖小道，必有可觀者焉，致遠恐泥。」

石晉時，劉昫等因韋述舊史作《唐書・經籍志》（後略稱《唐志》）則以毋煚等所修之《古今書錄》為本，[22]而意主簡略，刪其小序發明，史官之論述由是不可見。所錄小說，與《隋書・經籍志》（後略稱《隋志》）亦無甚異，惟刪其亡書，而增張華《博物志》[23]十卷，此在《隋志》，本屬雜家，至是乃入小說。

宋皇祐中，曾公亮[24]等被命刪定舊史，撰志者歐陽修，[25]其《藝文志》（後略稱《新唐志》）小說類中，則大增晉至隋時著作，自張華《列異傳》戴祚《甄異傳》至吳筠《續齊諧記》[26]等志神怪者十五家一百十五卷，王延秀《感應傳》至侯君素《旌異記》[27]等明因果者九家七十卷，諸書前志本有，皆在史部雜傳類，與耆舊高隱孝子良吏列女等傳同列，至是始退為小說，而史部遂無鬼神傳；又增益唐人著作，如李恕《誡子拾遺》[28]等之垂教誡，劉孝孫

---

[22] 劉昫（887—946年），字耀遠，後晉歸義（今河北雄縣）人，曾監修《舊唐書》。韋述（？—757年），唐萬年（今陝西西安）人。曾主修國史。毋煚，唐洛陽（今屬河南）人。與韋述等人重修成《群書四部錄》二百卷，後又獨自節取該書編成《古今書錄》四十卷。

[23] 張華（232—300年），字茂先，晉方城（今河北固安）人。撰有《博物志》。下文《列異傳》，一說魏曹丕撰，已散佚。

[24] 曾公亮（999—1078年），字明仲，北宋晉江（今屬福建）人。主持《新唐書》的編撰工作。

[25] 歐陽修（1007—1072年），字永叔，號六一居士，北宋吉安（今屬江西）人。與宋祁合修《新唐書》，另撰有《新五代史》《歐陽文忠集》。

[26] 戴祚，字延之，晉江東人。撰有《甄異傳》，已散佚。吳筠（469—520年），也作「吳均」，字叔庠，梁故鄣（今浙江安吉）人。撰有《續齊諧記》。

[27] 王延秀，南朝宋太原（今屬山西）人。撰有《感應傳》，已散佚。侯君素，名白，字君素，隋魏郡（郡治今河南臨漳）人，參看第七篇。撰有《旌異記》，已散佚。

[28] 李恕，據《新唐書・宰相世系表》，唐代名李恕者有三人，一為隴西郡李晟之子，餘二人皆趙郡人。《誡子拾遺》，《新唐書・藝文志》著錄四卷，撰者李恕待考。

《事始》❷❾等之數典故，李涪❸⓿《刊誤》等之糾訛謬，陸羽《茶經》❸❶等之敍服用，併入此類，例乃愈棼，元修《宋史》，亦無變革，僅增蕪雜而已。

明胡應麟（《少室山房筆叢》二十八）❸❷以小說繁夥，派別滋多，於是綜核大凡，分為六類：

> 一曰志怪：《搜神》，《述異》，《宣室》，
> 《酉陽》之類是也；❸❸
> 一曰傳奇：《飛燕》，《太眞》，《崔鶯》，
> 《霍玉》之類是也；❸❹
> 一曰雜錄：《世說》，《語林》，《瑣言》，
> 《因話》之類是也；❸❺
> 一曰叢談：《容齋》，《夢溪》，《東谷》，
> 《道山》之類是也；❸❻

---

❷❾ 劉孝孫，隋末唐初荊州（治所今湖北江陵）人。《事始》，《新唐書・藝文志》著錄三卷，劉孝孫、房德懋合撰。

❸⓿ 李涪，唐末人。撰有《刊誤》。

❸❶ 陸羽（733—804年），字鴻漸，唐竟陵（今湖北天門）人。撰有《茶經》，《新唐書・藝文志》著錄三卷，是我國有關茶學的第一部專門著作。

❸❷ 胡應麟（155—1602年），字元瑞，號少室山人，明蘭溪（今屬浙江）人。撰有《少室山房筆叢》。內容主要為關於經史百家的考據。

❸❸ 《搜神》，即《搜神記》，晉幹寶撰。《述異》，即《述異記》，參看第五篇。《宣室》，即《宣室志》，唐張讀撰。《酉陽》，即《酉陽雜俎》，參看第十篇。

❸❹ 《飛燕》，即《趙飛燕外傳》，宋秦醇撰。《太眞》，即《楊太眞外傳》，參看第十一篇。《崔鶯》，即《鶯鶯傳》，唐元稹撰。《霍玉》，即《霍小玉傳》，參看第九篇。

❸❺ 《世說》，即《世說新語》，南朝宋劉義慶撰。《語林》，參看本書第七篇。《瑣言》，即《北夢瑣言》，宋孫光憲撰。《因話》，即《因話錄》，唐趙璘撰。

❸❻ 《容齋》，即《容齋隨筆》，宋洪邁撰。《四庫總目》云：「其中經史諸子百家，以及醫卜星算之屬，凡意有所得，即隨手箚記，辯證考據，頗為精確。」《夢溪》，即《夢溪筆談》，宋沈括撰。書包羅廣泛，天文地理、文藝史事均有涉及。《東谷》，即《東谷所見》，宋李之彥撰。係論說性短文。刊本未見。《道山》，即《道山清話》，宋佚名撰。書記宋代雜事。存世有明覆宋本、《百川學海》等本。

四庫全書書影

一曰辯訂：《鼠璞》，《雞肋》，《資暇》，
《辯疑》之類是也；㊲
一曰箴規：《家訓》，《世範》，《勸善》，
《省心》之類是也。㊳

　　清乾隆中，敕撰《四庫全書總目提要》，以紀昀總其事，於小
說別爲三派，而所論列則襲舊志。

　　……跡其流別，凡有三派：其一敍述雜事，其一記錄

㊲　《鼠璞》，宋戴埴撰。戴埴字仲培，桃源人。多考證經史疑義及名物典故的異同。
　　《雞肋》，即《雞肋編》，宋莊季裕撰，內容爲考證古義、記軼聞舊事。《資暇》，
　　即《資暇集》，唐李匡文撰。書凡三卷，考證古物，記述史事。《辯疑》，即《辨疑
　　志》，唐陸長源撰。
㊳　《家訓》，即《顏氏家訓》，北齊顏之推撰。《世範》，即《袁氏世範》，宋袁採
　　撰。《勸善》，有王敏中《勸善錄》、周明寂《勸善錄》、秦觀《勸善錄》。此處指
　　何書待考。《省心》，即《省心雜言》，宋李邦獻撰。

異聞，其一綴緝瑣語也。唐宋而後，作者彌繁，中間誣謾失真，妖妄熒聽者，固為不少，然寓勸戒，廣見聞，資考證者，亦錯出其中。班固稱「小說家流蓋出於稗官」，如淳[39]注謂「王者欲知閭巷風俗，故立稗官，使稱說之」。然則博採旁搜，是亦古制，固不必以冗雜廢矣。今甄錄其近雅馴者，以廣見聞，惟猥鄙荒誕，徒亂耳目者，則黜不載焉。

　　《西京雜記》[40]六卷。《世說新語》三卷。……

　　　右小說家類雜事之屬……

　　《山海經》十八卷。《穆天子傳》六卷。《神異經》一卷。[41]……

　　《搜神記》二十卷。……《續齊諧記》一卷。……

　　　右小說家類異聞之屬……

　　《博物志》十卷。《述異記》二卷。《酉陽雜俎》二十卷，《續集》十卷。……

　　　右小說家類瑣語之屬……

　　右三派者，校以胡應麟之所分，實止兩類，前一即雜錄，後二即志怪，第析敘事有條貫者為異聞，鈔錄細碎者為瑣語而已。傳奇不著錄；叢談辯訂箴規三類則多改隸於雜家，小說範圍，至是乃稍整潔矣。然《山海經》《穆天子傳》又自是始退為小說，案語云，「《穆天子傳》舊皆入起居注類，……實則恍忽無徵，又非《逸周書》[42]之比，……以為信史而錄之，則史體雜，史例破

---

[39] 如淳，三國魏馮翊（治所今陝西大荔）人。曾為《漢書》作注。引文見《漢書·藝文志》注。

[40] 《西京雜記》，參看第四篇。

[41] 《山海經》，作者不詳，參看本書第二篇。《穆天子傳》，晉代從戰國魏襄王墓中發現先秦古書的一種，參看本書第二篇。《神異經》，舊傳漢東方朔撰，已散佚，今存輯本一卷，參看本書第四篇。

[42] 《逸周書》，即《周書》。

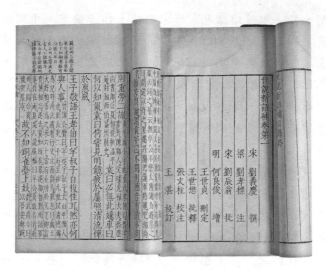

《世説新語》書影

矣。今退置於小説家，義求其當，無庸以變古爲嫌也。」於是小説之志怪類中又雜入本非依託之史，而史部遂不容多含傳説之書。

至於宋之平話，元明之演義，自來盛行民間，其書故當甚夥，而史志皆不錄。惟明王圻[43]作《續文獻通考》，高儒[44]作《百川書志》，皆收《三國志演義》及《水滸傳》，清初錢曾[45]作《也是園書目》，亦有通俗小説《三國志》等三種，宋人詞話《燈花婆婆》等十六種。然《三國》《水滸》，嘉靖中有都察院刻本，世人視若官書，故得見收，後之書目，尋即不載，錢曾則專事收藏，偏重版本，緣爲舊刊，始以入錄，非於藝文有眞知，遂離叛於曩例也。史家成見，自漢迄今蓋略同：目錄亦史之支流，固難有超其分際者矣。

---

[43] 王圻，字元翰，明上海人。撰有《續文獻通考》。

[44] 高儒，明涿州（治所今河北涿縣）人。撰有《百川書志》，係其藏書目錄。

[45] 錢曾（1629—1701年），字遵王，清常熟（今屬江蘇）人。撰有《也是園書目》。

第二篇

神話與傳說

　　志怪之作，莊子謂有齊諧，列子則稱夷堅[1]，然皆寓言，不足徵信。《漢志》乃云出於稗官，然稗官者，職惟採集而非創作，「街談巷語」自生於民間，固非一誰某之所獨造也，探其本根，則亦猶他民族然，在於神話與傳說。

　　昔者初民，見天地萬物，變異不常，其諸現象，又出於人力所能以上，則自造眾說以解釋之：凡所解釋，今謂之神話。神話大抵以一「神格」為中樞，又推演為敘說，而於所敘說之神，之事，又從而信仰敬畏之，於是歌頌其威靈，致美於壇廟，久而愈進，文物遂繁。故神話不特為宗教之萌芽，美術所由起，且實為文章之淵源。惟神話雖生文章，而詩人則為神話之仇敵，蓋當歌頌記敘之際，每不免有所粉飾，失其本來，是以神話雖托詩歌以光大，以存留，然亦因之而改易，而銷歇也。如天地開闢之說，在中國所留遺者，已設想較高，而初民之本色不可見，即其例矣。

　　天地混沌如雞子，盤古生其中，一萬八千歲。天地開

---

❶ 齊諧《莊子‧逍遙遊》：「齊諧者，志怪者也。」後人有以此為志怪小說名，如劉宋東陽無疑《齊諧記》、梁吳均《續齊諧記》。夷堅，見《列子‧湯問》。後人有以此為志怪小說名，如宋洪邁《夷堅志》、金元好問《續夷堅志》。

闢，陽清爲天，陰濁爲地，盤古在其中，一日九變，神於天，聖於地。天日高一丈，地日厚一丈，盤古日長一丈，如此萬八千歲，天數極高，地數極深，盤古極長。後乃有三皇。（《藝文類聚》一引徐整《三五曆記》）

天地，亦物也。物有不足，故昔者女媧氏練五色石以補其闕，斷鼇之足以立四極。其後共工氏與顓頊爭爲帝，怒而觸不周之山，折天柱，絕地維，故天傾西北，日月星辰就焉，地不滿東南，故百川水潦歸焉。（《列子·湯問》）

迨神話演進，則爲中樞者漸近於人性，凡所敘述，今謂之傳說。傳說之所道，或爲神性之人，或爲古英雄，其奇才異能神勇爲凡人所不及，而由於天授，或有天相者，簡狄吞燕卵而生商[2]，劉媼得交龍而孕季[3]，皆其例也。此外尚甚眾。

堯之時，十日並出，焦禾稼，殺草木，而民無所食。猰貐鑿齒九嬰大風封豨脩蛇，皆爲民害。堯乃使羿……上射十日而下殺猰貐。……萬民皆喜，置堯以爲天子。（《淮南子·本經訓》）

羿請不死之藥於西王母，姮娥竊以奔月。（《淮南子·覽冥訓》。高誘注曰，姮娥羿妻。羿請不死之藥於西王母，未及服之。姮娥盜食之，得仙，奔入月中爲月精。）

昔堯殛鯀於羽山，其神化爲黃熊以入於羽淵。（《春秋·左氏傳》）

---

[2] 簡狄吞燕卵而生商，見《史記·殷本紀》：「殷契，母曰簡狄，有娀氏之女，爲帝嚳次妃。三人行浴，見玄鳥墮其卵，簡狄取而吞之，因孕生契。」
[3] 劉媼得交龍而孕季，見《史記·高祖本紀》：「劉媼嘗息大澤之陂，夢與神遇。是時雷電晦冥，太公往視，則見蛟龍於其上。已而有身，遂產高祖。」

女媧煉五色石補天　　　　　　嫦娥至月圖

瞽瞍使舜上塗廩，從下縱火焚廩，舜乃以兩笠自扞而下去，得不死。瞽瞍又使舜穿井，舜穿井爲匿空，旁出。（《史記·舜本紀》）

中國之神話與傳說，今尚無集錄爲專書者，僅散見於古籍，而《山海經》中特多。《山海經》今所傳本十八卷，記海內外山川神祇異物及祭祀所宜，以爲禹益作者固非，而謂因《楚辭》而造者亦未是；所載祠神之物多用糈（精米），與巫術合，蓋古之巫書也，然秦漢人亦有增益。其最爲世間所知，常引爲故實者，有昆侖山與西王母。

　　昆侖之丘，是實惟帝之下都，神陸吾司之，其神狀

虎身而九尾，人面而虎爪。是神也，司天之九部及帝之囿時。（《西山經》）

玉山，是西王母所居也。西王母其狀如人，豹尾虎齒而善嘯，蓬髮戴勝，是司天之厲及五殘。（同上）

昆侖之墟方八百里，高萬仞；上有木禾，長五尋，大五圍；面有九井，以玉爲檻；面有九門，門有開明獸守之。百神之所在。在八隅之岩，赤水之際，非仁羿莫能上。（《海內西經》）

西王母梯几而戴勝杖（案此字當衍），其南有三青鳥，爲西王母取食，在昆侖墟北。（《海內北經》）

大荒之中有山，名曰豐沮玉門，日月所入。有靈山巫咸，巫即，巫盼、巫彭、巫姑、巫眞、巫禮、巫抵、巫謝、巫羅十巫從此升降，百藥爰在。（《大荒西經》）

西海之南，流沙之濱，赤水之後，黑水之前，有大山，名曰昆侖之丘。有神人面虎身有尾皆白處之。其下有弱水之淵環之。其外有炎火之山，投物輒然。有人戴勝虎齒，豹尾，穴處，名曰西王母。此山萬物盡有。（同上）

晉咸寧五年，汲縣民不準盜發魏襄王塚❹，得竹書《穆天子傳》五篇，又雜書十九篇。《穆天子傳》今存，凡六卷；前五卷記周穆王駕八駿西征之事，後一卷記盛姬卒於途次以至反葬，蓋即雜書之一篇。傳亦言見西王母，而不敘諸異相，其狀已頗近於人王。

吉日甲子，天子賓於西王母，乃執白圭玄璧以見西王母。好獻錦組百純，□組三百純，西王母再拜受之。□乙丑。天子觴西王母於瑤池之上。西王母爲天子謠，曰，「白雲在天，山自出，道裏悠遠，山川間之，將子無死，

---

❹ 不準盜發魏襄王塚，事見《晉書·武帝紀》和《晉書·束皙傳》。

周穆王見西王母畫像石

尚能復來。」天子答之曰，「予歸東土，和治諸夏，萬民
平均，吾願見汝，比及三年，將復而野。」天子遂驅升於
弇山，乃紀丌跡於弇山之石，而樹之槐，眉曰西王母之
山。（卷三）

　　有虎在乎葭中。天子將至。七萃之士高奔戎請生捕
虎，必全之，乃生捕虎而獻之。天子命之爲柙而畜之東
虞，是爲虎牢。天子賜奔戎畋馬十駟，歸之太牢，奔戎再
拜首。（卷五）

　　漢應劭❺說，《周書》爲虞初小說所本，而今本《逸周書》中
惟《克殷》《世俘》《王會》《太子晉》❻四篇，記述頗多誇飾，
類於傳說，余文不然。至汲塚所出周時竹書中，本有《瑣語》十一

---

❺ 應劭，字仲遠，東漢汝南南頓（今河南項城）人。撰有《風俗通義》《漢書集解音
　 義》等。

❻ 《克殷》《世俘》《王會》《太子晉》，見《逸周書》。

篇，爲諸國卜夢妖怪相書，今佚，《太平御覽》❼間引其文；又汲縣有晉立《呂望表》，亦引《周志》，皆記夢驗，甚似小說，或虞初所本者爲此等，然別無顯證，亦難以定之。

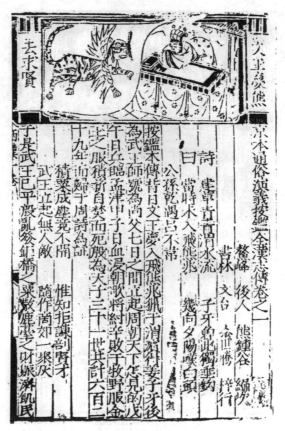

文王夢熊去求賢

齊景公伐宋，至曲陵，夢見有短丈夫賓於前。晏子曰，「君所夢何如哉？」公曰，「其賓者甚短，大上小下，其言甚怒，好俯。」晏子曰，「如是，則伊尹也。伊尹甚大而短，大上小下，赤色而髯，其言好俯而下聲。」公曰，「是矣。」晏子曰，「是怒君師，不如違之。」遂不果伐宋。（《太平御覽》三百七十八）

文王夢天帝服玄襀以立於令狐之津。帝曰，「昌，賜汝望。」文王再拜稽首，太公於後亦再拜稽首。文王夢之之夜，太公夢之亦然。其後文王見太公而之曰，「而名爲望乎？」答曰，「唯，爲望。」文王曰，「吾如有所見於汝。」太公言其年月與其日，且盡道其言，「臣以此得見也。」文王曰，「有之，有之。」遂與之歸，以爲卿士。（晉立《太公呂望表》石刻，以東魏立《呂望表》補闕字）

他如漢前之《燕丹子》，漢楊雄[8]之《蜀王本紀》，趙曄[9]之《吳越春秋》，袁康，吳平之《越絕書》[10]等，雖本史實，並含異聞。若求之詩歌，則屈原所賦，尤在《天問》[11]中，多見神話與傳說，如「夜光何德，死則又育？厥利惟何，而顧菟在腹？」「鯀何所營？禹何所成？康回憑怒，地何故以東南傾？」「昆崙縣圃，其尻安在？增城九重，其高幾里？」「鯪魚何所？鯌堆焉處？羿焉

---

❽ 楊雄（前53—18年），也作揚雄，字子雲，西漢蜀郡成都（今屬四川）人。其著作有明人所輯《揚子雲集》。

❾ 趙曄，字長君，東漢山陰（今浙江紹興）人。所撰《吳越春秋》，《隋書·經籍志》著錄十二卷。

❿ 袁康，東漢會稽（今浙江紹興）人。吳平，字君高，東漢會稽人。《越絕書》，《舊唐書·經籍志》題子貢撰，《四庫全書總目提要》推斷爲「會稽袁康所作，同郡吳平所定」。

⓫ 《天問》，《楚辭》篇名，屈原撰。全詩對某些古代史事、神話傳說和自然現象提出疑問。

日?烏焉解羽？」是也。王逸曰[12]，「屈原放逐，彷徨山澤，見楚有先王之廟及公卿祠堂，圖畫天地山川神靈琦瑋譎佹及古賢聖怪物行事，……因書其壁，何而問之。」（本書注）是知此種故事，當時不特流傳人口，且用爲廟堂文飾矣。其流風至漢不絕，今在墟墓間猶見有石刻神祇怪物聖哲士女之圖。晉既得汲塚書，郭璞[13]爲《穆天子傳》作注，又注《山海經》，作圖贊，其後江灌[14]亦有圖贊，蓋神異之說，晉以後尚爲人士所深愛。然自古以來，終不聞有薈萃融鑄爲巨制，如希臘史詩[15]者，第用爲詩文藻飾，而於小說中常見其跡象而已。

中國神話之所以僅存零星者，說者[16]謂有二故：一者華土之民，先居黃河流域，頗乏天惠，其生也勤，故重實際而黜玄想，不更能集古傳以成大文。二者孔子出，以修身齊家治國平天下等實用爲教，不欲言鬼神，太古荒唐之說，俱爲儒者所不道，故其後不特無所光大，而又有散亡。

然詳案之，其故殆尤在神鬼之不別。天神地祇人鬼，古者雖若有辨，而人鬼亦得爲神祇。人神淆雜，則原始信仰無由蛻盡；原始信仰存則類於傳說之言日出而不已，而舊有者於是僵死，新出者亦更無光焰也。如下例，前二爲隨時可生新神，後三爲舊神有轉換而無演進。

　　　　蔣子文，廣陵人也，嗜酒好色，佻撻無度；常自謂

---

[12] 王逸，字叔師，東漢南郡宜城（今屬湖北）人。所撰《楚辭章句》，係《楚辭》最早注本。

[13] 郭璞（276—324年），字景純，晉河東聞喜（今屬山西）人。圖贊，指《隋書·經籍志》著錄郭璞《山海經圖贊》。

[14] 江灌，字道群，晉陳留（今屬河南開封縣）人。據《舊唐書·經籍志》，江灌撰有《爾雅圖贊》。

[15] 希臘史詩，指長篇史詩《伊利亞特》《奧德賽》，相傳爲西元前九世紀盲詩人荷馬所作。

[16] 說者，指日本漢學家鹽谷溫。二故……，見其所著《中國文學概論講話》。

28 魯迅中國小說史略漢文學史綱要

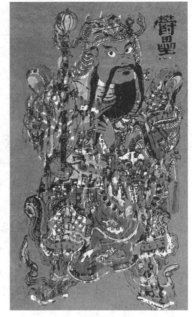

神荼像　　　　　　　　鬱疊像

骨青，死當爲神。漢末爲秣陵尉，逐賊至鍾山下，賊擊傷額，因解綬縛之，有頃遂死。及吳先主之初，其故吏見文於道，⋯⋯謂曰，「我當爲此土地神，以福爾下民，爾可宣告百姓，爲我立廟，不爾，將有大咎。」是歲夏大疫，百姓輒相恐動，頗有竊祠之者矣。（《太平廣記》二九三引《搜神記》）

　　世有紫姑神，古來相傳雲是人家妾，爲大婦所嫉，每以穢事相次役，正月十五日感激而死。故世人以其日作其形，夜於廁間或豬欄邊迎之。⋯⋯投者覺重，（案投當作捉，持也）便是神來，奠設酒果，亦覺貌輝輝有色，即跳躍不住；能占眾事，卜未來蠶桑，又善射鉤；好則大儛，惡便仰眠。（《異苑》五）

滄海之中，有度朔之山，上有大桃木，……其枝間東北曰鬼門，萬鬼所出入也。上有二神人，一曰神荼，一曰鬱壘，主閱領萬鬼，害惡之鬼，執以葦索而以食虎。於是黃帝乃作禮，以時驅之，立大桃人，門戶畫神荼鬱壘與虎，懸葦索，以禦凶魅。（《論衡》二十二引《山海經》，案今本中無之）

　　東南有桃都山，……下有二神，左名隆，右名，並執葦索，伺不祥之鬼，得而煞之。今人正朝作兩桃人立門旁，……蓋遺象也。（《太平御覽》二九及九一八引《玄中記》以《玉燭寶典》注補）

　　門神，乃是唐朝秦叔保胡敬德二將軍也。按傳，唐太宗不豫，寢門外抛磚弄瓦，鬼魅呼號。……太宗懼之，以告群臣。秦叔保出班奏曰，「臣平生殺人如剖瓜，積屍如聚蟻，何懼魍魎乎？願同胡敬德戎裝立門外以伺。」太宗可其奏，夜果無警，太宗嘉之，命畫工圖二人之形像，……懸於宮掖之左右門，邪祟以息。後世沿襲，遂永爲門神。（《三教搜神大全》七）

第三篇

《漢書・藝文志》所載小説

　　《漢志》之敘小説家，以爲「出於稗官」，如淳曰，「細米爲稗。街談巷説，甚細碎之言也。王者欲知里巷風俗，故立稗官，使稱説之。」（本注）其所錄小説，今皆不存，故莫得而深考，然審察名目，乃殊不似有採自民間，如《詩》之《國風》者。其中依託古人者七，曰：《伊尹説》，《鬻子説》，《師曠》，《務成子》，《宋子》，《天乙》，《黃帝》。記古事者二，曰：《周考》，《青史子》，皆不言何時作。明著漢代者四家曰：《封禪方説》，《待詔臣饒心術》，《臣壽周紀》，《虞初周説》。《待詔臣安成未央術》與《百家》，雖亦不云何時作，而依其次第，自亦漢人。

　　《漢志》道家有《伊尹説》五十一篇，今佚；在小説家之二十七篇亦不可考，《史記・司馬相如傳》注引《伊尹書》曰，「箕山之東，青鳥之所，有盧橘夏熟。」當是遺文之僅存者。《呂氏春秋・本味篇》❶述伊尹以至味説湯，亦雲「青鳥之所有甘櫨」，説極詳盡，然文豐贍而意淺薄，蓋亦本《伊尹書》。伊尹以

---

❶《呂氏春秋》，亦稱《呂覽》。戰國末秦相呂不韋集門客共同編撰，雜家代表著作。《漢書・藝文志》著錄二十六卷，共一六○篇。

割烹要湯，❷孟子嘗所詳辯，則此殆戰國之士之所爲矣。

《漢志》道家有《鬻子》二十二篇，今僅存一卷，或以其語淺薄，疑非道家言。然唐宋人所引逸文，又有與今本《鬻子》頗不類者，則殆眞非道家言也。

> 武王率兵車以伐紂。紂虎旅百萬，陣於商郊，起自黃鳥，至於赤斧，走如疾風，聲如振霆。三軍之士，靡不失色。武王乃命太公把白旄以麾之，紂軍反走。（《文選李善注》及《太平御覽》三百一）

青史子爲古之史官，然不知在何時。其書隋世已佚，劉知幾《史通》❸云「《青史》由綴於街談」❹者，蓋據《漢志》言之，非逮唐而復出也。遺文今存三事，皆言禮，亦不知當時何以入小說。

> 古者胎教，王後腹之七月而就宴室，太史持銅而禦戶左，太宰持斗而御戶右，太卜持蓍龜而御堂下，諸官皆以其職御於門內。比及三月者，王後所求聲音非禮樂，則太史縕瑟而稱不習，所求滋味者非正味，則太宰倚門而不敢煎調，而言曰，「不敢以待王太子。」太子生而泣，太史吹銅曰，「聲中某律。」太宰曰，「滋味上某。」太卜曰，「命云某。」然後爲王太子懸弧之禮義。……（《大戴禮記·保傅篇》，《賈誼新書·胎教十事》）

> 古者年八歲而出就外舍，學小藝焉，履小節焉；束發而就大學，學大藝焉，履大節焉。居則習禮文，行則鳴珮玉，升車則聞和鸞之聲，是以非僻之心無自入也。……

---

❷ 割烹要湯，見《孟子·萬章篇》。

❸ 劉知幾（661—721年），字子玄，唐彭城（今江蘇徐州）人。所撰《史通》，二十卷，係我國第一部史籍評著。

❹ 「《青史》由綴於街談」，見南朝梁劉勰著《文心雕龍·諸子篇》。

古之爲路車也，蓋圓以象天，二十八橑以象列星，軫方以象地，三十幅以象月。故仰則觀天文，俯則察地理，前視則睹和鸞之聲，側聽則觀四時之運：此巾車教之道也。（《大戴禮記・保傅篇》）

雞者，東方之畜也。歲終更始，辨秩東作，萬物觸戶而出，故以雞祀祭也。（《風俗通義》八）

《漢志》兵陰陽家❺有《師曠》八篇，是雜占之書；在小說家者不可考，惟據本志注，知其多本《春秋》而已。《逸周書・太子晉》篇記師曠見太子，聆聲而知其不壽，太子亦自知「後三年當賓於帝所」，其說頗似小說家。

虞初事詳本志注，又嘗與丁夫人等以方祠詛匈奴大宛❻，見《郊祀志》，所著《周說》幾及千篇，而今皆不傳。晉唐人引《周書》者，有三事如《山海經》及《穆天子傳》，與《逸周書》不類，朱右曾❼（《逸周書集訓校釋》十一）疑是《虞初說》。

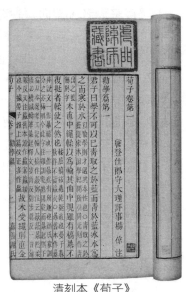

清刻本《荀子》

岎山，神蓐收居之。是山也，西望日之所入，其氣

---

❺ 兵陰陽家，即兵書中的陰陽家。

❻ 丁夫人，《漢書・郊祀志》載：武帝太初元年（104年），西伐大宛，「丁夫人與雒陽虞初等以方祠詛匈奴、大宛焉。」

❼ 朱右曾，字尊魯，清嘉定（今屬上海）人。撰有《逸周書集訓校釋》《左氏傳解誼》等。

圓，神經光之所司也。（《太平御覽》三）

天狗所止地盡傾，餘光燭天爲流星，長十數丈，其疾如風，其聲如雷，其光如電。（《山海經》注十六）

穆王田，有黑鳥若鳩，翩飛而跱於衡，禦者斃之以策，馬佚，不克止之，躓於乘，傷帝左股。（《文選李善注》十四）

《百家》者，劉向《說苑》❽敘錄云，「《說苑雜事》，……其事類眾多，……除去與《新序》復重者，其餘者淺薄不中義理，別集以爲《百家》。」《說苑》今存，所記皆古人行事之跡，足爲法戒者，執是以推《百家》，則殆爲故事之無當於治道者矣。

其餘諸家，皆不可考。今審其書名，依人則伊尹鬻熊師曠黃帝，說事則封禪養生，蓋多屬方士假託。惟青史子非是。又務成子名昭，見《荀子》，《屍子》嘗記其「避逆從順」之教❾；宋子名銒，見《莊子》，《孟子》作宋，《韓非子》作宋榮子，《荀子》引子宋子曰，「明見侮之不辱，使人不鬥」❿，則「黃老意」，然俱非方士之說也。

---

❽ 《說苑》，漢劉向撰，二十卷，記先秦至漢名人言行。《說苑雜事》，即《說苑》。《新序》，劉向撰，內容體例與《說苑》相似，原書三十卷，存世有《四部叢刊》影印本。

❾ 務成子，見《荀子·大略篇》：「不學不成。堯學於君疇，舜學於務成昭，禹學於西王國。」《屍子》，戰國魯國屍佼撰，已散佚。今本《屍子》疑爲魏晉時人託名補撰。

❿ 「明見侮之不辱，使人不鬥」，語見《荀子·正論》。

第四篇

今所見漢人小說

現存之所謂漢人小說，蓋無一眞出於漢人，晉以來，文人方士，皆有僞作，至宋明尚不絕。文人好逞狡獪，或欲誇示異書，方士則意在自神其教，故往往托古籍以衒人；晉以後人之托漢，亦猶漢人之依託黃帝伊尹矣。此群書中，有稱東方朔❶班固撰者各二，郭憲❷劉歆撰者各一，大抵言荒外之事則云東方朔郭憲，關涉漢事則雲劉歆班固，而大旨不離乎言神仙。稱東方朔撰者有《神異經》一卷，仿《山海經》，然略於山川道里而詳於異物，間有嘲諷之辭。《山海經》稍顯於漢而盛行於晉，則此書當爲晉以後人作；其文頗有重複者，蓋又嘗散佚，後人鈔唐宋類書所引逸文復作之也。有注，題張華作，亦僞。

　　南方有之林，其高百丈，圍三尺八寸，促節，多汁，
　甜如蜜。咋齧其汁，令人潤澤，可以節蚖蟲。人腹中蚖

---

❶ 東方朔（前154—93年），字曼倩，西漢平原厭次（今山東惠民人）。撰有《東方朔》二十篇，今存五篇。

❷ 郭憲，字子橫，東漢汝南新郪（今安徽太和）人。《隋書·經籍志》著錄《漢武洞冥記》一卷，題郭氏撰；至《舊唐書·經籍志》著錄《漢別國洞冥記》，四卷，徑題郭憲撰。

蟲，其狀如蚓，此消穀蟲也，多則傷人，少則穀不消。是甘蔗能減多蓋少，凡蔗亦然。（《南荒經》）

西南荒中出訛獸，其狀若菟，人面能言，常欺人，言東而西，言惡而善。其肉美，食之，言不真矣。（原注，言食其肉，則其人言不誠。）一名誕。（《西南荒經》）

昆侖之山有銅柱焉，其高入天，所謂「天柱」也，圍三千里，周圓如削。下有回屋，方百丈，仙人九府治之。上有大鳥，名曰稀有，南向，張左翼覆東王公，右翼覆西王母；背上小處無羽，一萬九千里，西王母歲登翼上，會東王公也。（《中荒經》）

《十洲記》❸一卷，亦題東方朔撰，記漢武帝聞祖洲、瀛洲、玄洲、炎洲、長洲、元洲、流洲、生洲、鳳麟洲、聚窟洲等十洲於西王母，乃延朔問其所有之物名，亦頗仿《山海經》。

玄洲在北海之中，戌亥之地，方七千二百里，去南岸三十六萬里。上有大玄都，仙伯真公所治。多丘山。又有風山，聲響如雷電，對天西北門。上多太玄仙官宮室，宮室各異。饒金芝玉草。乃是三天君下治之處，甚肅肅也。

征和三年，武帝幸安定。西胡月支獻香四兩，大如雀卵，黑如桑椹。帝以香非中國所有，以付外庫。……到後元元年，長安城內病者數百，亡者大半。帝試取月支神香燒之於城內，其死未三月者皆活，芳氣經三月不歇，於是信知其神物也，乃更祕錄餘香，後一旦又失之。……明年，帝崩於五柞宮，已亡月支國人鳥山震檀卻死等香也。向使厚待使者，帝崩之時，何緣不得靈香之用耶？自合殯

---

❸ 《十洲記》又名《海內十洲記》《十洲三島記》，一卷，題東方朔撰，當為假託。書分序、十洲、三島三部分，多記神仙怪異之事。

命矣！

東方朔雖以滑稽名，然誕謾不至此。《漢書・朔傳》贊云，「朔之詼諧逢占射覆，其事浮淺，行於眾庶，兒童牧豎，莫不眩耀，而後之好事者因取奇言怪語附著之朔。」則知漢世於朔，已多附會之談。二書雖偽作，而《隋志》已著錄，又以辭意新異，齊梁文人亦往往引為故實。《神異經》固亦神仙家言，然文思較深茂，蓋文人之為。《十洲記》特淺薄，觀其記月支國反生香，及篇首云，「方朔云：臣，學仙者也，非得道之人，以國家之盛美，將招名儒墨於文教之內，抑絕俗之道於虛詭之跡，臣故韜隱逸而赴王庭，藏養生而侍朱闕。」則但為方士竊慮失志，藉以震眩流俗，且自解嘲之作而已。

稱班固作者，一曰《漢武帝故事》❹，今存一卷，記武帝生於猗蘭殿至崩葬茂陵雜事，且下及成帝時。其中雖多神仙怪異之言，而頗不信方士，文亦簡雅，當是文人所為。《隋志》著錄二卷，不題撰人，宋晁公武《郡齋讀書志》❺始云「世言班固作」，又云，「唐張柬之書《洞冥記》後云，《漢武故事》，王儉造也。」然後人遂徑屬之班氏。

> 帝以乙酉年七月七日生於猗蘭殿，年四歲，立為膠
> 東王。數歲，長公主抱置膝上，問曰，「兒欲得婦不？」
> 膠東王曰，「欲得婦。」長主指左右長御百餘人，皆云
> 不用。末指其女問曰，「阿嬌好不？」於是乃笑對曰，
> 「好。若得阿嬌，當作金屋貯之也。」長主大悅，乃苦要

---

❹ 《漢武帝故事》，舊題漢班固撰，二卷。書記漢武帝幼時、登基後及死後逸聞雜事，多神怪荒誕。原書已佚，今有《古今說海》《玉函山房輯佚書補編》等輯本，均一卷。

❺ 晁公武，字子止，南宋鉅野（今屬山東）人。藏書家。撰有《郡齋讀書志》，為我國最早一部附有提要的私家書目。

上，遂成婚焉。

上嘗輦至郎署，見一老翁，鬢鬚皓白，衣服不整。上問曰，「公何時爲郎？何其老也？」對曰，「臣姓顏名駟，江都人也，以文帝時爲郎。」上問曰，「何其老而不遇也？」駟曰，「文帝好文而臣好武，景帝好老而臣尚少，陛下好少而臣已老：是以三世不遇。」上感其言，擢拜會稽都尉。

七月七日，上於承華殿齋，日正中，忽見有青鳥從西方來。上問東方朔，朔對曰，「西王母暮必降尊像上。」……是夜漏七刻，空中無雲，隱如雷聲，竟天紫氣。有頃，王母至，乘紫車，玉女夾馭；戴七勝；青氣如雲；有二青鳥，夾侍母旁。下車，上迎拜，延母坐，請不死之藥。母曰，「……帝滯情不遣，欲心尚多，不死之藥，未可致也。」因出桃七枚，母自噉二枚，與帝五枚。帝留核著前。王母問曰，「用此何爲？」上曰，「此桃美，欲種之。」母笑曰，「此桃三千年一著子，非下土所植也。」留至五更，談語世事而不肯言鬼神，肅然便去。東方朔於朱鳥牖中窺母。母曰，「此兒好作罪過，疏妄無賴，久被斥逐，不得還天，然原心無惡，尋當得還，帝善遇之！」母既去，上惆悵良久。

其一曰《漢武帝內傳》❻，亦一卷，亦記孝武初生至崩葬事，而於王母降特詳。其文雖繁麗而浮淺，且竊取釋家言，又多用《十洲記》及《漢武故事》中語，可知較二書爲後出矣。宋時尚不題撰人，至明乃並《漢武故事》皆稱班固作，蓋以固名重，因連類依託之。

---

❻ 《漢武帝內傳》，即「漢武內傳」，作者或謂班固，或謂葛洪。原爲三卷，今本一卷，主要有《道藏》本、《廣漢魏叢書)本。

到夜二更之後，忽見西南如白雲起，鬱然直來，徑趨宮庭，須臾轉近。聞雲中簫鼓之聲，人馬之響。半食頃，王母至也。縣投殿前，有似鳥集，或駕龍虎，或乘白麟，或乘白鶴，或乘軒車，或乘天馬，群仙數千，光曜庭宇。既至，從官不復知所在，唯見王母乘紫雲之輦，駕九色斑龍。別有五十天仙，……咸住殿下。王母唯扶二侍女上殿。侍女年可十六七，服青綾之袿，容眸流盼，神姿清發，真美人也！王母上殿，東向坐，著黃金褡，文采鮮明，光儀淑穆，帶靈飛大綬，腰佩分景之劍，頭上太華髻，戴太真晨嬰之冠，履玄璚鳳文之舃，視之可年三十許，修短得中，天姿掩藹，容顏絕世，真靈人也！

　　帝跪謝。……上元夫人使帝還坐。王母謂夫人曰，「卿之為戒，言甚急切，更使未解之人，畏於意志。」夫人曰，「若其志道，將以身投餓虎，忘軀破滅，蹈火履水，固於一志，必無憂也。……急言之發，欲成其志耳，阿母既有念，必當賜以屍解之方耳。」王母曰，「此子勤心已久，而不遇良師，遂欲毀其正志，當疑天下必無仙人，是故我發閬宮，暫舍塵濁，既欲堅其仙志，又欲令向化不惑也。今日相見，令人念之。至於屍解下方，吾甚不惜。後三年，吾必欲賜以成丹半劑，石象散一。具與之，則徹不得復停。當今匈奴未彌，邊陲有事，何必令其倉卒舍天下之尊，而便入林岫？但當問篤志何如。如其回改，吾方數來。」王母因拊帝背曰，「汝用上元夫人至言，必得長生，可不勗勉耶？」帝跪曰，「徹書之金簡，以身佩之焉。」

　　又有《漢武洞冥記》四卷，題後漢郭憲撰。全書六十則，皆言神仙道術及遠方怪異之事；其所以名《洞冥記》者，序云，「漢武

帝明俊特異之主，東方朔因滑稽以匡諫，洞心於道教，使冥跡之奧，昭然顯著。今籍舊史之所不載者，聊以聞見，撰《洞冥記》四卷，成一家之書，」則所憑藉亦在東方朔。郭憲字子橫，汝南宋人，光武時徵拜博士，剛直敢言，有「關東觥觥郭子橫」❼之目，徒以灑酒救火一事，遽爲方士攀引，范曄❽作《後漢書》，遂亦不察而置之《方術列傳》中。然《洞冥記》稱憲作，實始於劉昫《唐書》，《隋志》但云郭氏，無名。六朝人虛造神仙家言，每好稱郭氏，殆以影射郭璞，故有《郭氏玄中記》，有《郭氏洞冥記》。《玄中記》❾今不傳，觀其遺文，亦與《神異經》相類；《洞冥記》今全，文如下：

　　黃安，代郡人也，爲代郡卒，……常服朱砂，舉體皆赤，冬不著裘，坐一神龜，廣二尺。人問「子坐此龜幾年矣？」對曰，「昔伏羲始造網罟，獲此龜以授吾；吾坐龜背已平矣。此蟲畏日月之光，二千歲即一出頭，吾坐此龜，已見五出頭矣。」……（卷二）

　　天漢二年，帝升蒼龍閣，思仙術，召諸方士言遠國遐方之事。唯東方朔下席操筆跪而進。帝曰，「大夫爲朕言乎？」朔曰，「臣遊北極，至種火之山，日月所不照，有青龍銜燭火以照山之四極。亦有園圃池苑，皆植異木異草；有明莖草，夜如金燈，折枝爲炬，照見鬼物之形。仙人寧封常服此草，於夜暝時，轉見腹光通外。亦名洞冥草。」帝令銼此草爲泥，以塗雲明之館，夜坐此館，不加燈燭；亦名照魅草；以藉足，履水不沉。（卷三）

---

❼ 「關東觥觥郭子橫」，語見《後漢書·方術列傳》。

❽ 范曄（398─445年），字蔚宗，南朝宋順陽（今河南淅川）人。撰有《後漢書》。

❾ 《玄中記》，《隋書·經籍志》及兩《唐志》均未著錄，撰人不詳。此書舊題《郭氏玄中記》，宋羅泌《路史》以爲晉郭璞撰，原書已佚。

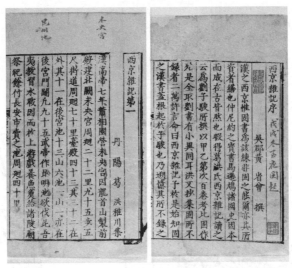

《西京雜誌》書影

　　至於雜載人間瑣事者，有《西京雜記》❿，本二卷，今六卷者宋人所分也。末有葛洪跋，言「其家有劉歆《漢書》一百卷，考校班固所作，殆是全取劉氏，小有異同，固所不取，不過二萬許言。今鈔出爲二卷，以補《漢書》之闕。」然《隋志》不著撰人，《唐志》則云葛洪撰，可知當時皆不信爲眞出於歆。段成式⓫（《酉陽雜俎·語資篇》）云，「庾信作詩，用《西京雜記》事，旋自追改曰，『此吳均語，恐不足用。』」後人因以爲均作。然所謂吳均語者，恐指文句而言，非謂《西京雜記》也。梁武帝敕殷芸⓬撰《小說》，皆鈔撮故書，已引《西京雜記》甚多，則梁初已流行世間，固以葛洪所造爲近是。或又以文中稱劉向爲家君，因疑非葛洪作，

❿　《西京雜記》，晉葛洪撰，或題劉歆撰。書記歷代傳說及文人逸事，常爲後世戲曲小說襲用。今存爲六卷本，主要有明嘉靖刊本、《漢魏叢書》本、《古今逸史》本等。

⓫　段成式（？—863年），字柯古，唐臨淄（今山東淄博）人。撰有《酉陽雜俎》。

⓬　殷芸（471—529年），字灌蔬，南朝梁陳郡長平（今河南西華）人。梁武帝命其撰《小說》，《隋書·經籍志》著錄十卷，世稱《殷芸小說》。

卓文君

臨邛沽酒自當壚
都業躬親
仗夫壻隙龍筆方
別挑來知
還傜故人無

印池漁父

司馬相如與卓文君賣酒為生

然既託名於歆，則摹擬歆語，固亦理勢所必至矣。書之所記，正如黃省曾序言，「大約有四：則猥瑣可略，閑漫無歸，與夫杳昧而難憑，觸忌而須諱者。」[13]然此乃判以史載，若論文學，則此在古小說中，固亦意緒秀異，文筆可觀者也。

　　司馬相如初與卓文君還成都，居貧憂懣，以所著裘就市人陽昌貰酒，與文君爲歡。既而文君抱頸而泣曰，「我生平富足，今乃以衣裘貰酒！」遂相與謀，於成都賣酒。相如親著犢鼻褌滌器，以恥王孫。王孫果以爲病，乃厚給文君，文君遂爲富人。文君姣好，眉色如望遠山，臉際常若芙蓉，肌膚柔滑如脂，爲人放誕風流，故悦長卿之才而越禮焉。……（卷二）

　　郭威，字文偉，茂陵人也，好讀書，以謂《爾雅》周公所制，而《爾雅》有「張仲孝友」，張仲，宣王時人，非周公之制明矣。余嘗以問楊子雲，子雲曰，「孔子門徒游夏之儔所記，以解釋六藝者也。」家君以爲《外戚傳》稱「史佚教其子以《爾雅》」，《爾雅》，小學也。又記言「孔子教魯哀公學《爾雅》」，《爾雅》之出遠矣，舊傳學者皆云周公所記也，「張仲孝友」之類，後人所足耳。（卷三）

　　司馬遷發憤作《史記》百三十篇，先達稱爲良史之才。其以伯夷居列傳之首，以爲善而無報也；爲項羽本紀，以踞高位者非關有德也。及其序屈原賈誼，辭旨抑揚，悲而不傷，亦近代之偉才。（卷四）

---

[13] 黃省曾（1490—1540年），字勉之，明吳縣（今屬江蘇）人。引文見其所撰《西京雜記序》。

（廣川王去疾聚無賴發）樂書塚，棺柩明器，朽爛無餘。有一白狐，見人驚走，左右擊之，不能得，傷其左腳。其夕，王夢一丈夫鬚眉盡白，來謂王曰，「何故傷吾左腳？」乃以杖叩王左腳。王覺，腳腫痛生瘡，至死不差。（卷六）

　　葛洪字稚川，丹陽句容人，少以儒學知名，究覽典籍，尤好神仙導養之法，太安中，官伏波將軍。以平賊功封關內侯。干寶深相親善，薦洪才堪國史，而洪聞交趾出丹，自求爲勾漏令，行至廣州，爲刺史所留，遂止羅浮，年八十一，兀然若睡而卒（約二九〇～三七〇），有傳在《晉書》。洪著作甚多，可六百卷，其《抱樸子》（內篇三）言太丘長穎川陳仲弓有《異聞記》，且引其文，略云郡人張廣定以避亂置其四歲女於古塚中，三年復歸，而女以效龜息得不死。然陳實此記，史志既所不載，其事又甚類方士常談，疑亦假託。葛洪雖去漢未遠，而溺於神仙，故其言亦不足據。

　　又有《飛燕外傳》一卷，記趙飛燕姊妹故事，題漢河東都尉伶玄子於撰，❺司馬光嘗取其「禍水滅火」語入《通鑒》，❻殆以爲眞漢人作，然恐是唐宋人所爲。又有《雜事祕辛》一卷，記後漢選閱

❹　《抱樸子》，晉葛洪撰。內篇《對俗》曾引陳仲弓《異聞記》「張廣定」一則。陳仲弓（104—187年），名寔，東漢穎川許（今河南許昌）人。所撰《異聞記》，已散佚。

❺　《飛燕外傳》，題漢伶玄撰。一題「趙飛燕外傳」、「趙後外傳」。伶玄字子於，西漢末潞水（今河北三河）人。書凡一卷，敘趙飛燕姐妹事。存世有《顧氏文房小說》《古今逸史》等本。

❻　司馬光（1019—1086年），字君實，北宋陝州夏縣（今屬山西）人。主編《通鑒》（即《資治通鑒》）。「禍水滅火」，《通鑒》卷三十一載：飛燕姊妹被召入宮，「有宣帝時披香博士淖方成在帝後，唾曰『此禍水也，滅火必矣！』」

梁冀妹及冊立事，^⓱楊慎^⓲序云，「得於安寧土知州萬氏」，沈德符^⓳（《野獲編》二十三）以爲即慎一時遊戲之作也。

葛洪

⓱ 《雜事祕辛》，明何允中《廣漢魏叢書》著錄一卷，題漢無名氏撰。梁冀（？—159年），字伯卓，東漢安定烏氏（今甘肅平涼）人。以外戚官大將軍。

⓲ 楊慎（1488—1559年），字用修，號升庵，明新都（今屬四川）人。著作多至百餘種，明萬曆間張士佩將其主要者編爲《升庵集》八十一卷。

⓳ 沈德符（1578—1642年），字景倩，又字虎臣，明秀水（今浙江嘉興）人。所撰《野獲編》，多記明開國至萬曆間朝章國故及街談瑣語，並保存一些戲曲小說資料。

第五篇

六朝之鬼神志怪書（上）

　　中國本信巫，秦漢以來，神仙之說盛行，漢末又大暢巫風，而鬼道愈熾；會小乘佛教亦入中土，漸見流傳。凡此，皆張惶鬼神，稱道靈異，故自晉訖隋，特多鬼神志怪之書。其書有出於文人者，有出於教徒者。文人之作，雖非如釋道二家，意在自神其教，然亦非有意爲小說，蓋當時以爲幽明雖殊途，而人鬼乃皆實有，故其敍述異事，與記載人間常事，自視固無誠妄之別矣。

　　《隋志》有《列異傳》三卷，魏文帝❶撰，今佚。惟古來文籍中頗多引用，故猶得見其遺文，則正如《隋志》所言，「以序鬼物奇怪之事」者也。文中有甘露年間事，在文帝後，或後人有增益，或撰人是假託，皆不可知。兩《唐志》皆云張華撰，亦別無佐證，殆後有悟其抵牾者，因改易之。惟宋裴松之《三國志注》❷，後魏酈道元❸《水經注》皆已徵引，則爲魏晉人作無疑也。

---

❶ 魏文帝，即曹丕（187—226年），字子桓，沛國譙（今安徽亳縣）人，曹操次子。後丕襲位爲魏王。後代漢稱帝，國號魏。撰有《魏文帝集》。

❷ 裴松之（372—451年），字世期，南朝宋聞喜（今屬山西）人。注晉陳壽《三國志》。

❸ 酈道元（466或472—527年），字善長，北魏范陽（今河北涿縣）人。撰有《水經注》四十卷。

 魯迅中國小說史略漢文學史綱要

南陽宗定伯年少時，夜行逢鬼，問曰，「誰？」鬼曰，「鬼也。」鬼曰，「卿復誰？」定伯欺之，言我亦鬼也。鬼問欲至何所，答曰欲至宛市，鬼言我亦欲至宛市。共行數里，鬼言步行大亟，可共迭相擔也。定伯曰大善。鬼便先擔定伯數里，鬼言卿大重，將非鬼也？定伯言，我新死，故重耳。定伯因復擔鬼，鬼略無重。如是再三。定伯復言，我新死，不知鬼悉何所畏忌？鬼曰，唯不喜人唾。……行欲至宛市，定伯便擔至頭上，急持之。鬼大呼，聲咋咋索下。不復聽之，徑至宛市中，著地化爲一羊。便賣之。恐其便化，乃唾之，得錢千五百。（《太平御覽》八百八十四，《法苑珠林》六）

神仙麻姑降東陽蔡經家，手爪長四寸。經意曰，「此女子實好佳手，願得以搔背。」麻姑大怒。忽見經頓地，兩目流血。（《太平御覽》三百七十）

武晶新縣北山上有望夫石，狀若人立者。相傳云，昔有貞婦，其夫從役，遠赴國難，婦攜幼子，餞送此山，立望而形化爲石。（《太平御覽》八百八十八）

晉以後人之造僞書，於記注殊方異物者每云張華，亦如言仙人神境者之好稱東方朔。張華字茂先，范陽方城人，**魏初**舉太常博士，入晉官至司空，領著作，封壯武郡公，永康元年四月趙王倫之變❹，華被害，夷三族，時年六十九（二三二～三〇〇），傳在《晉書》。華既通圖緯，又多覽方伎書，能識災祥異物，故有博物洽聞之稱，然亦遂多附會之說。梁蕭綺所錄王嘉《拾遺記》（九）言華嘗「捃采天下遺逸，自書契之始，考驗神怪，及世間閭裏所

❹ 趙王倫之變，據《晉書‧孝惠帝紀》載，永康元年（300年）四月，趙王倫等「矯詔廢賈後爲庶人，司空張華、尚書僕射裴頠皆遇害」。趙王倫（？—301年），司馬倫，字子彝，晉司馬懿第九子。

說，造《博物志》四百卷，奏於武帝」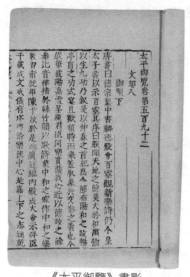❺，帝令芟截浮疑，分爲十卷。其書今存，乃類記異境奇物及古代瑣聞雜事，皆刺取故書，殊乏新異，不能副其名，或由後人綴輯復成，非其原本歟？今所存漢至隋小說，大抵此類。

《太平御覽》書影

《周書》曰，「西域獻火浣布，昆吾氏獻切玉刀，火浣布污則燒之則潔，刀切玉如蠟。」布漢世有獻者，刀則未聞。（卷二《異產》）

取鱉鉊令如棋子大，搗赤莧汁和合，厚以茅苞，五六月中作，投池中，經旬臠臠盡成鱉也。（卷四《戲術》）

燕太子丹質於秦，……欲歸，請於秦王。王不聽。謬言曰，「令烏頭白，馬生角，乃可。」丹仰而歎，烏即頭白，俯而嗟，馬生角。秦王不得已而遣之，爲機發之橋，欲陷丹，丹驅馳過之而橋不發。遁到關，關門不開，丹爲雞鳴，於是眾雞悉鳴，遂歸。（卷八《史補》）

老子云，「萬民皆付西王母；唯王，聖人，眞人，仙人，道人之命，上屬九天君耳。」（卷九《雜說》上）

新蔡干寶字令升，晉中興後置史官，寶始以著作郎領國史，因家貧求補山陰令，遷始安太守，王導❻請爲司徒右長史，遷散騎常

❺ 蕭綺，南朝梁南蘭陵（今江蘇常州）人。其節錄王嘉《拾遺記》事，參看本書第六篇。

❻ 王導（276—339年），字茂弘，東晉琅琊臨沂（今屬山東）人。

 魯迅中國小説史略漢文學史綱要

侍（四世紀中）。寶著《晉紀》❼二十卷，時稱良史；而性好陰陽
術數，嘗感於其父婢死而再生，及其兄氣絕復蘇，自言見天神事，
乃撰《搜神記》❽二十卷。以「發明神道之不誣」（自序中語），
見《晉書》本傳。《搜神記》今存者正二十卷，然亦非原書，其書
於神祇靈異人物變化之外，頗言神仙五行，又偶有釋氏說。

　　漢下邳周式，嘗至東海，道逢一吏，持一卷書，求
寄載，行十餘里，謂式曰，「吾暫有所過，留書寄君船
中，慎勿發之！」去後，式盜發視，書皆諸死人錄，下條
有式名。須臾吏還，式猶視書。吏怒曰，「故以相告，而
忽視之！」式叩頭流血，良久，吏曰，「感卿遠相載，此

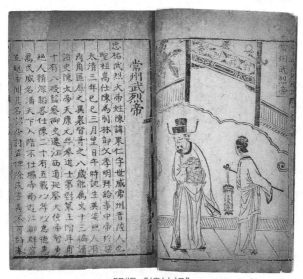

明版《搜神記》

---

❼　《晉紀》，《隋書・經籍志》著錄二十三卷，東晉干寶撰。
❽　《搜神記》，晉干寶著。《搜神記》原書三十卷，所敘皆鬼神怪異之事。今存明胡應
　　麟輯本，二十卷，有《祕冊彙函》《津逮祕書》等本。

書不可除卿名,今日已去,還家三年勿出門,可得度也。勿道見吾書!」式還,不出已二年餘,家皆怪之。鄰人卒亡,父怒使往弔之,式不得已,適出門,便見此吏。吏曰,「吾令汝三年勿出,而今出門,知復奈何?吾求不見連累爲鞭杖,今已見汝,可復奈何?後三日日中,當相取也。」……至三日日中,果見來取,便死。(卷五)

　　阮瞻字千里,素執無鬼論,物莫能難,每自謂此理足以辨正幽明。忽有客通名詣瞻,寒溫畢,聊談名理,客甚有才辨,瞻與之言良久,及鬼神之事,反復甚苦,客遂屈,乃作色曰,「鬼神古今聖賢所共傳,君何得獨言無?即僕便是鬼!」於是變爲異形,須臾消滅。瞻默然,意色大惡,歲餘而卒。(卷十六)

　　焦湖廟有一玉枕,枕有小坼。時單父縣人楊林爲賈客,至廟祈求,廟巫謂曰,「君欲好婚否?」林曰,「幸甚。」巫即遣林近枕邊,因入坼中,遂見朱樓瓊室。有趙太尉在其中,即嫁女與林,生六子,皆爲祕書郎。歷數十年,並無思歸之志,忽如夢覺,猶在枕傍,林愴然久之。(今本無此條,見《太平寰宇記》一百二十六引)

續干寶書者,有《搜神後記》十卷。題陶潛撰[9]。其書今具存,亦記靈異變化之事如前記,陶潛曠達,未必拳拳於鬼神,蓋僞託也。

　　干寶字令升,其先新蔡人。父瑩,有嬖妾。母至妒,寶父葬時,因生推婢著藏中,寶兄弟年小,不之審也。經十年而母喪,開墓,見其妾伏棺上,衣服如生,就視猶

────────────

[9] 《搜神後記》,題晉陶潛撰。書記神仙靈怪事,又多佛徒故事。本書現存十卷,已經後人附益整理,所見最早刊本爲明胡震亨《祕冊匯函》本。

暖，輿還家，終日而蘇，云寶父常致飲食，與之寢接，恩
情如生。家中吉凶輒語之，校之悉驗，平復數年後方卒。
寶兄常病，氣絕積日不冷，後遂寤，云見天地間鬼神事，
如夢覺，不自知死。（卷四）

　　晉中興後，譙郡周子文家在晉陵，少時喜射獵。常入
山，忽山岫間有一人長五六丈，手捉弓箭，箭鏑頭廣二尺
許，白如霜雪，忽出聲喚曰，「阿鼠！」（原注，子文小
字）子文不覺應曰「喏」。此人便牽弓滿鏑向子文，子文
便失魂厭伏。（卷七）

　　晉時，又有荀氏作《靈鬼志》❿，陸氏作《異林》⓫，西戎主
簿戴祚作《甄異傳》，祖沖之作《述異記》⓬，祖台之作《志怪》
⓭，此外作志怪者尚多，有孔氏殖氏曹毗等⓮，今俱佚，間存遺文。
至於現行之《述異記》二卷，稱梁任昉撰者⓯，則唐宋間人偽作，
而襲祖沖之之書名者也，故唐人書中皆未嘗引。

　　劉敬叔字敬叔，彭城人，少穎敏有異才，晉末拜南平國郎中
令，入宋為給事黃門郎，數年，以病免，泰始中卒於家（約三九
〇～四七〇），所著有《異苑》⓰十餘卷，行世。（詳見明胡震亨
所作小傳，在汲古閣本《異苑》卷首）《異苑》今存者十卷，然亦
非原書。

───────────

❿ 荀氏，生平不詳。撰有《靈鬼志》，已散佚。

⓫ 陸氏，生平不詳。撰有《異林》，已散佚。

⓬ 祖沖之（429－500年），字文遠，南齊范陽薊（今北京大興）人。撰有《述異記》，
已散佚。

⓭ 祖台之，字元辰。祖沖之曾祖父，東晉安帝時人。撰有《志怪》，已散佚。

⓮ 孔氏，指孔約，晉人，生平不詳。撰有《志怪》。殖氏，生平不詳。撰有《志怪
記》。曹毗，字輔佐，譙國人。撰有《志怪》。以上三書均已散佚。

⓯ 任昉（460－508年），字彥升，南朝梁樂安博昌（今山東壽光）人。歷仕宋、齊、梁
三朝。《述異記》，《宋史·藝文志》著錄二卷，題任昉撰。

⓰ 《異苑》，題「宋給事劉敬叔撰」。敬叔生平不詳，約生活於劉宋元嘉年前後，書記
奇事異聞。原書流傳極少，明胡震亨得鈔本整理入《祕冊匯函》。

魏時，殿前大鐘無故大鳴，人皆異之，以問張華，華曰，「此蜀郡銅山崩，故鐘鳴應之耳。」尋蜀郡上其事，果如華言。（卷二）

義熙中，東海徐氏婢蘭忽患羸黃，而拂拭異常，共伺察之，見掃帚從壁角來趨婢床，乃取而焚之，婢即平復。（卷八）

晉太元十九年，鄱陽桓闈殺犬祭鄉里綏山，煮肉不熟。神怒，即下教於巫曰，「桓闈以肉生貽我，當謫令自食也。」其年忽變作虎，作虎之始，見人以斑皮衣之，即能跳躍噬逐。（卷八）

東莞劉邕性嗜食瘡痂，以為味似鰒魚。嘗詣孟靈休，靈休先患灸瘡，痂落在床，邕取食之，靈休大驚，痂未落者悉褫取飴邕。南康國吏二百許人，不問有罪無罪，遞與鞭，瘡痂落，常以給膳。（卷十）

臨川王劉義慶（四〇三～四四四）為性簡素，愛好文義，撰述甚多（詳見《宋書》《宗室傳》），有《幽明錄》三十卷[17]，見《隋志》史部雜傳類，《新唐志》入小說。其書今雖不存，而他書徵引甚多，大抵如《搜神》《列異》之類；然似皆集錄前人撰作，非自造也。唐時嘗盛行，劉知幾（《史通》）云《晉書》多取之。

宋散騎侍郎東陽無疑有《齊諧記》七卷[18]，亦見《隋志》，今佚。梁吳均作《續齊諧記》[19]一卷，今尚存，然亦非原本。吳均字叔庠，吳興故鄣人，天監初為吳興主簿，旋兼建安王偉記室，終

[17] 劉義慶，南朝宋彭城（今江蘇徐州）人。撰有《世說》《徐州先賢傳》等。《幽明錄》，《隋書·經籍志》著錄二十卷，已散佚。

[18] 東陽無疑，生平不詳。撰有《齊諧記》，已散佚。

[19] 《續齊諧記》，南朝梁吳均撰，是東陽無疑《齊諧記》的續書。原書三卷，今存一卷，內容多為志怪，《四庫提要》譽為「小說之表表者」。通行有《顧氏文房小說》《古今逸史》等本。

除奉朝請，以撰《齊春秋》不實免職，已而復召，使撰通史，未就[20]，普通元年卒，年五十二（四六九～五二○），事詳《梁書·文學傳》。均夙有詩名，文體清拔，好事者或模擬之，稱「吳均體」，故其為小說，亦卓然可觀，唐宋文人多引為典據，陽羨鵝籠之記，尤其奇詭者也。

　　陽羨許彥於綏安山行，遇一書生，年十七八，臥路側，云腳痛，求寄鵝籠中。彥以為戲言，書生便入籠，籠亦不更廣，書生亦不更小，宛然與雙鵝並坐，鵝亦不驚。彥負籠而去，都不覺重。前行息樹下，書生乃出籠謂彥曰，「欲為君薄設。」彥曰，「善。」乃口中吐出一銅奩子，奩子中具諸肴饌。……酒數行，謂彥曰，「向將一婦人自隨。今欲暫邀之。」彥曰，「善。」又於口中吐一女子，年可十五六，衣服綺麗，容貌殊絕，共坐宴。俄而書生醉臥，此女謂彥曰，「雖與書生結妻，而實懷怨，向亦竊得一男子同行，書生既眠，暫喚之，君幸勿言。」彥曰，「善。」女子於口中吐出一男子，年可二十三四，亦穎悟可愛，乃與彥敘寒溫。書生臥欲覺，女子口吐一錦行障遮書生，書生乃留女子共臥。男子謂彥曰，「此女雖有情，心亦不盡，向復竊得一女人同行，今欲暫見之，願君勿泄。」彥曰，「善。」男子又於口中吐一婦人，年可二十許，共酌，戲談甚久，聞書生動聲，男子曰，「二人眠已覺。」因取所吐女人，還納口中。須臾，書生處女乃出謂彥曰，「書生欲起。」乃吞向男子，獨對彥坐。然後書生起謂彥曰，「暫眠遂久，君獨坐，當悒悒耶？日又晚，當與君別。」遂吞其女子，諸器皿悉納口中，留大銅盤可二尺廣，與彥別曰，「無以藉君，與君相憶也。」彥

<hr />

[20] 吳均撰《齊春秋》不實免職事，見《梁書·吳均傳》。

康僧會弘教江南全圖

大元中為蘭台令史，以盤餉侍中張散；散看其銘題，云是
永平三年作。

　　然此類思想，蓋非中國所故有，段成式已謂出於天竺，《酉
陽雜俎》（《續集・貶誤篇》）云，「釋氏《譬喻經》云，昔梵
志作術，吐出一壺，中有女子與屏，處作家室。梵志少息，女復作
術，吐出一壺，中有男子，復與共臥。梵志覺，次第互吞之，柱杖
而去。余以吳均嘗覽此事，訝其說以為至怪也。」所云釋氏經者，

即《舊雜譬喻經》，吳時康僧會譯❷，今尚存；而此一事，則復有他經爲本，如《觀佛三昧海經》（卷一）說觀佛苦行時白毫毛相❷云，「天見毛內有百億光，其光微妙，不可具宣。於其光中，現化菩薩，皆修苦行，如此不異。菩薩不小，毛亦不大。」當又爲梵志吐壺相之淵源矣。魏晉以來，漸譯釋典，天竺故事亦流傳世間，文人喜其穎異，於有意或無意中用之，遂蛻化爲國有，如晉人荀氏作《靈鬼志》，亦記道人入籠子中事，尚云來自外國，至吳均記，乃爲中國之書生。

> 太元十二年，有道人外國來，能吞刀吐火，吐珠玉金銀，自說其所受師，即白衣，非沙門也。嘗行，見一人擔擔，上有小籠子，可受升餘，語擔人云，「吾步行疲極，欲寄君擔。」擔人甚怪之，慮是狂人，便語之云，「自可耳。」……即入籠中，籠不更大，其人亦不更小，擔之亦不覺重於先。既行數十里，樹下住食，擔人呼共食，云「我自有食」，不肯出。……食未半，語擔人「我欲與婦共食」，即復口吐出女子，年二十許，衣裳容貌甚美，二人便共食。食欲竟，其夫便臥；婦語擔人，「我有外夫，欲來共食，夫覺，君勿道之。」婦便口中出一年少丈夫，共食。籠中便有三人，寬急之事，亦復不異。有頃，其夫動，如欲覺，婦便以外夫內口中。夫起，語擔人曰，「可去！」即以婦內口中，次及食器物。……（《法苑珠林》六十一，《太平御覽》三百五十九）

---

❷ 《舊雜譬喻經》，二卷，經文以譬喻宣揚教義。康僧會（？—280年），三國吳僧人，世居天竺，後移居交趾。譯有《六度集》《舊雜譬喻經》等。

❷ 《觀佛三昧海經》，十卷，東晉佛陀跋陀譯。白毫毛相，係佛教所謂佛的三十二種形象之一，佛眉長有白色毫毛，長一丈五尺，平時縮卷於眉毛旁。

第六篇

六朝之鬼神志怪書（下）

　　釋氏輔教之書，《隋志》著錄九家，在子部及史部，今惟顏之
推《冤魂志》存❶，引經史以證報應，已開混合儒釋之端矣，而餘
則俱佚。遺文之可考見者，有宋劉義慶《宣驗記》❷，齊王琰《冥
祥記》❸，隋顏之推《集靈記》❹，侯白《旌異記》❺四種，大抵記
經像之顯效，明應驗之實有，以震聳世俗，使生敬信之心，顧後世
則或視爲小說。王琰者，太原人，幼在交趾，受五戒，於宋大明及
建元（五世紀中）年，兩感金像之異，因作記，撰集像事，繼以經
塔，凡十卷，謂之《冥祥》，自序其事甚悉（見《法苑珠林》卷
十七）。《冥祥記》在《珠林》及《太平廣記》中所存最多，其敘
述亦最委曲詳盡，今略引三事，以概其餘。

---

❶ 顏之推（531—？），字介，北齊琅玡臨沂（今屬山東）人。所撰《冤魂志》，《隋
　書・經籍志》著錄三卷，今本皆稱《還冤志》。下文所說《集靈記》，《隋書・經籍
　志》著錄二十卷，已散佚。
❷ 《宣驗記》，宋劉義慶撰。原書十三卷，已散佚。存世有《說郛》輯本。
❸ 王琰，南齊太原（今屬山西）人。所撰《冥祥記》，《隋書・經籍志》著錄十卷，已
　散佚。
❹ 《集靈記》，北齊顏之推撰。書凡二十卷，已佚，僅《太平御覽》卷七一八存一條。
❺ 侯白，參看本書第七篇。撰有《旌異記》，已散佚。

漢明帝夢見神人，形垂二丈，身黃金色，項佩日光。以問群臣，或對曰，「西方有神，其號曰佛，形如陛下所夢，得無是乎？」於是發使天竺，寫致經像。表之中夏，自天子王侯，咸敬事之，聞人死精神不滅，莫不懼然自失。初，使者蔡愔將西域沙門迦葉摩騰等齎優填王畫釋迦佛像，帝重之，如夢所見也，乃遣畫工圖之數本，於南宮清涼台及高陽門顯節壽陵上供養。又於白馬寺壁畫千乘萬騎繞塔三匝之像，如諸傳備載。（《珠林》十三）

　　晉謝敷字慶緒，會稽山陰人也，……少有高操，隱於東山，篤信大法，精勤不倦，手寫《首楞嚴經》，當在都白馬寺中，寺為災火所延，什物餘經，並成煨盡，而此經止燒紙頭界外而已，文字悉存，無所毀失。敷死時，友人疑其得道，及聞此經，彌復驚異。……（《珠林》十八）

　　晉趙泰字文和，清河貝丘人也，……年三十五時，嘗卒心痛，須臾而死。下屍於地，心暖不已，屈伸隨人。留屍十日，平旦，喉中有聲如雨，俄而蘇活。說初死之時，夢有一人來近心下，復有二人乘黃馬，從者二人，扶泰腋徑將東行，不知可幾里，至一大城，崔巍高峻，城色青黑。將泰向城門入，經兩重門，有瓦屋可數千間，男女大小亦數千人，行列而立。吏著皁衣，有五六人，條疏姓字，云「當以科呈府君」。泰名在三十，須臾，將泰與數千人男女一時俱進。府君西向坐，簡視名簿訖，復遣泰南入黑門。有人著絳衣坐大屋下，以次呼名，問「生時所事？作何孽罪？行何福善？諦汝等辭，以實言也！此恒遣六部使者常在人間，疏記善惡，具有條狀，不可得虛。」泰答「父兄仕宦，皆二千石。我少在家，修學而已，無所事也，亦不犯惡。」乃遣泰為水官將作。……後轉泰水官都督知諸獄事，給泰兵馬，令案行地獄。所至諸獄，楚毒

各殊：或針貫其舌，流血竟體；或披頭露髮，裸形徒跣，相牽而行，有持大杖，從後催促，鐵床銅柱，燒之洞然，驅迫此人，抱臥其上，赴即焦爛，尋復還生；……或劍樹高廣，不知限量，根莖枝葉，皆劍為之，人眾相訾，自登自攀，若有欣競，而身首割截，尺寸離斷。泰見祖父母及二弟在此獄中，相見涕泣。泰出獄門，見有二人齎文書，來語獄吏，言有三人，其家為其於塔寺中懸幡燒香，救解其罪，可出福舍。俄見三人自獄而出，已有自然衣服，完整在身，南詣一門，云名開光大舍。……泰案行畢，還水官處。……主者曰，「卿無罪過，故相使為水官都督，不爾，與地獄中人無以異也。」泰問主者曰，「人有何行，死得樂報？」主者唯言「奉法弟子精進持戒，得樂報，無有謫罰也。」泰復問曰，「人未事法時所行罪過，事法之後，得以除不？」答曰，「皆除也。」語畢，主者開篋檢泰年紀，尚有餘算三十年在，乃遣泰還。……時晉太始五年七月十三日也。……（《珠林》七，《廣記》三百七十七）

　　佛教既漸流播，經論日多，雜說亦日出，聞者雖或悟無常而歸依，然亦或怖無常而卻走。此之反動，則有方士亦自造偽經，多作異記，以長生久視之道，網羅天下之逃苦空者，今所存漢小說，除一二文人著述外，其餘蓋皆是矣。方士撰書，大抵託名古人，故稱晉宋人作者不多有，惟類書間有引《神異記》❻者，則為道士王浮作。浮，晉人，有淺妄之稱，即惠帝時（三世紀末至四世紀初）與帛遠抗論屢屈，遂改換《西域傳》造老子《明威化胡經》者也（見

---

❻　《神異記》，王浮撰。王浮為晉惠帝時五斗米教首領，貶斥佛法。原書卷帙不詳，魯迅《古小說鉤沉》輯得8條，記神仙異事。

唐釋法琳《辯正論》六）**❼**。其記似亦言神仙鬼神，如《洞冥》《列異》之類。

> 陳敏，孫皓之世爲江夏太守，自建業赴職，聞宮亭廟驗（原注云言靈驗），過乞在任安穩，當上銀杖一枚。年限既滿，作杖擬以還廟，捶鐵以爲幹，以銀塗之。尋徵爲散騎常侍，往宮亭，送杖於廟中，訖即進路。日晚，降神巫宣教曰，「陳敏許我銀杖，今以塗杖見與，便投水中，當以還之。欺蔑之罪，不可容也！」於是取銀杖看之，剖視中見鐵幹，乃置之湖中。杖浮在水上，其疾如飛，遙到敏舫前，敏舟遂覆也。（《太平御覽》七百十）

> 丹丘生大茗，服之生羽翼。（《事類賦》注十六）

《拾遺記》十卷，題晉隴西王嘉撰，梁蕭綺錄。《晉書·藝術列傳》中有王嘉，略云，嘉字子年，隴西安陽人，初隱於東陽谷，後入長安，苻堅累征不起，能言未然之事，辭如讖記，當時鮮能曉之。姚萇入長安，逼嘉自隨；後以答問失萇意，爲萇所殺（約三九〇）。嘉嘗造《牽三歌讖》**❽**，又著《拾遺錄》十卷，其事多詭怪，今行於世。傳所云《拾遺錄》者，蓋即今記，前有蕭綺序，言書本十九卷，二百二十篇，當苻秦之季，典章散滅，此書亦多有亡，綺更刪繁存實，合爲一部，凡十卷。今書前九卷起庖犧迄東晉，末一卷則記昆侖等九仙山，與序所謂「事訖西晉之末」者稍不同。其文筆頗靡麗，而事皆誕謾無實，蕭綺之錄亦附會，胡應麟（《筆叢》三十二）以爲「蓋即綺撰而托之王嘉」者也。

> 少昊以金德王，母曰皇娥，處璿宮而夜織，或乘桴木

---

❼ 帛遠，佛教徒。俗姓萬，字法祖，晉河內（今河南沁陽）人。曾在長安講經，王浮與帛遠辯論，多次失敗，遂託名老子撰《明威化胡經》。

❽ 《牽三歌讖》，晉王嘉撰，《隋書·經籍志》及兩《唐志》均未著錄，已散佚。

而晝遊，經歷窮桑滄茫之浦。時有神童，容貌絕俗，稱爲白帝之子，即太白之精，降乎水際，與皇娥宴戲，奏便娟之樂，遊漾忘歸。窮桑者，西海之濱，有孤桑之樹，直上千尋，葉紅椹紫，萬歲一實，食之後天而老。……帝子與皇娥並坐，撫桐峰梓瑟，皇娥倚瑟而清歌曰，「天清地曠浩茫茫，萬象回薄化無方，　天蕩蕩望滄滄，乘桴輕漾著日傍，當其何所至窮桑，心知和樂悅未央。」俗謂遊樂之處爲桑中也，《詩》《衛風》云「期我乎桑中」，蓋類此也。……及皇娥生少昊，號曰窮桑氏，亦曰桑丘氏。至六國時，桑丘子著陰陽書，即其餘裔也。……（卷一）

劉向於成帝之末，校書天祿閣，專精覃思。夜，有老人著黃衣，植青藜杖，登閣而進，見向暗中獨坐誦書，老父乃吹杖端，煙燃，因以見向，說開闢已前。向因受五行洪范之文，恐辭說繁廣忘之，乃裂帛及紳，以記其言，至曙而去。向請問姓名，云「我是太一之精，天帝聞卯金之子有博學者，下而觀焉」。乃出懷中竹牒，有天文地圖之書，「餘略授子焉」。至向子歆，從向授其術。向亦不悟此人焉。（卷六）

洞庭山浮於水上，其下有金堂數百間，玉女居之，四時聞金石絲竹之聲，徹於山頂。楚懷王之時，舉群才賦詩於水湄。……後懷王好進奸雄，群賢逃越。屈原以忠見斥，隱於沅湘，披蓁茹草，混同禽獸，不交世務，採柏實以和桂膏，用養心神，被王逼逐，乃赴清泠之水，楚人思慕，謂之水仙。其神游於天河，精靈時降湘浦，楚人爲之立祠，漢末猶在。（卷十）

第七篇

《世說新語》與其前後

　　漢末士流，已重品目，聲名成毀，決於片言，魏晉以來，乃彌以標格語言相尙，惟吐屬則流於玄虛，舉止則故爲疏放，與漢之惟俊偉堅卓爲重者，甚不侔矣。蓋其時釋教廣被，頗揚脫俗之風，而老莊之說亦大盛，其因佛而崇老爲反動，而厭離於世間則一致，相拒而實相扇，終乃汗漫而爲清談。渡江以後，此風彌甚，有違言者，惟一二梟雄而已。世之所尙，因有撰集，或者掇拾舊聞，或者記述近事，雖不過叢殘小語，而俱爲人間言動，遂脫志怪之牢籠也。

　　記人間事者已甚古，列禦寇韓非皆有錄載，惟其所以錄載者，列在用以喻道，韓在儲以論政。若爲賞心而作，則實萌芽於魏而盛大於晉，雖不免追隨俗尙，或供揣摩，然要爲遠實用而近娛樂矣。晉隆和（三六二）中，有處士河東裴啓❶，撰漢魏以來迄於同時言語應對之可稱者，謂之《語林》，時頗盛行，以記謝安❷語不實，爲安所詆，書遂廢（詳見《世說新語・輕詆篇》）。後仍時有，凡十卷，至隋而亡，然群書中亦常見其遺文也。

---

❶ 裴啓，字榮期，東晉河東（郡治今山西永濟）人。撰有《語林》。
❷ 謝安（320─385年），字安石，東晉陳郡陽夏（今河南太康）人。

婁護字君卿，歷游五侯之門，每旦，五侯家各遺餉之，君卿口厭滋味，乃試合五侯所餉之鯖而食，甚美。世所謂「五侯鯖」，君卿所致。（《太平廣記》二百三十四）

　　魏武云，「我眠中不可妄近，近輒斫人不覺。左右宜慎之！」後乃陽凍眠，所幸小兒竊以被覆之，因便斫殺，自爾莫敢近。（《太平御覽》七百七）

　　鍾士季嘗向人道，「吾年少時一紙書，人云是阮步兵書，皆字字生義，既知是吾，不復道也。」（《續談助》四）

　　祖士言與鍾雅語相調，鍾語祖曰，「我汝穎之士利如錐，卿燕代之士鈍如槌。」祖曰，「以我鈍槌，打爾利錐。」鍾曰，「自有神錐，不可得打。」祖曰，「既有神錐，必有神槌。」鍾遂屈。（《御覽》四百六十六）

　　王子猷嘗暫寄人空宅住，使令種竹。或問暫住何煩爾？嘯詠良久，直指竹曰，「何可一日無此君。」（《御覽》三百八十九）

　　《隋志》又有《郭子》三卷，東晉中郎郭澄之撰，《唐志》云，「賈泉注」❸，今亡。審其遺文，亦與《語林》相類。

　　宋臨川王劉義慶有《世說》八卷，梁劉孝標注之爲十卷❹，見《隋志》。今存者三卷曰《世說新語》，爲宋人晏殊所刪並❺，於

---

❸ 《郭子》，郭澄之撰。原書三卷，記晉士大夫言談逸事，書已佚。賈泉（440—501年），即賈淵，唐人避李淵諱，改爲泉，字希鏡，南朝宋平陽襄陵（今山西襄汾）人。

❹ 《世說》，即《世說新語》。今存各本自《德行》至《仇隙》均爲三十六篇。劉孝標（462—521年），名峻，南朝梁平原（今屬山東）人。

❺ 晏殊（991—1055年），字同叔，北宋臨川（今屬江西）人。明袁褧本《世說新語》載南宋董弅跋云：「余家舊藏蓋得之王原叔家，後得晏元獻公手自校本，盡去重複，其注亦小加剪截，最爲善本。」

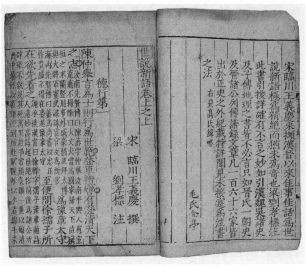

明萬曆間刻本《世說新語》

注亦小有剪裁，然不知何人又加新語二字，唐時則曰新書，殆以
《漢志》儒家類錄劉向所序六十七篇中，已有《世說》，因增字以
別之也。《世說新語》今本凡三十八篇，自《德行》至《仇隙》，
以類相從，事起後漢，止於東晉，記言則玄遠冷俊，記行則高簡瑰
奇，下至繆惑，亦資一笑。孝標作注，又徵引浩博。或駁或申，映
帶本文，增其雋永，所用書四百餘種，今又多不存，故世人尤珍重
之。然《世說》文字，間或與裴郭二家書所記相同，殆亦猶《幽明
錄》《宣驗記》然，乃纂緝舊文，非由自造；《宋書》❻言義慶才
詞不多，而招聚文學之士，遠近必至，則諸書或成於眾手，未可知
也。

　　　阮光祿在剡，曾有好車，借者無不皆給。有人葬母，
　　意欲借而不敢言。阮後聞之，歎曰，「吾有車而使人不敢
　　借，何以車為？」遂焚之。（卷上《德行篇》）

_____

❻　《宋書》，梁沈約編撰，紀傳體南朝宋代史。

阮宣子有令聞，太尉王夷甫見而問曰，「老莊與聖教同異？」對曰，「將無同。」太尉善其言，辟之爲掾，世謂「三語掾」。（卷上《文學篇》）

祖士少好財，阮遙集好屐，並恒自經營，同是一累，而未判其得失。人有詣祖，見料視財物，客至，屏當未盡，餘兩小簏，著背後傾身障之，意未能平。或有詣阮，見自吹火蠟屐，因歎曰，「未知一生當著幾量屐？」神色閑暢。於是勝負始分。（卷中《雅量篇》）

世目李元禮「謖謖如勁松下風」。（卷中《賞譽篇》）

公孫度目邴原：「所謂雲中白鶴，非燕雀之網所能羅也。」（同上）

劉伶恒縱酒放達，或脫衣裸形在屋中。人見譏之。伶曰，「我以天地爲棟宇，屋室爲幝衣，諸君何爲入我幝中？」（卷下《任誕篇》）

石崇每要客燕集，常令美人行酒，客飲酒不盡者，使黃門交斬美人。王丞相與大將軍嘗共詣崇，丞相素不能飲，輒自勉強，至於沉醉。每至大將軍，固不飲以觀其變，已斬三人，顏色如故，尚不肯飲，丞相讓之，大將軍曰，「自殺伊家人，何預卿事？」（卷下《汰侈篇》）

梁沈約（四四一～五一三，《梁書》有傳）作《俗說》三卷❼，亦此類，今亡。梁武帝嘗敕安右長史殷芸（四七一～五二九，《梁書》有傳）撰《小說》三十卷，至隋僅存十卷，明初尚存，今乃止見於《續談助》及原本《說郛》中❽，亦採集群書而成，以時代爲次第，而特置帝王之事於卷首，繼以周漢，終於南齊。

---

❼ 沈約，字休文，南朝梁吳興武康（今浙江德清）人。撰有《俗說》，已散佚。

❽ 《續談助》，宋晁載之編，五卷，共收小說、雜著二十種。原本《說郛》，元末明初陶宗儀編，一百卷，係選輯漢魏至宋元各種筆記小說彙編而成。

晉咸康中，有士人周謂者，死而復生，言天帝召見，引升殿，仰視帝，面方一尺。問左右曰，「是古張天帝耶？」答云，「上古天帝，久已聖去，此近曹明帝也。」（《紺珠集》二）

孝武未嘗見驢，謝太傅問曰，「陛下想其形當何所似？」孝武掩口笑云，「正當似豬。」（《續談助》四。原注云，出《世說》。案今本無之。）

孔子嘗遊於山，使子路取水。逢虎於水所，與共戰，攬尾得之，內懷中；取水還。問孔子曰，「上士殺虎如之何？」子曰，「上士殺虎持虎頭。」又問曰，「中士殺虎如之何？」子曰，「中士殺虎持虎耳。」又問，「下士殺虎如之何？」子曰，「下士殺虎捉虎尾。」子路出尾棄之，因恚孔子曰，「夫子知水所有虎，使我取水，是欲死我。」乃懷石盤欲中孔子，又問「上士殺人如之何？」子曰，「上士殺人使筆端。」又問曰，「中士殺人如之何？」子曰，「中士殺人用舌端。」又問「下士殺人如之何？」子曰，「下士殺人懷石盤。」子路出而棄之，於是心服。（原本《說郛》二十五。原注云，出《衝波傳》。）

鬼谷先生與蘇秦張儀書云，「二君足下，功名赫赫，但春華到秋，不得久茂。日數將冬，時詑將老。子獨不見河邊之樹乎？僕御折其枝，波浪激其根；此木非與天下人有仇怨，蓋所居者然。子見嵩岱之松柏，華霍之樹檀？上葉干青雲，下根通三泉，上有猿狄，下有赤豹麒麟，千秋萬歲，不逢斧斤之伐：此木非與天下之人有骨肉，亦所居者然。今二子好朝露之榮，忽長久之功，輕喬松之求延，貴一旦之浮爵，夫『女愛不極席，男歡不畢輪』，痛夫痛夫，二君二君！」（《續談助》四。原注云，出《鬼谷先生書》。）

《隋志》又有《笑林》三卷❾，後漢給事中邯鄲淳撰。淳一名竺，字子禮，潁川人，弱冠有異才，元嘉元年（一五一），上虞長度尚爲曹娥立碑❿，淳者尚之弟子，於席間作碑文，操筆而成，無所點定，遂知名，黃初初（約二二一），爲魏博士給事中，見《後漢書·曹娥傳》及《三國·魏志·王粲傳》等注。《笑林》今佚，遺文存二十餘事，舉非違，顯紕繆，實《世說》之一體，亦後來誹諧文字之權輿也。

　　魯有執長竿入城門者，初，豎執之不可入，橫執之亦不可入，計無所出。俄有老父至曰，「吾非聖人，但見事多矣，何不以鋸中截而入！」遂依而截之。（《太平廣記》二百六十二）

　　平原陶丘氏，取渤海墨台氏女，女色甚美，才甚令，復相敬，已生一男而歸。母丁氏，年老，進見女婿。女婿既歸而遣婦。婦臨去請罪，夫曰，「嚮見夫人年德已衰，非昔日比，亦恐新婦老後，必復如此，是以遣，實無他故。」（《太平御覽》四百九十九）

　　甲父母在，出學三年而歸。舅氏問其學何所得，並序別父久。乃答曰，「渭陽之思，過於秦康。」既而父數之，「爾學奚益。」答曰，「少失過庭之訓，故學無益。」（《廣記》二百六十二）

　　甲與乙爭鬥，甲齧下乙鼻，官吏欲斷之，甲稱乙自齧落。吏曰，「夫人鼻高而口低，豈能就齧之乎？」甲曰，「他踏床子就齧之。」（同上）

---

❾ 《笑林》，邯鄲淳撰，已散佚。

❿ 度尚，字博平，東漢湖陸（今山東魚台）人。曹娥，東漢上虞人。其父溺死後，她投江尋父屍而亡，被稱爲孝女。度尚任上虞長時曾爲之立碑，邯鄲淳爲作碑文。

《笑林》之後，不乏繼作，《隋志》有《解頤》二卷❶，楊松玢撰，今一字不存，而群書常引《談藪》❷，則《世說》之流也。《唐志》有《啓顏錄》十卷，侯白撰。白字君素，魏郡人，好學有捷才，滑稽善辯，舉秀才爲儒林郎，好爲誹諧雜說，人多愛狎之，所在之處，觀者如市。隋高祖聞其名，召令於祕書修國史，後給五品食，月餘而死（約六世紀後葉）。見《隋書·陸爽傳》。《啓顏錄》今亦佚，然《太平廣記》引用甚多，蓋上取子史之舊文，近記一己之言行，事多浮淺，又好以鄙言調謔人，誹諧太過，時復流於輕薄矣。其有唐世事者，後人所加也；古書中往往有之，在小說尤甚。

　　　　開皇中，有人姓出名六斤，欲參（楊）素，齎名紙至省門，遇白，請爲題其姓，乃書曰「六斤半」。名既入，素召其人，問曰，「卿姓六斤半？」答曰，「是出六斤。」曰，「何爲六斤半？」曰，「向請侯秀才題之，當是錯矣。」即召白至，謂曰，「卿何爲錯題人姓名？」對云，「不錯。」素曰，「若不錯，何因姓出名六斤，請卿題之，乃言六斤半？」對曰，「白在省門，會卒無處覓稱，既聞道是出六斤，斟酌只應是六斤半。」素大笑之。（《廣記》二百四十八）
　　　　山東人娶蒲州女，多患癭，其妻母項癭甚大。成婚數月，婦家疑婿不慧，婦翁置酒盛會親戚，欲以試之。問曰，「某郎在山東讀書，應識道理。鴻鶴能鳴，何意？」曰，「天使其然。」又曰，「松柏冬青，何意？」曰，「天使其然。」又曰，「道邊樹有骨，何意？」曰，「天使其然。」婦翁曰，「某郎全不識道理，何因浪住山

❶　《解頤》，北齊楊松玢撰，已散佚。
❷　《談藪》，《宋史·藝文志》著錄陽松玠《八代談藪》二卷。

東？」因以戲之曰，「鴻鶴能鳴者頸項長，松柏冬青者心中強，道邊樹有骨者車撥傷：豈是天使其然？」婿曰，「蝦蟆能鳴，豈是頸項長？竹亦冬青，豈是心中強？夫人項下癭如許大，豈是車撥傷？」婦翁羞愧，無以對之。（同上）

其後則唐有何自然《笑林》[13]，今亦佚，宋有呂居仁《軒渠錄》[14]，沈征《諧史》[15]，周文玘《開顏集》[16]，天和子《善謔集》[17]，元明又十餘種；大抵或取子史舊文，或拾同時瑣事，殊不見有新意。惟託名東坡之《艾子雜說》[18]稍卓特，顧往往嘲諷世情，譏刺時病，又異於《笑林》之無所為而作矣。

至於《世說》一流，仿者尤眾，劉孝標有《續世說》十卷，見《唐志》，然據《隋志》，則殆即所注臨川書。唐有王方慶《續世說新書》[19]（見《新唐志》雜家，今佚），宋有王讜《唐語林》[20]，孔平仲《續世說》[21]，明有何良俊《何氏語林》[22]，李紹文《明世說新語》[23]，焦竑《類林》及《玉堂叢話》[24]，張墉《廿一史識

[13] 何自然，生平不詳。撰有《笑林》，已散佚。

[14] 呂居仁（1084—1145年），名本中，號東萊先生，宋壽州（治所今安徽壽縣）人。撰有《軒渠錄》，已散佚。

[15] 沈征，宋雪溪（今浙江吳興）人。撰有《諧史》，已散佚。

[16] 周文玘，宋人。撰有《開顏集》，已散佚。

[17] 天和子，宋人。撰有《善謔集》，已散佚。

[18] 東坡，即蘇軾（1037—1101年），北宋眉山（今屬四川）人。《艾子雜說》，又名《艾子》，傳為蘇軾所撰，已散佚。

[19] 王方慶（？—702年），名琳，唐咸陽（今屬陝西）人。撰有《續世說新書》，已散佚。

[20] 王讜，字正甫，北宋長安（今陝西西安）人。撰有《唐語林》。

[21] 孔平仲，字義甫，一作毅甫，北宋臨江新喻（今江西新餘）人。撰有《續世說》。

[22] 何良俊（1506—1573年），字元朗，號柘湖，明華亭（今上海松江）人。撰有《何氏語林》。

[23] 李紹文，位元組之，明華亭（今上海松江）人。撰有《明世說新語》。

[24] 焦竑（1540—1620年），字弱侯，號漪園，又號澹園，明江寧（今江蘇南京市）人。撰有《類林》（又名《焦氏類林》）《玉堂叢話》。

余》❸，鄭仲夔《清言》❻等；然纂舊聞則別無穎異，述時事則傷於矯揉，而世人猶復爲之不已。至於清，又有梁維樞作《玉劍尊聞》❼，吳肅公作《明語林》❽，章撫功作《漢世說》❾，李清作《女世說》❿，顏從喬作《僧世說》⓫，王晫作《今世說》⓬，汪琬作《說鈴》而惠棟爲之補注⓭，今亦尚有易宗夔作《新世說》⓮也。

---

❷ 張墉，字石宗，明錢塘（今浙江杭州）人。撰有《廿一史識餘》（又名《竹香齋類書》）。

❷ 鄭仲夔，字龍如，明江西人。撰有《蘭畹居清言》（即《清言》）。

❷ 梁維樞（1589—1662年），字愼可，清眞定（今河北正定）人。撰有《玉劍尊聞》。

❷ 吳肅公，字雨若，清宣城（今屬安徽）人。撰有《明語林》。

❷ 章撫功，字仁豔，清錢塘（今浙江杭州）人。撰有《漢世說》。

❷ 李清（1602—1683年），字心水，又字映碧，號天一居士，明興化（今屬江蘇）人。撰有《女世說》。

❷ 顏從喬，作《僧世說》，待查。

❸ 王晫（1636—？年），字丹麓，清初仁和（今浙江杭州）人。撰有《今世說》。

❸ 汪琬（1624—1691年），字苕文，號鈍庵，清長洲（今江蘇蘇州）人。撰有《說鈴》。惠棟（1697—1758年），字定宇，號松崖，清吳縣（今屬江蘇）人。

❸ 易宗夔，字蔚儒，湖南湘潭人。撰有《新世說》。

第八篇

唐之傳奇文（上）

　　小說亦如詩，至唐代而一變，雖尙不離於搜奇記逸，然敘述宛轉，文辭華豔，與六朝之粗陳梗概者較，演進之跡甚明，而尤顯者乃在是時則始有意爲小說。胡應麟（《筆叢》三十六）云，「變異之談，盛於六朝，然多是傳錄舛訛，未必盡幻設語，至唐人乃作意好奇，假個說以寄筆端。」其云「作意」，云「幻設」者，則即意識之創造矣。此類文字，當時或爲叢集，或爲單篇，大率篇幅曼長，記敘委曲，時亦近於俳諧，故論者每訾其卑下，貶之曰「傳奇」，以別於韓柳❶輩之高文。顧世間則甚風行，文人往往有作，投謁時或用之爲行卷，今頗有留存於《太平廣記》❷中者（他書所收，時代及撰人多錯誤不足據），實唐代特絕之作也。然而後來流派，乃亦不昌，但有演述，或者摹擬而已，惟元明人多本其事作雜劇或傳奇，而影響遂及於曲。

　　幻設爲文，晉世固已盛，如阮籍之《大人先生傳》，劉伶之

---

❶ 韓柳，指韓愈和柳宗元，二人爲唐代散文代表作家。韓愈（768－824年），字退之，唐河南河陽（今河南孟縣）人。撰有《韓昌黎集》。柳宗元（773－819年），字子厚，唐河東解（今山西運城）人。撰有《柳河東集》。

❷ 《太平廣記》，類書，北宋李昉等編。參看本書第十一篇。

《酒德頌》❸，陶潛之《桃花源記》《五柳先生傳》皆是矣，然咸以寓言爲本，文詞爲末，故其流可衍爲王績《醉鄉記》❹韓愈《圬者王承福傳》柳宗元《種樹郭橐駝傳》等，而無涉於傳奇。傳奇者流，源蓋出於志怪，然施之藻繪，擴其波瀾，故所成就乃特異，其間雖亦或托諷喻以紓牢愁，談禍福以寓懲勸，而大歸則究在文采與意想，與昔之傳鬼神明因果而外無他意者，甚異其趣矣。

　　隋唐間，有王度者，作《古鏡記》（見《廣記》二百三十，題曰《王度》），自述獲神鏡於侯生，能降精魅，後其弟（當作續）遠遊，藉以自隨，亦殺諸鬼怪，顧終乃化去。其文甚長，然僅綴古鏡諸靈異事，猶有六朝志怪流風。王度，太原祁人，文中子通❺之弟，東皋子績兄也，蓋生於開皇初（宋晁公武《郡齋讀書志》十云通生於開皇四年），大業中爲御史，罷歸河東，復入長安爲著作郎，奉詔修國史，又出兼芮城令，武德中卒（約五八五～六二五），史亦不成（見《古鏡記》，《唐文粹》及《新唐書·王績傳》，惟傳云兄名凝，未詳孰是），遺文僅存此篇而已。績棄官歸龍門後，史不言其游涉，蓋度所假設也。

　　唐初又有《補江總白猿傳》一卷，不知何人作，宋時尚單行，今見《廣記》（四百四十四，題曰《歐陽紇》）中。傳言梁將歐陽紇❻略地至長樂，深入溪洞，其妻遂爲白猿所掠，逮救歸，已孕，周歲生一子，「厥狀肖焉」。紇後爲陳武帝所殺，子詢以江總❼收養成人，入唐有盛名，而貌類獮猴，忌者因此作傳，云以補江總，

❸ 阮籍（210－263年），字嗣宗，三國魏陳留尉氏（今屬河南）人。劉伶，字伯倫，西晉沛國（今安徽宿縣）人。

❹ 王績（585－644年），字無功，號東皋子，隋末唐初絳州龍門（今山西河津）人。撰有《醉鄉記》。

❺ 文中子，即王通（584－617年），字仲淹，王績之兄。撰有《中說》等。死後其門人私諡爲「文中子」。

❻ 歐陽紇（538－570年），字奉聖，南朝陳臨湘（今湖南長沙）人。其子詢（557－641年），字信本。

❼ 江總（519－594年），字總持，南朝陳濟陽考城（今河南蘭考）人。

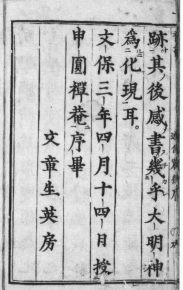

跡其後感書幾乎大明神

爲化現耳。

文保三年四月十四月授

申圓禪卷序畢

文章生英房

④積善上ツケシ山小海経二三金
城小郷河闕下イ小縣ノ西酈
三アリトスル山説二公緝州ま
クニノ外龍門卜イアアガ二コす
リル黄河卜イル郷ノ上リヨリ
溶ヲサル三コト四百小里上洛水卜テ
ニモ川ノ名ナリ金城ノ八ツカす
師ノ三ニアリ卜京師ノ八スす
洛陽三マコ卜リノ金狐ニユニ
ミアニニアタツ上積石山アリト
上ヨリニ西南卜イ小金城ヤリ
ニ十ギコ名ナリハ三レト三上川
北ノ龍門卜イヘ黄河水行寒
外ノ北タ洛陽二四小百小餘里。
ル州ノ名ナリ漢書リ金城郡
城ノ西卜師之二西一説云元山ヲ
遊仙窟卷一

寗州屬關內一道在去長安
ニ千三百里而北也。

寗縣尉張文成作

若夫積石山者在金城郡
襄

日本版《遊仙窟》插圖及內頁

是知假小說以施誣衊之風，其由來亦頗古矣。

武后時，有深州陸渾人張字文成，以調露初登進士第，爲岐王府參軍，屢試皆甲科，大有文譽，調長安尉，然性躁卞，儻蕩無檢，姚崇尤惡之；開元初，御史李全交劾鷟訕短時政，貶嶺南，旋得內徙，終司門員外郎（約六六○～七四○，詳見兩《唐書‧張薦傳》）。日本有《遊仙窟》一卷，題寧州襄樂縣尉張文成作，莫休符❽謂「弱冠應舉，下筆成章，中書侍郎薛元超特授襄樂尉」（《桂林風土記》），則尚其年少時所爲。自敘奉使河源，道中夜投大宅，逢二女曰十娘五嫂，宴飲歡笑，以詩相調，止宿而去，文近駢儷而時雜鄙語，氣度與所作《朝野僉載》《龍筋鳳髓判》❾正同，《唐書》謂「下筆輒成，浮豔少理致，其論著率詆誚蕪穢，然大行一時，晚進莫不傳記。……新羅日本使至，必出金寶購其文」，殆實錄矣。《遊仙窟》中國久失傳，後人亦不復效其體制，今略錄數十言以見大概，乃升堂燕飲時情狀也。

> ……十娘喚香兒爲少府設樂，金石並奏，簫管間響：
> 蘇合彈琵琶，綠竹吹觱篥，仙人鼓瑟，玉女吹笙，玄鶴俯而聽琴，白魚躍而應節。清音咷叨，片時則梁上塵飛，雅韻鏗鏘，辛爾則天邊雪落，一時忘味，孔丘留滯不虛，三日繞梁，韓娥餘音是實。……兩人俱起舞，共勸下官，……遂舞著詞曰，「從來巡繞四邊，忽逢兩個神仙，眉上冬天出柳，頰中旱地生蓮，千看千處嫵媚，萬看萬種妍，今宵若其不得，刺命過與黃泉。」又一時大笑。舞畢，因謝曰，「僕實庸才，得陪清賞，賜垂音樂，慚荷不勝。」十娘詠曰，「得意似鴛鴦，情乖若胡越，不向君邊盡，更知何處歇？」十娘曰，「兒等並無可收採，少府公

❽ 莫休符，唐代人。所撰《桂林風土記》，《新唐書‧藝文志》著錄三卷，今存一卷。
❾ 《朝野僉載》，唐張撰。記隋唐朝野見聞。原書已佚，今存輯本，有《說郛》等一卷本與《寶顏堂祕笈》等六卷本。《龍筋鳳髓判》，四卷，判詞集。

云『冬天出柳，旱地生蓮』，總是相弄也。」……

然作者蔚起，則在開元天寶以後。大曆中有沈既濟，蘇州吳人，經學該博，以楊炎❿薦，召拜左拾遺史館修撰。貞元時炎得罪，既濟辦貶處州司戶參軍，既入朝，位禮部員外郎，卒（約七五〇～八〇〇）。撰《建中實錄》⓫，人稱其能，《新唐書》有傳。《文苑英華》⓬（八百三十三）錄其《枕中記》（亦見《廣記》八十二，題曰《呂翁》）一篇，爲小說家言，略謂開元七年，道士呂翁行邯鄲道中，息邸舍，見旅中少年盧生侘傺歎息，乃探囊中枕授之。生夢娶清河崔氏，舉進士，官至陝牧，入爲京兆尹，出破戎虜，轉史部侍郎，遷戶部尚書兼御史大夫，爲時宰所忌，以飛語中之，貶端州刺史，越三年征爲常侍，未幾同中書門下平章事。

> 　嘉謨密命，一日三接，獻替啓沃，號爲賢相，同列害之，復誣與邊將交結，所圖不軌，下制獄，府吏引從至其門而急收之。生惶駭不測，謂妻子曰，「吾家山東有良田五頃，足以禦寒餒，何苦求祿？而今及此，思衣短褐乘青駒行邯鄲道中，不可得也！」引刃自刎，其妻救之獲免。其罹者皆死，獨生爲中官保之，減罪死投驩州。數年，帝知冤，復追爲中書令，封燕國公，恩旨殊異。生五子，……其姻媾皆天下望族，有孫十餘人。……後年漸衰邁，屢乞骸骨，不許。病，中人候問，相踵於道，名醫上藥，無不至焉，……薨；生欠伸而悟，見其身方偃於邸舍，呂翁坐其傍，主人蒸黍未熟：觸類如故。生蹶然而興曰，「豈其夢寐也？」翁謂主人曰，「人生之適，亦如是矣。」生憮然良久，謝曰，「夫寵辱之道，窮達之運，得

---

❿ 楊炎（727─781年），字公南，唐鳳翔天興（今陝西鳳翔）人。
⓫ 《建中實錄》，系唐德宗建中時編年大事記。
⓬ 《文苑英華》，北宋李昉等編。共一千卷，上續《文選》，收南朝梁末至唐代詩文。

明萬曆年間刊本《邯鄲夢記》

喪之理，死生之情，盡知之矣：此先生所以窒吾欲也。敢
不受教！」稽首再拜而去。

　　如是意想，在歆慕功名之唐代，雖詭幻動人，而亦非出於
獨創，干寶《搜神記》有焦湖廟祝以玉枕使楊林入夢事（見第五
篇），大旨悉同，當即此篇所本，明人湯顯祖之《邯鄲記》❶，則
又本之此篇。既濟文筆簡煉，又多規誨之意，故事雖不經，尚爲當
時推重，比之韓愈《毛穎傳》；間亦有病其俳諧者，則以作者嘗爲
史官，因而繩以史法，失小說之意矣。既濟又有《任氏傳》（見
《廣記》四百五十二）一篇，言妖狐幻化，終於守志殉人，「雖今
之婦人有不如者」，亦諷世之作也。

　　「吳興才人」（李賀語）沈亞之字下賢，元和十年進士第，太
和初爲德州行營使者柏耆判官，耆以罪貶，亞之亦謫南康尉，終郢
州掾（約八世紀末至九世紀中），集十二卷，今存。亞之有文名，
自謂「能創窈窕之思」❶，今集中有傳奇文三篇（《沈下賢集》卷
二卷四，亦見《廣記》二百八十二及二百九十八），皆以華豔之
筆，敘恍忽之情，而好言仙鬼復死，尤與同時文人異趣。《湘中
怨》記鄭生偶遇孤女，相依數年，一旦別去，自云「蛟宮之娣」，
謫限已滿矣，十餘年後，又遙見之畫艫中，含嚬悲歌，而「風濤崩
怒」，竟失所在。《異夢錄》記邢鳳夢見美人，示以「弓彎」之
舞；及王炎夢侍吳王久，忽聞笳鼓，乃葬西施，因奉教作挽歌，王
嘉賞之。《秦夢記》則自述道經長安，客橐泉邸舍，夢爲秦官有
功，時弄玉婿蕭史先死，因尚公主，自題所居曰翠微宮。穆公遇亞
之亦甚厚，一日，公主忽無疾卒，穆公乃不復欲見亞之，遣之歸。

---

❶ 湯顯祖（1550—1616年），字義仍，號若士，明臨川（今屬江西）人。撰有《邯鄲
　　記》《紫釵記》《還魂記》（一名《牡丹亭》）《南柯記》，合稱《臨川四夢》。
❶ 「吳興才人」，語見唐李賀《送沈亞之歌》。沈亞之（781—832年），字下賢，唐吳
　　興（今屬浙江）人。「自謂『能創窈窕之思』」，語見《沈下賢集》卷二《爲人撰乞
　　巧文》

將去，公置酒高會，聲秦聲，舞秦舞，舞者擊髆拊髀
嗚嗚而音有不快，聲甚怨。……既，再拜辭去，公復命至
翠微宮與公主侍人別，重入殿內時，見珠翠遺碎青階下，
窗紗檀點依然，宮人泣對亞之。亞之感咽良久，因題宮門
詩曰，「君王多感放東歸，從此秦宮不復期，春景自傷
秦喪主，落花如雨淚胭脂。」竟別去，……覺臥邸舍。明
日，亞之與友人崔九萬具道；九萬，博陵人，諳古，謂餘
曰，「《皇覽》云，『秦穆公葬雍橐泉祈年宮下』，非其
神靈憑乎？」亞之更求得秦時地志，說如九萬云。嗚呼！
弄玉既仙矣，惡又死乎？

陳鴻為文，則辭意慷慨，長於吊古，追懷往事，如不勝情。

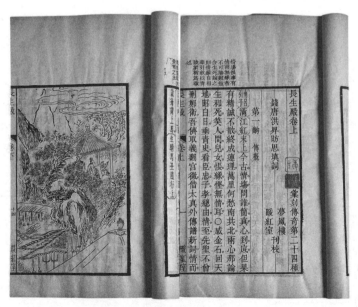

《長生殿》書影

鴻少學爲史，貞元二十一年登太常第，始閒居遂志，乃修《大統紀》三十卷，七年始成（《唐文粹》九十五），在長安時，嘗與白居易[15]爲友，爲《長恨歌》作傳（見《廣記》四百八十六）。《新唐志》小說家類有陳鴻《開元升平源》[16]一卷，注云，「字大亮，貞元主客郎中」，或亦其人也（約八世紀後半至九世紀中葉）。所作又有《東城老父傳》[17]（見《廣記》四百八十五），記賈昌於兵火之後，憶念太平盛事，榮華苓落，兩相比照，其語甚悲。《長恨歌傳》則作於元和初，亦追述開元中楊妃入宮以至死蜀本末，法與《賈昌傳》相類。楊妃故事，唐人本所樂道，然鮮有條貫秩然如此傳者，又得白居易作歌，故特爲世間所知，清洪昇[18]撰《長生殿傳奇》，即本此傳及歌意也。傳今有數本，《廣記》及《文苑英華》（七百九十四）所錄，字句已多異同，而明人附載《文苑英華》後之出於《麗情集》及《京本大曲》[19]者尤異，蓋後人（《麗情集》之撰者張君房？）又增損之。

　　天寶末，兄國忠盜丞相位，愚弄國柄，及安祿山引兵向闕，以討楊氏爲詞。潼關不守，翠華南幸，出咸陽，道次馬嵬亭，六軍徘徊，持戟不進，從官郎吏伏上馬前，請誅晁錯以謝天下，國忠奉氂纓盤水，死於道周。左右之意未快，上問之，當時敢言者請以貴妃塞天下怨，上知不免，而不忍見其死，反袂掩面，使牽之而去；倉皇輾轉，竟就死於尺組之下。（《文苑英華》所載）

　　天寶末，兄國忠盜丞相位，竊弄國柄，羯胡亂燕，二

---

[15] 白居易（772—846年），字樂天，號香山居士。唐太原（今屬山西）人。撰有《白氏長慶集》。

[16] 《開元升平源》，一說爲吳兢撰。

[17] 《東城老父傳》，又名《賈昌傳》，一說爲陳鴻祖撰。

[18] 洪昇（1645—1704年），字昉思，號稗畦，清錢塘（今浙江杭州）人。撰有《長生殿傳奇》。

[19] 《麗情集》，張君房撰，該書已散佚，今存一卷。《京本大曲》，未詳。

京連陷，翠華南幸，駕出都西門百餘里，六師徘徊，擁戟不行，從官郎吏伏上馬前，請誅錯以謝之；國忠奉氂纓盤水，死於道周。左右之意未快，當時敢言者請以貴妃塞天下之怒，上慘容，但心不忍見其死，反袂掩面，使牽之而去。拜於上前，回眸血下，墜金鈿翠羽於地，上自收之。嗚呼，蕙心綺質，天王之愛，不得已而死於尺組之下，叔向母云「甚美必甚惡」，李延年歌曰「傾國復傾城」，此之謂也。（《麗情集》及《大曲》所載）

　　白行簡字知退，其先蓋太原人，後家韓城，又徙下邽，居易之弟也，貞元末進士第，累遷司門員外郎主客郎中，寶曆二年（八二六）冬病卒，年蓋五十餘，兩《唐書》皆附見《居易傳》。有集二十卷，今不存，而《廣記》（四百八十四）收其傳奇文一篇曰《李娃傳》，言滎陽巨族之子溺於長安倡女李娃，貧病困頓，至流落為挽郎，復為李娃所拯，勉之學，遂擢第，官成都府參軍。行簡本善文筆，李娃事又近情而聳聽，故纏綿可觀；元人已本其事為《曲江池》[20]，明薛近兗則以作《繡襦記》[21]。行簡又有《三夢記》一篇（見原本《說郛》四），舉「彼夢有所往而此遇之者，或此有所為而彼夢之者，或兩相通夢者」三事，皆敘述簡質，而事特瑰奇，其第一事尤勝。

　　　天後時，劉幽求為朝邑丞，嘗奉使夜歸，未及家十餘里，適有佛寺，路出其側，聞寺中歌笑歡洽。寺垣短缺，盡得睹其中。劉俯身窺之，見十數人兒女雜坐，羅列盤饌，環繞之而共食。見其妻在坐中語笑。劉初愕然，不測其故，久之，且思其不當至此，復不能捨之。又熟視容止

---

[20] 《曲江池》，雜劇，元石君寶撰。
[21] 薛近兗，約明嘉靖時人。所撰《繡襦記》，四卷。一說為明徐霖撰。

明天啟印本《繡襦記》插圖

言笑無異，將就察之，寺門閉不得入，劉擲瓦擊之，中其
罍洗，破迸散走，因忽不見。劉逾垣直入，與從者同視殿
廡，皆無人，寺扃如故。劉訝益甚，遂馳歸。比至其家，
妻方寢，聞劉至，乃敘寒暄訖，妻笑曰，「向夢中與數十
人同遊一寺，皆不相識，會食於殿庭，有人自外以瓦礫投
之，杯盤狼藉，因而遂覺。」劉亦具陳其見，蓋所謂彼夢
有所往而此遇之也。

魯迅中國小說史略漢文學史綱要

第九篇

唐之傳奇文（下）

　　然傳奇諸作者中，有特有關係者二人：其一，所作不多而影響
甚大，名亦甚盛者曰元稹；其二，多所著作，影響亦甚大而名不甚
彰者曰李公佐。

　　元稹字微之，河南河內人，舉明經，補校書郎，元和初應制策
第一，除左拾遺，歷監察御史，坐事貶江陵，又自虢州長史征入，
漸遷至中書舍人承旨學士，進工部侍郎同平章事，未幾罷相，出為
同州刺史，又改越州，兼浙東觀察使。太和初，入為尚書左丞檢校
戶部尚書，兼鄂州刺史武昌軍節度使，五年七月暴疾，一日而卒於
鎮，時年五十三（七七九～八三一），兩《唐書》皆有傳。稹自少
與白居易唱和，當時言詩者稱元白，號為「元和體」❶，然所傳小
說，止《鶯鶯傳》（見《廣記》四百八十八）一篇。

　　《鶯鶯傳》者，即敘崔張故事，亦名《會眞記》者也。略謂貞
元中，有張生者，性貌溫美，非禮不動，年二十三未嘗近女色。時
生遊於蒲，寓普救寺，適有崔氏孀婦將歸長安，過蒲，亦寓茲寺，
緒其親則於張為異派之從母。會渾瑊薨，軍人因喪大擾蒲人，崔氏

---

❶ 「元和體」，《舊唐書·元稹傳》：元稹「與太原白居易友善。工為詩，善狀詠風態
　物色，當時言詩者稱元、白焉。自衣冠士子，至閭閻下俚，悉傳諷之，號為『元和
　體』。」

甚懼，而生與蒲將之黨有善，得將護之，十餘日後廉使杜確來治軍，軍遂戢。崔氏由此甚感張生，因招宴，見其女鶯鶯，生惑焉，托崔之婢紅娘以《春詞》二首通意，是夕得彩箋，題其篇曰《明月三五夜》，辭云，「待月西廂下，迎風戶半開，隔牆花影動，疑是玉人來。」張喜且駭，已而崔至，則端服嚴容，責其非禮，竟去，張自失者久之，數夕後，崔又至，將曉而去，終夕無一言。

……張生辨色而興，自疑曰，「豈其夢邪？」及明，睹妝在臂，香在衣，淚光熒熒然猶瑩於茵席而已。是後又十餘日，杳不復知。張生賦《會真詩》三十韻，未畢而紅娘適至，因授之，以貽崔氏。自是復容之，朝隱而出，暮隱而入，同安於曩所謂西廂者幾一月矣。張生常詰鄭氏之情，則曰，「我不可奈何矣。」因欲就成之。無何，張生將至長安，先以情諭之，崔氏宛然無難詞，然而愁怨之容動人矣。將行之夕，不可復見，而張生遂西下。……

明年，文戰不利，張生遂止於京，貽書崔氏以廣其意，崔報之，而生發其書於所知，由是為時人傳說。楊巨源[2]為賦《崔娘詩》，元稹亦續生《會真詩》三十韻，張之友聞者皆聳異，而張志亦絕矣。元稹與張厚，問其說，張曰：

「大凡天之所命尤物也，不妖其身，必妖於人。使崔氏子遇合富貴，秉嬌寵，不為雲為雨，則為蛟為螭，吾不知其變化矣。昔殷之辛，周之幽，據萬乘之國，其勢甚厚，然而一女子敗之，潰其眾，屠其身，至今為天下僇笑，予之德不足以勝妖孽，是用忍情。」

---

[2] 楊巨源，字景山，唐蒲州（今山西永濟）人。

魯迅中國小說史略漢文學史綱要

越歲餘，崔已適人，張亦別娶，適過其所居，請以外兄見，崔終不出；後數日，張生將行，崔則賦詩一章以謝絕之云，「棄置今何道，當時且自親，還將舊來意，憐取眼前人。」自是遂不復知。時人多許張為善補過者云。

　　元稹以張生自寓，述其親歷之境，雖文章尚非上乘，而時有情致，固亦可觀，惟篇末文過飾非，遂墮惡趣，而李紳[3]楊巨源輩既各賦詩以張之，稹又早有詩名，後秉節鉞，故世人仍多樂道，宋趙德麟[4]已取其事作《商調蝶戀花》十闋（見《侯鯖錄》），金則有董解元《弦索西廂》，[5]元則有王實甫《西廂記》[6]，關漢卿《續西廂記》[7]，明則有李日華《南西廂記》[8]，陸采《南西廂記》[9]等，其他曰《竟》曰《翻》曰《後》曰《續》者尤繁，[10]至今尚或稱道其事。唐人傳奇留遺不少，而後來煊赫如是者，惟此篇及李朝威《柳毅傳》而已。

　　李公佐字顓蒙，隴西人，嘗舉進士，元和中為江淮從事，後罷歸長安（見所作《謝小娥傳》中），會昌初，又為楊府錄事，大中二年，坐累削兩任官（見《唐書・宣宗紀》），蓋生於代宗時，至宣宗初猶在（約七七〇～八五〇），餘事未詳；《新唐書・宗室世系表》有千牛備身公佐，則別一人也。其著作今存四篇，《南柯太

---

[3] 李紳（772─846年），字公垂，唐無錫（今屬江蘇）人。撰有《追昔遊集》。所撰《鶯鶯歌》，一題《東飛伯勞西飛燕歌為鶯鶯作》，見《全唐詩》卷四八三。

[4] 趙德麟（1051─1107年），名令畤，號聊復翁，宋哲宗時人。撰有《侯鯖錄》。

[5] 董解元，約金章宗時人。撰有《弦索西廂》（又名《西廂記諸宮調》）。

[6] 王實甫（生卒年不詳），元大都（今北京）人。撰有雜劇《西廂記》等。

[7] 關漢卿（約1226─1300年或1210─1300年），號已齋叟，元大都（今北京）人。所撰雜劇今知有六十餘種，存十八種。有人認為王實甫《西廂記》只四本，第五本為關漢卿續作。此處之《續西廂記》即指《西廂記》第五本。

[8] 李日華，明吳縣（今屬江蘇）人。撰有《南西廂記》。

[9] 陸采（1497─1537年），原名灼，字子玄，號天池，明長洲（今江蘇吳縣）人。撰有《南西廂記》等傳奇五種。

[10] 《竟》，即《竟西廂》，實名《錦西廂》，清周恒綜撰。《翻》，即《翻西廂》，清研雪子撰。《後》，即《後西廂》，清石龐、薛旦、湯世瀠三人各有同名劇作。《續》，即《續西廂》，清查繼佐撰。

月下聽琴

琴下月

璋琴臨皓月撫出相思兩字

寶鼎藝沉煙祝諧伉儷百年

《西廂記》月下聽琴

守傳》（見《廣記》四百七十五，題《淳於棼》，今據《唐語林》改正）最有名，傳言東平淳於棼家廣陵郡東十裏，宅南有大槐一株，貞元七年九月因沉醉致疾，二友扶生歸家，令臥東廡下，而自秣馬濯足以俟之。生就枕，昏然若夢，見二紫衣使稱奉王命相邀，出門登車，指古槐穴而去。使者驅車入穴，忽見山川，終入一大城，城樓上有金書題曰「大槐安國」。生既至，拜駙馬，復出爲南

魯迅中國小說史略漢文學史綱要

柯太守，守郡三十載，「風化廣被，百姓歌謠，建功德碑，立生祠宇」，王甚重之，遞遷大位，生五男二女，後將兵與檀蘿國戰，敗績，公主又薨。生罷郡，而威福日盛，王疑憚之，遂禁生遊從，處之私第，已而送歸。既醒，則「見家之童僕擁篲於庭，二客濯足於榻，斜日未隱於西垣，余樽尚湛於東牖，夢中倏忽，若度一世矣。」其立意與《枕中記》同，而描摹更為盡致，明湯顯祖亦本之作傳奇曰《南柯記》。篇末言命僕發穴，以究根源，乃見蟻聚，悉符前夢，則假實證幻，餘韻悠然，雖未盡於物情，已非《枕中》之所及矣。

　　……有大穴，根洞然明朗，可容一榻。上有積土壤以為城郭殿台之狀，有蟻數斛，隱聚其中。中有小台，其色若丹，二大蟻處之，素翼朱首，長可三寸，左右大蟻

「南柯夢」召還

數十輔之，諸蟻不敢近，此其王矣：即槐安國都是也。又窮一穴，直上南枝可四丈，宛轉方中，亦有土城小樓，群蟻亦處其中：即生所領南柯郡也。……追想前事，感歎於懷，……不欲令二客壞之，遽令掩塞如舊。……復念檀蘿征伐之事，又請二客訪跡於外，宅東一裏有古涸澗，側有大檀樹一株，藤蘿擁織，上不見日，旁有小穴，亦有群蟻隱聚其間。檀蘿之國，豈非此耶？嗟乎！蟻之靈異猶不可窮，況山藏木伏之大者所變化乎？……

《謝小娥傳》（見《廣記》四百九十一）言小娥姓謝，豫章人，八歲喪母，後嫁歷陽俠士段居貞。夫婦與父皆習賈，往來江湖間，爲盜所殺，小娥亦折足墮水，他船拯起之，流轉至上元縣，依妙果寺尼以居。初，小娥嘗夢父告以仇人爲「車中猴東門草」，又夢夫告以仇人爲「禾中走一日夫」，廣求智者，皆不能解，至公佐乃辨之曰，「車中猴，車字去上下各一畫，是申字，又申屬猴，故曰車中猴；草下有門，門中有東，乃蘭字也。又禾中走是穿田過，亦是申字也；一日夫者，夫上更一畫，下有日，是春字也。殺汝父是申蘭，殺汝夫是申春，足可明矣。」小娥乃變男子服爲傭保，果遇二賊於潯陽，刺殺之，並聞於官，擒其黨，而小娥得免死。解謎獲賊，甚乏理致，而當時亦盛傳，李復言已演其文入《續玄怪錄》[11]，明人則本之作平話[12]。（見《拍案驚奇》十九）

所餘二篇，其一未詳原題，《廣記》則題曰《廬江馮媼》（三百四十三），記董江妻亡更娶，而媼見有女泣路隅一室中，後乃知即亡人之墓，董聞則罪以妖妄，逐媼去之，其事甚簡，故文亦不華。其一曰《古嶽瀆經》（見《廣記》四百六十七，題曰《李

---

[11] 李復言，名諒，唐隴西（今甘肅東南）人。撰有《續玄怪錄》（又名《續幽怪錄》）。

[12] 明人則本之作平話，指明淩濛初所撰初刻《拍案驚奇》卷十九：《李公佐巧解夢中言，謝小娥智擒船上盜》。

湯》），有李湯者，永泰時楚州刺史，聞漁人見龜山下水中有大鐵鎖，乃以人牛曳出之，風濤陡作，「一獸狀有如猿，白首長鬐，雪牙金爪，闖然上岸，高五丈許，蹲踞之狀若猿猴，但兩目不能開，兀若昏昧，……久乃引頸伸欠，雙目忽開，光彩若電，顧視人焉，欲發狂怒。觀者奔走，獸亦徐徐引鎖曳牛入水去，竟不復出。」當時湯與楚州知名之士，皆錯愕不知其由。後公佐訪古東吳，泛洞庭，登包山，入靈洞，探仙書，於石穴間得《古嶽瀆經》第八卷，乃得其故，而其經文字奇古，編次蠹毀，頗不能解，公佐與道士焦君共詳讀之，如下文：

> 「禹理水，三至桐柏山，驚風走雷，石號木鳴，土伯擁川，天老肅兵，功不能興。禹怒，召集百靈，授命夔龍，桐柏等山君長稽首請命，禹因囚鴻濛氏，章商氏，兜盧氏，犁婁氏，乃獲淮渦水神名無支祁，善應對言語，辨江淮之淺深，原隰之遠近，形若猿猴，縮鼻高額，青軀白首，金目雪牙，頸伸百尺，力逾九象，搏擊騰踔疾奔，輕利倏忽，聞視不可久。禹授之童律，不能制；授之烏木由，不能制；授之庚辰，能制。鴟脾桓胡木魅水靈山石怪奔號聚繞，以數千載，庚辰以戰（一作戟）逐去，頸鎖大索，鼻穿金鈴，徙淮陰之龜山之足下，俾淮水永安流注海也。庚辰之後，皆圖此形者，免淮濤風雨之難。」

宋朱熹[13]（《楚辭辨證》中）嘗斥僧伽降伏無支祁事爲俚說，羅泌[14]（《路史》）有《無支祁辯》，元吳昌齡《西遊記》雜劇[15]中有「無支祁是他姊妹」語，明宋濂[16]亦隱括其事爲文，知宋元以

---

[13] 朱熹（1130—1200年），字元晦，號晦庵，南宋徽州婺源（今屬江西）人。

[14] 羅泌，字長源，宋廬陵（今江西吉安）人。撰有《路史》。

[15] 《西遊記》雜劇，現存本題元吳昌齡撰，實爲元末明初楊訥（字景賢）所作。

[16] 宋濂（1310—1381年），字景濂，號潛溪，明浦江（今屬浙江）人。

來，此說流傳不絕，且廣被民間，致勞學者彈糾，而實則僅出於李公佐假設之作而已。惟後來漸誤禹爲僧伽或泗洲大聖，明吳承恩演《西遊記》，又移其神變奮迅之狀於孫悟空，於是禹伏無支祁故事遂以堙昧也。

傳奇之文，此外尚夥，其較顯著者，有隴西李朝威作《柳毅傳》（見《廣記》四百十九），記毅以下第將歸湘濱，道經涇陽，遇牧羊女子言是龍女，爲舅姑及婿所貶，托毅寄書於父洞庭君，洞庭君有弟錢塘君性剛暴，殺婿取女歸，欲以配毅，因毅嚴拒而止。後毅喪妻，徙家金陵，娶范陽盧氏，則龍女也，又徙南海，復歸洞庭，其表弟薛嘏嘗遇之於湖中，得仙藥五十丸，此後遂絕影響。金人已取其事爲雜劇（語見董解元《弦索西廂》中），元尚仲賢則作《柳毅傳書》[17]，翻案而爲《張生煮海》[18]，清李漁又折衷之而成《蜃中樓》[19]。又有蔣防[20]作《霍小玉傳》（見《廣記》四百八十七），言李益年二十擢進士第，入長安，思得名妓，乃遇霍小玉，寓於其家，相從者二年，其後年，生授鄭縣主簿，則堅約婚姻而別。及生覲母，始知已訂婚盧氏，母又素嚴，生不敢拒，遂與小玉絕。小玉久不得生音問，竟臥病，蹤跡招益，益亦不敢往。一日益在崇敬寺，忽有黃衫豪士強邀之，至霍氏家，小玉力疾相見，數其負心，長慟而卒。益爲之縞素，且夕哭泣甚哀，已而婚於盧氏，然爲怨鬼所祟，竟以猜忌出其妻，至於三娶，莫不如是。杜甫[21]《少年行》有云，「黃衫年少宜來數，不見堂前東逝波」，謂此也。又有許堯佐[22]作《柳氏傳》（見《廣記》四百八十五），記詩人韓翃得李生豔姬柳氏，會安祿山反，因寄柳於法靈寺而自爲淄

---

[17] 尚仲賢，元眞定（今河北正定）人。撰有雜劇《柳毅傳書》等。

[18] 《張生煮海》，一爲尚仲賢撰，已佚。今存者爲元李好古撰。

[19] 李漁（1611—約1679年），號笠翁，清蘭溪（今屬浙江）人。撰有《蜃中樓》等。

[20] 蔣防，字子微，唐義興（今江蘇宜興）人。

[21] 杜甫（712—770年），字子美，唐鞏縣（今屬河南）人。有《杜工部集》。

[22] 許堯佐，唐憲宗時人。

明天啟套印本《紅拂記》

青節度使書記，亂平復來，則柳已爲蕃將沙叱利所取，淄青諸將中有俠士許虞侯者，劫以還翊。其事又見於孟棨[23]《本事詩》，蓋亦實錄矣。他如柳珵（《廣記》二百七十五《上清傳》）薛調（又四百八十六《無雙傳》）皇甫枚（又四百九十一《非煙傳》）房千里（同上《楊娼傳》）等[24]，亦皆有造作。而杜光庭[25]之《虬髯客傳》（見《廣記》一百九十三）流傳乃獨廣，光庭爲蜀道士，事王衍，多所著述，大抵誕謾，此傳則記楊素妓人之執紅拂者識李靖於布衣時，相約遁去，道中又逢虬髯客，知其不凡，推資財，授兵法，令佐太宗興唐，而自率海賊入扶余國殺其主，自立爲王云。後世樂此故事，至作畫圖，謂之三俠；在曲則明凌初成[26]有《虬髯翁》，張鳳翼張太和皆有《紅拂記》[27]。

　　上來所舉之外，尚有不知作者之《李衛公別傳》[28]，《李林甫外傳》，郭湜之《高力士外傳》，姚汝能之《安祿山事蹟》等[29]，惟著述本意，或在顯揚幽隱，非爲傳奇，特以行文枝蔓，或拾事瑣屑，故後人亦每以小說視之。

---

[23] 孟棨，一作孟啓，字初中。唐代人。撰有《本事詩》。

[24] 柳珵，唐蒲州河東（今山西永濟）人。撰有《上清傳》。薛調，唐河中寶鼎（今山西萬榮）人。撰有《無雙傳》。皇甫枚，字遵美，唐安定（今甘肅涇川）人。撰有《三水小牘》等。房千里，字鵠舉，唐河南（今河南洛陽）人。撰有《楊娼傳》。

[25] 杜光庭（850－933年），字聖賓，自號東瀛子，唐末五代處州縉雲（今屬浙江）人。

[26] 凌初成（1580－1644年），即凌濛初，明烏程（今浙江吳興）人。參看本書第二十一篇。撰有雜劇《虬髯翁》等。

[27] 張鳳翼（1527－1613年），字伯起，號靈墟，明長洲（今江蘇吳縣）人。撰有雜劇《紅拂記》等。張太和，字幼於，號屏山，明錢塘（今浙江杭州）人。撰有《紅拂記》。

[28] 《李衛公別傳》，唐李復言撰。即《李衛公靖》，見李復言《續玄怪錄》。

[29] 郭湜，生平不詳。撰有《高力士外傳》。姚汝能，生平不詳。撰有《安祿山事蹟》。

第十篇

唐之傳奇集及雜俎

造傳奇之文，會萃爲一集者，在唐代多有，而煊赫莫如牛僧孺之《玄怪錄》。僧孺字思黯，本隴西狄道人，居宛葉間，元和初以賢良方正對策第一，條指失政，鯁訐不避宰相，至考官皆調去，僧孺則調伊闕尉，穆宗即位，漸至御史中丞，後以戶部侍郎同中書門下平章事，武宗時累貶循州長史，宣宗立，乃召還爲太子少師，大中二年卒，贈太尉，年六十九（七八○～八四八），諡曰文簡，有傳在兩《唐書》。僧孺性堅僻，而頗嗜志怪，所撰《玄怪錄》十卷，今已佚，然《太平廣記》所引尙三十一篇，可以考見大概。其文雖與他傳奇無甚異，而時時示人以出於造作，不求見信；蓋李公佐李朝威輩，僅在顯揚筆妙，故尙不肯言事狀之虛，至僧孺乃並欲以構想之幻自見，因故示其詭設之跡矣。《元無有》即其一例：

　　寶應中，有元無有，常以仲春末獨行維揚郊野。值日晚，風雨大至，時兵荒後，人戶多逃，遂入路旁空莊。須臾霽止，斜月方出，無有坐北窗，忽聞西廊有行人聲，未幾，見月中有四人，衣冠皆異，相與談諧吟詠甚暢，乃云，「今夕如秋，風月若此，吾輩豈得不爲一言，以展平

生之事也？」……吟詠既朗，無有聽之具悉。其一衣冠長人即先吟曰，「齊紈魯縞如霜雪，寥亮高聲予所發。」其二黑衣冠短陋人詩曰，「嘉賓良會清夜時，煌煌燈燭我能持。」其三故弊黃衣冠人，亦短陋，詩曰，「清冷之泉候朝汲，桑綆相牽常出入。」其四故黑衣冠人詩曰，「爨薪貯泉相煎熬，充他口腹我爲勞。」無有亦不以四人爲異，四人亦不虞無有之在堂隍也，遞相褒賞，觀其自負，則雖阮嗣宗《詠懷》，亦若不能加矣。四人遲明乃歸舊所；無有就尋之，堂中惟有故杵燈檠水桶破鐺：乃知四人即此物所爲也。（《廣記》三百六十九）

　　牛僧孺在朝，與李德裕各立門戶，爲黨爭❶，以其好作小說，李之門客韋瓘❷遂托僧孺名撰《周秦行紀》以誣之。記言自以舉進士落第將歸宛葉，經伊闕鳴皋山下，因暮失道，遂止薄太後廟中，與漢唐妃嬪燕飲。太後問今天子爲誰？則對曰，「『今皇帝先帝長子。』太眞笑曰，『沈婆兒作天子也。大奇！』」復賦詩，終以昭君侍寢，至明別去，「竟不知其何如」（詳見《廣記》四百八十九）。德裕因作論，謂僧孺姓應圖讖，《玄怪錄》又多造隱語，意在惑民，《周秦行紀》則以身與後妃冥遇，欲證其身非人臣相，「及至戲德宗爲沈婆兒，以代宗皇后爲沈婆，令人骨戰，可謂無禮於其君甚矣！」作逆若非當代，必在子孫，故「須以『太牢』少長咸置於法，則刑罰中而社稷安」也（詳見《李衛公外集》四）。自來假小說以排陷人，此爲最怪，顧當時說亦不行。惟僧孺既有才名，又歷高位，其所著作，世遂盛傳。而摹擬者亦不鮮，李復言有《續玄怪錄》十卷，「分仙術感應二門」，薛漁思有《河東

---

❶ 李德裕（787－850年），字文饒，唐趙郡（今河北趙縣）人。撰有《次柳氏舊聞》《會昌一品集》。黨爭，指唐穆宗宣宗年間，以李吉甫、李德裕父子爲首和以牛僧孺、李宗閔爲首的兩大官僚集團之間的朋黨之爭。

❷ 韋瓘，字茂弘，唐京兆萬年（今陝西西安）人。撰有《周秦行紀》。

記》三卷❸，「亦記譎怪事，序云續牛僧孺之書」（皆見宋晁公武《郡齋讀書志》十三）；又有撰《宣室志》十卷，以記仙鬼靈異事蹟者，曰張讀字聖朋，則張鷟之裔而牛僧孺之外孫也❹（見《唐書·張薦傳》），後來亦疑爲「少而習見，故沿其流波」（清《四庫提要》子部小說家類三）云。

他如武功人蘇鶚❺有《杜陽雜編》，記唐世故事，而多誇遠方珍異，參寥子高彥休❻有《唐闕史》，雖間有實錄，而亦言見夢升仙，故皆傳奇，但稍遷變。至於康駢❼《劇談錄》之漸多世務，孫棨❽《北裏志》之專敍狹邪，范攄❾《雲溪友議》之特重歌詠，雖若彌近人情，遠於靈怪，然選事則新穎，行文則逶迤，固仍以傳奇爲骨者也。迨裴鉶著書，徑稱《傳奇》，❿則盛述神仙怪譎之事，又多崇飾，以惑觀者。鉶爲淮南節度副大使高駢⓫從事，駢後失志，尤好神仙，卒以叛死，則此或當時諛導之作，非由本懷。聶隱娘勝妙手空空兒事即出此書（文見《廣記》一百九十四），明人取以入僞作之段成式《劍俠傳》，流傳遂廣，迄今猶爲所謂文人者所樂道也。

段成式字柯古，齊州臨淄人，宰相文昌子也，以蔭爲校書郎，累遷至吉州刺史，大中中歸京，仕至太常少卿，咸通四年（八六三）六月卒，《新唐書》附見段志玄傳末（餘見《酉陽雜俎》及《南楚新聞》）。成式家多奇篇祕笈，博學強記，尤深於佛

---

❸ 薛漁思，生平不詳。撰有《河東記》，已散佚。《說郛》輯錄一卷。

❹ 《宣室志》，唐張讀撰。書十卷，宣室爲漢文帝向賈誼問鬼神事處，書即記鬼神報應、奇事異物。

❺ 蘇鶚，字德祥，唐武功（今屬陝西）人。撰有《杜陽雜編》。

❻ 高彥休，號參寥子，唐末人。撰有《唐闕史》。

❼ 康駢，字駕言，唐池州（今安徽貴池）人。撰有《劇談錄》。

❽ 孫棨，字文威，自號無爲，唐僖宗時人。撰有《北裏志》。

❾ 范攄，自號五雲溪人，約唐咸通時人。撰有《雲溪友議》。

❿ 裴鉶，唐末人。撰有《傳奇》，已散佚。後有輯本。

⓫ 高駢（？—887年），字千里，唐末幽州（今北京）人。

書，而少好畋獵，亦早有文名，詞句多奧博，世所珍異，其小說有《廬陵官下記》❷二卷，今佚；《酉陽雜俎》二十卷凡三十篇，今俱在，並有《續集》十卷：卷一篇，或錄祕書，或敘異事，仙佛人鬼以至動植，彌不畢載，以類相聚，有如類書，雖源或出於張華《博物志》，而在唐時，則猶之獨創之作矣。每篇各有題目，亦殊隱僻，如紀道術者曰《壺史》，鈔釋典者曰《貝編》，述喪葬者曰《屍穸》，志怪異者曰《諾皋記》，而抉擇記敘，亦多古豔穎異，足副其目也。

　　夏啓爲東明公，文王爲西明公，邵公爲南明公，季箚爲北明公，四時主四方鬼。至忠至孝之人，命終皆爲地下主者，一百四十年，乃授下仙之教，授以大道。有上聖之德，命終受三官書，爲地下主者，一千年乃轉三官之五帝，復一千四百年方得遊行太清，爲九宮之中仙。（卷二《玉格》）
　　始生天者五相，一光覆身而無衣，二見物生稀有心，三弱顏，四疑，五怖。（卷三《貝編》）
　　國初僧玄奘往五印取經，西域敬之。成式見倭國僧金剛三昧，言嘗至中天寺，寺中多畫玄奘麻及匙箸，以彩雲乘之，蓋西域所無者，每至齋日，輒膜拜焉。（同上）
　　天翁姓張，名堅，字刺渴，漁陽人，少不羈，無所拘忌。常張羅，得一白雀，愛而養之，夢劉天翁責怒，每欲殺之，白雀輒以報堅，堅設諸方待之，終莫能害。天翁遂下觀之，堅盛設賓主，乃竊騎天翁車，乘白龍，振策登天，天翁乘餘龍追之，不及。堅既到玄宮，易百官，杜塞北門，封白雀爲上卿侯，改白雀之胤不產於下土。劉翁失

❷ 《廬陵官下記》，《新唐書・藝文志》著錄二卷，已散佚。清陶珽重輯《說郛》收有佚文。

94　魯迅中國小說史略漢文學史綱要

治，徘徊五嶽作災，堅患之，以劉翁爲太山太守，主生死之籍。（卷十四《諾皋記》）

　　大歷中，有士人莊在渭南，遇疾卒於京，妻柳氏因莊居。……士人祥齋日，暮，柳氏露坐逐涼，有胡蜂繞其首面，柳氏以扇擊墮地，乃胡桃也。柳氏遽取，玩之掌中；遂長，初如拳，如椀，驚顧之際，已如盤矣。曝然分爲兩扇，空中輪轉，聲如分蜂，忽合於柳氏首。柳氏碎首，齒著於樹。其物因飛去，竟不知何怪也。（同上）

　　又有聚文身之事者曰《黥》，述養鷹之法者曰《肉攫部》，《續集》則有《貶誤》以收考證，有《寺塔記》以志伽藍，所涉既廣，遂多珍異，爲世愛玩，與傳奇並驅爭先矣。

　　成式能詩，幽澀繁縟如他著述，時有祁人溫庭筠[13]字飛卿，河內李商隱[14]字義山，亦俱用是相誇，號「三十六體」[15]。

　　溫庭筠亦有小說三卷曰《乾子》，遺文見於《廣記》，僅錄事略，簡率無可觀，與其詩賦之豔麗者不類。李於小說無聞，今有《義山雜纂》一卷，《新唐志》不著錄，宋陳振孫[16]（《直齋書錄解題》十一）以爲商隱作，書皆集俚俗常談鄙事，以類相從，雖止於瑣綴，而頗亦穿世務之幽隱，蓋不特聊資笑噱而已。

殺風景

松下喝道　　看花淚下　　苔上鋪席　　斫卻垂楊

---

❸ 溫庭筠（約812－866年），字飛卿，唐太原（今屬山西）人。撰有《乾子》，已散佚。《太平廣記》收有佚文。

❹ 李商隱（約813－858年），字義山，號玉溪生，唐懷州河內（今河南沁陽）人。有《樊南文集》等。

❺ 「三十六體」，《新唐書·文藝傳》：「商隱初爲文瑰邁奇古，及在令狐楚府，楚本工章奏，因授其學。商隱儷偶長短，而繁縟過之。時溫庭筠、段成式俱用是相誇，號『三十六體』。」

❻ 陳振孫，字伯玉，號直齋，南宋安吉（今屬浙江）人。撰有《直齋書錄解題》。原書已佚，今本從《永樂大典》輯校而成。

花下曬褌　遊春重載　石筍繫馬　月下把火
步行將軍　背山起樓　果園種菜　花架下養雞鴨

惡模樣

作客與人相爭罵……　做客踏翻台桌……
對丈人丈母唱豔曲　嚼殘魚肉歸盤上　對眾倒臥　橫
箸在羹碗上

十誡

不得飲酒至醉　不得暗黑處驚人　不得陰損於人
不得獨入寡婦人房　不得開人家書　不得戲取物不令
人知　不得暗黑獨自行　不得與無賴子弟往還
不得借人物用了經旬不還（原缺一則）

中和年間有李就今字袞求，為臨晉令，亦號義山，能詩，初舉
時恆遊侶家，見孫棨《北里志》，則《雜纂》之作，或出此人，未
必定屬商隱，然他無顯證，未能定也。後亦時有仿作者，宋有續，
稱王君玉[17]，有再續，稱蘇東坡[18]，明有三續，為黃允交[19]。

---

[17] 王君玉，宋代王君玉有兩人：一、據《四庫全書總目提要》載，《國老談苑》二卷，
舊題夷門隱叟王君玉撰；二、據《宋史·王珪傳》載，珪從兄琪字君玉，成都華陽
人。《雜纂續》作者當為兩人中之一人。
[18] 《雜纂二續》，參看本書第七篇。題蘇軾撰。
[19] 黃允交，明歙縣（今屬安徽）人。撰有《雜纂三續》。

第十一篇

宋之志怪及傳奇文

　　宋既平一宇內，收諸國圖籍，而降王臣佐多海內名士，或宣怨言，遂盡招之館閣，厚其廩餼，使修書，成《太平御覽》《文苑英華》各一千卷；又以野史傳記小說諸家成書五百卷，目錄十卷，是爲《太平廣記》，以太平興國二年（九七七）三月奉詔撰集，次年八月書成表進，八月奉敕送史館，六年正月奉旨雕印板（據《宋會要》及《進書表》），後以言者謂非後學所急，乃收版貯太清樓，故宋人反多未見。《廣記》採摭宏富，用書至三百四十四種，自漢晉至五代之小說家言，本書今已散亡者，往往賴以考見，且分類纂輯，得五十五部，視每部卷帙之多寡，亦可知晉唐小說所敘，何者爲多，蓋不特稗說之淵海，且爲文心之統計矣。今舉較多之部於下，其末有雜傳記九卷，則唐人傳奇文也。

　　　神仙五十五卷　　女仙十五卷　　異僧十二卷
　　　報應三十三卷　　徵應（休咎也）十一卷　　定數十五卷
　　　夢七卷　　神二十五卷　　鬼四十卷　　妖怪九卷　　精怪六卷
　　　再生十二卷　　龍八卷　　虎八卷　　狐九卷

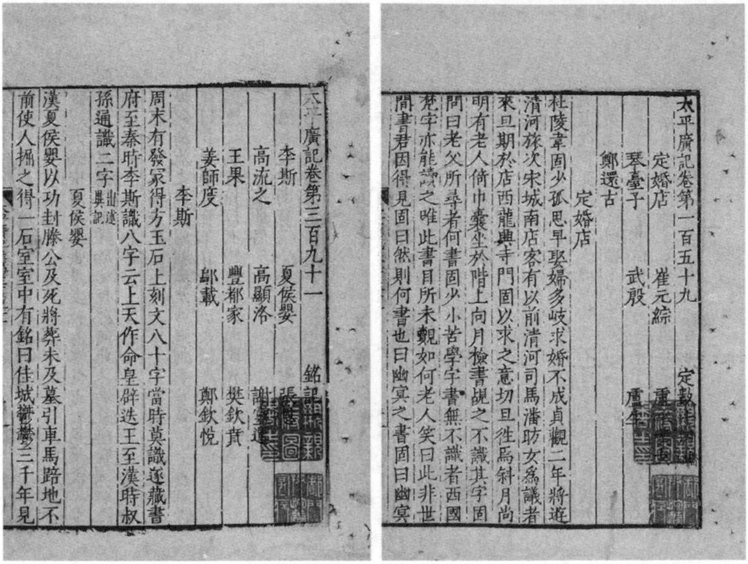

太平廣記卷第一百五十九　定數十四

定婚店　崔元綜

琴臺子　武殷

鄭還古

定婚店

杜陵韋固少孤思早娶婦多岐求婚不成貞觀二年將遊清河旅次宋城南店客有以前清河司馬潘昉女為議者來旦期於店西龍興寺門固以求之意切旦往焉斜月尚明有老人倚巾囊坐於階上向月檢書覘之不識其字固問曰老父所尋者何書固少小苦學字書無不識者西國梵字亦能讀之唯此書目所未覿如何老人笑曰此非世間書君因得見固曰然則何書也曰幽冥之書固曰幽冥

太平廣記卷第三百九十一　銘記

李斯　夏侯嬰

高流之　高顯洛

王果　豐都冢　樊欽賁

姜師度　郗鑒　鄭欽悅

李斯

周末有發冢得方玉石上刻文八十字當時莫識遂藏書府至秦時李斯識八字云上天作命皇辟迭王至漢時叔孫通識二字

夏侯嬰

漢夏侯嬰以功封滕公及死將葬未及墓引車馬踣地不前使人掘之得一石室室中有銘曰佳城鬱鬱三千年見

明嘉靖刻本《太平廣記》內頁

《太平廣記》以李昉監修，同修者十二人❶，中有徐鉉❷，有吳淑，皆嘗爲小說，今俱傳。鉉字鼎臣，揚州廣陵人，南唐翰林學士，從李煜入宋，官至直學士院給事中散騎常侍，淳化二年坐累謫靜難行軍司馬，中寒卒於貶所，年七十六（九一六～九九一），事詳《宋史・文苑傳》。鉉在唐時已作志怪，歷二十年成《稽神錄》六卷，僅一百五十事，比修《廣記》，常希收采而不敢自專，使宋白❸問李昉，昉曰，「詎有徐率更言無稽者！」遂得見收。然其文平實簡率，既失六朝志怪之古質，復無唐人傳奇之纏綿，當宋之初，志怪又欲以「可信」見長，而此道於是不復振也。

---

❶ 同修者十二人，據《太平廣記・進書表》所記，同修《太平廣記》之十二人爲呂文仲、吳淑、陳鄂、趙鄰幾、董淳、王克貞、張洎、宋白、徐鉉、湯悅、李穆、扈蒙。

❷ 徐鉉（916—991年），北宋揚州廣陵（今江蘇江都）人。撰有《稽神錄》，已散佚。《說郛》卷三、卷十四有輯本。

❸ 宋白，字太素，宋大名（今屬河北）人。曾參與編撰《太平廣記》《文苑英華》。

廣陵有王姥，病數日，忽謂其子曰，「我死，必生西溪浩氏為牛，子當贖之，而我腹下有『王』字是也。」頃之遂卒，其西溪者，海陵之西地名也；其民浩氏，生牛，腹有白毛成「王」字。其子尋而得之，以束帛贖之以歸。（卷二）

瓜村有漁人，妻得勞瘦疾，轉相傳染，死者數人。或云：取病者生釘棺中，棄之，其病可絕。頃之，其女病，即生釘棺中，流之於江，至金山，有漁人見而異之，引之至岸，開視之，見女子猶活，因取置漁舍中，多得鰻鱺魚以食之，久之病癒，遂為漁人之妻，至今尚無恙。（卷三）

吳淑，徐鉉婿也，字正儀，潤州丹陽人，少而俊爽，敏於屬文，在南唐舉進士，以校書郎直內史，從李煜歸宋，仕至職方員外郎，咸平五年卒，年五十六（九四七～一〇〇二），亦見《宋史・文苑傳》。所著《江淮異人錄》三卷，今有從《永樂大典》❹輯成本，凡二十五人，皆傳當時俠客術士及道流，行事大率詭怪。唐段成式作《酉陽雜俎》，已有《盜俠》一篇，敘怪民奇異事，然僅九人，至薈萃諸詭幻人物，著為專書者，實始於吳淑，明人鈔《廣記》偽作《劍俠傳》又揚其波，而乘空飛劍之說日熾；至今尚不衰。

成幼文為洪州錄事參軍，所居臨通衢而有窗。一日坐窗下，時雨霽泥濘而微有路，見一小兒賣鞋，狀甚貧窶，有一惡少年與兒相遇，鞋墮泥中。小兒哭求其價，少年叱之不與。兒曰，「吾家且未有食，待賣鞋營食，而悉為所

---

❹ 《永樂大典》，明永樂年間解縉等所輯類書。初名《文獻大成》，後更廣收各類圖書七八千種，輯成二二八七七卷，凡例、目錄六十卷，定名《永樂大典》。已散佚，今有影印出版的佚文七三〇卷。

汗。」有書生過，憫之，爲償其值。少年怒曰，「兒就我求食，汝何預焉？」因辱詈之。生甚有慍色；成嘉其義，召之與語，大奇之，因留之宿。夜共話，成暫入內，及復出，則失書生矣，外戶皆閉，求之不得，少頃復至前曰，「旦來惡子，吾不能容，已斷其首。」乃擲之於地。成驚曰，「此人誠忓君子，然斷人之首，流血在地，豈不見累乎？」書生曰，「無苦。」乃出少藥，傅於頭上，捽其髮摩之，皆化爲水，因謂成曰，「無以奉報，願以此術授君。」成曰，「某非方外之士，不敢奉教。」書生於是長揖而去，重門皆鎖閉，而失所在。

　　宋代雖云崇儒，並容釋道，而信仰本根，夙在巫鬼，故徐鉉吳淑而後，仍多變怪讖應之談，張君房之《乘異記》❺（咸平元年序），張師正之《括異志》❻，聶田之《祖異志》❼（康定元年序），秦再思之《洛中紀異》❽，畢仲詢之《幕府燕閑錄》❾（元豐初作），皆其類也。迨徽宗惑於道士林靈素，篤信神仙，自號「道君」，而天下大奉道法。至於南遷，此風未改，高宗退居南內，亦愛神仙幻誕之書，時則有知興國軍曆陽郭象字次象作《睽車志》❿五卷，翰林學士鄱陽洪邁字景盧作《夷堅志》四百二十卷，似皆嘗呈進以供上覽。諸書大都偏重事狀，少所鋪敍，與《稽神錄》略同，顧《夷堅志》獨以著者之名與卷帙之多稱於世。

　　洪邁幼而強記，博極群書，然從二兄試博學宏詞科獨被黜，

---

❺ 張君房，北宋安陸（今屬湖北）人。曾主持修校祕閣所藏道書，摘要編成《雲笈七籤》一二二卷。所撰《乘異記》，《宋史・藝文志》著錄三卷。

❻ 張師正，字不疑，所撰《括異志》，《宋史・藝文志》著錄十卷。

❼ 聶田，生平不詳。《祖異志》，題宋聶田撰。

❽ 秦再思，生平不詳。所撰《洛中紀異》，《宋史・藝文志》著錄十卷。

❾ 畢仲詢，宋元豐時人。所撰《幕府燕閑錄》，《宋史・藝文志》著錄十卷。

❿ 郭象，字伯象，北宋和州曆陽（今安徽和縣）人。所撰《睽車志》，《宋史・藝文志》著錄一卷，宋陳振孫《直齋書錄解題》作五卷。

年五十始中第，為敕令所刪定官。父皓曾忤秦檜，憾並及邁，遂出添差教授福州，累遷吏部郎兼禮部；嘗接伴金使，頗折之，旋為報聘使，以爭朝見禮不屈，幾被抑留，還朝又以使金辱命論罷，尋起知泉州，又歷知吉州，贛州，婺州，建寧及紹興府，淳熙二年以端明殿學士致仕卒，年八十（一○九六～一一七五），❶謚文敏，有傳在《宋史》。邁在朝敢於讜言，又廣見洽聞，多所著述，考訂辨證，並越常流，而《夷堅志》則為晚年遣興之書，始刊於紹興末，絕筆於淳熙初，十餘年中，凡成甲至癸二百卷，支甲至支癸三甲至三癸備一百卷，四甲四乙各十卷，卷帙之多，幾與《太平廣記》等，今惟甲至丁八十卷，支甲至支戊五十卷，三志若干卷，又摘鈔本五十卷及二十卷存。奇特之事，本緣稀有見珍，而作者自序，乃甚以繁夥自憙，耄期急於成書，或以五十日作十卷，妄人因稍易舊說以投之，至有盈數卷者，亦不暇刪潤，徑以入錄（陳振孫《直齋書錄解題》十一云），蓋意在取盈，不能如本傳所言「極鬼神事物之變」也。惟所作小序三十一篇，什九「各出新意，不相重複」，趙與峕嘗撮其大略入所著《賓退錄》❷（八），歎為「不可及」，則於此書可謂知言者已。

傳奇之文，亦有作者：今訛為唐人作之《綠珠傳》❸一卷，《楊太眞外傳》❹二卷，即宋樂史之撰也，《宋志》又有《滕王外傳》《李白外傳》《許邁傳》❺各一卷，今俱不傳。史字子正，撫州宜黃人，自南唐入宋為著作佐郎，出知陵州，以獻賦召為三館編

---

❶ 洪邁，據錢大昕《洪文敏公年譜》，洪邁生於一一二三年，死於一二○二年。

❷ 趙與峕（1172－1228年），字行之，宋宗室。撰有《賓退錄》。

❸ 《綠珠傳》，宋樂史撰，一卷。故事敘石崇、綠珠事，排比前朝記載傳說而成。常見有《綠窗女史》《琳琅祕室叢書》本。宋樂史撰。

❹ 《楊太眞外傳》，宋樂史撰，二卷。書敘唐玄宗與楊貴妃事，廣取《長恨歌傳》《明皇雜錄》《開元天寶遺事》等書合成。通行有《說郛》《顧氏文房小說》等本。

❺ 《滕王外傳》《李白外傳》《許邁傳》，《宋史·藝文志》均著錄，各一卷。前二者題樂史撰，後者不題撰者。

修，又累獻所著書共四百二十餘卷，皆記敘科第孝弟神仙之事者，遷著作郎，直史館，轉太常博士，出知舒州，知黃州，又知商州，復職後再入文館，掌西京勘磨司，賜金紫，景德四年卒，年七十八（九三〇～一〇〇七），事詳《宋史‧樂黃目傳》首。史又長於地理，有《太平寰宇記》二百卷，徵引群書至百餘種，而時雜以小說家言，至綠珠太眞二傳，本薈萃稗史成文，則又參以輿地志語；篇末垂誡，亦如唐人，而增其嚴冷，則宋人積習如是也，於《綠珠傳》最明白：

> ……趙王倫亂常，孫秀使人求綠珠，……崇勃然曰，「他無所愛，綠珠不可得也！」秀自是譖倫族之。收兵忽至，崇謂綠珠曰，「我今爲爾獲罪。」綠珠泣曰，「願效死於君前！」於是墮樓而死。崇棄東市，後人名其樓曰綠珠樓。樓在步庚裏，近狄泉；泉在王城之東。綠珠有弟子宋禕，有國色，善吹笛，後入晉明帝宮中。今白州有一派水，自雙角山出，合容州江，呼爲綠珠江，亦猶歸州有昭君村昭君場，吳有西施谷脂粉塘，蓋取美人出處爲名。又有綠珠井，在雙角山下，故老傳云，汲此井飲者，誕女必多美麗，里閭有識者以美色無益於時，因以巨石鎮之，爾後有產女端妍者，而七竅四肢多不完具。異哉，山水之使然！……
>
> ……其後詩人題歌舞妓者，皆以綠珠爲名。……其故何哉？蓋一婢子，不知書，而能感主恩，憤不顧身，志烈懍懍，誠足使後人仰慕歌詠也。至有享厚祿，盜高位，亡仁義之性，懷反復之情，暮四朝三，唯利是務，節操反不若一婦人，豈不愧哉？今爲此傳，非徒述美麗，窒禍源，且欲懲戒辜恩背義之類也。……

---

⑯ 《太平寰宇記》，北宋樂史編撰的地理總志，二百卷。

魯迅中國小說史略漢文學史綱要

其後有亳州譙人秦醇❶字子復（一作子履），亦撰傳奇，今存四篇，見於北宋劉斧❶所編之《青瑣高議前集》及《別集》。其文頗欲規撫唐人，然辭意皆蕪劣，惟偶見一二好語，點綴其間；又大抵托之古事，不敢及近，則仍由士習拘謹之所致矣，故樂史亦如此。一曰《趙飛燕別傳》，序云得之李家牆角破筐中，記趙後入宮至自縊，復以冥報化為大黿事，文中有「蘭湯灩灩，昭儀坐其中，若三尺寒泉浸明玉」語，明人遂或擊節詫為真古籍，與今人為楊慎偽造之漢《雜事祕辛》所惑正同。所謂漢伶玄撰之《飛燕外傳》亦此類，但文辭殊勝而已。二曰《驪山記》，三曰《溫泉記》，言張俞不第還蜀，於驪山下就故老問楊妃逸事，故老為具道；他日俞再經驪山，遇楊妃遣使相召，問人間事，且賜浴，明日敕吏引還，則驚起如夢覺，乃題詩於驛，後步野外，有牧童送酬和詩，云是前日一婦人之所托也。四曰《譚意歌傳》，則為當時故事：意歌本良家子，流落長沙為倡，與汝州民張正字者相悅，婚約甚堅，而正字迫於母命，竟別娶；越三年妻歿，適有客來自長沙，責正字負義，且述意歌之賢，遂迎以歸。後其子成進士，意歌「終身為命婦，夫妻偕老，子孫繁茂」，蓋襲蔣防之《霍小玉傳》，而結以「團圓」者也。

不知何人作者有《大業拾遺記》❶二卷，題唐顏師古撰，亦名《隋遺錄》。跋言會昌年間得於上元瓦棺寺閣上，本名《南部煙花錄》，乃《隋書》遺稿，惜多缺落，因補以傳；末無名，蓋與造本文者出一手。記起於煬帝將幸江都，命麻叔謀開河，次及途中諸縱恣事，復造迷樓，怠荒於內，時之人望，乃歸唐公，宇文化及將謀

---

❶ 秦醇，北宋人。撰有《趙飛燕別傳》。

❶ 劉斧，約宋仁宗、哲宗時人。撰有《青瑣高議》。

❶ 《大業拾遺記》，《宋史·藝文志》小說類著錄顏師古《隋遺錄》一卷，傳記類著錄顏師古《大業拾遺》一卷。

亂，因請放官奴分直上下，詔許之，「是有焚草之變」❷。其敘述頗凌亂，多失實，而文筆明麗，情致亦時有綽約可觀覽者。

> ……長安貢御車女袁寶兒，年十五，腰肢纖墮，冶多態，帝寵愛之特厚。時洛陽進合蒂迎輦花，云得之嵩山塢中，人不知名，採者異而貢之。……帝令寶兒持之，號曰「司花女」。時虞世南草征遼指揮德音敕於帝側，寶兒注視久之。帝謂世南曰，「昔傳飛燕可掌上舞，朕常謂儒生飾於文字，豈人能若是乎？及今得寶兒，方昭前事；然多憨態，今注目於卿，卿才人，可便嘲之！」世南應詔為絕句曰，「學畫鴉黃半未成，垂肩嚲袖太憨生，緣憨卻得君王惜：長把花枝傍輦行。」帝大悅。……
> ……帝昏酒滋深，往往為妖祟所惑，嘗遊吳公宅雞台，恍惚間與陳後主相遇。……舞女數十許，羅侍左右，中一人迥美，帝屢目之。後主云，「殿下不識此人耶？即麗華也。每憶桃葉山前乘戰艦與此子北渡，爾時麗華最恨，方倚臨春閣試東郭皴紫毫筆，書小研紅綃作答江令『璧月』句，詩詞未終，見韓擒虎躍青驄駒，擁萬甲直來衝人，都不存去就，便至今日。」俄以綠文測海蠡酌紅梁新醞勸帝，帝飲之甚歡，因請麗華舞「玉樹後庭花」，麗華辭以拋擲歲久，自井中出來，腰肢依拒，無復往時姿態，帝再三索之，乃徐起終一曲。後主問帝，「蕭妃何如此人？」帝曰，「春蘭秋菊，各一時之秀也。」……

又有《開河記》一卷，敘麻叔謀奉隋煬詔開河，虐民掘墓，納賄，食小兒，事發遂誅死；《迷樓記》一卷，敘煬帝晚年荒恣，因王義切諫，獨居二日，以為不樂，復入宮，後聞童謠，自識運盡；

---

❷ 焚草之變，事見《隋書·宇文化及傳》。

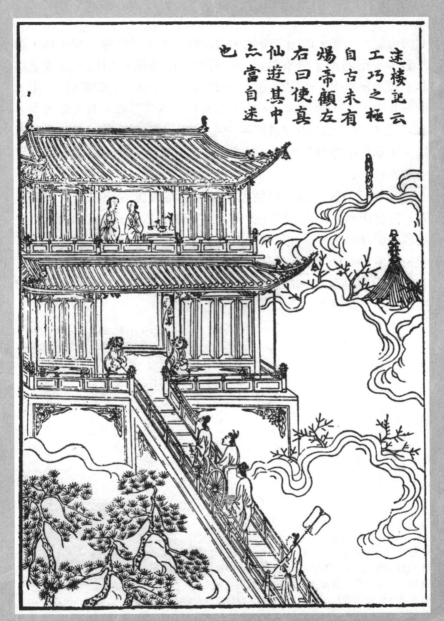

迷樓記云
工巧之極
自古未有
煬帝顧左
右曰使真
仙遊其中
亦當自迷
也

《迷樓記》

《海山記》二卷，則始自降生，次及興土木，見妖鬼，幸江都，詢王義，以至遇害，無不俱記。三書與《隋遺錄》相類，而敍述加詳，顧時雜俚語，文采遜矣。《海山記》已見於《青瑣高議》中，自是北宋人作，餘當亦同，今本有題唐韓偓[21]撰者，明人妄增之。帝王縱恣，世人所不欲遭而所樂道，唐人喜言明皇，宋則益以隋煬，明羅貫中複撰集爲《隋唐志傳》[22]，清褚人獲又增改以爲《隋唐演義》[23]。

　　《梅妃傳》一卷亦無撰人，蓋見當時圖畫有把梅美人號梅妃者，泛言唐明皇時人，因造此傳，謂爲江氏名采，入宮因太眞妒復見放，值祿山之亂，死於兵。有跋，略謂傳是大中二年所寫，在萬卷朱遵度[24]家，今惟葉少蘊[25]與予得之；末不署名，蓋亦即撰本文者，自云與葉夢得同時，則南渡前後之作矣。今本或題唐曹鄴[26]撰，亦明人妄增之。

---

❷❶ 韓偓（844—923年），字致堯（一作致光），唐京兆萬年（今陝西西安）人。

❷❷ 羅貫中及《隋唐志傳》，參看本書第十四篇。

❷❸ 褚人獲及《隋唐演義》，參看本書第十四篇。

❷❹ 朱遵度，南唐青州（今屬山東）人。撰有《群書麗藻目錄》等。

❷❺ 葉少蘊（1077—1148年），名夢得，號石林居士，南宋吳縣（今屬江蘇）人。撰有《避暑錄話》《石林詞》等。

❷❻ 曹鄴，字業之，一作鄴之，唐桂州（治所今廣西桂林）人。撰有《曹祠部集》。

第十二篇

宋之話本

　　宋一代文人之爲志怪，既平實而乏文彩，其傳奇，又多托往事而避近聞，擬古且遠不逮，更無獨創之可言矣。然在市井間，則別有藝文興起。即以俚語著書，敘述故事，謂之「平話」，即今所謂「白話小說」者是也。

　　然用白話作書者，實不始於宋。清光緒中，敦煌千佛洞之藏經始顯露，大抵運入英法，中國亦拾其餘藏京師圖書館；書爲宋初所藏，多佛經，而內有俗文體之故事數種，蓋唐末五代人鈔，如《唐太宗入冥記》，《孝子董永傳》，《秋胡小說》則在倫敦博物館，《伍員入吳故事》則在中國某氏❶，惜未能目睹，無以知其與後來小說之關係。以意度之，則俗文之興，當由二端，一爲娛心，一爲勸善，而尤以勸善爲大宗，故上列諸書，多關懲勸，京師圖書館所藏，亦尙有俗文《維摩》《法華》等經及《釋迦八相成道記》《目

---

❶ 《唐太宗入冥記》，見王重民等所輯《敦煌變文集》卷二。《孝子董永傳》，見《敦煌變文集》卷一，題《董永變文》。《秋胡小說》，見《敦煌變文集》卷二，題《秋胡變文》，現存者係殘本。《伍員入吳故事》，見《敦煌變文集》卷一，題《伍子胥變文》。

連入地獄故事》也❷。

《唐太宗入冥記》首尾並闕，中間僅存，蓋記太宗殺建成元吉，生魂被勘事者；諱其本朝之過，始盛於宋，此雖關涉太宗，故當仍爲唐人之作也，文略如下：

> ……判官憷惡，不敢道名字。帝曰，「卿近前來。」輕道，「姓崔，名子玉。」「朕當識。」言訖，使人引皇帝至院門，使人奏曰，「伏惟陛下且立在此，容臣入報判官速來。」言訖，使來者到廳拜了，「啓判官：奉大王處，太宗是生魂到，領判官推勘，見在門外，未敢引。」判官聞言，驚忙起立，……

宋有《梁公九諫》一卷（在《士禮居叢書》中），文亦樸陋如前記，書敍武后廢太子爲廬陵王，而欲傳位於侄武三思，經狄仁傑極諫者九，武后始感悟，召還復立爲太子。卷首有范仲淹《唐相梁公碑文》❸，乃貶守番陽時作，則書出當在明道二年（一〇三三）以後矣。

第六諫

則天睡至三更，又得一夢，夢與大羅天女對手著棋，局中有子，旋被打將，頻輸天女，忽然驚覺。來日受朝，問訪大臣，其夢如何？狄相奏曰，「臣圓此夢，於國不祥。陛下夢與大羅天女對手著棋，局中有子，旋被打將，

---

❷ 《維摩》，全稱《維摩詰經講經文》，見《敦煌變文集》卷五。《法華》，全稱《妙法蓮華經》，見《敦煌變文集》卷五。《釋迦八相成道記》：按《敦煌變文集》卷四《太子成道經》《太子成道變文》《八相變》及卷七《八相押座文》四篇，均敍釋迦成道故事，《釋迦八相成道記》似指此四篇而言。《目連入地獄故事》：見《敦煌變文集》卷六，題《大目乾連冥間救母變文》。
❸ 范仲淹（989—1052年），字希文，北宋吳縣（今屬江蘇）人。撰有《范文正公集》。《唐相梁公碑文》，見《范文正公集》卷十一。

頻輸天女：蓋謂局中有子，不得其位，旋被打將，失其所主。今太子盧陵王貶房州千里，是謂局中有子，不得其位，遂感此夢。臣願東宮之位，速立盧陵王爲儲君，若立武三思，終當不得！」

然據現存宋人通俗小說觀之，則與唐末之主勸懲者稍殊，而實出於雜劇中之「說話」。說話者，謂口說古今驚聽之事，蓋唐時亦已有之，段成式《酉陽雜俎》（《續集》四《貶誤篇》）有云，「予太和末，因弟生日觀雜戲，有市人小說，呼扁鵲作『褊鵲』字，上聲。……」李商隱《驕兒詩》（集一）亦云，「或謔張飛胡，或笑鄧艾吃。」似當時已有說三國故事者，然未詳。宋都汴，民物康阜，遊樂之事甚多，市井間有雜伎藝，其中有「說話」，執此業者曰「說話人」。說話人又有專家，孟元老❹（《東京夢華

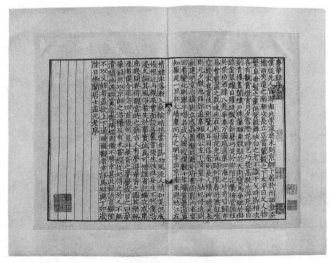

《東京夢華錄》書影

---

❹ 孟元老，號幽蘭居士，宋代人。撰有《東京夢華錄》。

錄》五）嘗舉其目，曰小說，曰合生，曰說諢話，曰說三分，曰說《五代史》。南渡以後，此風未改，據吳自牧[5]（《夢粱錄》二十）所記載則有四科如下：

> 說話者，謂之舌辨，雖有四家數，各有門庭：
>
> 且「小說」名「銀字兒」，如煙粉靈怪傳奇公案撲刀杆棒發跡變態之事。……談論古今，如水之流。
>
> 「談經」者，謂演說佛書，「說參請」者，謂賓主參禪悟道等事。……又有「說諢經」者。
>
> 「講史書」者，謂講說《通鑒》漢唐歷代書史文傳興廢戰爭之事。
>
> 「合生」，與起今隨今相似，各占一事也。

灌園耐得翁[6]（《都城紀勝》）述臨安盛事，亦謂說話有四家，曰小說，曰說經說參請，曰說史，曰合生，而分小說為三類，即「一者銀字兒，如煙粉靈怪傳奇；說公案，皆是搏拳提刀趕棒及發跡變態之事；說鐵騎兒，謂士馬金鼓之事」是也。周密[7]之書（《武林舊事》六），敘四科又略異，曰演史，曰說經諢經，曰小說，曰說諢話，無合生；且謂小說有雄辯社（卷三），則其時說話人不惟各守家數，且有集會以磨煉其技藝者矣。

說話之事，雖在說話人各運匠心，隨時生發，而仍有底本以作憑依，是為「話本」。《夢粱錄》（二十）影戲條下云，「其話本與講史書者頗同，大抵真假相半。」又小說講經史條下云，「蓋小說者，能講一朝一代故事，頃刻間捏合。」《都城紀勝》所說同，惟「捏合」作「提破」而已。是知講史之體，在歷敘史實而雜以虛辭，小說之體，在說一故事而立知結局，今所存《五代史平話》及

[5] 吳自牧，南宋錢塘（今浙江杭州）人。撰有《夢粱錄》。
[6] 灌園耐得翁，一作灌圃耐得翁，姓趙，南宋時人。撰有《都城紀勝》。
[7] 周密（1232—1298年），字公謹，號草窗，南宋濟南人。撰有《武林舊事》。

《通俗小說》❽殘本，蓋即此二科話本之流，其體式正如此。

　　《新編五代史平話》者，講史之一，孟元老所謂「說《五代史》」之話本，此殆近之矣。其書梁唐晉漢周每代二卷，各以詩起，次入正文，又以詩終。惟《梁史平話》始於開闢，次略敘歷代興亡之事，立論頗奇，而亦雜以誕妄之因果說。

　　　　龍爭虎戰幾春秋，五代梁唐晉漢周，
　　　　興廢風燈明滅裏，易君變國若傳郵。

　　粵自鴻荒既判，風氣始開，伏羲畫八卦而文籍生，黃帝垂衣裳而天下治。……那時諸侯皆已順從，獨蚩尤共炎帝侵暴諸侯，不服王化。黃帝乃帥諸侯，興兵動眾，……

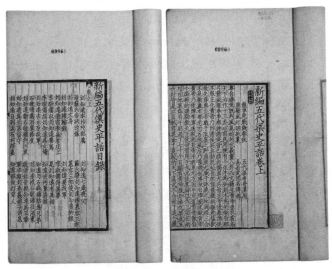

《新編五代史平話》書影

---

❽　《五代史平話》，即《新編五代史平話》。《通俗小說》，即《京本通俗小說》。

遂殺死炎帝，活捉蚩尤，萬國平定。這黃帝做著個廝殺的頭腦，教天下後世慣用干戈。……湯伐桀，武王伐紂，皆是以臣弒君，篡奪了夏殷的天下。湯武不合做了這個樣子，後來周室衰微，諸侯強大，春秋之世二百四十年之間，臣弒其君的也有，子弒其父的也有。孔子聖人爲見三綱淪，九法，秉那直筆，做一卷書，喚做《春秋》，褒獎他善的，貶罰他惡的，故孟子道是「孔子作《春秋》而亂臣賊子懼」。只有漢高祖姓劉字季，他取秦始皇天下不用篡弒之謀，眞個是：

> 手拿三尺龍泉劍，奪卻中原四百州。

劉季殺了項羽，立著國號曰漢，只因疑忌功臣，如韓王信彭越陳豨之徒，皆不免族滅誅夷。這三個功臣抱屈銜冤，訴於天帝，天帝可憐見三個功臣無辜被戮，令他每三個托生做三個豪傑出來：韓信去曹家托生做著個曹操，彭越去孫家托生做著個孫權，陳豨去那宗室家托生做著個劉備。這三個分了他的天下，……三國各有史，道是《三國志》是也。……

於是更自晉及唐，以至黃巢變亂，朱氏立國，其下卷今闕，必當訖於梁亡矣。全書敘述，繁簡頗不同，大抵史上大事，即無發揮，一涉細故，便多增飾，狀以駢儷，證以詩歌，又雜諢詞，以博笑噱，如說黃巢下第，與朱溫等爲盜，將劫侯家莊馬評事時途中情景，即其例也：

> ……黃巢道，「若去劫他時，不消賢弟下手，咱有桑門劍一口，是天賜黃巢的，咱將劍一指，看他甚人，也

抵敵不住。」道罷便去，行過一個高嶺，名做懸刀峰，自行了半個日頭，方得下嶺。好座高嶺！是：根盤地角，頂接天涯，蒼蒼老檜拂長空，挺挺孤松侵碧漢，山雞共日雞齊鬥，天河與澗水接流，飛泉飄雨腳廉纖，怪石與雲頭相軋。怎見得高？

幾年下一樵夫，至今未曾到底。

黃巢兄弟四人過了這座高嶺，望見那侯家莊。好座莊舍！但見：石葐閑雲，山連溪水，堤邊垂柳，弄風嫋嫋拂溪橋，路畔閑花，映日叢叢遮野渡。那四個兄弟望見莊舍遠不出五裏田地，天色正晡，同入個樹林中躲了，待晚西卻行到那馬家門首去。……

民國刻本《京本通俗小說》內頁

《京本通俗小說》不知本幾卷，今存卷十至十六，每卷一篇，曰《碾玉觀音》，曰《菩薩蠻》，曰《西山一窟鬼》，曰《志誠張主管》，曰《拗相公》，曰《錯斬崔寧》，曰《馮玉梅團圓》等，每篇各具首尾，頃刻可了，與吳自牧所記正同。其取材多在近時，或探之他種說部，主在娛心，而雜以懲勸。體制則什九先以閒話或他事，後乃綴合，以入正文。如《碾玉觀音》因欲敘咸安郡王遊春，則輒舉春詞至十餘首：

山色晴嵐景物佳，暖烘回雁起平沙，東郊漸覺花供眼，南陌依稀草吐芽。

堤上柳，未藏鴉，尋芳趁步到山家，隴頭幾樹紅梅落，紅杏枝頭未著花。

這首《鷓鴣天》說孟春景緻，原來又不如仲春詞做得好：
．．．．．．．．．．．．．．．．．．．．．．

這三首詞，都不如王荊公看見花瓣兒片片風吹下地來，原來這春歸去是東風斷送的。有詩道：

春日春風有時好，春日春風有時惡，
不得春風花不開，花開又被風吹落。

蘇東坡道，不是東風斷送春歸去，是春雨斷送春歸去。有詩道：

雨前初見花間蕊，雨後全無葉底花，
蜂蝶紛紛過牆去，卻疑春色在鄰家。

秦少遊道，也不幹風事，也不幹雨事，是柳絮飄將春色去。有詩道：

三月柳花輕復散，飄揚淡蕩送春歸，
此花本是無情物，一向東飛一向西。

．．．．．．

王岩叟道，也不幹風事，也不幹雨事，也不幹柳絮

事，也不幹蝴蝶事，也不幹黃鶯事，也不幹杜鵑事，也不
幹燕子事，是九十日春光已過春歸去。曾有詩道：

> 怨風怨雨兩俱非，風雨不來春亦歸，
> 腮邊紅褪青梅小，口角黃消乳燕飛，
> 蜀魄健啼花影去，吳蠶強食柘桑稀，
> 直惱春歸無覓處，江湖辜負一蓑衣。

說話的因甚說這春歸詞？紹興年間，行在有個關西
延州延安府人，本身是三鎮節度使咸安郡王，當時怕春歸
去，將帶著許多釣眷遊春，……

此種引首，與講史之先敘天地開闢者略異，大抵詩詞之外，亦
用故實，或取相類，或取不同，而多為時事。取不同者由反入正，
取相類者較有淺深，忽而相牽，轉入本事，故敘述方始，而主意已
明，耐得翁之所謂「提破」，吳自牧之所謂「捏合」，殆指此矣。
凡其上半，謂之「得勝頭回」，頭回猶云前回，聽說話者多軍民，
故冠以吉語曰得勝，非因進講宮中，因有此名也。至於文式，則與
《五代史平話》之鋪敘瑣事處頗相似，然較詳。《西山一窟鬼》述
吳秀才一為鬼誘，至所遇無一非鬼，蓋本之《鬼董》❾（四）之
《樊生》，而描寫委曲瑣細，則雖明清演義亦無以過之，如其記訂
婚之始云：

> ……開學堂後，有一年之上，也罷過，那街上人家
> 都把孩子們來與它教訓，頗有些趲足。當日正在學堂裏
> 教書，只聽得青布簾兒上鈴聲響，走將一個人入來。吳教

---

❾ 《鬼董》，一名《鬼董狐》，或題關漢卿撰。原書有元泰定間錢孚跋。書輯前人作品
成集，多記鬼怪事。通行有《知不足齋叢書》本。

授看那入來的人：不是別人，卻是十年前搬去的鄰舍王婆。原來那婆子是個「撮合山」，專靠做媒爲生。吳教授相揖罷，道，「多時不見。而今婆婆在那裏住？」婆子道，「只道教授忘了老媳婦，如今老媳婦在錢塘門裏沿城住。」教授問，「婆婆高壽？」婆子道，「老媳婦犬馬之年七十有五。教授青春多少？」教授道，「小子二十有二。」婆子道，「教授方才二十有二，卻像三十以上人，想教授每日價費多少心神；據我媳婦愚見，也少不得一個小娘子相伴。」教授道，「我這裏也幾次問人來，卻沒這般頭腦。」婆子道，「這個『不是冤家不聚會』。好教官人得知，卻有一頭好親在這裏，一千貫錢房計，帶一個從嫁，又好人才，卻有一床樂器都會，又寫得算得，又是呷嘍，大官府第出身，只要嫁個讀書官人。教授卻是要也不？」教授聽得說罷，喜從天降，笑顏逐開，道，「若還眞個有這人時，可知好哩！只是這個小娘子如今在那裏？」……

南宋亡，雜劇消歇，說話遂不復行，然話本蓋頗有存者，後人目染，仿以爲書，雖已非口談，而猶存曩體，小說者流有《拍案驚奇》《醉醒石》[10]之屬，講史者流有《列國演義》《隋唐演義》[11]之屬，惟世間於此二科，漸不復知所嚴別，遂俱以「小說」爲通名。

---

[10] 《拍案驚奇》《醉醒石》，參看本書第二十一篇。
[11] 《列國演義》，參看本書第十五篇。《隋唐演義》，參看本書第十四篇。

第十三篇

宋元之擬話本

　　說話既盛行，則當時若干著作，自亦蒙話本之影響。北宋時，劉斧秀才雜輯古今稗說爲《青瑣高議》及《青瑣摭遺》❶，文辭雖拙俗，然尙非話本，而文題之下，已各係以七言，如：

> 《流紅記》（紅葉題詩娶韓氏）
> 《趙飛燕外傳》（別傳敍飛燕本末）
> 《韓魏公》（不罪碎盞燒須人）
> 《王榭》（風濤飄入烏衣國）❷

等，皆一題一解，甚類元人劇本結末之「題目」與「正名」，因疑汴京說話標題，體裁或亦如是，習俗浸潤，乃及文章。至於全體被其變易者，則今尙有《大唐三藏法師取經記》及《大宋宣和遺事》

---

❶ 《青瑣高議》及《青瑣摭遺》，即《青瑣高議別集》。劉斧撰。斧生平不詳，約生活於宋仁宗、哲宗年間。書今存有明抄本及明萬曆刻本，前後集各七卷，別集七卷，輯前人所撰文言小說，大致爲宋人所作，間收詩歌散文。

❷ 《流紅記》《趙飛燕外傳》《韓魏公》，見《青瑣高議》。《王榭》，見《青瑣高議別集》。

❸二書流傳，皆首尾與詩相始終，中間以詩詞爲點綴，辭句多俚，顧與話本又不同，近講史而非口談，似小說而無捏合。錢曾於《宣和遺事》，則並《燈花婆婆》❹等十五種並謂之「詞話」（《也是園書目》十），以其有詞有話也，然其間之《錯斬崔寧》《馮玉梅團圓》兩種，亦見《京本通俗小說》中，本說話之一科，傳自專家，談吐如流，通篇相稱，殊非《宣和遺事》所能企及。蓋《宣和遺事》雖亦有詞有說，而非全出於說話人，乃由作者掇拾故書，益以小說，補綴聯屬，勉成一書，故形式僅存，而精

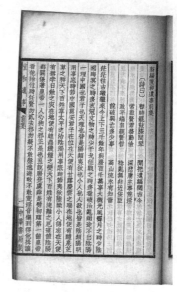

《新編宣和遺事》

采遂遜，文辭又多非己出，不足以云創作也。《取經記》尤苟簡。惟說話消亡，而話本終蛻爲著作，則又賴此等爲其樞紐而已。

　　《大唐三藏法師取經記》三卷，舊本在日本，又有一小本曰《大唐三藏取經詩話》，內容悉同，卷尾一行云「中瓦子張家印」，張家爲宋時臨安書鋪，世因以爲宋刊，然逮於元朝，張家或亦無恙，則此書或爲元人撰，未可知矣。三卷分十七章，今所見小說之分章回者始此；每章必有詩，故曰詩話。首章兩本俱闕，次章則記玄奘等之遇猴行者。

行程遇猴行者處第二

❸　《大唐三藏法師取經記》，一名《大唐三藏取經詩話》，三卷。日本有德富蘇峰成簣堂藏大字本《取經記》、三浦觀樹藏小字巾箱本《取經詩話》。《大宋宣和遺事》，簡稱《宣和遺事》，分元亨利貞四集，或前後二集。此書與《大唐三藏法師取經記》均出宋元間，撰者未詳。

❹　《燈花婆婆》等十五種，清錢曾《也是園書目》均有著錄。參看第一篇。

魯迅中國小說史略漢文學史綱要

僧行六人，當日起行。……偶於一日午時，見一白衣秀才，從正東而來，便揖和尚，「萬福萬福！和尚今往何處，莫不是再往西天取經否？」法師合掌曰：「貧道奉敕，為東土眾生未有佛教，是取經也。」秀才曰：「和尚生前兩回去取經，中路遭難，此回若去，千死萬死！」

明萬曆刻本《唐三藏取經》

法師雲：「你如何得知？」秀才曰：「我不是別人，我是花果山紫雲洞八萬四千銅頭鐵額獼猴王。我今來助和尚取經，此去百萬程途，經過三十六國，多有禍難之處。」法師應曰：「果得如此，三世有緣，東土眾生，獲大利益。」當便改呼爲猴行者。僧行七人，次日同行，左右伏事。猴行者因留詩曰：

> 百萬程途向那邊，今來佐助大師前，
> 一心祝願逢真教，同往西天雞足山。

三藏法師詩答曰：

> 此日前生有宿緣，今朝果遇大明仙，
> 前途若到妖魔處，望顯神通鎮佛前。

於是借行者神通，偕入大梵天王宮，法師講經已，得賜「隱形帽一頂，金鐶錫杖一條，缽盂一隻，三件齊全」，復反下界，經香林寺，履大蛇嶺九龍池諸危地，俱以行者法力，安穩進行；又得深沙神身化金橋，渡越大水，出鬼子母國女人國而達王母池處，法師欲桃，命猴行者往竊之。

入王母池之處第十一

……法師曰：「願今日蟠桃結實，可偷三五個吃。」猴行者曰：「我因八百歲時偷吃十顆，被王母捉下，左肋判八百，右肋判三千鐵棒，配在花果山紫雲洞，至今肋下尚痛，我今定是不敢偷吃也。」……前去之間，忽見石壁高岑萬丈，又見一石盤，闊四五里地，又有兩池，方廣數十里，萬丈，鴉鳥不飛。七人才坐，正歇之次，舉頭遙望，萬丈石壁之中，有數株桃樹，森森聳翠，上接青天，枝葉茂濃，下浸池水。……行者曰：「樹上今有十餘顆，爲地神專在彼處守定，無路可去偷取。」師曰：「你神通

廣大，去必無妨。」說由未了，下三顆蟠桃入池中去，師甚敬惶，問此落者是何物？答曰：「師不要敬（驚字之略），此是蟠桃正熟，下水中也。」師曰：「可去尋取來吃！」……

行者以杖擊石，先後現二童子，一云三千歲，一云五千歲，皆揮去。

　　……又敲數下，偶然一孩兒出來，問曰：「你年多少？」答曰：「七千歲。」行者放下金鐶杖，叫取孩兒入手中，問和尚你吃否？和尚聞語，心敬便走，被行者手中旋數下，孩兒化成一枚乳棗。當時吞入口中，後歸東土唐朝，遂吐出於西川，至今此地中生人參是也。空中見有一人，遂吟詩曰：
　　　　花果山中一子才，小年曾此作場乖，
　　　　而今耳熱空中見，前次偷桃客又來。

由是竟達天竺，求得經文五千四百卷，而闕《多心經》，回至香林寺，始由定光佛見授。七人既歸，則皇帝郊迎，諸州奉法，至七月十五日正午，天宮乃降採蓮舡，法師乘之，向西仙去；後太宗復封猴行者為銅筋鐵骨大聖雲。
　　《大宋宣和遺事》世多以為宋人作，而文中有呂省元[5]《宣和講篇》及南儒《詠史詩》，省元南儒皆元代語，則其書或出於元人，抑宋人舊本，而元時又有增益，皆不可知，口吻有大類宋人者，則以鈔撮舊籍而然，非著者之本語也。書分前後二集，始於稱述堯舜而終以高宗之定都臨安，按年演述，體裁甚似講史。惟節錄

[5] 呂省元，疑即呂中。據《四庫全書總目提要・大事記講義》，中字時可，泉州晉江人。

成書，未加融會，故先後文體，致爲參差，灼然可見。其剽取之書當有十種。前集先言歷代帝王荒淫之失者其一，蓋猶宋人講史之開篇；次述王安石變法之禍者其二，亦北宋末士論之常套；次述安石引蔡京入朝至童貫蔡攸巡邊者其三，首一爲語體，次二爲文言而並雜以詩者；其四，則梁山濼聚義本末，首述楊志賣刀殺人，晁蓋劫生日禮物，遂邀約二十人，同入太行山梁山濼落草，而宋江亦以殺閻婆惜出走，伏屋後九天玄女廟中，見官兵已退，出謝玄女。

　　……則見香案上一聲響亮，打一看時，有一卷文書在上。宋江才展開看了，認得是個天書；又寫著三十六個姓名；又題著四句道：

　　　　破國因山木，兵刀用水工，

　　　　一朝充將領，海內聳威風。

　　宋江讀了，口中不説，心下思量：這四句分明是説了我裏姓名；又把開天書一卷，仔細看覷，見有三十六將的姓名。那三十六人道個甚底？

　　智多星吳加亮　玉麒麟李進義　青面獸楊志　混江龍李海　九紋龍史進　入雲龍公孫勝　浪裏白條張順　霹靂火秦明　活閻羅阮小七　立地太歲阮小五　短命二郎阮進　大刀關必勝　豹子頭林冲　黑旋風李達　小旋風柴進　金槍手徐寧　撲天雕李應　赤發鬼劉唐　一直撞董平　插翅虎雷橫　美髯公朱同　神行太保戴宗　賽關索王雄　病尉遲孫立　小李廣花榮　沒羽箭張青　沒遮攔穆橫　浪子燕青　花和尚魯智深　行者武松　鐵鞭呼延綽　急先鋒索超　拚命三郎石秀　火船工張岑　摸著雲杜千　鐵天王晁蓋

　　宋江看了人名，末後有一行字寫道：「天書付天罡院三十六員猛將，使呼保義宋江爲帥，廣行忠義，殄滅奸

邪。」

於是江率朱同等九人亦赴山寨，會晁蓋已死，遂被推爲首領，「各人統率強人，略州劫縣，放火殺人，攻奪淮陽，京西，河北三路二十四州八十餘縣，劫掠子女玉帛，擄掠甚眾」，已而魯智深等亦來投，遂足三十六人之數。

> 一日，宋江與吳加亮商量，「俺三十六員猛將，並已登數，休要忘了東嶽保護之恩，須索去燒香賽還心願則個。」擇日起行，宋江題了四句放旗上道：
> 　　　　來時三十六，去後十八雙，
> 　　　　若還少一個，定是不歸鄉！
> 宋江統率三十六將往朝東嶽，賽取金爐心願。朝廷不奈何，只得出榜招諭宋江等。有那元帥姓張名叔夜的，是世代將門之子，前來招誘；宋江和那三十六人歸順宋朝，各受大夫誥敕，分注諸路巡檢使去也；因此三路之寇，悉得平定。後遣宋江收方臘有功，封節度使。

其五，爲徽宗幸李師師家，曹輔進諫及張天覺隱去；其六，爲道士林靈素進用及其死葬之異；其七，爲臘月預賞元宵及元宵看燈之盛，皆平話體。其敘元宵看燈云：

> 宣和六年正月十四日夜，去大內門直上一條紅綿繩上，飛下一個仙鶴兒來，口內銜一道詔書，有一員中使接得展開，奉聖旨：宣萬姓。有那快行家手中把著金字牌，喝道，「宣萬姓！」少刻，京師民有似雲浪，盡頭上戴著玉梅，雪柳，鬧蛾兒，直到鼇山下看燈。卻去宣德門直上有三四個貴官，……得了聖旨，交撒下金錢銀錢，與萬姓

搶金錢。那教坊大使袁陶曾作詞，名做《撒金錢》：

頻瞻禮，喜升平又逢元宵佳致。鼇山高聳翠，對端門
珠璣交制，似嫦娥，降仙宮，乍臨凡世。　恩露勻施，憑
御闌聖顏垂視。撒金錢，亂拋墜，萬姓推搶沒理會；告官
裏，這失儀，且與免罪。

是夜撒金錢後，萬姓各各遍遊市井，可謂是：

燈火熒煌天不夜，笙歌嘈雜地長春。

　　後集則始自金人來運糧，以至京城陷為第八種；又自金兵入
城，帝後北行受辱，以至高宗定都臨安為第九第十種，即取《南燼
紀聞》《竊憤錄》及《續錄》[6]而小有刪節，二書今俱在，或題辛
棄疾[7]作，而宋人已以為偽書。卷末復有結論，云「世之儒者謂高
宗失恢復中原之機會者有二焉：建炎之初失其機者，潛善伯彥偷安
於目前誤之也；紹興之後失其機者，秦檜為虜用間誤之也。失此二
機，而中原之境土未復，君父之大仇未報，國家之大恥不能雪，此
忠臣義士之所以扼腕，恨不食賊臣之肉而寢其皮也歟！」則亦南宋
時檜黨失勢後士論之常套也。

---

[6] 《南燼紀聞》，一卷。《竊憤錄》及《續錄》二書皆記述宋徽、欽二帝靖康之難。
[7] 辛棄疾（1140—1207年），字幼安，號稼軒，南宋曆城（今山東濟南）人。有詞集
　《稼軒長短句》等。

第十四篇

元明傳來之講史（上）

　　宋之說話人，於小說及講史皆多高手（名見《夢粱錄》及《武
林舊事》），而不聞有著作；元代擾攘，文化淪喪，更無論矣。日
本內閣文庫藏元至治（一三二一～一三二三）間新安虞氏刊本全相
（猶今所謂繡像全圖）平話五種，❶曰《武王伐紂書》，曰《樂毅
圖齊七國春秋後集》，曰《秦並六國》，曰《呂后斬韓信前漢書續
集》，曰《三國志》，每集各三卷（《斯文》第八編第六號，鹽谷
溫《關於明的小說「三言」》），今惟《三國志》有印本（鹽谷博
士影印本及商務印書館翻印本），他四種未能見。其《全相三國志
平話》分爲上下二欄，上欄爲圖，下欄述事，以桃園結義始，孔明
病歿終。而開篇亦先敘漢高祖殺戮功臣，玉皇斷獄，令韓信轉生爲
曹操，彭越爲劉備，英布爲孫權，高祖則爲獻帝，立意與《五代史
平話》無異。惟文筆則遠不逮，詞不達意，粗具梗概而已，如述
「赤壁鏖兵」云：

　　　　卻說武侯過江到夏口，曹操舡上高叫「吾死矣！」
　　眾軍曰，「皆是蔣幹。」眾官亂刀銼蔣幹爲萬段。曹操上

---

❶ 新安虞氏刊本全相平話五種，此五種平話均分上中下三卷，不題撰者。

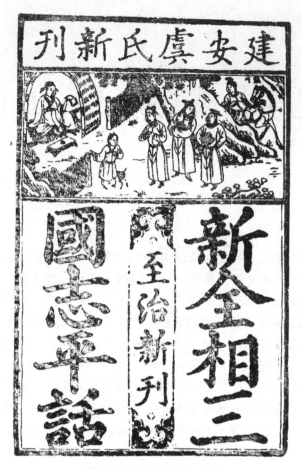

《新全相三國志平話》書影

舡，荒速奪路，走出江口，見四面舡上，皆爲火也。見數
十隻舡，上有黃蓋言曰，「斬曹賊，使天下安若太山！」
曹相百官，不通水戰，眾人發箭相射。卻說曹操措手不
及，四面火起，前又相射。曹操欲走，北有周瑜，南有魯
肅，西有陵統甘寧，東有張昭吳苞，四面言殺。史官曰：

《新全相三國志平話》內頁

「倘非曹公家有五帝之分，孟德不能脫。」曹操得命，西北而走，至江岸，眾人攝曹公上馬。卻說黃昏火發，次日齋時方出，曹操回顧，尚見夏口舡上煙焰張天，本部軍無一萬。曹相望西北而走，無五里，江岸有五千軍，認得是常山趙雲，攔住，眾官一齊攻擊，曹相撞陣過去。……至晚，到一大林。……曹公尋滑榮路去，行無二十里，見五百校刀手，關將攔住。曹相用美言告雲長，「著操亭侯有恩。」關公曰：「軍師嚴令。」曹公撞陣卻過。說話間，面生塵霧，使曹公得脫。關公趕數里復回，東行無十五里，見玄德，軍師。是走了曹賊，非關公之過也。言使人小著玄德（案此句不可解）。眾問爲何。武侯曰，「關將仁德之人，往日蒙曹相恩，其此而脫矣。」關公聞言，忿然上馬，告主公復追之。玄德曰，「吾弟性匪

石，寧奈不倦。」軍師言，「諸葛赤（亦？）去，萬無一失。」……（卷中十八至十九頁）

　　觀其簡率之處，頗足疑爲說話人所用之話本，由此推演，大加波瀾，即可以愉悅聽者，然頁必有圖，則仍亦供人閱覽之書也。餘四種恐亦此類。

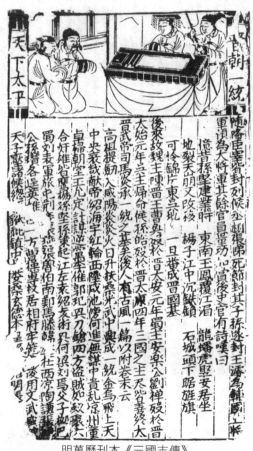

明萬曆刊本《三國志傳》

說《三國志》者，在宋已甚盛，蓋當時多英雄，武勇智術，瑰偉動人，而事狀無楚漢之簡，又無春秋列國之繁，故尤宜於講說。東坡（《志林》六）謂「王彭嘗云，途巷中小兒薄劣，其家所厭苦，輒與錢，令聚坐聽說古話，至說三國事，聞劉玄德敗，頻蹙眉，有出涕者，聞曹操敗，即喜唱快。以是知君子小人之澤，百世不斬。」在瓦舍，「說三分」為說話之一專科，與「講《五代史》」並列（《東京夢華錄》五）。金元雜劇亦常用三國時事，如《赤壁鏖兵》，《諸葛亮秋風五丈原》，《隔江鬥智》，《連環計》，《復奪受禪台》❷等，而今日搬演為戲文者尤多，則為世之所樂道可知也。其在小說，乃因有羅貫中本而名益顯。

貫中，名本，錢唐人（明郎瑛《七修類稿》二十三，田汝成《西湖遊覽志餘》二十五，胡應麟《少室山房筆叢》四十一），或云名貫，字貫中（明王圻《續文獻通考》一百七十七），或云越人，生洪武初（周亮工《書影》），蓋元明間人（約一三三〇～一四〇〇）。所著小說甚夥，明時云有數十種（《志餘》），今存者《三國志演義》之外，尚有《隋唐志傳》，《殘唐五代史演義》，《三遂平妖傳》，《水滸傳》等；亦能詞曲，有雜劇《龍虎風雲會》❸（目見《元人雜劇選》）。然今所傳諸小說，皆屢經後人增損，真面殆無從複見矣。

羅貫中本《三國志演義》❹，今得見者以明弘治甲寅（一四九四）刊本為最古，全書二十四卷，分二百四十回，題曰「晉平陽侯陳壽史傳，後學羅本貫中編次」。起於漢靈帝中平元年「祭天地桃園結義」，終於晉武帝太康元年「王濬計取石頭城」，

❷ 《赤壁鏖兵》，已散佚。《諸葛亮秋風五丈原》，一名《諸葛亮軍屯五丈原》，金元間王仲文撰，今殘存逸文。《隔江鬥智》，全名《兩軍師隔江鬥智》，元明間無名氏撰。《連環計》，全名《錦雲堂暗定連環計》，一作《錦雲堂美女連環記》，元無名氏撰。《復奪受禪台》，全名《司馬昭復奪受禪台》。有兩種，一為元李壽卿撰，一為元李取進撰。

❸ 《龍虎風雲會》，全稱《宋太祖龍虎風雲會》。明息機子輯《雜劇選》收入。

❹ 《三國志演義》，又稱《三國志通俗演義》，為今所見《三國演義》最早刊本。

凡首尾九十七年（一八四～二八○）事實，皆排比陳壽❺《三國志》及裴松之注，間亦仍採平話，又加推演而作之；論斷頗取陳裴及習鑿齒孫盛❻語，且更盛引「史官」及「後人」詩。然據舊史即難於抒寫，雜虛辭複易滋混淆，故明謝肇淛❼（《五雜組》十五）既以為「太實則近腐」，清章學誠❽（《丙辰箚記》）又病其「七

明版《三國志通俗演義》插圖

---

❺ 陳壽（233—297年），字承祚，西晉安漢（今四川南充）人。撰有《三國志》一書。

❻ 習鑿齒（？—384年），字彥威，東晉襄陽（治所今湖北襄樊）人。撰有《漢晉春秋》。孫盛，字安國，東晉太原中都（今山西平遙）人。撰有《魏氏春秋》《晉陽秋》等。

❼ 謝肇淛，字在杭，明長樂（今屬福建）人。撰有《五雜組》。

❽ 章學誠（1738—1801年），字實齋，清會稽（今浙江紹興）人。撰有《文史通義》等。

實三虛惑亂觀者」也。至於寫人，亦頗有失，以致欲顯劉備之長厚而似僞，狀諸葛之多智而近妖；惟於關羽，特多好語，義勇之概，時時如見矣。如敘羽之出身丰采及勇力云：

> ……階下一人大呼出曰，「小將願往，斬華雄頭獻於帳下！」眾視之：見其人身長九尺五寸，髯長一尺八寸，丹鳳眼，臥蠶眉，面如重棗，聲似巨鐘，立於帳前。紹問何人。公孫瓚曰，「此劉玄德之弟關某也。」紹回見居何職。瓚曰，「跟隨劉玄德充馬弓手。」帳上袁術大喝曰，「汝欺吾眾諸侯無大將耶？量一弓手，安敢亂言。與我亂棒打出！」曹操急止之曰，「公路息怒，此人既出大言，必有廣學；試教出馬，如其不勝，誅亦未遲。」……關某曰，「如不勝，請斬我頭。」操教釃熱酒一杯，與關某飲了上馬。關某曰，「酒且斟下，某去便來。」出帳提刀，飛身上馬。眾諸侯聽得寨外鼓聲大震，喊聲大舉，如天摧地塌，嶽撼山崩。眾皆失驚，卻欲探聽。鸞鈴響處，馬到中軍，雲長提華雄之頭，擲於地上；其酒尚溫。……（第九回《曹操起兵伐董卓》）

又如曹操赤壁之敗，孔明知操命不當盡，乃故使羽扼華容道，俾得縱之，而又故以軍法相要，使立軍令狀而去，此敘孔明止見狡獪，而羽之氣概則凜然，與元刊本平話，相去遠矣：

> ……華容道上，三停人馬，一停落後，一停填了坑塹，一停跟隨曹操過險峻，路稍平妥。操回顧，止有三百餘騎隨後，並無衣甲袍鎧整齊者。……又行不到數里，操在馬上加鞭大笑。眾將問丞相笑者何故。操曰，「人皆言諸葛亮周瑜足智多謀，吾笑其無能爲也。今此一敗，吾自是欺敵之過，若使此處伏一旅之師，吾等皆束手受縛

矣。」言未畢，一聲炮響，兩邊五百校刀手擺列，當中關雲長提青龍刀，跨赤兔馬，截住去路。操軍見了，亡魂喪膽，面面相覷，皆不能言。操在人叢中曰，「既到此處，只得決一死戰。」眾將曰：「人縱然不怯，馬力乏矣：戰則必死。」程昱曰：「某知雲長傲上而不忍下，欺強而不凌弱，人有患難，必須救之，仁義播於天下。丞相舊日有恩在彼處，何不親自告之，必脫此難矣。」操從其說，即時縱馬向前，欠身與雲長曰：「將軍別來無恙？」雲長亦欠身答曰，「關某奉軍師將令，等候丞相多時。」操曰，「曹操兵敗勢危，到此無路，望將軍以昔日之言為重。」雲長答曰，「昔日關某雖蒙丞相厚恩，某曾解白馬之危以報之。今日奉命，豈敢為私乎？」操曰，「五關斬將之時，還能記否？古之人大丈夫處世，必以信義為重；將軍深明《春秋》，豈不知庾公之斯追子濯孺子者乎？」雲長聞之，低首良久不語。當時曹操引這件事，說猶未了，雲長是個義重如山之人，又見曹軍惶惶，皆欲垂淚，雲長思起五關斬將放他之恩，如何不動心，於是把馬頭勒回，與眾軍曰，「四散擺開！」這個分明是放曹操的意。操見雲長勒回馬，便和眾將一齊衝將過去，雲長回身時，前面眾將已自護送操過去了。雲長大喝一聲，眾皆下馬，哭拜於地，雲長不忍殺之，正猶豫中，張遼縱馬至，雲長見了，亦動故舊之心。長歎一聲，並皆放之。後來史官有詩曰：

　　徹膽長存義，終身思報恩，威風齊日月，名譽震乾坤，忠勇高三國，神謀陷七屯，至今千古下，軍旅拜英魂。（第一百回《關雲長義釋曹操》）

弘治以後，刻本甚多，即以明代而論，今尚未能詳其凡幾種（詳見《小說月報》二十卷十號鄭振鐸《三國志演義的演化》）。

魯迅中國小說史略漢文學史綱要

《繡像隋唐演義》內頁插圖

迨清康熙時，茂苑毛宗崗字序始師金人瑞改《水滸傳》及《西廂記》成法，即舊本遍加改竄，自云得古本，評刻之，亦稱「聖歎外書」❾，而一切舊本乃不復行。凡所改定，就其序例可見，約舉大端，則一曰改，如舊本第一百五十九回《廢獻帝曹丕篡漢》本言曹後助兄斥獻帝，毛本則云助漢而斥丕。二曰增，如第一百六十七回《先主夜走白帝城》本不涉孫夫人，毛本則云「夫人在吳聞猇亭兵敗，訛傳先主死於軍中，遂驅兵至江邊，望西遙哭，投江而死」。三曰削，如第二百五回《孔明火燒木柵寨》本有孔明燒司馬懿於上方谷時，欲並燒魏延，第二百三十四回《諸葛瞻大戰鄧艾》有艾貽書勸降，瞻覽畢狐疑，其子尚詰責之，乃決死戰，而毛本皆無有。其餘小節，則一者整頓回目，二者修正文辭，三者削除論贊，四者

---

❾ 毛宗崗，清初長洲（今江蘇蘇州）人。金人瑞，即金聖歎（1608－1661年），原姓張，名采，清初吳縣（今屬江蘇）人。金聖歎在《水滸傳》每回正文前加評語，稱「聖歎外書」。後毛宗崗也在《三國演義》每回前加評語，文中加夾批，並冒稱「聖歎外書」。

增刪瑣事，五者改換詩文而已。

《隋唐志傳》❿原本未見，清康熙十四年（一六七五）長洲褚人獲❶有改訂本，易名《隋唐演義》，序有云，「《隋唐志傳》創自羅氏，纂輯於林氏，可謂善矣。然始於隋宮剪綵，則前多闕略，厥後補綴唐季一二事，又零星不聯屬，觀者猶有議焉。」其概要可識矣。

《隋唐演義》計一百回，以隋主伐陳開篇，次為周禪於隋，隋亡於唐，武後稱尊，明皇幸蜀，楊妃縊於馬嵬，既復兩京，明皇退居西內，令道士求楊妃魂，得見張果，因知明皇楊妃為隋煬帝朱貴兒後身，而全書隨畢。凡隋唐間英雄，如秦瓊、竇建德、單雄信、王伯當、花木蘭等事蹟，皆於前七十回中穿插出之。其明皇楊妃再世姻緣故事，序言得之袁於令所藏《逸史》❷，喜其新異，因以入書。此他事狀，則多本正史紀傳，且益以唐宋雜說，如隋事則《大業拾遺記》《海山記》《迷樓記》《開河記》❸，唐事則《隋唐嘉話》《明皇雜錄》《常侍言旨》《開天傳信記》《次柳氏舊聞》《長恨歌傳》《開元天寶遺事》及《梅妃傳》《太真外傳》❹等，敘述多有來歷，殆不亞於《三國志演義》。惟其文筆，乃純如明季時風，浮豔在膚，沉著不足，羅氏軌範，殆已蕩然，且好嘲戲，而精神反蕭索矣。今舉一例：

---

❿ 《隋唐志傳》，羅貫中《隋唐志傳》原本已散佚。今本題《隋唐兩朝志傳》，卷首有楊慎及林瀚（即下文「林氏」）序，林序自謂該書由其纂輯。林瀚字亨大，明閩縣（今福建閩侯）人。

❶ 褚人獲，字石農，清長洲（今江蘇蘇州）人。撰有《堅瓠集》《讀史隨筆》等。

❷ 袁於令（1592—1674年），名韞玉，號籜庵，明末清初吳縣（今屬江蘇）人。撰有傳奇《西樓記》及小說《隋史遺文》等。《逸史》，唐代盧肇撰，已散佚。

❸ 《大業拾遺記》，此書及《海山記》《迷樓記》《開河記》，參看本書第十一篇。

❹ 《隋唐嘉話》，唐劉撰。《明皇雜錄》，唐鄭處誨撰。《常侍言旨》，唐柳玭撰。《開天傳信記》，唐鄭柴撰。《次柳氏舊聞》，唐李德裕撰。《開元天寶遺事》，五代王仁裕撰。《長恨歌傳》《梅妃傳》，參看本書第八篇、第十一篇。《太真外傳》，參看本書第十一篇。

……一日玄宗於昭慶宮閒坐，祿山侍坐於側，見他腹垂過膝，因指著戲說道，「此兒腹大如抱甕，不知其中藏的何所有？」祿山拱手對道，「此中並無他物，惟有赤心耳；臣願盡此赤心，以事陛下。」玄宗聞祿山所言，心中甚喜。那知道：

　　人藏其心，不可測識。自謂赤心，心黑如墨！

　　玄宗之待安祿山，真如腹心；安祿山之對玄宗，卻純是賊心狼心狗心，乃真是負心喪心。有心之人，方切齒痛心，恨不得即剖其心，食其心；虧他還哄人說是赤心。可笑玄宗還不覺其狼子野心，卻要信他是真心，好不癡心。閒話少說。且說當日玄宗與安祿山閒坐了半晌，回顧左右，問妃子何在，此時正當春深時候，天氣向暖，貴妃方在後宮坐蘭湯洗浴。宮人回報玄宗說道，「妃子洗浴方完。」玄宗微笑說道：「美人新浴，正如出水芙蓉。」令宮人即宣妃子來，不必更洗梳妝。少頃，楊妃來到。你道他新浴之後，怎生模樣？有一曲《黃鶯兒》說得好：

　　皎皎如玉，光嫩如瑩，體愈香，雲鬟慵整偏嬌樣。羅裙厭長，輕衫取涼，臨風小立神駘宕。細端詳：芙蓉出水，不及美人妝。（第八十三回）

　　《殘唐五代史演義》❶⑤未見，日本《內閣文庫書目》云二卷六十回，題羅本撰，湯顯祖批評。

　　《北宋三遂平妖傳》原本亦不可見，較先之本為四卷二十回，序雲王慎修❶⑥補，記貝州王則以妖術變亂事。《宋史》（二百九十二《明鎬傳》）言則本涿州人，歲饑，流至恩州（唐為貝州），慶曆七年僭號東平郡王，改元得聖，六十六日而平。小說

❶⑤　《殘唐五代史演義》，題李卓吾批點、明羅本編輯。

❶⑥　王慎修，明錢塘（今浙江杭州）人。

明版《三遂平妖傳》插圖

即本此事，開篇爲汴州胡浩得仙畫，其婦焚之，灰繞於身，因孕，生女，曰永兒，有妖狐聖姑姑授以道法，遂能爲紙人豆馬。王則則貝州軍排，後娶永兒，術人彈子和尙張鸞卜吉左黜皆來見，云則當王，會知州貪酷，遂以術運庫中錢米買軍倡亂。已而文彥博率師討之，其時張鸞卜吉彈子和尙見則無道，皆先去，而文彥博軍尙不能克。幸得彈子和尙化身諸葛遂智助文，鎮伏邪法；馬遂詐降擊則裂其唇，使不能持咒；李遂又率掘子軍作地道入城；乃擒則及永兒。奏功者三人皆名遂，故曰《三遂平妖傳》也。

《平妖傳》今通行本十八卷四十回，有楚黃張無咎❶序，雲是龍子猶所補。其本成於明泰昌元年（一六二〇），前加十五回，記

---

❶ 張無咎，名譽，明末楚黃（今湖北黃崗）人。龍子猶，即馮夢龍，參看第二十一篇。

袁公受道法於九天玄女，復爲彈子和尙所盜，及妖狐聖姑姑煉法事。他五回則散入舊本各回間，多補述諸怪民道術。事蹟於意造而外，亦採取他雜說，附會入之。如第二十九回敘杜七聖賣符，並呈幻術，斷小兒首，覆以衾即復續，而偶作大言，爲彈子和尙所聞，遂攝小兒生魂，入面店覆楪子下，杜七聖咒之再三，兒竟不起。

　　杜七聖慌了，看著那看的人道，「眾位看官在上，道路雖然各別，養家總是一般，只因家火相逼。適間言語不到處，望看官們恕罪則個。這番教我接了頭，下來吃杯酒，四海之內，皆相識也。」杜七聖伏罪道，「是我不是了，這番接上了。」只顧口中念咒，揭起臥單看時，又接不上。杜七聖焦躁道，「你教我孩兒接不上頭，我又求告你再三，認自己的不是，要你恕饒，你卻直恁的無理。」便去後面籠兒內取出一個紙包兒來，就打開，撮出一顆葫蘆子，去那地上，把土來掘鬆了，把那顆葫蘆子埋在地下，口中念念有詞，噴上一口水，喝聲「疾！」可霎作怪：只見地下生出一條藤兒來，漸漸的長大，便生枝葉，然後開花，便見花謝，結一個小葫蘆兒。一夥人見了，都喝彩道，「好！」杜七聖把那葫蘆兒摘下來，左手提著葫蘆兒，右手拿著刀，道，「你先不近道理，收了我孩兒的魂魄，教我接不上頭，你也休想在世上活了！」向著葫蘆兒，攔腰一刀，剁下半個葫蘆兒來。卻說那和尙在樓上，拿起麵來卻待要吃；只見那和尙的頭從腔子上骨碌碌滾將下來。一樓上吃麵的人都吃一驚，小膽的丟了麵跑下樓去了，大膽的立住了腳看。只見那和尙慌忙放下碗和箸，起身去那樓板上摸，一摸摸著了頭，雙手捉住兩隻耳朵，掇那頭安在腔子上，安得端正，把手去摸一摸。和尙道：「我只顧吃麵，忘還了他的兒子魂魄，」伸手去揭起楪兒

來。這裏卻好揭得起楪兒，那裏杜七聖的孩兒早跳起來；看的人發聲喊。杜七聖道，「我從來行這家法術，今日撞著師父了。」……（第二十九回下《杜七聖狠行續頭法》）

此蓋相傳舊話，尉遲偓[18]（《中朝故事》）云在唐咸通中，謝肇淛（《五雜組》六）又以爲明嘉靖隆慶間事，惟術人無姓名，僧亦死，是書略改用之。馬遂擊賊被殺則當時事實，宋鄭獬有《馬遂傳》。[19]

---

[18] 尉遲偓，南唐人。撰有《中朝故事》。

[19] 鄭獬（1022—1072年），字毅夫，北宋安陸（今屬湖北）人。《馬遂傳》，見鄭獬所撰《鄖溪集》。

第十五篇

元明傳來之講史（下）

　　《水滸》故事亦爲南宋以來流行之傳說，宋江亦實有其人。《宋史》（二十二）載徽宗宣和三年「淮南盜宋江等犯淮陽軍，遣將討捕，又犯京東，江北，入楚海州界，命知州張叔夜招降之。」降後之事，則史無文，而稗史乃云「收方臘有功，封節度使」（見十三篇）。然擒方臘者蓋韓世忠（《宋史》本傳），於宋江輩無與，惟《侯蒙傳》（《宋史》三百五十一）又云，「宋江寇京東，蒙上書，言宋江以三十六人橫行齊魏，官軍數萬，無敢抗者，不若赦江，使討方臘以自贖。」似即稗史所本。顧當時雖有此議，而實未行，江等且竟見殺。洪邁《夷堅乙志》（六）言，「宣和七年，戶部侍郎蔡居厚罷，知青州，以病不赴，歸金陵，疽發於背，卒。未幾，其所親王生亡而復醒，見蔡受冥譴，囑生歸告其妻，云『今只是理會鄆州事』。夫人慟哭曰，『侍郎去年帥鄆時，有梁山濼賊五百人受降，既而悉誅之，吾屢諫，不聽也。……』」《乙志》成於乾道二年，去宣和六年不過四十餘年，耳目甚近，冥譴固小說家言，殺降則不容虛造，山濼健兒終局，蓋如是而已。

　　然宋江等嘯聚梁山濼時，其勢實甚盛，《宋史》（三百五十三）亦云「轉略十郡，官軍莫敢攖其鋒」。於是自有奇

聞異說，生於民間，輾轉繁變，以成故事，云經好事者掇拾粉飾，而文籍以出。宋遺民龔聖與作《宋江三十六人贊》❶，自序已云「宋江事見於街談巷語，不足采著，雖有高如李嵩輩❷傳寫，士大夫亦不見黜」（周密《癸辛雜識》續集上）。今高李所作雖散失，然足見宋末已有傳寫之書。《宣和遺事》由鈔撮舊籍而成，故前集中之梁山濼聚義始末，或亦爲當時所傳寫者之一種，其節目如下：

> 楊志等押花石綱阻雪違限　楊志途貧賣刀殺人刺配衛州　孫立等奪楊志往太行山落草　石碣村晁蓋夥劫生辰綱　宋江通信晁蓋等脫逃　宋江殺閻婆惜題詩於壁　宋江得天書有三十六將姓名　宋江奔梁山濼尋晁蓋　宋江三十六將共反　宋江朝東嶽賽還心願　張叔夜招宋江三十六將降　宋江收方臘有功封節度使

惟《宣和遺事》所載，與龔聖與贊已頗不同：贊之三十六人中有宋江，而《遺事》在外；《遺事》之吳加亮，李進義，李海，阮

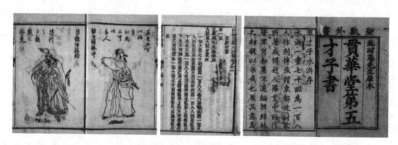

清刻本《水滸傳》內頁插圖

---

❶ 龔聖與（1222—約1304年），名開，號翠岩，宋末元初淮陰（今屬江蘇）人。《宋江三十六人贊》，是龔分別爲宋江等三十六人所寫的一組四言詩，見宋周密《癸辛雜識讀集》。

❷ 高如李嵩輩，一說指高如、李嵩等宋元之際民間文人。一說高如非人名。李嵩，南宋錢塘（今浙江杭州）人，畫家。

進，關必勝，王雄，張青，張岑，贊則作吳學究，盧進義，李俊，阮小二，關勝，楊雄，張清，張橫；諢名亦偶異。又元人雜劇亦屢取水滸故事為資材，宋江，燕青，李逵尤數見，性格每與在今本《水滸傳》中者差違，但於宋江之仁義長厚無異詞，而陳泰❸（茶陵人，元延祐乙卯進士）記所聞於篙師者，則云「宋之為人勇悍狂俠」（《所安遺集補遺・江南曲序》），與他書又正反。意者此種故事，當時載在人口者必甚多，雖或已有種種書本，而失之簡略，或多舛迕，於是又復有人起而薈萃取捨之，綴為巨袟，使較有條理，可觀覽，是為後來之大部《水滸傳》。其綴集者，或曰羅貫中（王圻，田汝成，郎瑛說），或曰施耐庵（胡應麟說），或曰施作羅編（李贄說），或曰施作羅續（金人瑞說）。

原本《水滸傳》今不可得，周亮工❹（《書影》一）云「故老傳聞，羅氏為《水滸傳》一百回，各以妖異語引其首，嘉靖時郭武定重刻其書，削其致語，獨存本傳」。所削者蓋即「燈花婆婆❺等事」（《水滸傳全書》發凡），本亦宋人單篇詞話（《也是園書目》十），而羅氏襲用之，其他不可考。

現存之《水滸傳》則所知者有六本，而最要者四：

一曰一百十五回本《忠義水滸傳》。前署「東原羅貫中編輯」，明崇禎末與《三國演義》合刻為《英雄譜》❻，單行本未見。其書始於洪太尉之誤走妖魔，而次以百八人漸聚山濼，已而受招安，破遼，平田虎，王慶，方臘，於是智深坐化於六和，宋江服毒而自盡，累顯靈應，終為神明。惟文詞蹇拙，體制紛紜，中間詩歌，亦多鄙俗，甚似草創初就，未加潤色者，雖非原本，蓋近之矣。其記林沖以忤高俅斷配滄州，看守大軍草場，於大雪中出危屋

❸ 陳泰，字志同，號所安，元茶陵（今屬湖南）人。有《所安遺集》。

❹ 周亮工（1612—1672年），字元亮，號櫟園，明末清初祥符（今河南開封）人。撰有《賴古堂集》《因樹屋書影》等。

❺ 燈花婆婆，清錢曾《也是園書目》著錄《燈花婆婆》一篇，已散佚。

❻ 《英雄譜》，明崇禎間《忠義水滸傳》和《三國演義》的合刊本。

覓酒云：

> ……卻說林沖安下行李，看那四下裏都崩壞了，自思曰，「這屋如何過得一冬，待雪晴了叫泥水匠來修理。」在土炕邊向了一回火，覺得身上寒冷，尋思「卻才老軍說（五里路外有市井），何不去沽些酒來吃？」便把花槍挑了酒葫蘆出來，信步投東，不上半里路，看見一所古廟，林沖拜曰，「願神明保祐，改日來燒紙。」卻又行一里，見一簇店家，林沖徑到店裏。店家曰，「客人那裏來？」林沖曰，「你不認得這個葫蘆？」店家曰，「這是草場老軍的。既是大哥來此，請坐，先待一席以作接風之禮。」林沖吃了一回，卻買一腿牛肉，一葫蘆酒，把花槍挑了便回，已晚，奔到草場看時，只叫得苦。原來天理昭然，庇護忠臣義士，這場大雪，救了林沖性命：那兩間草廳，已被雪壓倒了。……（第九回《豹子頭刺陸謙富安》）

又有一百十回之《忠義水滸傳》，亦《英雄譜》本，「內容與百十五回本略同」（《胡適文存》三）。別有一百二十四回之《水滸傳》，文詞脫略，往往難讀，亦此類。

二曰一百回本《忠義水滸傳》。前署「錢塘施耐庵的本，羅貫中編次」（《百川書志》六）。即明嘉靖時武定侯郭勳[7]家所傳之本，「前有汪太函序，託名天都外臣者」（《野獲編》五），今未見。別有本亦一百回，有李贄[8]序及批點，殆即出郭氏本，而改題爲「施耐庵集撰，羅貫中纂修」。然今亦難得，惟日本尚有享保戊申（一七二八）翻刻之前十回及寶曆[9]九年（一七五九）續翻之

---

[7] 郭勳，明濠州（治所今安徽鳳陽）人。明開國功臣郭英之後。

[8] 李贄（1527—1602年），字卓吾，別號溫陵居士，明泉州晉江（今屬福建）人。撰有《焚書》《藏書》等，曾評點《水滸傳》。

[9] 享保，日本中御門天皇的年號（1716—1736年）。寶曆，日本桃園天皇的年號（1751—1764年）。

魯迅中國小說史略漢文學史綱要

《忠義水滸全傳》梁山泊好漢劫法場

十一至二十回，亦始於誤走妖魔而繼以魯達林沖事蹟，與百十五回本同；第五回於魯達有「直教名馳塞北三千里，證果江南第一州」之語，即指六和坐化故事，則結束當亦無異。惟於文辭，乃大有增刪，幾乎改觀，除去惡詩，增益駢語；描寫亦愈入細微，如述林沖雪中行沽一節，即多於百十五回本者至一倍餘：

……只說林沖就床上放了包裹被臥，就坐下生些焰火起來，屋邊有一堆柴炭，拿幾塊來生在地爐裏；仰面看那草屋時，四下裏崩壞了，又被朔風吹撼搖振得動。林沖道，「這屋如何過得一冬，待雪晴了，去城中喚個泥水匠來修理。」向了一回火，覺得身上寒冷，尋思「卻才老軍所說五里路外有那市井，何不去沽些酒來吃？」便去包

清版《新刻忠義水滸傳》內頁

裏取些碎銀子，把花槍挑了酒葫蘆，將火炭蓋了，取氈笠子戴上，拿了鑰匙出來，把草廳門拽上，出到大門首，把兩扇草場門反拽上，鎖了，帶了鑰匙，信步投東，雪地裏踏著碎瓊亂玉，迤背著北風而行，——那雪正下得緊。行不上半里多路，看見一所古廟，林沖頂禮道，「神明庇佑，改日來燒錢紙。」又行了一回，望見一簇人家，林沖住腳看時，見籬笆中挑著一個草帚兒在露天裏。林沖徑到店裏；主人道，「客人那裏來？」林沖道，「你認得這個葫蘆麼？」主人看了，道，「這葫蘆是草料場老軍的。」林沖道，「如何？便認的。」店主道，「既是草料場看守大哥，且請少坐，天氣寒冷，且酌三杯權當接風。」店家切一盤熟牛肉，燙一壺熱酒，請林沖。又自買了些牛肉，又吃了數杯，就又買了一葫蘆酒，包了那兩塊牛肉，留下些碎銀子，把花槍挑了酒葫蘆，懷內揣了牛肉，叫聲「相擾」，便出籬笆門，依舊迎著朔風回來。看那雪，到晚越下的緊了。

古時有個書生，做了一個詞，單題那貧苦的恨雪：

廣莫嚴風刮地，這雪兒下的正好，拈絮摛綿，裁幾片大如栲栳，見林間竹屋茅茨，爭些兒被他壓倒。富室豪家，卻道是「壓瘴猶嫌少」，向的是獸炭紅爐，穿的是棉衣絮襖，手拈梅花，唱道「國家祥瑞」，不念貧民些小。高臥有幽人，吟詠多詩草。

再說林沖踏著那瑞雪，迎著北風，飛也似奔到草場門口，開了鎖，入內看時，只叫得苦。原來天理昭然，佑護善人義士，因這場大雪，救了林沖的性命：那兩間草廳，已被雪壓倒了。……（第十回《林教頭風雪山神廟》）

三曰一百二十回本《忠義水滸全書》。亦題「施耐庵集撰，羅

貫中纂修」，與李贄序百回本同。首有楚人楊定見[10]序，自云事李卓吾，因袁無涯[11]之請而刻此傳；次發凡十條，次爲《宣和遺事》中之梁山濼本末及百八人籍貫出身。全書自首至受招安，事略全同百十五回本，破遼小異，且少詩詞，平田虎王慶則並事略亦異，而收方臘又悉同。文詞與百回本幾無別，特於字句稍有更定，如百回本中「林沖道，『如何？便認的。』」此則作「林沖道，『原來如此。』」詩詞又較多，則爲刊時增入，故發凡云，「舊本去詩詞之煩蕪，一慮事緒之斷，一慮眼路之迷，頗直截清明，第有得此以形容人態，頗挫文情者，又未可盡除，茲復爲增定，或攡原本而進所有，或逆古意而益所無，惟周勸懲，兼善戲謔」也。亦有李贄評，與百回本不同，而兩皆弇陋，蓋即葉晝[12]輩所僞託（詳見《書影》一）。

發凡又云，「古本有羅氏致語，相傳燈花婆婆等事，既不可復見，乃後人有因『四大寇』之拘而酌損之者，有嫌一百二十回之繁而淘汰之者，皆失。郭武定本即舊本移置閻婆事，甚善，其於寇中去王、田而加遼國，猶是小家照應之法，不知大手筆者正不爾爾。」是知《水滸》有古本百回，當時「既不可復見」；又有舊本，似百二十回，中有「四大寇」，蓋謂王、田、方及宋江，即柴進見於白屏風上御書者（見百十五回本之六十七回及《水滸全書》七十二回）。郭氏本始破其拘，削王、田而加遼國，成百回；《水滸全書》又增王、田，仍存遼國，復爲百二十回，而宋江乃始退居於四寇之外。然《宣和遺事》所謂「三路之寇」者，實指攻奪淮陽京西河北三路強人，皆宋江屬，不知何人誤讀，遂以王慶田虎輩當之。然破遼故事慮亦非始作於明，宋代外敵憑陵，國政弛廢，轉思草澤，蓋亦人情，故或造野語以自慰，復多異說，不能合符，於是

---

[10] 楊定見，字鳳裏，明麻城（今屬湖北）人。

[11] 袁無涯，名叔度，明末蘇州人。經營「書植堂」，刊行書籍。

[12] 葉晝，字文通，明無錫（今屬江蘇）人。撰有《悅客編》等。常假託名人評點諸書。

《精鐫合刻三國水滸全傳》版畫三拳打死鄭關西

後之小說，既以取捨不同而分歧，所取者又以話本非一而違異，田虎王慶在百回本與百十七回本名同而文迥別，殆亦由此而已。惟其後討平方臘，則各本悉同，因疑在郭本所據舊本之前，當又有別本，即以平方臘接招安之後，如《宣和遺事》所記者，於事理始為密合，然而證信尚缺，未能定也。

總上五本觀之，知現存之《水滸傳》實有兩種，其一簡略，其一繁縟。胡應麟（《筆叢》四十一）云，「餘二十年前所見《水滸傳》本尚極足尋味，十數載來，為閩中坊賈刊落，止錄事實，中間游詞餘韻神情寄寓處一概刪之，遂既不堪覆瓿，復數十年，無原本印證，此書將永廢。」應麟所見本，今莫知如何，若百十五回簡本，則成就殆當先於繁本，以其用字造句，與繁本每有差違，倘是刪存，無煩改作也。又簡本撰人，止題羅貫中，周亮工聞於故老者亦第云羅氏，比郭氏本出，始著耐庵，因疑施乃演為繁本者之託名，當是後起，非古本所有。後人見繁本題施作羅編，未及悟其依託，遂或意為敷衍，定耐庵與貫中同籍，為錢塘人（明高儒《百川書志》六），且是其師。胡應麟（《筆叢》四十一）亦信所見《水滸傳》小序，謂耐庵「嘗入市肆閱故書，於敝楮中得宋張叔夜禽賊招語一通，備悉其一百八人所由起，因潤飾成此編」。且云「施某事見田叔禾《西湖志餘》」，而《志餘》中實無有，蓋誤記也。近吳梅著《顧曲塵談》[13]，云「《幽閨記》為施君美作。君美，名惠，即作《水滸傳》之耐庵居士也。」案惠亦杭州人，然其為耐庵居士，則不知本於何書，故亦未可輕信矣。

四曰七十回本《水滸傳》。正傳七十回楔子一回，實七十一回，有原序一篇，題「東都施耐庵撰」，為金人瑞字聖歎所傳，自云得古本，止七十回，於宋江受天書之後，即以盧俊義夢全夥被縛

---

[13] 吳梅（1884—1939年），字瞿安，號霜厓，長洲（今江蘇吳縣）人。撰有《顧曲塵談》。

於張叔夜終，而指招安以下爲羅貫中續成，斥曰「惡札」❶。其書與百二十回本之前七十回無甚異，惟刊去駢語特多，百廿回本發凡有「舊本去詩詞之繁累」語，頗似聖歎眞得古本，然文中有因刪去詩詞，而語氣遂稍參差者，則所據殆仍是百回本耳。周亮工（《書影》一）記《水滸傳》云，「近金聖歎自七十回之後，斷爲羅所續，因極口詆羅，復僞爲施序於前，此書遂爲施有矣。」二人生同時，其說當可信。惟字句亦小有佳處，如第五回敘魯智深詰責瓦官寺僧一節云：

> ……智深走到面前，那和尚吃了一驚，跳起身來，便道，「請師兄坐，同吃一盞。」智深提著禪杖道，「你這兩個，如何把寺來廢了？」那和尚便道，「師兄請坐，聽小僧……」智深睜著眼道，「你說你說！」「……說：在先敝寺，十分好個去處，田莊又廣，僧眾極多，只被廊下那幾個老和尚吃酒撒潑，將錢養女，長老禁約他們不得，又把長老排告了出去，因此把寺來都廢了。……」

聖歎於「聽小僧……」下注云「其語未畢」，於「……說」下又多所申釋，而終以「章法奇絕從古未有」譽之，疑此等「奇絕」，正聖歎所爲，其批改《西廂記》亦如此。此文在百回本，爲「那和尚便道，『師兄請坐，聽小僧說。』智深睜著眼道，『你說你說！』那和尚道，『在先敝寺，十分好個去處，田莊廣有，僧眾極多……』」云云，在百十五回本，則並無智深睜眼之文，但云「那和尚曰，『師兄聽小僧說：在先敝寺，田莊廣有，僧眾也多……』」而已。

至於刊落之由，什九常因於世變，胡適（《文存》三）說，

---

❶ 「惡札」，貫華堂本《金人瑞刪定水滸傳》卷首評語：「君子一言以爲智，一言以爲不智。如侯蒙其人者，亦幸而遂死耳。脫眞得知宋平，惡知其不大敗公事，爲世僇笑者哉!何羅貫中不達，猶祖其說，而有續《水滸傳》之惡札也。」

「聖歎生在流賊遍天下的時代，眼見張獻忠李自成一班強盜流毒全國，故他覺得強盜是不能提倡的，是應該口誅筆伐的。」故至清，則世異情遷，遂復有以爲「雖始行不端，而能翻然悔悟，改弦易轍，以善其修，斯其意固可嘉，而其功誠不可泯」者，截取百十五回本之六十七回至結末，稱《後水滸》，一名《蕩平四大寇傳》，附刊七十回之後以行矣。其卷首有乾隆壬子（一七九二）賞心居士序。

清初，有《後水滸傳》四十回，云是「古宋遺民著，雁宕山樵評」，蓋以續百回本。其書言宋江既死，余人尙爲宋禦金，然無功，李俊遂率眾浮海，王於暹羅，結末頗似杜光庭之《虬髯傳》。古宋遺民者，本書卷首《論略》云「不知何許人，以時考之，當去施羅未遠，或與之同時，不相爲下，亦未可知」。然實乃陳忱之託

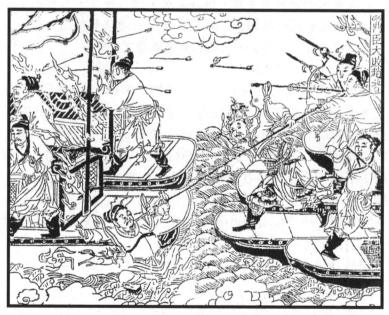

《皇明英烈傳》插圖

名；忱字遐心，浙江烏程人，生平著作並佚，惟此書存，爲明末遺民（《兩浙輶軒錄》補遺一《光緒嘉興府志》五十三），故雖遊戲之作，亦見避地之意矣。然至道光中，有山陰俞萬春作《結水滸傳》七十回，結子一回，亦名《蕩寇志》，則立意正相反，使山泊首領，非死即誅，專明「當年宋江並沒有受招安平方臘的話，只有被張叔夜擒拿正法一句話」，以結七十回本。俞萬春字仲華，別號忽來道人，嘗隨其父宦粵。瑤民之變，從征有功議敍，後行醫於杭州，晚年乃奉道釋，道光己酉（一八四九）卒。《蕩寇志》之作，始於丙戌而迄於丁未，首尾凡二十二年，「未遑修飾而歿」，咸豐元年（一八五一），其子龍光始修潤而刻之（本書識語）。書中造事行文，有時幾欲摩前傳之壘，採錄景象，亦頗有施羅所未試者，在糾纏舊作之同類小說中，蓋差爲佼佼者矣。

此外講史之屬，爲數尚多。明已有荒古虞夏（周遊《開闢演義》鍾惺《開闢唐虞傳》及《有夏志傳》）[15]，東西周（《東周列國志》《西周志》《四友傳》）[16]，兩漢（袁宏道評《兩漢演義傳》）[17]，兩晉（《西晉演義》《東晉演義》）[18]，唐（熊鐘谷《唐書演義》）[19]，宋（尺蠖齋評釋《兩宋志傳》）[20]諸史事平話，清以

---

[15] 周遊，字仰止，號五嶽山人。明代人，撰有《開闢演義》。鍾惺（1574—1624年），字伯敬，明湖廣竟陵人。《開闢唐虞傳》（即《盤古至唐虞傳》）、《有夏志傳》，舊題「景陵鍾惺景伯父編輯」，「古吳馮夢龍猶龍父鑒定」，實爲明無名氏所撰。

[16] 《東周列國志》，清蔡元放據明余邵魚撰《列國志傳》、明末馮夢龍改訂本《新列國志》刪改編撰而成，並加評語。《西周志》，未見。《四友傳》，即《鬼谷四友志》，清楊景淐撰。

[17] 袁宏道（1568—1610年），字中郎，號石公，明公安（今屬湖北）人。明三台館本《全漢志傳》卷首有袁宏道序。

[18] 《東西晉演義》，包括《西晉演義》《東晉演義》，明無名氏撰，題「秣陵陳氏尺蠖齋評釋」。

[19] 熊鐘谷，即熊大木，明建陽（今屬福建）人。《唐書演義》，全名《唐書志傳通俗演義》。

[20] 尺蠖齋，明陳繼儒書齋名。《南北兩宋志傳》，包括《南宋志傳》《北宋志傳》，題「姑孰陳氏尺蠖齋評釋」。

來亦不絕，且或總攬全史（《二十四史通俗演義》）❷，或訂補舊文（兩漢兩晉隋唐等），然大抵效《三國志演義》而不及，雖其上者，亦復拘牽史實，襲用陳言，故既拙於措辭，又頗憚於敘事，蔡奡《東周列國志讀法》❷云，「若說是正經書，卻畢竟是小說樣子，……但要說他是小說，他卻件件從經傳上來。」本以美之，而講史之病亦在此。

至於敘一時故事而特置重於一人或數人者，據《夢粱錄》（二十）講史條下云，「有王六大夫，於咸淳年間敷衍《復華篇》及《中興名將傳》，聽者紛紛。」則亦當隸於講史。《水滸傳》即其一，後出者尤夥。較顯者有《皇明英烈傳》❷一名《雲合奇蹤》，武定侯郭勳家所傳，記明開國武烈，而特揚其先祖郭英之功；後有《眞英烈傳》❷，則反其事而詈之。有《宋武穆王演義》❷，熊大木編，有《岳王傳演義》，余應鼇編❷，又有《精忠全傳》，鄒元標編❷，皆記宋岳飛功績及冤獄；後有《說岳全傳》❷，則就其事而演之。清有《女仙外史》，作者呂熊❷（劉廷璣《在園雜誌》云），述青州唐賽兒之亂；有《檮杌閑評》❸，無作者名，

---

❷ 《二十四史通俗演義》，清呂撫撰。

❷ 蔡奡，字元放，號野雲主人，清江寧（今屬江蘇）人。《東周列國志讀法》，見其評本《東周列國志》。

❷ 《皇明英烈傳》，明無名氏撰。

❷ 《眞英烈傳》，未見。

❷ 《宋武穆王演義》，即《大宋中興通俗演義》題「鼇峰熊大木編輯」。

❷ 《岳王傳演義》，即《大宋中興岳王傳》，題「紅雪山人余應鼇編次」，實即熊大木《大宋中興通俗演義》的另一傳本。余應鼇，生平不詳。

❷ 《精忠全傳》，即《岳武穆王精忠傳》，明無名氏編，爲熊大木《大宋中興通俗演義》的刪節本。題「鄒元標編訂」，爲假託。鄒元標（1551－1624年），字爾瞻，明吉水（今屬江西）人。撰有《願學集》。

❷ 《說岳全傳》，二十卷，八十回，題「仁和錢彩錦文氏編次」，「永福金豐大有氏增訂」，有康熙甲子金豐序。存世版本有錦春堂、大文堂等刊本。

❷ 呂熊，字文兆，清初吳人。撰有《詩經六藝辨》等。

❸ 《檮杌閑評》，五十回，存世有清刊本，不署撰人，卷首爲「總論」。有人認爲書爲明末李清著。

記魏忠賢客氏之惡。其於武勇，則有敘唐之薛家（《征東征西全傳》）❸，宋之楊家（《楊家將全傳》）❸及狄青輩（《五虎平西平南傳》）者，文意並拙，然盛行於里巷間。其他託名故實，而藉以騰謗報怨之作亦多，今不復道。

---

❸ 《楊家將全傳》，即《楊家府世代忠勇演義志傳》，又名《楊家府演義》明無名氏撰。《五虎平西平南傳》，包括《五虎平西前傳》《五虎平南後傳》均清無名氏撰。

❸ 《征東征西全傳》，指寫薛仁貴、薛丁山父子的《說唐後傳》《說唐薛家府傳》《征西說唐三傳》等小說。《說唐後傳》五十五回，題「鴛湖漁叟較訂」。《說唐薛家府傳》，一名《薛仁貴征東全傳》，六卷四十二回，題「姑蘇如蓮居士編次」。《征西說唐三傳》，一名《異說後唐三傳薛丁山征西樊梨花全傳》，中都逸叟編次。

第十六篇

明之神魔小説（上）

　　奉道流羽客之隆重，極於宋宣和時，元雖歸佛，亦甚崇道，其幻惑故遍行於人間，明初稍衰，比中葉而復極顯赫，成化時有方士李孜，釋繼曉，正德時有色目人於永[1]，皆以方伎雜流拜官，榮華熠耀，世所企羨，則妖妄之說自盛，而影響且及於文章。且歷來三教之爭，都無解決，互相容受，乃曰「同源」，所謂義利邪正善惡是非眞妄諸端，皆混而又析之，統於二元，雖無專名，謂之神魔，蓋可賅括矣。其在小說，則明初之《平妖傳》已開其先，而繼起之作尤夥。凡所敷敘，又非宋以來道士造作之談，但爲人民閭巷間意，蕪雜淺陋，率無可觀。然其力之及於人心者甚大，又或有文人起而結集潤色之，則亦爲鴻篇巨制之胚胎也。

　　匯此等小說成集者，今有《四遊記》行於世，其書凡四種，著者三人，不知何人編定，惟觀刻本之狀，當在明代耳。一曰《上洞八仙傳》，亦名《八仙出處東遊記傳》，二卷五十六回，題「蘭江吳元泰著」。傳言鐵拐（姓李名玄）得道，度鐘離權，權度呂洞賓，二人又共度韓湘曹友，張果、藍采和、何仙姑則別成道，是爲八仙。一日俱赴蟠桃大會，歸途各履寶物渡海，有龍子愛藍采和所

---

[1] 李孜，一作李孜省。其和繼曉、於永三人事見《明史‧佞幸列傳》。

八仙慶壽版畫

踏玉版，攝而奪之，遂大戰，八仙「火燒東洋」，龍王敗績，請天兵來助，亦敗，後得觀音和解，乃各謝去，而「天淵迴別天下太平」之候，自此始矣。書中文言俗語間出，事亦往往不相屬，蓋雜取民間傳說作之。

二曰《五顯靈官大帝華光天王傳》，即《南遊記》，四卷十八回，題「三臺山人仰止余象斗[2]編」。象斗爲明末書賈，《三國志演義》刻本上，尚見其名。書言有妙吉祥童子以殺獨火鬼忤如來，貶爲馬耳娘娘子，是曰三眼靈光，具五神通，報父仇，游靈虛，緣盜金槍，爲帝所殺；復生炎魔天王家，是爲靈耀，師事天尊，又詐取其金刀，煉爲金磚以作法寶，終鬧天宮，上界鼎沸；玄天上帝以水服之，使走人間，托生蕭氏，是爲華光，仍有神通，與神魔戰，中界亦鼎沸，帝乃赦之。華光因失金磚，復欲制煉，尋求金塔，遂遇鐵扇公主，擒以爲妻，又降諸妖，所向無敵，以憶其母，訪於地府，復因爭執，大鬧陰司，下界亦鼎沸。已而知生母實妖也，名吉芝陀聖母，食蕭長者妻，幻作其狀，而生華光，然仍食人，爲佛所執，方在地獄，受惡報也，華光乃救以去。

> ……卻說華光三下酆都，救得母親出來，十分歡悅。那吉芝陀聖母曰，「我兒你救得我出來，道好，我要討岐娥吃。」華光問，「岐娥是甚麼子，我兒媳俱不曉得。」母曰，「岐娥不曉得，可去問千里眼順風耳。」華光即問二人。二人曰，「那岐娥是人，他又思量吃人。」華光聽罷，對娘曰，「娘，你住酆都受苦，我孩兒用盡計較，救得你出來，如何又要吃人，此事萬不可爲。」母曰，「我要吃！不孝子，你沒有岐娥與我吃，是誰要救我出來？」華光無奈，只推曰，「容兩日討與你吃。」……（第十七

---

[2] 余象斗，字仰止，自稱三臺山人，明建安（今福建建甌）人。編有《北遊記》《南遊記》等，刊有《列國志傳》《全漢志傳》《三國志傳評林》《水滸志傳評林》等。

回《華光三下酆都》)

於是張榜求醫，有言惟仙桃可治者，華光即幻爲齊天大聖狀，竊而奉之，吉芝陀乃始不思食人。然齊天被嫌，詢於佛母，知是華光，則來討，爲火丹所燒，敗績；其女月孛有骷髏骨，擊之敵頭即痛，二日死。華光被術，將不起，火炎王光佛出而議和，月孛削骨上擊痕，華光始愈，終歸佛道云。

明謝肇淛（《五雜俎》十五）以華光小說比擬《西遊記》，謂「皆五行生尅之理，火之熾也，亦上天下地，莫之撲滅，而眞武以水制之，始歸正道」。又於吉芝陀出獄即思食人事，則致慨於遷善之難，因知在萬曆時，此書已有。沈德符論劇曲（《野獲編》二十五），亦有「華光顯聖則太妖誕」語，是此種故事，當時且演爲劇本矣。

其三曰《北方眞武玄天上帝出身志傳》，即《北遊記》，四卷二十四回，亦余象斗編，記眞武本身及成道降妖事。上帝爲玄天之說，在漢已有（《周禮·大宗伯》鄭氏注），然與後來之玄帝，實又不同。此玄帝眞武者，蓋起於宋代羽客之言，即《元洞玉歷記》（《三教搜神大全》一引）所謂元始說法於玉清，下見惡風彌塞，乃命周武伐紂以治陽，玄帝收魔以治陰，「上賜玄帝披髮跣足，金甲玄袍，皂纛玄旗，統領丁甲，下降凡世，與六天魔王戰於洞陰之野，是時魔王以坎離二炁，化蒼龜巨蛇，變現方成，玄帝神力攝於足下，鎖鬼眾於酆都大洞，人民治安，宇內清肅」者是也，元嘗加封，明亦崇奉。此傳所言，間符舊說，但亦時竊佛傳，雜以鄙言，盛誇感應，如村巫廟祝之見。初謂隋煬帝時，玉帝當宴會之際，而忽思凡，遂以三魂之一，爲劉氏子，如來三清並來點化，乃隱蓬萊；又以凡心，生哥闍國，次生西霞，皆是王子，蒙天尊教，捨國出家，功行既完，上謁玉帝，封蕩魔天尊，令收天將；於是復生爲淨洛國王子，得斗母元君點化，入武當山成道。玄帝方升天宮，忽見妖氣起於中界，知即天將，擾亂人間，乃復下凡，降龜蛇怪，服

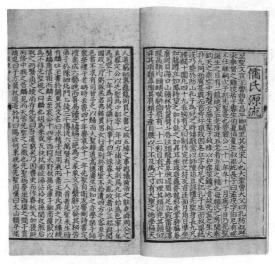

《三教搜神大全》書頁

趙公明，收雷神，獲月孛及他神將，引以朝天。玉帝即封諸神爲玄天部將，計三十六員。然揚子江有鍋及竹纜二妖，獨逸去不可得，眞武因指一化身，復入人世，於武當山鎮守之。篇末則記永樂三年玄天助國卻敵事，而下有「至今二百餘載」之文，頗似此書流行，當在明季，然舊刻無後一語，可知有者乃後來增訂之本矣。

四日《西遊記傳》，四卷四十一回，「題齊雲楊志和編，天水趙景眞校」，敘孫悟空得道，唐太宗入冥，玄奘應詔求經，途中遇難，終達西土，得經東歸者也。太宗之夢，庸人已言，張《朝野僉載》云，「太宗至夜半奄然入定，見一人云，『陛下暫合來，還即去也。』帝問『君是何人？』對曰，『臣是生人判冥事。』太宗入見判官，問六月四日事，即令還，向見者又送迎引導出。」又有俗文，亦記斯事，有殘卷從敦煌千佛洞得之（詳見第十二篇）。至玄奘入竺，實非應詔，事具《唐書》（百九十一《方伎傳》），又有專傳曰《大慈恩寺三藏法師傳》[3]，在《佛藏》中，初無諸奇詭事，而後來稗說，頗涉靈怪。《大唐三藏取經詩話》已有猴行者深

沙神及諸異境；金人院本亦有《唐三藏》❹（陶宗儀《輟耕錄》）；元雜劇有吳昌齡《唐三藏西天取經》（鍾嗣成《錄鬼簿》），一名《西遊記》（今有日本鹽谷溫校印本）❺，其中收孫悟空，加戒箍，沙僧，豬八戒，紅孩兒，鐵扇公主等皆已見。似取經故事，自唐末以至宋元，乃漸漸演成神異，且能有條貫，小說家因亦得取爲記傳也。

全書之前九回爲孫悟空得仙至被降故事，言有石猴，尋得水源，眾奉爲王，而復出山，就師悟道，以大神通，攪亂天地，玉帝不得已，封爲齊天大聖，復擾蟠桃大會，帝命灌口二郎真君討之，遂大戰，悟空爲所獲，其敘當時戰鬥變化之狀云：

……那小猴見真君到，急急報知猴王。猴王即掣起金箍棒，步上雲履。二人相見，各言姓名，遂排開陣勢，來往三百餘合。二人各變身萬丈，戰入雲端，離卻洞口。……大聖正在鏖戰，忽見本山眾猴驚散，抽身就走；真君大步趕上，急走急迫。大聖慌忙將身一變，入水中。真君道，「這猴入水必變魚蝦，待我變作魚鷹逐他。」大聖見真君趕來，又變一鴿鳥，飛在樹上，被真君拽弓一彈，打下草坡，遍尋不見，回轉天王營中去說猴王敗陣等事，又趕不見蹤跡。天王把照妖鏡一照，急云「妖猴往你灌口去了」。真君回灌口；猴王急變做真君模樣，座在中堂，被二郎用一神槍，猴王讓過，變出本相，二人對較手段，意欲回轉花果山，奈四面天將圍住念咒。忽然真君與菩薩在雲端觀看，見猴王精力將疲，老君擲下金剛圈，

❸ 《大慈恩寺三藏法師傳》，唐僧人慧立原撰，彥悰箋補。《佛藏》，佛教經典總集，始編於南北朝，以後歷代陸續有新譯經論和著述編入。
❹ 《唐三藏》，《輟耕錄》卷二十五《金院本名目》著錄。已散佚。
❺ 吳昌齡，元大同（今屬山西）人。撰有《唐三藏西天取經》。鹽谷溫校印本《西遊記》，當爲楊訥所撰《西遊記》雜劇，參看第九篇。

與猴王腦上一打。猴王跌倒在地，被眞君神犬咬住胸肚
子，又拖跌一跤，卻被眞君兄弟等神槍刺住，把鐵索綁
縛。……（第七回《眞君收捉猴王》）

然斫之無傷，煉之不死，如來乃壓之五行山下，令待取經人。
次四回即魏徵斬龍，太宗入冥，劉全進瓜，及玄奘應詔西行：爲求
經之所由起。十四回以下則玄奘道中收徒及遇難故事，而以見佛得
經東歸證果終。徒有三，曰孫行者，豬八戒，沙僧，並得龍馬；災
難三十餘，其大者五莊觀，平頂山，火雲洞，通天河，毒敵山，六
耳獼猴，小雷音寺等也。凡所記述，簡略音多，但亦偶雜遊詞，以
增笑樂，如寫火雲洞之戰云：

　　……那山前山後土地，皆來叩頭報名，「此處叫
做枯松澗，澗邊有一座山洞，叫做火雲洞，洞有一位魔
王，是牛魔王的兒子，叫做紅孩兒。他有三昧眞火，甚是
利害。」行者聽說，叱退土神，……與八戒同進洞中去
尋，……那魔王分付小妖，推出五輪小車，擺下五方，遂
提槍殺出，與行者戰經數合，八戒助陣，魔王走轉，把鼻
子一捶，鼻中冒出火來，一時五輪車子，烈火齊起。八戒
道，「哥哥快走！少刻把老豬燒得團圍，再加香料，盡
他受用。」行者雖然避得火燒，卻只怕煙，二人只得逃
轉。……（第三十二回《唐三藏收妖過黑河》）

復請觀世音至，化刀爲蓮台，誘而執之，既降復叛，則環以五
金箍，灑以甘露，乃始兩手相合，歸落伽山云。《西遊記》雜劇中
《鬼母皈依》一出，即用揭缽盂救幼子故事者，其中有云，「告世
尊，肯發慈悲力。我著唐三藏西遊便回，火孩兒妖怪放生了他。到
前面，須得二聖郎救了你。」（卷三）而於此乃改爲牛魔王子；且
與參善知識之善才童子相混矣。

第十七篇

明之神魔小説（中）

又有一百回本《西遊記》，蓋出於四十一回本《西遊記傳》之後❶，而今特盛行，且以為元初道士邱處機❷作。處機固嘗西行，李志常記其事為《長春真人西遊記》，凡二卷，今尚存《道藏》❸中，惟因同名，世遂以為一書；清初刻《西遊記》小說者，又取虞集❹撰《長春真人西遊記》之序文冠其首，而不根之談乃愈不可拔也。

然至清乾隆末，錢大昕❺跋《長春真人西遊記》（《潛研堂文集》二十九）已云小說《西遊演義》是明人作；紀昀❻（《如是我

---

❶ 關於《西遊記》一百回本與四十一回本先後問題，鄭振鐸《西遊記的演化》一文已論證應是一百回本在前。魯迅一九三五年〈中國小說史略〉日本譯本序中也予以更正。

❷ 邱處機（1148—1227年），字通密，自號長春子，元棲霞（今屬山東）人。成吉思汗曾封其為國師，總領道教。撰有《攝生消息論》《大丹直指》等。

❸ 李志常（1193—1256年），字浩然，道號通玄大師。邱處機弟子，曾隨邱謁成吉思汗，歸後就途中經歷撰成《長春真人西遊記》。《道藏》，道教經典總集。六朝時開始彙集道經，以後歷代又續有增補。

❹ 虞集（1272—1348年），字伯生，號道園，元仁壽（今屬四川）人。撰有《道園學古錄》。

❺ 錢大昕（1728—1804年），字辛楣，號竹汀，清嘉定（今屬上海）人。撰有《二十二史考異》《潛研堂文集》等。

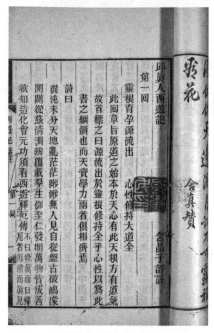

清版《西遊記》內頁

聞》三）更因「其中祭賽國之錦衣衛，朱紫國之司禮監，滅法國之東城兵馬司，唐太宗之大學士翰林院中書科，皆同明制」，決爲明人依託，惟尚不知作者爲何人。而鄉邦文獻，尤爲人所樂道，故是後山陽人如丁晏（《石亭記事續編》）、阮葵生（《茶餘客話》）等❼，已皆探索舊志，知《西遊記》之作者爲吳承恩矣。吳玉搢❽（《山陽志遺》）亦云然，而尚疑是演邱處機書，猶羅貫中之演陳壽《三國志》者，當由未見二卷本，故其說如此；又謂「或云有《後西遊記》，爲射陽先生撰」，則第志俗說而已。

吳承恩字汝忠，號射陽山人，性敏多慧，博極群書，復善諧劇，著雜記數種，名震一時，嘉靖甲辰歲貢生，後官長興縣丞，隆慶初歸山陽，萬曆初卒（約一五一〇～一五八〇）。雜記之一即《西遊記》（見《天啓淮安府志》一六及一九，《光緒淮安府志》貢舉表），餘未詳。又能詩，其「詞微而顯，旨博而深」（陳文燭序語），爲有明一代淮郡詩人之冠，而貧老乏嗣，遺稿多散佚，邱

❻ 紀昀，參看本書第二十二篇。
❼ 丁晏（1794—1875年），字儉卿，清山陽（今江蘇淮安）人。編有《志齋叢書》22種。阮葵生（1727—1789年），字寶誠，號山，清山陽人。撰有《茶餘客話》。
❽ 吳玉搢（1698—1778年），字藉五，號山夫，清山陽（今江蘇淮安）人。曾參與纂修《山陽縣誌》和《淮安府志》。

正綱❾收拾殘缺爲《射陽存稿》四卷《續稿》一卷，吳玉搢盡收入《山陽耆舊集》❿中（《山陽志遺》四）。然同治間修《山陽縣誌》❶者，於《人物志》中去其「善諧劇著雜記」語，於《藝文志》又不列《西遊記》之目，於是吳氏之性行遂失眞，而知《西遊記》之出於吳氏者亦愈少矣。

《西遊記》全書次第，與楊志和作四十一回本殆相等。前七回爲孫悟空得道至被降故事，當楊本之前九回；第八回記釋迦造經之事，與佛經言阿難結集不合；第九回記玄奘父母遇難及玄奘復仇之事，亦非事實，楊本皆無有，吳所加也；第十至十二回即魏徵斬龍至玄奘應詔西行之事，當楊本之十至十三回；第十四回至九十九回則俱記入竺途中遇難之事，九者究也，物極於九，九九八十一，故有八十一難；而一百回以東返成眞終。

惟楊志和本雖大體已立，而文詞荒率，僅能成書；吳則通才，敏慧淹雅，其所取材，頗極廣泛，於《四遊記》中亦採《華光傳》及《眞武傳》，於西遊故事亦採《西遊記雜劇》及《三藏取經詩話》（？），翻案挪移則用唐人傳奇（如《異聞集》《酉陽雜俎》等），諷刺揶揄則取當時世態，加以鋪張描寫，幾乎改觀。如灌口二郎之戰孫悟空，楊本僅有三百餘言，而此十倍之，先記二人各現「法象」，次則大聖化雀，化「大鶿老」，化魚，化水蛇，眞君化雀鷹，化大海鶴，化魚鷹，化灰鶴，大聖復化爲鴇，眞君以其賤鳥，不屑相比，即現原身，用彈丸擊下之。

  ……那大聖趁著機會，滾下山崖，伏在那裏又變，變一座土地廟兒：大張著口，似個廟門；牙齒變作門扇；舌頭變做菩薩；眼睛變做窗櫺；只有尾巴不好收拾，豎在後

---

❾ 邱正綱，即邱度，號汝洪，清山陽（今江蘇淮安）人，吳承恩表孫。所編《射陽先生存稿》，四卷，卷首有陳文燭序。

❿ 《山陽耆舊集》，未見。

❶ 《山陽縣誌》，二十一卷，清同治間存保、何紹基等纂修。

《西遊記》版畫

面，變做一根旗杆。眞君趕到崖下，不見打倒的鴇鳥，只有一間小廟，急睜鳳眼，仔細看之，見旗杆立在後面，笑道，「是這猢猻了。他今又在那裏哄我。我也曾見廟宇，更不曾見一個旗杆豎在後面的。斷是這畜生弄。他若哄我進去，他便一口咬住。我怎肯進去？等我掣拳先搗窗櫺，後踢門扇。」大聖聽得，……撲的一個虎跳，又冒在空中不見。眞君前前後後亂趕，……起在半空，見那李天王高擎照妖鏡，與哪吒住立雲端。眞君道，「天王，曾見那猴王麼？」天王道，「不曾上來，我這裏照著他哩。」眞君把那賭變化，弄神通，拿群猴一事說畢，卻道，「他變廟宇，正打處，就走了。」李天王聞言，又把照妖鏡四方一

照，呵呵的笑道，「真君，快去快去，那猴子使了個隱身法，走出營圍，往你那灌江口去也。」……卻說那大聖已至灌江口，搖身一變，變作二郎爺爺的模樣，按下雲頭，徑入廟裏。鬼判不能相認，一個個磕頭迎接。他坐在中間，點查香火：見李虎拜還的三牲，張龍許下的保福，趙甲求子的文書，錢丙告病的良願。正看處，有人報「又一個爺爺來了」。眾鬼判急急觀看，無不驚心。真君卻道，「有個甚麼齊天大聖，才來這裏否？」眾鬼判道，「不曾見甚麼大聖，只有一個爺爺在裏面查點哩。」真君撞進門；大聖見了，現出本相道，「郎君，不消嚷，廟宇已姓孫了！」這真君即舉三尖兩刃神鋒，劈臉就砍。那猴王使個身法，讓過神鋒，掣出那繡花針兒，幌一幌，碗來粗細，趕到前，對面相還。兩個嚷嚷鬧鬧，打出廟門，半霧半雲，且行且戰，復打到花果山。慌得那四大天王等眾提防愈緊；這康張太尉等迎著真君，合心努力，把那美猴王圍繞不題……（第六回下《小聖施威降大聖》）

然作者構思之幻，則大率在八十一難中，如金山之戰（五十至五二回），二心之爭（五七及五八回），火焰山之戰（五九至六一回），變化施為，皆極奇恣，前二事楊書已有，後一事則取雜劇《西遊記》及《華光傳》中之鐵扇公主以配《西遊記傳》中僅見其名之牛魔王，俾益增其神怪豔異者也。其述牛魔王既為群神所服，令羅刹女獻芭蕉扇，滅火焰山火，俾玄奘等西行情狀云：

……那老牛心驚膽顫，……望上便走。恰好有托塔李天王並哪吒太子領魚肚藥叉巨靈神將幔住空中。……牛王急了，依前搖身一變，還變做一隻大白牛，使兩隻鐵角去觸天王，天王使刀來砍。隨後孫行者又到，……道，「這

廝神通不小，又變作這等身軀，卻怎奈何？」太子笑道，「大聖勿疑，你看我擒他。」這太子即喝一聲「變！」變得三頭六臂，飛身跳在牛王背上，使斬妖劍望頸項上一揮，不覺得把個牛頭斬下。天王丟刀，卻才與行者相見。那牛王腔子裏又鑽出一個頭來，口吐黑氣，眼放金光。被哪吒又砍一劍，頭落處，又鑽出一個頭來；一連砍了十數劍，隨即長出十數個頭。哪吒取出火輪兒，掛在老牛的角上，便吹眞火，焰焰烘烘，把牛王燒得張狂哮吼，搖頭擺尾。才要變化脫身，又被托塔天王將照妖鏡照住本像，騰挪不動，無計逃生，只叫「莫傷我命，情願歸順佛家也！」哪吒道，「既惜身命，快拿扇子出來！」牛王道，「扇子在我山妻處收著哩。」哪吒見說，將縛妖索子解下，……穿在鼻孔裏，用手牽來，……回至芭蕉洞口。老牛叫道，「夫人，將扇子出來，救我性命！」羅刹聽叫，急卸了釵環，脫了色服，挽青絲如道姑，穿縞素似比丘，雙手捧那柄丈二長短的芭蕉扇子，走出門；又見金剛眾聖與天王父子，慌忙跪在地下，磕頭禮拜道，「望菩薩饒我夫妻之命，願將此扇奉承孫叔叔成功去也。」……

……孫大聖執著扇子，行近山邊，盡氣力揮了一扇，那火焰山平平息焰，寂寂除光；又搧一扇，只聞得習習瀟瀟，清風微動；第三扇，滿天雲漠漠，細雨落霏霏。有詩爲證：

火焰山遙八百程，火光大地有聲名。火煎五漏丹難熟，火燎三關道不清。特借芭蕉施雨露，幸蒙天將助神功。牽牛歸佛伏顚劣，水火相聯性自平。（第六十一回下《孫行者三調芭蕉扇》）

又作者稟性，「復善諧劇」，故雖述變幻恍忽之事，亦每雜

解頤之言，使神魔皆有人情，精魅亦通世故，而玩世不恭之意寓焉（詳見胡適《西遊記考證》）。如記孫悟空大敗於金𨰻兕怪，失金箍棒，因謁玉帝，乞發兵收剿一節云：

> ……當時四天師傳奏靈霄，引見玉陛，行者朝上唱個
> 大喏，道，「老官兒，累你累你。我老孫保護唐僧往西天
> 取經，一路凶多吉少，也不消說。於今來在金山，金𨰻，
> 有一兕怪，把唐僧拿在洞裏，不知是要蒸，要煮，要曬。
> 是老孫尋上他門，與他交戰，那怪神通廣大，把我金箍棒
> 搶去，因此，難縛妖魔。那怪說有些認得老孫，我疑是天
> 上凶星思凡下界，爲此特來啓奏，伏乞天尊垂慈洞鑒，降
> 旨查勘凶星，發兵收剿妖魔，老孫不勝戰慄屏營之至。」
> 卻又打個深躬道，「以聞。」旁有葛仙翁笑道，「猴子是
> 何前倨後恭？」行者道，「不敢不敢。不是甚前倨後恭，
> 老孫於今是沒棒弄了。」……（第五十一回上《心猿空用
> 千般計》）

　　評議此書者有清人山陰悟一子陳士斌《西遊真詮》[12]（康熙丙子尤侗序），西河張書紳[13]《西遊正旨》（乾隆戊辰序）與悟元道人劉一明《西遊原旨》[14]（嘉慶十五年序），或云勸學，或云談禪，或云講道，皆闡明理法，文詞甚繁。然作者雖儒生，此書則實出於遊戲，亦非語道，故全書僅偶見五行生克之常談，尤未學佛，故末回至有荒唐無稽之經目，特緣混同之教，流行來久，故其著作，乃亦釋迦與老君同流，真性與元神雜出，使三教之徒，皆得

---

❷ 陳士斌，字允生，號悟一子，清山陰（今浙江紹興）人。《西遊真詮》每回正文後有其評述。

❸ 張書紳，字南熏，清西河（今屬山西）人。

❹ 劉一明，號悟元子、素樸散人，清榆中（今甘肅蘭州）人。《西遊原旨》每回正文後有其評述。

隨宜附會而已。假欲勉求大旨，則謝肇淛（《五雜俎》十五）之「《西遊記》曼衍虛誕，而其縱橫變化，以猿爲心之神，以豬爲意之馳，其始之放縱，上天下地，莫能禁制，而歸於緊箍一咒，能使心猿馴伏，至死靡他，蓋亦求放心之喻，非浪作也」數語，已足盡之。作者所說，亦第云「眾僧們議論佛門定旨，上西天取經的緣由，……三藏箝口不言，但以手指自心，點頭幾度，眾僧們莫解其意，……三藏道，『心生種種魔生，心滅種種魔滅，我弟子曾在化生寺對佛說下誓願，不由我不盡此心，這一去，定要到西天見佛求經，使我們法輪迴轉，皇圖永固』」（十三回）而已。

《後西遊記》❶六卷四十回，不題何人作。中謂花果山復生石猴，仍得神通，稱爲小聖，輔大顛和尚賜號半偈者復往西天，虔求眞解。途中收豬一戒，得沙彌，且遇諸魔，屢陷危難，顧終達靈山，得解而返。其謂儒釋本一，亦同《西遊》，而行文造事並遜，以吳承恩詩文之清綺推之，當非所作矣。又有《續西遊記》，未見，《西遊補》所附雜記有云，「《續西遊》❶摹擬逼眞，失於拘滯，添出比丘靈虛，尤爲蛇足」也。

---

❶ 《後西遊記》，全稱《繡像傳奇後西遊記》，四十回，題「天花才子點評」，或謂作者爲梅子和。書仿《西遊記》，存世有康熙刊本。

❶ 《續西遊記》，一百回，內封題「繡像批評續西遊眞詮」，不署撰人。董說《西遊補》已提到本書，知作於明代。存世有同治漁古山房刊本。

第十八篇

明之神魔小説（下）

　　《封神傳》一百回，今本不題撰人。梁章鉅❶（《浪跡續談》六）云，「林樾亭（案名喬蔭）先生嘗與余談，《封神傳》一書是前明一名宿所撰，意欲與《西遊記》《水滸傳》鼎立而三，因偶讀《尙書・武成》篇『唯爾有神尙克相予』語，衍成此傳。其封神事則隱據《六韜》❷（《舊唐書・禮儀志》引），《陰謀》（《太平御覽》引）《史記・封禪書》《唐書・禮儀志》各書，鋪張俶詭，非盡無本也。」然名宿之名未言。日本藏明刻本，乃題許仲琳❸編（《內閣文庫圖書第二部漢書目錄》），今未見其序，無以確定爲何時作，但張無咎作《平妖傳》❹序，已及《封神》，是殆成於隆慶萬曆間（十六世紀後半）矣。書之開篇詩有云，「商周演義古今傳」，似志在於演史，而侈談神怪，什九虛造，實不過假商周之爭，自寫幻想，較《水滸》固失之架空，方《西遊》又遜其雄肆，

---

❶ 梁章鉅（1775─1849年），字閎中，號退庵，清長樂（今屬福建）人。撰有《歸田瑣記》《浪跡叢談》等。

❷ 《六韜》，傳爲周代呂尙撰。《陰謀》，全名《太公陰謀書》，傳亦爲周代呂尙撰。

❸ 許仲琳，號鍾山逸叟，明應天府（今江蘇南京）人。

❹ 《平妖傳》序，張無咎於崇禎年間重訂《平妖傳》，撰序云：「至《續三國志》《封神演義》等，如病人囈語，一味胡談。」

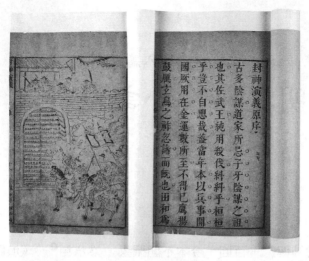

清刻本《封神演義》

故迄今未有以鼎足視之者也。

《史記》《封禪書》云，「八神將，太公以來作之。」《六韜·金匱》❺中亦間記太公神術；妲己爲狐精，則見於唐李瀚《蒙求》注❻，是商周神異之談，由來舊矣。然「封神」亦明代巷語，見《眞武傳》，不必定本於《尙書》。《封神傳》即始自受辛進香女媧宮，題詩黷神，神因命三妖惑紂以助周。第二至三十回則雜敍商紂暴虐，子牙隱顯，西伯脫禍，武成反商，以成殷周交戰之局。此後多說戰爭，神佛錯出，助周者爲闡教即道釋，助殷者爲截教。截教不知所謂，錢靜方❼（《小說叢考》上）以爲《周書·克殷篇》有云，「武王遂征四方，凡憝國九十有九國，馘魔億有十萬七千七百七十有九，俘人三億萬有二百三十。」（案此文在《世俘篇》，錢偶誤記）魔與人分別言之，作者遂由此生發爲截教。然

---

❺ 《金匱》，傳爲周代呂尙撰。《隋書·經籍志》著錄二卷。

❻ 李瀚，唐末萬年（今陝西西安）人。撰有《蒙求》，有宋徐子光集注。

❼ 錢靜方，別號泖東一蟹，近代青浦（今屬上海）人。撰有《小說叢考》。

「摩羅」梵語,周代未翻,《世俘篇》之魔字又或作磨,當是誤字,所未詳也。其戰各逞道術,互有死傷,而截教終敗。於是以紂王自焚,周武入殷,子牙歸國封神,武王分封列國終。封國以報功臣,封神以妥功鬼,而人神之死,則委之於劫數。其間時出佛名,偶說名教,混合三教,略如《西遊》,然其根柢,則方士之見而已。在諸戰事中,惟截教之通天教主設萬仙陣,闡教群仙合破之,為最烈:

　　　話說老子與元始衝入萬仙陣內,將通天教主裹住。金靈聖母被三大士圍在當中,……用玉如意招架三大士多時,不覺把頂上金冠落在塵埃,將頭髮散了。這聖母披髮大戰,正戰之間,遇著燃燈道人,祭起定海珠打來,正中頂門。可憐!正是:
　　　　封神正位為星首,北闕香煙萬載存。
　　　燃燈將定海珠把金靈聖母打死。廣成子祭起誅仙劍,赤精子祭起戮仙劍,道行天尊祭起陷仙劍,玉鼎真人祭起絕仙劍,數道黑氣沖空,將萬仙陣罩住。凡封神臺上有名者,就如砍瓜切菜一般,俱遭殺戮。子牙祭起打神鞭,任意施為。萬仙陣中,又被楊任用五火扇扇起烈火千丈,黑煙迷空。……哪吒現三首八臂,往來衝突。……通天教主見萬仙受此屠戮,心中大怒,急呼曰,「長耳定光仙快取六魂幡來!」定光仙因見接引道人白蓮裹體,舍利現光;又見十二代弟子玄都門人俱有瓔絡金燈,光華罩體,知道他們出身清正,截教畢竟差訛。他將六魂幡收起,輕輕的走出萬仙陣,徑往蘆蓬下隱匿。正是:
　　　　根深原是西方客,躲在蘆蓬獻寶幡。
　　　話說通天教主……無心戀戰,……欲要退後,又恐教下門人笑話,只得勉強相持。又被老子打了一拐,通天

萬仙陣

三教大會萬仙陣

《封神演義》插圖

教主著了急，祭起紫電錘來打老子。老子笑曰，「此物怎能近我？」只見頂上現出玲瓏寶塔；此錘焉能下來？……只見二十八宿星官已殺得看看殆盡；止邱引見勢不好了，借土遁就走。被陸壓看見，惟恐追不及，急縱至空中，將葫蘆揭開，放出一道白光，上有一物飛出；陸壓打一躬，命「寶貝轉身」，可憐邱引，頭已落地。……且說接引道人在萬仙陣內將乾坤袋打開，盡收那三千紅氣之客。有緣往極樂之鄉者，俱收入此袋內。準提同孔雀明王在陣中現二十四頭，十八隻手，執定瓔珞，傘蓋，花貫，魚腸，金弓，銀戟，白鉞，幡，幢，加持神杵，寶銼，銀瓶等物，來戰通天教主。通天教主看見準提，頓起三昧真火，大罵曰，「好潑道！焉敢欺吾太甚，又來攪吾此陣也！」縱奎牛沖來，仗劍直取，準提將七寶妙樹架開。正是：

　　西方極樂無窮法，俱是蓮花一化身。（第八十四回）

　　《三寶太監西洋記通俗演義》亦一百回，題「二南裏人編次」。前有萬曆丁酉（一五九七）菊秋之吉羅懋登❽敘，羅即撰人。書敘永樂中太監鄭和王景宏服外夷三十九國❾，咸使朝貢事。鄭和者，《明史》（三百四《宦官傳》）云，「雲南人，世所謂三保太監者也。永樂三年，命和及其儕王景宏等通使西洋，將士卒二萬七千八百餘人，多齎金帛，造大舶，……自蘇州劉家河泛海至福建，復自福建五虎門揚帆，首達占城，以次遍歷諸國，宣天子詔，因給賜其君長，不服則以武懾之。先後七奉使，所歷凡三十餘國，所取無名寶物不可勝計，而中國耗費亦不貲。自和後，凡將命海表者，莫不盛稱和以誇外蕃，故俗傳『三保太監下西洋』爲明初盛事

❽ 羅懋登，字登之，號二南裏人，明萬曆年間人。
❾ 鄭和（1371─1435年），本姓馬，小字三保，回族，明昆陽（今雲南晉寧）人。曾七次出使「西洋」。王景宏，即王景弘，明宦官。曾多次任鄭和副使，出使「西洋」。

《新刻全像三寶太監西洋記通俗演義》插圖

云。」蓋鄭和之在明代，名聲赫然，爲世人所樂道，而嘉靖以後，
倭患甚殷，民間傷今之弱，又爲故事所囿，遂不思將帥而思黃門，
集俚俗傳聞以成此作，故自序云，「今者東事佌僩，何如西戎即
序，不得比西戎即序，何可令王鄭二公見」也。惟書則侈談怪異，
專尚荒唐，頗與序言之慷慨不相應，其第一至七回爲碧峰長老下
生，出家及降魔之事；第八至十四回爲碧峰與張天師鬥法之事；第
十五回以下則鄭和掛印，招兵西征，天師及碧峰助之，斬除妖孽，
諸國入貢，鄭和建祠之事也。所述戰事，雜竊《西遊記》《封神
傳》，而文詞不工，更增支蔓，特頗有里巷傳說，如「五鬼鬧判」
「五鼠鬧東京」故事，皆於此可考見，則亦其所長矣。五鼠事似脫
胎於《西遊記》二心之爭；五鬼事記外夷與明戰後，國殤在冥中受
讟，多獲惡報，遂大哄，縱擊判官，其往復辯難之詞如下：

……五鬼道，「縱不是受私賣法，卻是查理不清。」閻羅王道，「那一個查理不清？你說來我聽著。」劈頭就是姜老星說道，「小的是金蓮象國一個總兵官，爲國忘家，臣子之職，怎麼又說道我該送罰惡分司去？以此說來，卻不是錯爲國家出力了麼？」崔判官道，「國家苦無大難，怎叫做爲國家出力？」姜老星道，「南人寶船千號，戰將千員，雄兵百萬，勢如累卵之危，還說是國家苦無大難？」崔判官道，「南人何曾滅人社稷，吞人土地，貪人財貨，怎見得勢如累卵之危？」姜老星道，「既是國勢不危，我怎肯殺人無厭？」判官道，「南人之來，不過一紙降書，便自足矣，他何曾威逼於人，都是你們偏然強戰，這不是殺人無厭麼？」咬海幹道，「判官大王差矣。我孖哇國五百名魚眼軍一刀兩段，三千名步卒煮做一鍋，這也是我們強戰麼？」判官道，「都是你們自取的。」圓眼帖木兒說道，「我們一個人劈作四架，這也是我們強戰麼？」判官道，「也是你們自取的。」盤龍三太子說道，「我舉刀自刎，豈不是他的威逼麼？」判官道，「也是你們自取的。」百里雁說道，「我們燒做一個柴頭鬼兒，豈不是他的威逼麼？」判官道，「也是你們自取的。」五個鬼一齊吆喝起來，說道，「你說甚麼自取，自古道『殺人的償命，欠債的還錢』，他枉刀殺了我們，你怎麼替他們曲斷？」判官道，「我這裏執法無私，怎叫做曲斷？」五鬼說道，「既是執法無私，怎麼不斷他填還我們人命？」判官道，「不該填還你們！」五鬼說道，「但只『不該』兩個字，就是私弊。」這五個鬼人多口多，亂吆亂喝，嚷做一馱，鬧做一塊。判官看見他們來得凶，也沒奈何，只得站起來喝聲道，「哇，甚麼人敢在這裏胡說！我有私，我這管筆可是容私的？」五個鬼齊齊的走上前去，照手一搶，把管筆奪將下來，說道，「鐵筆無私。你這蝌

蛛鬚兒縈的筆，牙齒縫裏都是私（絲），敢説得個不容私？」……（第九十回《靈曜府五鬼鬧判》）

《西遊補》十六回，天目山樵[10]序雲南潛作；南潛者，烏程董説出家後之法名也。説字若雨，生於萬曆庚申（一六二○），幼即穎悟，自願先誦《圓覺經》，次乃讀四書及五經，十歲能文，十三入泮，逮見中原「流寇」之亂，遂絕意進取。明亡，祝髮於靈岩，名曰南潛，號月函，其他別字尚甚夥，三十餘年不履城市，惟友漁樵，世推爲佛門尊宿，有《上堂晚參唱酬語錄》（鈕琇《觚賸續編》之江抱陽生《甲申朝事小記》），及《豐草庵雜著》十種詩文集若干卷。《西遊補》云以入「三調芭蕉扇」之後，敍悟空化齋，爲鯖魚精所迷，漸入夢境，擬尋秦始皇借驅山鐸，驅火焰山，徘徊之間，進萬鏡樓，乃大顛倒，或見過去，或求未來，忽化美人，忽化閻羅，得虛空主人一呼，始離夢境，知鯖魚本與悟空同時出世，住於「幻部」，自號「青青世界」，一切境界，皆彼所造，而實無有，即「行者情」，故「悟通大道，必先空破情根，破情根必先走入情內，走入情內見得世界情根之虛，然後走出情外認得道根之實」（本書卷首《答問》）。其云鯖魚精，云青青世界，云小月王者，即皆謂情矣。或以中有「殺青大將軍」「倒置曆日」諸語，因謂是鼎革之後，所寓微言，然全書實於譏彈明季世風之意多，於宗社之痛之跡少，因疑成書之日，尚當在明亡以前，故但有邊事之憂，亦未入釋家之奧，主眼所在，僅如時流，謂行者有三個師父，一是祖師，二是唐僧，三是穆王（岳飛）：「湊成三教全身」（第九回）而已。惟其造事遣辭，則豐贍多姿，恍忽善幻，奇突之處，時足驚人，間以徘諧，亦常俊絕，殊非同時作手所敢望也。

---

[10] 天目山樵，張文虎（1808—1885年），字孟彪，別號天目山樵，清南匯（今屬上海）人。曾評述《儒林外史》。

行者（時化爲虞美人與綠珠輩宴後辭出）即時現出原身，抬頭看看，原來正是女媧門前。行者大喜道，「我家的天，被小月王差一班踏空使者碎碎鑿開，昨日反拖罪名在我身上。……聞得女媧久慣補天，我今日竟央女媧替我補好，方才哭上靈霄，洗個明白，這機會甚妙。」走近門邊細細觀看，只見兩扇黑漆門緊閉，門上貼一紙頭，寫著「二十日到軒轅家閒話，十日乃歸，有慢尊客，先此布罪。」行者看罷，回頭就走，耳朵中只聽得雞唱三聲，天已將明，走了數百萬里，秦始皇只是不見。（第五回）

忽見一個黑人坐在高閣之上，行者笑道，「古人世界也有賊哩，滿面塗了烏煤在此示眾。」走了幾步，又道，「不是逆賊。原來倒是張飛廟。」又想想道，「既是張飛廟，該帶一頂包巾。……帶了皇帝帽，又是玄色面孔，此人決是大禹玄帝。我便上前見他，討些治妖斬魔祕訣，我也不消尋著秦始皇了。」看看走到面前，只見台下立一石竿，竿上插一首飛白旗，旗上寫六個紫色字：

「先漢名士項羽。」

行者看罷，大笑一場，道，「眞個是『事未來時休去想，想來到底不如心』。老孫疑來疑去，……誰想一些不是，倒是我綠珠樓上的遙丈夫。」當時又轉一念道，「哎喲，吾老孫專爲尋秦始皇，替他借個驅山鐸子，所以鑽入古人世界來，楚伯王在他後頭，如今已見了，他卻爲何不見？我有一個道理：徑到臺上見了項羽，把始皇消息問他，倒是個著腳信。」行者即時跳起細看，只見高閣之下，……坐著一個美人，耳朵邊只聽得叫「虞美人虞美人」。……行者登時把身子一搖，仍前變做美人模樣，竟上高閣，袖中取出一尺冰羅，不住的掩淚，單單露出半面，望著項羽，似怨似怒。項羽大驚，慌忙跪下，行者背

轉，項羽又飛趨跪在行者面前，叫「美人，可憐你枕席之人，聊開笑面」。行者也不做聲；項羽無奈，只得陪哭。行者方才紅著桃花臉兒，指著項羽道，「頑賊！你爲赫赫將軍，不能庇一女子，有何顏面坐此高臺？」項羽只是哭，也不敢答應。行者微露不忍之態，用手扶起道，「常言道，『男兒兩膝有黃金，你今後不可亂跪！』……（第六回）

第十九篇

明之人情小説（上）

　　當神魔小說盛行時，記人事者亦突起，其取材猶宋市人小說之
「銀字兒」，大率爲離合悲歡及發跡變態之事，間雜因果報應，而
不甚言靈怪，又緣描摹世態，見其炎涼，故或亦謂之「世情書」
也。

　　諸「世情書」中，《金瓶梅》❶最有名。初惟鈔本流傳，袁
宏道見數卷，即以配《水滸傳》爲「外典」❷（《觴政》），故聲
譽頓盛；世又益以《西遊記》，稱三大奇書。❸萬曆庚戌（一六一
〇），吳中始有刻本，計一百回，其五十三至五十七回原闕，刻時
所補也（見《野獲編》二十五）。作者不知何人，沈德符云是嘉靖
間大名士（亦見《野獲編》），世因以擬太倉王世貞，或云其門人
（康熙乙亥謝頤序云）。由此復生讕言，謂世貞造作此書，乃置毒
於紙，以殺其仇嚴世蕃，或云唐順之者，故清康熙中彭城張竹坡❹

---

❶ 《金瓶梅》，蘭陵笑笑生撰。蘭陵笑笑生，眞實姓名不詳。
❷ 外典，袁宏道《觴政・掌故》以酒譜、酒令爲「內典」，史傳、詩賦爲「外典」，
　　「傳奇則《水滸傳》《金瓶梅》等爲逸典」。沈德符《野獲編》誤以「逸典」爲「外
　　典」。此處沿用《野獲編》之說。
❸ 三大奇書，指《水滸傳》《西遊記》《金瓶梅》。
❹ 張竹坡，清彭城（今傳江蘇徐州）人。

《金瓶梅詞話》

評刻本，遂有《苦孝說》冠其首。

　　《金瓶梅》全書假《水滸傳》之西門慶爲線索，謂慶號四泉，清河人，「不甚讀書，終日閒遊浪蕩」，有一妻三妾，又交「幫閒抹嘴不守本分的人」，結爲十弟兄，復悅潘金蓮，酖其夫武大，納以爲妾，武松來報仇，尋之不獲，誤殺李外傳，刺配孟州。而西門慶故無恙，於是日益放恣，通金蓮婢春梅，復私李瓶兒，亦納爲妾，「又得兩三場橫財，家道營盛」。已而李瓶兒生子；慶則因賂蔡京得金吾衛副千戶，乃愈肆，求藥縱欲受賕枉法無不爲。然潘金蓮妒李有子，屢設計使受驚，子終以瘈瘲死；李痛子亦亡。潘則力媚西門慶，慶一夕飲藥逾量，亦暴死。金蓮春梅復通於慶壻陳敬濟，事發被斥賣，金蓮遂出居王婆家待嫁，而武松適遇赦歸，因見殺；春梅則賣爲周守備妾，有寵，又生子，竟冊爲夫人。會孫雪娥以遇拐復獲發官賣，春梅憾其嘗「唆打陳敬濟」，則買而折辱之，旋賣於酒家爲娼；又稱敬濟爲弟，羅致府中，仍與通。已而守備征宋江有功，擢濟南兵馬制置，敬濟亦列名軍門，升爲參謀。後金人

入寇，守備陣亡，春梅凡通其前妻之子，因亦以淫縱暴卒。比金兵將至清河，慶妻攜其遺腹子孝哥欲奔濟南，途遇普淨和尚，引至永福寺，以因果現夢化之，孝哥遂出家，法名明悟。

作者之於世情，蓋誠極洞達，凡所形容，或條暢，或曲折，或刻露而盡相，或幽伏而含譏，或一時並寫兩面，使之相形，變幻之情，隨在顯見，同時說部，無以上之，故世以爲非王世貞不能作。至謂此書之作，專以寫市井間淫夫蕩婦，則與本文殊不符，緣西門慶故稱世家，爲搢紳，不惟交通權貴，即士類亦與周旋，著此一家，即罵盡諸色，蓋非獨描摹下流言行，加以筆伐而已。

　　婦人（潘金蓮）道，「怪奴才，可哥兒的來，想起一件事來，我要說又忘了。」因令春梅，「你取那隻鞋來與他瞧。」「你認的這鞋是誰的鞋？」西門慶道，「我不知是誰的鞋。」婦人道，「你看他還打張雞兒哩。瞞著我黃貓黑尾，你幹的好繭兒。來旺媳婦子的一隻臭蹄子，寶上珠也一般收藏在藏春塢雪洞兒裏拜帖匣子內，攙著些字紙和香兒，一處放著。甚麼罕稀物件，也不當家化化的，怪不的那賊淫婦死了墮阿鼻地獄。」又指著秋菊罵道，「這奴才當我的鞋，又翻出來，教我打了幾下。」吩咐春梅，「趁早與我掠出去。」春梅把鞋掠在地下，看著秋菊說道，「賞與你穿了罷。」那秋菊拾著鞋兒說道，「娘這個鞋，只好盛我一個腳指頭兒罷。」那婦人罵道，「賊奴才，還叫甚麼□娘哩。他是你家主子前世的娘！不然，怎的把他的鞋這等收藏的嬌貴？到明日好傳代。沒廉恥的貨！」秋菊拿著鞋就往外走，被婦人又叫回來，吩咐「取刀來，等我把淫婦鞋剁作幾截子，掠到茅廁裏去，叫賊淫婦陰山背後永世不得超生。」因向西門慶道，「你看著越心疼，我越發偏剁個樣兒你瞧。」西門慶笑道，「怪

明刻本《金瓶梅》插圖

奴才，丟開手罷了，我那裏有這個心。」……（第二十八回）

　　……掌燈時分，蔡御史便說，「深擾一日，酒告止了罷。」因起身出席。左右便欲掌燈，西門慶道，「且休掌燈。請老先生後邊更衣。」於是……讓至翡翠軒，……關上角門，只見兩個唱的，盛妝打扮，立於階下，向前插燭也似磕了四個頭。……蔡御史看見，欲進不能，欲退不舍，便說道，「四泉，你如何這等愛厚？恐使不得。」西門慶笑道，「與昔日東山之遊，又何異乎？」蔡御史道，「恐我不如安石之才，而君有王右軍之高致矣。」……因進入軒內，見文物依然，因索紙筆，就欲留題相贈。西門慶即令書童將端溪硯研的墨濃濃的，拂下錦箋。這蔡御史終是狀元之才，拈筆在手，文不加點，字走龍蛇，燈下一揮而就，作詩一首。……（第四十九回）

明小說之宣揚穢德者，人物每有所指，蓋借文字以報夙仇，而其是非，則殊難揣測。沈德符謂《金瓶梅》亦斥時事，「蔡京父子則指分宜，林靈素則指陶仲文，朱勔則指陸炳❺，其他亦各有所屬。」則主要如西門慶，自當別有主名，即開篇所謂「有一處人家，先前怎地富貴，到後來煞甚淒涼，權謀術智，一毫也用不著，親友兄弟，一個也靠不著，享不過幾年的榮華，倒做了許多的話靶。內中又有幾個鬥寵爭強迎奸賣俏的，起先好不妖嬈嫵媚，到後來也免不得屍橫燈影，血染空房」（第一回）者是矣。結末稍進，用釋家言，謂西門慶遺腹子孝哥方睡在永福寺方丈，普淨引其母及眾往，指以禪杖，孝哥「翻過身來，卻是西門慶，項帶沉枷，腰繫鐵索。復用禪杖只一點，依舊還是孝哥兒睡在床上。……原來孝哥兒即是西門慶托生」（第一百回）。此之事狀，固若瑋奇，然亦第謂種業留遺，累世如一，出離之道，惟在「明悟」而已。若雲孝子銜酷，用此復仇，雖奇謀至行，足為此書生色，而證佐蓋闕，不能信也。

　　故就文辭與意象以觀《金瓶梅》，則不外描寫世情，盡其情偽，又緣衰世，萬事不綱，爰發苦言，每極峻急，然亦時涉隱曲，猥黷者多。後或略其他文，專注此點，因予惡諡，謂之「淫書」；而在當時，實亦時尚。成化時，方士李孜僧繼曉已以獻房中術驟貴，至嘉靖間而陶仲文以進紅鉛得幸於世宗，官至特進光祿大夫柱國少師少傅少保禮部尚書恭誠伯。於是頹風漸及士流，都御史盛端明布政使參議顧可學❻皆以進士起家，而俱借「秋石方」致大位。瞬息顯榮，世俗所企羨，僥倖者多竭智力以求奇方，世間乃漸不以縱談閨幃方藥之事為恥。風氣既變，並及文林，故自方士進用以來，方藥盛，妖心興，而小說亦多神魔之談，且每敘床第之事也。

---

❺ 分宜，指嚴嵩，明分宜（今屬江西）人，《明史・奸臣列傳》有傳。陶仲文、陸炳，均嘉靖時的佞臣，《明史・佞幸列傳》中有傳。

❻ 盛端明、顧可學，均是嘉靖時的佞臣，《明史・佞幸列傳》中有傳。

然《金瓶梅》作者能文，故雖間雜猥詞，而其他佳處自在，至於末流，則著意所寫，專在性交，又越常情，如有狂疾，惟《肉蒲團》❼意想頗似李漁，較爲出類而已。其尤下者則意欲媟語，而未能文，乃作小書，刊佈於世，中經禁斷，今多不傳。

　　萬曆時又有名《玉嬌李》❽者，云亦出《金瓶梅》作者之手。袁宏道曾聞大略，謂「與前書各設報應因果，武大後世化爲淫夫，上蒸下報；潘金蓮亦作河間婦，終以極刑；西門慶則一憨男子，坐視妻妾外遇，以見輪迴不爽」。後沈德符見首卷，以爲「穢黷百端，背倫蔑理，……其帝則稱完顏大定，而貴溪❾（夏言）分宜（嚴嵩）相構，亦暗寓焉。至嘉靖辛醜庶常諸公，則直書姓名，尤可駭怪。……然筆鋒恣橫酣暢，似尤勝《金瓶梅》」（皆見《野獲編》二十五）。今其書已佚，雖或偶有見者，而文章事蹟，皆與袁沈之言不類，蓋後人影撰，非當時所見本也。

　　《續金瓶梅》前後集共六十四回，題「紫陽道人編」。自言東漢時遼東三韓有仙人丁令威；後五百年而臨安西湖有仙人丁野鶴，臨化遺言，「說『五百年後又有一人名丁野鶴，是我後身，來此相訪』。後至明末，果有東海一人，名姓相同，來此罷官而去，自稱紫陽道人。」（六十二回）卷首有《太上感應篇陰陽無字解》❿，署「魯諸邑丁耀亢參解」，序有云，「自奸杞焚予《天史》於南都，海桑既變，不復講因果事，今見聖天子欽頒《感應篇》，自製御序，戒諭臣工。」則《續金瓶梅》當成於清初，而丁耀亢即其撰人矣。耀亢字西生，號野鶴，山東諸城人，弱冠爲諸生，走江南與諸名士聯文社，既歸，鬱鬱不得志，作《天史》十卷。清順治四年

---

❼　《肉蒲團》，一名《覺後禪》，或題「情隱先生編次」。劉廷璣《在園雜誌》云爲李漁所撰。存世有舊刊本、醉月軒本等。後期石印本改題《耶蒲緣》《野叟奇語鍾情錄》《迴圈報》《巧奇緣》等。

❽　《玉嬌李》，亦作《玉嬌麗》，已散佚。

❾　貴溪，指夏言，嘉靖貴溪（今屬江西）人。

❿　《太上感應篇陰陽無字解》，丁耀亢撰。

入京，由順天籍拔貢，充鑲白旗教習，詩名甚盛。後爲容城教諭，遷惠安知縣，不赴，六十後病目，自稱木雞道人，年七十二卒（約一六二〇～一六九一），所著有詩集十餘卷，傳奇四種（乾隆《諸城志》十三及三六）。《天史》者，類歷代吉凶諸事而成，焚於南都，未詳其實，《諸城志》但云「以獻益都鍾羽正，❶羽正奇之」而已。

《續金瓶梅》主意殊單簡，前集謂普淨是地藏菩薩化身，一日施食，以輪迴大簿指點眾鬼，俾知將來惡報，後悉如言。西門慶爲汴京富室沈越子，名曰金哥，越之妻弟袁指揮居對門，有女常姐，則李瓶兒後身，嘗在沈氏宅打秋千，爲李師師所見，豔其美，矯旨取之，改名銀瓶。金人陷汴，民眾流離，金哥遂淪爲乞丐；銀瓶則爲娼，通鄭玉卿，後嫁爲翟員外妾，又與鄭偕遁至揚州，爲苗青所賺，乃自經死。後集則敍東京孔千戶女名梅玉者，以豔羨富貴，自甘爲金人金哈木兒妾，而大婦「凶妒」，篡取虐使之，梅玉欲自裁，因夢自知是春梅後身，大婦則孫雪娥再世，遂長齋念佛，不生嗔恨，竟得脫離。至潘金蓮則轉生爲山東黎指揮女，名金桂，夫曰劉瘸子，其前生實爲陳敬濟，以夙業故，體貌不全，金桂怨憤，因招妖蠱，又緣受驚，終成痼疾也。

餘文俱述他人牽纏孽報，而以國家大事，穿插其間，又雜引佛典道經儒理，詳加解釋，動輒數百言，顧什九以《感應篇》爲歸宿，所謂「要說佛說道說理學，先從因果說起，因果無憑，又從《金瓶梅》說起」（第一回）也。明之「淫書」作者，本好以闡明因果自解，至於此書，則因見「只有夫婦一倫，變故極多，……造出許多冤業，世世償還，眞是愛河自溺，欲火自煎，一部《金瓶梅》說了個色字，一部《續金瓶梅》說了個空字，從色還空，即空是色，乃自果報，轉入佛法」（四十三回）矣。然所謂佛法，復甚不純，仍混儒道，與神魔小說諸作家意想無甚異，惟似較重力行，

---

❶ 鍾羽正，字叔濂，明益都（今屬山東）人。撰有《崇雅堂集》。

又欲無所執著，故亦頗譏當時空談三教一致及妄分三教等差者之弊，如述李師師舊宅收沒入官，立爲大覺尼寺，儒道又出面紛爭，即其例也：

> ……這裏大覺寺興隆佛事不題。後因天壇道官並閭學生員爭這塊地，上司斷決不開，各在兀朮太子營裏上了一本，說道「這李師師府地寬大，僧妓雜居，單給尼姑蓋寺，恐久生事端，宜作公所。其後半花園，應分割一半，作三教堂，爲儒釋道三教講堂。」王爺准了，才息了三處爭訟。那道官見自己不獨得，又是三分四裂的，不來照管。這開封府秀才吳蹈理卜守分兩個無恥生員，借此爲名，也就貼了公帖，每人三錢，倒斂了三四百兩分資。不日蓋起三間大殿，原是釋迦佛居中，老子居左，孔子居右，只因不肯倒了自家門面，便把孔夫子居中，佛老分爲左右，以見貶黜異端外道的意思。把那園中台榭池塘，和那兩間妝閣，當日銀瓶做過臥房的，改作書房。……這些風流秀士，有趣文人，和那浮浪子弟們，也不講禪，也不講道，每日在三教堂飲酒賦詩，倒講了個色字，好個快活所在。題曰三空書院，無非說三教俱空之意。……（第三十七回上《三教堂青樓成淨土》）

又有《隔簾花影》[12]四十八回，世亦以爲《金瓶梅》後本，而實乃改易《續金瓶梅》中人名（如以西門慶爲南宮吉之類）及回目，並刪略其絮說因果語而成，書末不完，蓋將續作，然未出。一名《三世報》，殆包舉將來擬續之事；或並以武大被酖，亦爲夙業，合數之得三世也。

---

[12] 《隔簾花影》，存世有本衙藏板本。扉葉題「古本三世報……『隔簾花影』」，前有四橋居士序。四橋居士爲程自萃，康熙時人，知本書刊於康熙年間。

第二十篇

明之人情小説（下）

《金瓶梅》《玉嬌李》等既爲世所豔稱，學步者紛起，而一面又生異流，人物事狀皆不同，惟書名尙多蹈襲，如《玉嬌梨》《平山冷燕》等皆是也。至所敍述，則大率才子佳人之事，而以文雅風流綴其間，功名遇合爲之主，始或乖違，終多如意，故當時或亦稱爲「佳話」。察其意旨，每有與唐人傳奇近似者，而又不相關，蓋緣所述人物，多爲才人，故時代雖殊，事蹟輒類，因而偶合，非必出於仿效矣。《玉嬌梨》《平山冷燕》有法文譯，又有名《好逑傳》者則有法德文譯，故在外國特有名，遠過於其在中國。

《玉嬌梨》今或改題《雙美奇緣》，無撰人名氏❶。全書僅二十回，敍明正統間有太常卿白玄者，無子，晚年得一女曰紅玉，甚有文才，以代父作菊花詩爲客所知，御史楊廷詔因求爲子楊芳婦，玄招芳至家，屬妻弟翰林吳珪試之。

> ……吳翰林陪楊芳在軒子邊立著，楊芳抬頭，忽見
> 上面橫著一個扁額，題的是「弗告軒」三字。楊芳自恃
> 認得這三個字，便只管注目而視。吳翰林見楊芳細看，便

---

❶ 《玉嬌梨》，清張勻撰。題「荑荻山人（一作『荻岸散人』）編次」。

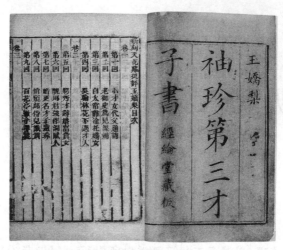

清版《玉嬌梨》目錄頁

說道，「此三字乃是聘君吳與弼所書，點畫遒勁，可稱名筆。」楊芳要賣弄識字，因答道，「果是名筆，這軒字也還平常，這弗告二字寫得入神。」卻將告字讀了去聲，不知弗告二字，蓋取《詩經》上「弗諼弗告」之義，這「告」字當讀與「谷」字同意。吳翰林聽了，心下明白，便模糊答應。……（第二回）

白玄遂不允。楊以為怨，乃薦玄赴亡先營中迎上皇，玄托其女於吳翰林而去。吳珪即挈紅玉歸金陵，偶見蘇友白題壁詩，愛其才，欲以紅玉嫁之。友白誤相新婦，竟不從。珪怒，囑學官革友白秀才，學官方躊躇，而白玄還朝加官歸鄉之報適至，即依黜之。友白被革，將入京就其叔，於道中見數少年苦吟，乃方和白紅玉新柳詩；謂有能步韻者，即嫁之也。友白亦和兩首，而張軌如遽竊以獻白玄，玄留之為西賓。已而有蘇有德者又冒為友白，請婚於白氏，席上見張，互相攻訐，俱敗。友白見紅玉新柳詩，慕之，遂渡

江而北，欲托吳珪求婚；途次遇盜，暫舍於李氏，偶遇一少年曰盧夢梨，甚服友白之才，因以其妹之終身相托。友白遂入京以監生應試，中第二名；再訪盧，則已以避禍遠徙，乃大失望。不知盧實白紅玉之中表，已先赴金陵依白氏也。白玄難於得婿，易姓名游山陰，於禹跡寺見一少年姓柳，才識非常，次日往訪，即字以己女及甥女，歸而說其故云：

> 「……忽遇一個少年，姓柳，也是金陵人。他人物風流，真個是『謝家玉樹』。……我看他神清骨秀，學博才高，旦暮間便當飛騰翰苑。……意欲將紅玉嫁他，又恐甥女說我偏心；欲要配了甥女，又恐紅玉說我矯情。除了柳生，若要再尋一個，卻萬萬不能。我想娥皇女英同事一舜，古聖人已有行之者；我又見你姊妹二人互相愛慕，不啻良友，我也不忍分開：故當面一口就都許他了。這件事我做得甚是快意。」……（第十九回）

而二女皆慕友白，聞之甚怏怏。已而柳至白氏，自言實蘇友白，蓋爾時亦變姓名游山陰也。玄亦告以真姓名，皆大驚喜出意外，遂成婚。而盧夢梨實女子，其先乃改裝自托於友白者云。

《平山冷燕》亦二十回，題云「荻岸山人編次」。清盛百二（《柚堂續筆談》）以為嘉興張博山❷十四五時作，其父執某續成之。博山名劭，清康熙時人，「少有成童之目，九齡作《梅花賦》驚其師。」（阮元《兩浙輶軒錄》七引李方湛語）蓋早慧，故世人並以此書附著於彼，然文意陳腐，殊不類童子所為。書敘「先朝」隆盛時事，而又不雲何時作，故亦莫詳「先朝」為何帝也。其時欽天監正堂官奏奎璧流光，散滿天下，天子則大悅，詔求真才，又適

---

❷ 盛百二（1720—？年），字秦川，清秀水（今浙江嘉興）人。撰有《柚堂續筆談》。
　張博山，名劭，清秀水人。撰有《木威詩鈔》。

見白燕盤旋，乃命百官賦白燕詩，眾謝不能，大學士山顯仁乃獻其女山黛之作，詩云：

> 夕陽憑弔素心稀，遁入梨花無是非，淡去羞從鴉借色，瘦來隻許雪添肥，飛回夜黑還留影，銜盡春紅不浣衣，多少朱門誇富貴，終能容我潔身歸。（第一回）

天子即召見，令獻箴，稱旨，賜玉尺一條，「以此量天下之才」；金如意一執，「文可以指揮翰墨，武可以扞禦強暴，長成擇婿，有妄人強求，即以此擊其首，擊死勿論」；又賜御書扁額一方曰「弘文才女」。時黛方十歲；其父築樓以貯玉尺，謂之玉尺樓，亦即為黛讀書之所，於是才女之名大著，求詩文者雲集矣。後黛以詩嘲一貴介子弟，被怨，托人誣以詩文皆非己出，又奉旨令文臣赴玉尺樓與黛較試，文臣不能及，誣者獲罪而黛之名益揚。其時又有村女冷絳雪者，亦幼即能詩，忤山人宋信，信以計陷之，俾官買送山氏為侍婢。絳雪於道中題詩而遇洛陽才人平如衡，然指顧間又相失；既至山氏，自顯其才，則大得敬愛，且亦以題詩為天子所知也。平如衡至雲間訪才士，得燕白頷，家世富貴而有大才，能詩。長官俱薦於朝，二人不欲以薦舉出身，乃皆入都應試，且改姓名求見山黛。黛早見其譏刺詩，因與絳雪易裝為青衣，試以詩，唱和再三，二人竟屈，辭去。又有張寅者，亦以求婚至山氏，受試於玉尺樓下，張不能文，大受愚弄，復因奔突登樓，幾被如意擊死，至拜禱始免。張乃囑禮官奏於朝，謂黛與少年唱和調笑，有傷風化。天子即拘訊；張又告發二人實平燕託名，而適榜發，平中會元，燕會魁。於是天子大喜，諭山顯仁擇之為婿，遂以山黛嫁燕白頷，冷絳雪嫁平如衡。成婚之日，凡事無不美滿：

> ……二女上轎，隨妝侍妾足有上百，一路火炮與鼓樂

喧天，彩旗共花燈奪目，眞個是天子賜婚，宰相嫁女，狀
元探花娶妻：一時富貴，占盡人間之盛。……若非眞正有
才，安能如此？至今京城中俱傳平山冷燕爲四才子；閑窗
閱史，不勝欣慕而爲之立傳云。（第二十回）

二書大旨，皆顯揚女子，頌其異能，又頗薄制藝而尚詞華，重
俊髦而嗤俗士，然所謂才者，惟在能詩，所舉佳篇，復多鄙倍，如
鄉曲學究之爲；又凡求偶必經考試，成婚待於詔旨，則當時科舉思
想之所牢籠，倘作者無不羈之才，固不能沖決而高翥矣。

《好逑傳》十八回，一名《俠義風月傳》，題云「名教中人編
次」。其立意亦略如前二書，惟文辭較佳，人物之性格亦稍異，所
謂「既美且才，美而又俠」者也。書言有秀才鐵中玉者，北直隸大
名府人。

> ……生得丰姿俊秀，就像一個美人，因此里中起個諢
> 名，叫做「鐵美人」。若論他人品秀美，性格就該溫存。
> 不料他人雖生得秀美，性子就似生鐵一般，十分執拗；又
> 有幾分膂力，動不動就要使氣動粗；等閒也不輕易見他言
> 笑。……更有一段好處，人若緩急求他，……慨然周濟；
> 若是諛言諂媚，指望邀惠，他卻只當不曾聽見；所以人都
> 感激他，又都不敢無故親近他。……（第一回）

其父鐵英爲御史，中玉慮以戇直得禍，入都諫之。會大夬侯
沙利奪韓願妻❸，即施智計奪以還願，大得義俠之稱。然中玉亦懼
禍，不敢留都，乃至山東遊學。歷城退職兵部侍郎水居一有一女曰
冰心，甚美，而才識勝男子。同縣有過其祖者，大學士之子，強來
求婚，水居一不敢拒，然以姪女易冰心嫁之，婚後始覺，其祖大

---

❸ 韓願妻，據《好逑傳》，應作「韓願女」。

恨，計陷居一，復百方圖女，而冰心皆以智免。過其祖又托縣令假傳朝旨逼冰心，而中玉適在歷城，遇之，斥其偽，計又敗。冰心因此甚服鐵中玉，當中玉暴病，乃邀寓其家護視，歷五日始去。此後過其祖仍再三圖娶冰心，皆不得。而中玉卒與冰心成婚，然不合巹，已而過學士托御史萬諤奏二氏婚媾，先以「孤男寡女，共處一室，不無曖昧之情，今父母徇私，招搖道路而縱成之，實有傷於名教」。有旨查復。後皇帝知二人雖成禮而未同居，乃召冰心令皇后驗試，果為貞女，於是誣讒者皆被詰責，而譽水鐵為「真好逑中出類拔萃者」，令重結花燭，以光名教，且云「汝歸宜益懋後德以彰風化」也。

又有《鐵花仙史》二十六回。題「雲封山人編次」。言錢唐蔡其志與好友王悅共遊於祖遺之埋劍園，賞芙蓉，至花落方別。後入都又相遇，已各有兒女在襁褓，乃約為婚姻，往來愈密。王悅子曰儒珍，七歲能詩，與同窗陳秋麟皆十三四入泮，嘗借寓埋劍園，邀友賞花賦詩。秋麟夜遇女子，自稱符劍花，後屢至，一夕暴風雨拔去玉芙蓉，乃絕。後王氏衰落，儒珍又不第，蔡嫌其窮困，欲以女改適夏元虛，時秋麟已中解元，急謀於密友蘇紫宸，托媒得之，擬臨時歸儒珍，而蔡女若蘭竟逸去，為紫宸之叔誠齋所收養。夏元虛為世家子而無行，怒其妹瑤枝時加譏訕，因薦之應點選；瑤枝被征入都，中途舟破，亦為誠齋所救。誠齋又招儒珍為西賓，而蔡其志晚年孤寂，亦屢來迎王，養以為子，亦發解，娶誠齋之女馨如。秋麟求婚夏瑤枝，誠齋未許，一夕女自來，乃偕遁。時紫宸已平海寇，成神仙，忽遺王陳二人書，言真瑤枝故在蘇氏，偕遁者實花妖，教二人以五雷法治之，妖即逸去，誠齋亦終以真瑤枝許之。一日儒珍至蘇氏，忽睹若蘭舊婢，甚驚；誠齋乃確知所收蔡女，故為儒珍聘婦，亦以歸儒珍。後來兩家夫婦皆年逾八十，以服紫宸所贈金丹，一夕無疾而終，世以為屍解云。

《鐵花仙史》較後出，似欲脫舊來窠臼，故設事力求其奇。作

者亦頗自負，序言有云，「傳奇家摹繪才子佳人之悲歡離合，以供人娛目悅心者也。然其成書而命之名也，往往略不加意。如《平山冷燕》則皆才子佳人之姓爲顏，而《玉嬌梨》者又至各摘其人名之一字以傳之，草率若此，非眞有心唐突才子佳人，實圖便於隨意扭捏成書而無所難耳。此書則有特異焉者，……令人以爲鐵爲花爲仙者讀之，而才子佳人之事掩映乎其間。」然文筆拙澀，事狀紛繁，又混入戰爭及神仙妖異事，已軼出於人情小說範圍之外矣。

第二十一篇

明之擬宋市人小說及後來選本

　　宋人說話之影響於後來者，最大莫如講史，著作迭出，如第十四十五篇所言。明之說話人亦大率以講史事得名，間亦說經諢經，而講小說者殊稀有。惟至明末，則宋市人小說之流復起，或存舊文，或出新製，頓又廣行世間，但舊名湮昧，不復稱市人小說也。

　　此等書之繁富者，最先有《全像古今小說》❶四十卷，書肆天許齋告白云，「本齋購得古今名人演義一百二十種，先以三之一爲初刻」，綠天館主人序則謂「茂苑野史家藏古今通俗小說甚富，因賈人之請，抽其可以嘉惠裏耳者，凡四十種，俾爲一刻」，而續刻無聞。已而有「三言」，「三言」云者，一曰《喻世明言》，二曰《警世通言》，今皆未見，僅知其序目。《明言》二十四卷❷，其二十一篇出《古今小說》，三篇亦見於《通言》及《醒世恒言》中，似即取《古今小說》殘本作之。《通言》則四十卷，有天啓甲

---

❶ 《全像古今小說》，明馮夢龍編纂，四十卷。此書後改爲《喻世明言》，與《警世通言》《醒世恒言》合稱「三言」。

❷ 《明言》二十四卷，題《重刻增補古今小說》，實爲據《古今小說》殘本二十一篇，加上《警世通言》一篇（《假神仙大鬧華光廟》）和《醒世恒言》二篇（《白玉娘忍苦成夫》《張廷秀逃生救父》）拼湊而成。

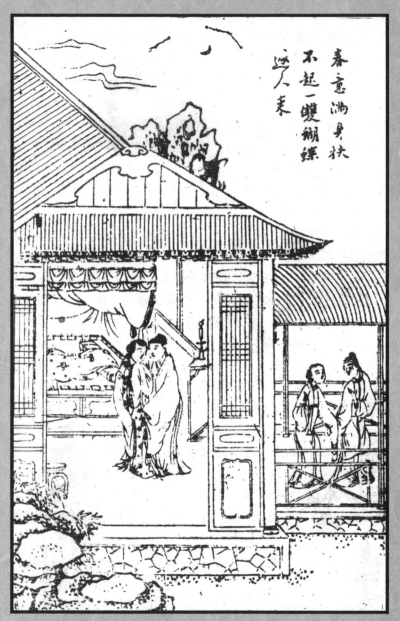

春意滿身栽
不起一雙蝴蝶
趁人來

《醒世恒言》插圖

子（一六二四）豫章無礙居士序，內收《京本通俗小說》七篇（見鹽谷溫《關於明的小說「三言」》及《宋明通俗小說流傳表》），因知此等匯刻，蓋亦兼采故書，不盡為擬作。三即《醒世恆言》，亦四十卷，天啓丁卯（一六二七）隴西可一居士序云，「六經國史而外，凡著述，旨小說也，而尚理或病於艱深，修詞或傷於藻繪，則不足以觸裏耳而振恆心，此《醒世恆言》所以繼《明言》《通言》而作也。」是知《恆言》之出，在三言中為最後，中有《十五貫戲言成巧禍》一事，即《京本通俗小說》卷十五之《錯斬崔寧》，則此亦兼存舊作，為例蓋同於《通言》矣。

　　松禪老人序《今古奇觀》云，「墨憨齋增補《平妖》。窮工極變，不失本來。……至所纂《喻世》《醒世》《警世》三言，極摹世態人情之岐，備寫悲歡離合之致。」《平妖傳》有張無咎序，云「蓋吾友龍子猶所補也」，首葉有題名，則曰「馮猶龍先生增定」，因知三言亦馮猶龍❸作，其曰龍子猶者，即錯綜「猶龍」字作之。猶龍名夢龍，長洲人（《曲品》作吳縣人，《頑潭詩話》作常熟人），故綠天館主人稱之曰茂苑野史，崇禎中，由貢生選授壽寧知縣，於詩有《七樂齋稿》，而「善為啓顏之辭，間入打油之調，不得為詩家」（朱彝尊《明詩綜》七十一云）。然擅詞曲，有《雙雄記傳奇》❹，又刻《墨憨齋傳奇定本十種》，❺頗為當時所稱，其中之《萬事足》，《風流夢》，《新灌園》皆己作；亦嗜小說，既補《平妖傳》，復纂三言，又嘗勸沈德符以《金瓶梅》鈔付書坊板行，然不果（《野獲編》二十五）。

　　《京本通俗小說》所錄七篇，其五為高宗時事，最遠者神宗

---

❸ 馮猶龍（1574—1646年），名夢龍，別署龍子猶、顧曲散人、墨憨齋主人、茂苑野史等。明長洲（今江蘇吳縣）人。所撰詩集《七樂齋稿》，已散佚。

❹ 《雙雄記傳奇》，又名《善惡圖》，馮夢龍編撰。

❺ 《墨憨齋傳奇定本十種》，又名《新曲十種》，馮夢龍更定。包括《新灌園》《酒家傭》《女丈夫》《量江記》《精忠旗》《雙雄記》《萬事足》《夢磊記》《灑雪堂》《楚江情》。

時，耳目甚近，故鋪敍易於逼眞。《醒世恒言》乃變其例，雜以漢事二，隋唐事十一，多取材晉唐小說（《續齊諧記》，《博異志》，《酉陽雜俎》，《隋遺錄》等），而古今風俗，遷變已多，演以虛詞，轉失生氣。宋事十一篇頗生動，疑《錯斬崔寧》而外，或尙有採自宋人話本者，然未詳。明事十五篇則所寫皆近聞，世態物情，不待虛構，故較高談漢唐之作爲佳。第九卷《陳多壽生死夫妻》一篇，敍朱陳二人以棋友成兒女親家，陳氏子後病癩，朱欲悔婚，女不允，終歸陳氏侍疾，閱三年，夫婦皆仰藥卒。其述二人訂婚及女母抱怨諸節，皆不務裝點，而情態反如畫：

> ……王三老和朱世遠見那小學生行步舒徐，語音清亮，且作揖次第甚有禮數，口中誇獎不絕。王三老便問，「令郎幾歲了？」陳青答應道，「是九歲。」王三老道，「想著昔年湯餅會時，宛如昨日，倏忽之間，已是九年，眞個光陰似箭，爭教我們不老？」又問朱世遠道，「老漢記得宅上令愛也是這年生的。」朱世遠道，「果然，小女多福，如今也是九歲了。」王三老道，「莫怪老漢多口，你二人做了一世的棋友，何不扳做兒女親家。古時有個朱陳村，一村中只有二姓，世爲婚姻，如今你二人之姓適然相符，應是天緣。況且好男好女，你知我見，有何不美？」朱世遠已自看上了小學生，不等陳青開口，先答應道，「此事最好，只怕陳兄不願，若肯俯就，小子再無別言。」陳青道，「既蒙朱兄不棄寒微，小子是男家，有何推託？就請三老作伐。」王三老道，「明日是重陽日，陽九不利；後日大好個日子，老夫便當登門。今日一言爲定，出自二位本心；老漢只圖吃幾杯見成喜酒，不用謝媒。」陳青道，「我說個笑話你聽：玉皇大帝要與人皇對親，商量道，『兩親家都是皇帝，也須得個皇帝爲媒才

好。』乃請灶君皇帝往下界去説親。人皇見了灶君，大驚道，『那個做媒的怎的這般樣黑？』灶君道，『從來媒人，那有白做的？』」王三老同朱世遠都笑起來。朱陳二人又下棋至晚方散。

只因一局輸贏子，定下三生男女緣。

……

　　……朱世遠的渾家柳氏，聞知女婿得個恁般的病症，在家裏哭哭啼啼。抱怨丈夫道，「我女兒又不臭起來，爲甚忙忙的九歲上就許了人家？如今卻怎麼好？索性那癩蝦蟆死了，也出脱了我女兒，如今死不死，活不活，女孩兒看看年紀長成，嫁又嫁他的不得，賴又賴他的不得。終不然，看著那癩子守活孤孀不成？這都是王三那老烏龜一力竄掇，害了我女兒終身。」……朱世遠原有怕婆之病，憑他夾七夾八，自罵自止，並不插言，心中納悶。一日，柳氏偶然收拾廚櫃子，看見了象棋盤和那棋子，不覺勃然發怒，又罵起丈夫來道，「你兩個只爲這幾著象棋上説得著，對了親，賺了我女兒。還要留這禍胎怎的？」一頭説，一頭走到門前，將那象棋子亂撒在街上，棋盤也攛做幾片。朱世遠是本分之人，見渾家發性，攔他不住，洋洋的躲開去了，女兒多福又怕羞，不好來勸。任他絮聒個不耐煩，方才罷休。……

　　時又有《拍案驚奇》三十六卷，卷爲一篇，凡唐六，宋六，元四，明二十，亦兼收古事，與「三言」同。首有即空觀主人序云，「龍子猶氏所輯《喻世》等諸言，頗存雅道，時著良規，一破今時陋習，如宋元舊種，亦被搜括殆盡。……因取古今來雜碎事，可新聽睹，佐談諧者，演而暢之，得如干卷。」既而有二刻三十九卷，凡春秋一，宋十四，元三，明十六，不明者（明？）五，附《宋公

《拍案驚奇》插圖

明鬧元宵雜劇》一卷，於崇禎壬申（一六三二）自序，略云「丁卯之秋……偶戲取古今所聞，一二奇局可紀者，演而成說，……得四十種。……其為柏梁餘材，武昌剩竹，頗亦不少，意不能恝，聊復綴為四十則。……」丁卯為天啓七年，即《醒世恒言》版行之際，此適出而爭奇，然敘述平板，引證貧辛，不能及也。即空觀主人為凌濛初別號，濛初，字初成，烏程人，著有《言詩翼》，《詩逆》，《國門集》，雜劇《蚪髥翁》等（《明的小說「三言」》）。

　　《西湖二集》三十四卷附《西湖秋色》一百韻，題「武林濟川子清原甫纂」。每卷一篇，亦雜演古今事，而必與西湖相關。觀其書名，當有初集，然未見。前有湖海士序，稱清原❻為周子，嘗作《西湖說》，餘事未詳。清康熙時有太學生周清原字浣初，然為武進人（《國子監志》八十二《鶴征錄》一）；乾隆時有周昱字清原，錢塘人（《兩浙軒錄》二十三），而時代不相及，皆別一人也。其書亦以他事引出本文，自名為「引子」。引子或多至三四，與他書稍不同；文亦流利，然好頌帝德，垂教訓，又多憤言，則殆所謂「司命之厄我過甚而狐鼠之侮我無端」（序述清原語）之所致矣。其假唐詩人戎昱❼而發揮文士不得志之恨者如下：

　　　　……且說韓公部下一個官，姓戎名昱，為浙西刺史。這戎昱有潘安之貌，子建之才，下筆驚人，千言立就，自恃有才，生性極是傲睨，看人不在眼裏，但那時是離亂之世，重武不重文，若是有數百斤力氣，……不要說十八般武藝件件精通，就是曉得一兩件的，……少不得也摸頂紗帽在頭上戴戴。……馬前喝道，前呼後擁，好不威風氣勢，耀武揚威，何消得曉得「天地玄黃」四字。那戎昱自

---

❻ 清原，周楫字清原，號濟川子，明武林（今浙江杭洲）人。

❼ 戎昱，唐荊南（今湖北江陵）人。後人輯有《戎昱詩集》。

負才華，到這時節重武之時，卻不道是大市裡賣平天冠兼挑虎刺，這一種生意，誰人來買，眼見得別人不作興你了，你自負才華，卻去嚇誰？就是寫得千百篇詩出，上不得陣，殺不得戰，退不得虜，壓不得賊，要他何用？戎昱負了這個詩袋子，沒處發賣，卻被一個妓者收得。這妓者是誰？姓金名鳳，年方一十九歲，容貌無雙，善於歌舞，體性幽閒，再不喜那喧嘩之事，一心只愛的是那詩賦二字。他見了戎昱這個詩袋子，好生歡喜。戎昱正沒處發賣，見金鳳喜歡他這個詩袋子，便把這袋子抖將開來，就像個開雜貨店的，件件搬出。兩個甚是相得，你貪我愛，再不相捨；從此金鳳更不接客。正是：

悲莫悲兮生別離，樂莫樂兮新相知。

自此戎昱政事之暇，遊於西湖之上，每每與金鳳盤桓行樂。……（卷九《韓晉公人奩兩贈》）

《醉醒石》[8]十五回，題「東魯古狂生編輯」。所記惟李微化虎事在唐時，餘悉明代，且及崇禎朝事，蓋其時之作也。文筆頗刻露，然以過於簡煉，故平話習氣，時復逼人；至於垂教誡，好評議，則尤甚於《西湖二集》。宋市人小說，雖亦間參訓喻，然主意則在述市井間事，用以娛心；及明人擬作末流，乃誥誡連篇，喧而奪主，且多豔稱榮遇，回護士人，故形式僅存而精神與宋迥異矣。如第十四回記淮南莫翁以女嫁蘇秀才，久而女嫌蘇貧，自求去，再醮為酒家婦。而蘇即聯捷成進士，榮歸過酒家前，見女當爐，下轎揖之，女貌不動而心甚苦，又不堪眾人笑罵，遂自經死，即所謂大為寒士吐氣者也。

……見櫃邊坐著一個端端正正嫋嫋婷婷婦人，卻正

---

[8] 《醉醒石》，明無名氏撰，題「東魯古狂生編輯」。

是莫氏。蘇進士見了道，「我且去見他一見，看他怎生待我。」叫住了轎，打著傘，穿著公服，竟到店中。那店主人正在那廂數錢，穿著兩截衣服，見個官來，躲了。那莫氏見下轎，已認得是蘇進士了，卻也不羞不惱，打著臉。蘇進士向前，恭恭敬敬的作上一揖。他道，「你做你的官，我賣我的酒。」身也不動。蘇進士一笑而去。

　　　　覆水無收日，去婦無還時，

　　　　相逢但一笑，且爲立遲遲。

　　我想莫氏之心豈能無動，但做了這絕性絕義的事，便做到滿面歡容，欣然相接，討不得個喜而復合；更做到含悲飲泣，牽衣自咎，料討不得個憐而復收，倒不如硬著，一束兩開，倒也乾淨。他那心裏，未嘗不悔當時造次，總是無可奈何：

　　　　心裏悲酸暗自嗟，幾回悔是昔時差，

　　　　移將上苑琳琅樹，卻作門前桃李花。

　　結末有論，以爲「生前貽譏死後貽臭」，「是朱買臣妻子之後一人」。引論稍恕，科罪似在男子之「不安貧賤」者之下，然亦終不可宥云：

　　　若論婦人，讀文字，達道理甚少，如何能有大見解，大矜持？況且或至饑寒相逼，彼此相形，旁觀嘲笑難堪，親族炎涼難耐，抓不來榜上一個名字，灑不去身上一件藍皮，激不起一個慣淹蹇不遭際的夫婿，盡堪痛哭，如何叫他不要怨嗟。但「餓死事小失節事大」，眼睜睜這個窮秀才尚活在，更去抱了一人，難道沒有旦夕恩情？忒殺蔑去倫理！這朱買臣妻，所以貽笑千古。

《喻世》等三言在清初蓋尙通行，王士禛❾（《香祖筆記》十）云「《警世通言》有《拗相公》一篇，述王安石罷相歸金陵事，極快人意，乃因盧多遜謫嶺南事而稍附益之」。其非異書可知。後乃漸晦，然其小分，則又由選本流傳至今。其本曰《今古奇觀》，凡四十卷四十回，序謂「三言」與《拍案驚奇》合之共二百事，觀覽難周，故抱甕老人選刻爲此本。據《宋明通俗小說流傳表》，則取《古今小說》者十八篇，取《醒世恒言》者十一篇（第一，二，七，八，十五至十七，二十五至二十八回），取《拍案驚奇》者七篇（第九，十，十八，二十九，三十七，三十九，四十回），二刻三篇。三言二拍，印本今頗難覯，可借此窺見其大略也。至成書之頃，當在崇禎時，其與三言二拍之時代關係，鹽谷溫曾爲之立表（《明的小說「三言」》）如下：

天啓1辛酉	古今小說		
～	喻世明言		
4甲子	警世通言		
5			
6			
7丁卯	醒世恒言	拍案驚奇（初）	
崇禎1			
2			
3			
4			
5壬申		拍案驚奇（二）	今古奇觀
～			
17			

❾ 王士禛（1634—1711年），字貽上，號阮亭、漁洋山人，清新城（今山東桓台）人。撰有《帶經堂集》等。

《今古奇聞》❿二十二卷，卷一事，題「東壁山房主人編次」。其所錄頗凌雜，有《醒世恆言》之文四篇（《十五貫戲言成大禍》，《陳多壽生死夫妻》，《張淑兒巧智脫楊生》，《劉小官雌雄兄弟》），別一篇爲《西湖佳話》⓫之《梅嶼恨跡》，餘未詳所從出。文中有「發逆」字，故當爲清咸豐同治時書。

　　《續今古奇觀》三十卷，亦一卷一事，無撰人名。其書全收《今古奇觀》選餘之《拍案驚奇》二十九篇。而以《今古奇聞》一篇（《康友仁輕財重義得科名》）足卷數，殆不足稱選本，同治七年（一八六八），江蘇巡撫丁日昌⓬嘗嚴禁淫詞小說，《拍案驚奇》亦在禁列，疑此書即書賈於禁後作之。

---

❿　《今古奇聞》，二十二卷，題「東壁山房主人編次，退思軒主人校訂」，有光緒十三年東壁山房刊本，書前有東壁山房主人王寅光緒十三年序。王寅，字冶梅，清江蘇南京人。

⓫　《西湖佳話》，全稱《西湖佳話古今遺跡》，題「古吳墨浪子搜輯」，有康熙間金陵王衙刊本。書每卷一事，敘與杭州西湖有關的人與事。

⓬　丁日昌（1823—1882年），字雨生，清豐順（今屬廣東）人。1868年任江蘇巡撫時，其曾兩次奏請嚴禁淫詞小說二六九種。

第二十二篇
清之擬晉唐小說及其支流

　　唐人小說單本，至明什九散亡；宋修《太平廣記》成，又置不頒佈，絕少流傳，故後來偶見其本，仿以爲文，世人輒大聳異，以爲奇絕矣。明初，有錢唐瞿佑❶字宗吉，有詩名，又作小說曰《剪燈新話》，文題意境，並撫唐人，而文筆殊冗弱不相副，然以粉飾閨情，拈掇豔語，故特爲時流所喜，仿效者紛起，至於禁止，其風始衰。迨嘉靖間，唐人小說乃復出，書估往往剌取《太平廣記》中文，雜以他書，刻爲叢集，真僞錯雜，而頗盛行。文人雖素與小說無緣者，亦每爲異人俠客童奴以至虎狗蟲蟻作傳，置之集中。蓋傳奇風韻，明末實彌漫天下，至易代不改也。

　　而專集之最有名者爲蒲松齡之《聊齋志異》。松齡字留仙，號柳泉，山東淄川人，幼有軼才，老而不達，以諸生授徒於家，至康熙辛卯始成歲貢生（《聊齋志異》序跋），越四年遂卒，年七十六（一六四〇～一七一五），所著有《文集》四卷，《詩集》六卷，《聊齋志異》八卷（文集附錄張元撰墓表），及《省身錄》，《懷刑錄》，《歷字文》，《日用俗字》，《農桑經》等（李桓《耆獻

---

❶ 瞿佑（1341－1427年），字宗吉，明錢塘（今浙江杭州）人。撰有《存齋遺稿》《歸田詩話》等。

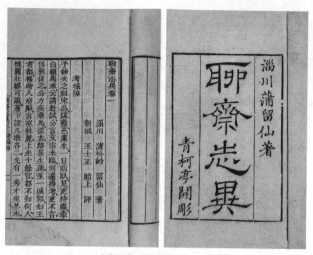

清版《聊齋志異》內頁

類徵》四百三十一）。其《志異》或析為十六卷，凡四百三十一篇，年五十始寫定，自有題辭，言「才非干寶，雅愛搜神，情同黃州❷，喜人談鬼，閑則命筆，因以成編。久之，四方同人又以郵筒相寄，因而物以好聚，所積益夥。」是其儲蓄收羅者久矣。然書中事蹟，亦頗有從唐人傳奇轉化而出者（如《鳳陽士人》《續黃粱》等），此不自白，殆撫古而又諱之也。至謂作者搜采異聞，乃設煙茗於門前，邀田夫野老，強之談說以為粉本，則不過委巷之談而已。

　　《聊齋志異》雖亦如當時同類之書，不外記神仙狐鬼精魅故事，然描寫委曲，敘次井然，用傳奇法，而以志怪，變幻之狀，如在目前；又或易調改弦，別敘畸人異行，出於幻域，頓入人間；偶述瑣聞，亦多簡潔，故讀者耳目，為之一新。又相傳漁洋山人（王士禛）激賞其書，欲市之而不得，故聲名益振，競相傳鈔。然終著

---

❷ 黃州，此處指北宋時謫居黃州的蘇軾。

者之世，竟未刻，至乾隆末始刊於嚴州；後但明倫呂湛恩❸皆有注。

明末志怪群書，大抵簡略，又多荒怪，誕而不情，《聊齋志異》獨於詳盡之外，示以平常，使花妖狐魅，多具人情，和易可親，忘為異類，而又偶見鶻突，知復非人。如《狐諧》言博興萬福於濟南娶狐女，而女雅善談諧，傾倒一坐，後忽別去，悉如常人；《黃英》記馬子才得陶氏黃英為婦，實乃菊精，居積取盈，與人無異，然其弟醉倒，忽化菊花，則變怪即驟現也。

> ……一日，置酒高會，萬居主人位，孫與二客分左右座，下設一榻屈狐。狐辭不善酒，咸請坐談，許之。酒數行，眾擲骰為瓜蔓之令；客值瓜色，會當飲，戲以觥移上座曰，「狐娘子大清醒，暫借一觴。」狐笑曰，「我故不飲，願陳一典以佐諸公飲。」……客皆言曰，「罵人者當罰。」狐笑曰，「我罵狐何如？」眾曰，「可。」於是傾耳共聽。狐曰，「昔一大臣，出使紅毛國，著狐腋冠見國王，國王視而異之，問『何皮毛，溫厚乃爾？』大臣以『狐』對。王言『此物生平未嘗得聞。狐字字畫何等？』使臣書空而奏曰，『左邊是一大瓜，右邊是一小犬。』」主客又復哄堂。……居數月，與萬偕歸。……逾年，萬復事於濟，狐又與俱。忽有數人來，狐從與語，備極寒暄；乃語萬曰，「我本陝中人，與君有夙因，遂從爾許時，今我兄弟至，將從以歸，不能周事。」留之，不可，竟去。（卷五）

> ……陶飲素豪，從不見其沉醉。有友人曾生，量亦無對，適過馬，馬使與陶較飲，二人……自辰以訖四漏，計各盡百壺，曾爛醉如泥，沉睡坐間，陶起歸寢，出門踐

---

❸ 但明倫，字天敘，一字雲湖，清廣順（今貴州長順）人。呂湛恩，清文登（今屬山東）人。

菊畦，玉山傾倒，委衣於側，即地化爲菊：高如人，花十餘朵皆大於拳。馬駭絕，告黃英；英急往，拔置地上，曰，「胡醉至此？」復以衣，要馬俱去，戒勿視。既明而往，則陶臥畦邊，馬乃悟姊弟菊精也，益愛敬之。而陶自露跡，飲益放，……值花朝，曾來造訪，以兩僕舁藥浸白酒一罈，約與共盡。……曾醉已憊，諸僕負之去。陶臥地又化爲菊；馬見慣不驚，如法拔之，守其旁以觀其變，久之，葉益憔悴，大懼，始告黃英。英聞，駭曰，「殺吾弟矣！」奔視之，根株已枯；痛絕，掐其梗埋盆中，攜入閨中，日灌溉之。馬悔恨欲絕，甚惡曾。越數日，聞曾已醉死矣，盆中花漸萌，九月，既開，短乾粉朵，嗅之有酒香，名之「醉陶」，澆以酒則茂。……黃英終老，亦無他異。（卷四）

又其敘人間事，亦尚不過爲形容，致失常度，如《馬介甫》一篇述楊氏有悍婦，虐遇其翁，又慢客，而兄弟祗畏，至對客皆失措云：

……約半載，馬忽攜僮僕過楊，直楊翁在門外曝陽捫虱，疑爲傭僕，通姓氏使達主人；翁被絮去，或告馬，「此即其翁也。」馬方驚訝，楊兄弟岸幘出迎，登堂一揖，便請朝父，萬石辭以偶恙，捉坐笑語，不覺向夕。萬石屢言具食，而終不見至，兄弟迭互出入，始有瘦奴持壺酒來，俄頃引盡，坐伺良久，萬石頻起催呼，額煩間熱汗蒸騰。俄瘦奴以饌具出，脫粟失飪，殊不甘旨。食已，萬石草草便去；萬鍾襆被來伴客寢。……（卷十）

至於每卷之末，常綴小文，則緣事極簡短，不合於傳奇之筆，

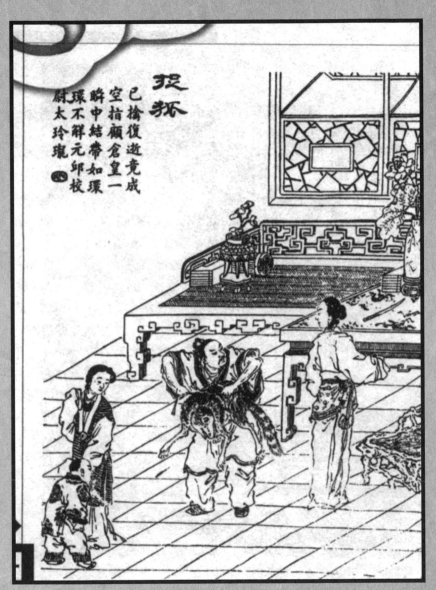

《聊齋志異》版畫

故數行即盡，與六朝之志怪近矣。又有《聊齋志異拾遺》一卷二十七篇，出後人掇拾；而其中殊無佳構，疑本作者所自刪棄，或他人擬作之。

乾隆末，錢唐袁枚[4]撰《新齊諧》二十四卷，續十卷，初名《子不語》，後見元人說部有同名者，乃改今稱；序云「妄言妄聽，記而存之。非有所感也。」其文屏去雕飾，反近自然，然過於率意，亦多蕪穢，自題「戲編」，得其實矣。若純法《聊齋》者，時則有吳門沈起鳳[5]作《諧鐸》十卷（乾隆五十六年序），而意過俳，文亦纖仄；滿洲和邦額[6]作《夜譚隨錄》十二卷（亦五十六年序），頗借材他書（如《佟騎角》，《夜星子》，《瘍醫》皆本《新齊諧》），不盡己出，詞氣亦時失之粗暴，然記朔方景物及市井情形者特可觀。他如長白浩歌子[7]之《螢窗異草》三編十二卷（似乾隆中作，別有四編四卷，乃書估偽造），海昌管世灝[8]之《影談》四卷（嘉慶六年序），平湖馮起鳳[9]之《昔柳摭談》八卷（嘉慶中作），近至金匱鄒弢之[10]《澆愁集》八卷（光緒三年序），皆志異，亦俱不脫《聊齋》窠臼。惟黍余裔孫[11]《六合內外瑣言》二十卷（似嘉慶初作）一名《璞蛣雜記》者，故作奇崛奧衍之辭，伏藏諷喻，其體式為在先作家所未嘗試，而意淺薄；據金武祥[12]（《江陰藝文志》下）說，則江陰屠紳字賢書之所作也。紳又

---

❹ 袁枚（1716—1798年），字子才，號簡齋、隨園老人，清錢塘（今浙江杭州）人。撰有《小倉山房集》《隨園詩話》等。

❺ 沈起鳳（174—？年），字桐威，號紅心詞客，清吳縣（今屬江蘇）人。撰有《諧鐸》。

❻ 和邦額，字閑齋，號霽雲主人，清滿洲人。

❼ 浩歌子，即尹慶蘭，字似村，清滿洲鑲黃旗人。

❽ 管世灝，字月楣，清海昌（今浙江海寧）人。

❾ 馮起鳳，字梓華，清平湖（今屬浙江）人。

❿ 鄒弢，字翰飛，號瀟湘館侍者，清金匱（今江蘇無錫）人。撰有《三借廬筆談》等。

⓫ 黍余裔孫，即屠紳，參看第二十五篇。

⓬ 金武祥（1841—1924年），字溎生，號粟香，江陰（今屬江蘇）人。撰有《粟香隨筆》《江陰藝文志》等。

有《鸚亭詩話》一卷，文詞較簡，亦不盡記異聞，然審其風格，實亦此類。

　　《聊齋志異》風行逾百年，摹仿讚頌者眾，顧至紀昀而有微辭。盛時彥[13]（《姑妄聽之》跋）述其語曰，「《聊齋志異》盛行一時，然才子之筆，非著書者之筆也。虞初以下天寶以上古書多佚矣；其可見完帙者，劉敬叔《異苑》，陶潛《續搜神記》，小說類也，《飛燕外傳》，《會眞記》，傳記類也。《太平廣記》事以類聚，故可並收；今一書而兼二體，所未解也。小說既述見聞，即屬敘事，不比戲場關目，隨意裝點；……今燕昵之詞，媟狎之態，細微曲折，摹繪如生，使出自言，似無此理，使出作者代言，則何從而聞見之，又所未解也。」蓋即訾其有唐人傳奇之詳，又雜以六朝志怪者之簡，既非自敘之文，而盡描寫之致而已。昀字曉嵐，直隸獻縣人；父容舒，官姚安知府。昀少即穎異，年二十四領順天鄉試解額，然三十一始成進士，由編修官至侍讀學士，坐泄機事謫戍烏魯木齊，越三年召還，授編修，又三年擢侍讀，總纂四庫全書，綰書局者十三年，一生精力，悉注於《四庫提要》及《目錄》中，故他撰著甚少。後累遷至禮部尚書，充經筵講官，自是又爲總憲者五，長禮部者三（李元度《國朝先正事略》二十）。乾隆五十四年，以編排祕笈至熱河，「時校理久竟，特督視官吏題籤庋架而已。晝長無事」，乃追錄見聞，作稗說六卷，曰《灤陽消夏錄》。越二年，作《如是我聞》，次年又作《槐西雜誌》，次年又作《姑妄聽之》，皆四卷；嘉慶三年夏復至熱河，又成《灤陽續錄》六卷，時年已七十五。後二年，其門人盛時彥合刊之，名《閱微草堂筆記五種》（本書）。十年正月，復調禮部，拜協辦大學士，加太子少保，管國子監事；二月十四日卒於位，年八十二（一七二四～一八〇五），諡「文達」（《事略》）。

---

[13] 盛時彥，字松雲，清北平（今北京）人。紀昀門人。引文見《閱微草堂筆記・灤陽消夏錄》自序。

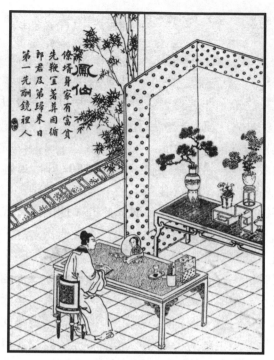

《聊齋志異》版畫

　　《閱微草堂筆記》雖「聊以遣日」之書，而立法甚嚴，舉其體
要，則在尚質黜華，追蹤晉宋；自序云，「緬昔作者如王仲任應仲
遠引經據古，博辨宏通，陶淵明劉敬叔劉義慶簡淡數言，自然妙
遠，誠不敢妄擬前修，然大旨期不乖於風教」者❶，即此之謂。其
軌範如是，故與《聊齋》之取法傳奇者途徑自殊，然較以晉宋人
書，則《閱微》又過偏於論議。蓋不安於僅為小說，更欲有益人
心，即與晉宋志怪精神，自然違隔；且末流加屬，易墮為報應因果
之談也。

------

❶ 引文見《閱微草堂筆記・姑妄聽之》自序。

  魯迅中國小說史略漢文學史綱要

惟紀昀本長文筆，多見祕書，又襟懷夷曠，故凡測鬼神之情狀，發人間之幽微，托狐鬼以抒己見者，雋思妙語，時足解頤；間雜考辨，亦有灼見。敘述復雍容淡雅，天趣盎然，故後來無人能奪其席，固非僅借位高望重以傳者矣。今舉其較簡者三則於下：

> 劉乙齋廷尉爲御史時，嘗租西河沿一宅，每夜有數人擊柝，聲琅琅徹曉，……視之則無形，聒耳至不得片刻睡。乙齋故強項，乃自撰一文，指陳其罪，大書粘壁以驅之，是夕遂寂。乙齋自詫不減昌黎之驅鱷也，余謂「君文章道德。似尚未敵昌黎，然性剛氣盛，平生尚不作曖昧事，故敢悍然不畏鬼；又拮据遷此宅，力竭不能再徙，計無復之，惟有與鬼以死相持：此在君爲『困獸猶鬥』，在鬼爲『窮寇勿追』耳。……」乙齋笑擊余背曰，「魏收輕薄哉！然君知我者。」（《灤陽消夏錄》六）

> 田白巖言，「嘗與諸友扶乩，其仙自稱眞山民，宋末隱君子也，倡和方洽，外報某客某客來，乩忽不動。他日復降，眾叩昨遽去之故，乩判曰，『此二君者，其一世故太深，酬酢太熟，相見必有諛詞數百句，雲水散人拙於應對，不如避之爲佳；其一心思太密，禮數太明，其與人語，恒字字推敲，責備無已，閒雲野鶴豈能耐此苛求，故逋逃尤恐不速耳。』」後先姚安公聞之曰，「此仙究狷介之士，器量未宏。」（《槐西雜誌》一）

> 李義山詩「空聞子夜鬼悲歌」，用晉時鬼歌《子夜》事也；李昌谷詩「秋墳鬼唱鮑家詩」，則以鮑參軍有《蒿裏行》，幻宵其詞耳。然世間固往往有是事。田香沁言，「嘗讀書別業，一夕風靜月明，聞有度昆曲者，亮折清圓，淒心動魄，諦審之，乃《牡丹亭・叫畫》一出也。忘其所以，傾聽至終。忽省牆外皆斷港荒陂，人跡罕至，此

曲自何而来？開户視之，惟蘆荻瑟瑟而已。」（《姑妄聽之》三）

昀又「天性孤直，不喜以心性空談，標榜門戶」（盛序語），其處事貴寬，論人欲恕，故於宋儒之苛察，特有違言，書中有觸即發，與見於《四庫總目提要》中者正等。且於不情之論，世間習而不察者，亦每設疑難，揭其拘迂，此先後諸作家所未有者也，而世人不喻，曉曉然競以勸懲之佳作譽之。

> 吳惠叔言，「醫者某生素謹厚，一夜，有老嫗持金釧一雙就買墮胎藥，醫者大駭，峻拒之；次夕，又添持珠花兩枝來，醫者益駭，力揮去。越半載餘，忽夢爲冥司所拘，言有訴其殺人者。至，則一披髮女子，項勒紅巾，泣陳乞藥不與狀。醫者曰，『藥以活人，豈敢殺人以漁利。汝自以奸敗，於我何尤！』女子曰，『我乞藥時，孕未成形，倘得墮之，我可不死；是破一無知之血塊，而全一待盡之命也。既不得藥，不能不產，以致子遭扼殺，受諸痛苦，我亦見逼而就縊：是汝欲全一命，反戕兩命矣。罪不歸汝，反誰歸乎？』冥官喟然曰，『汝之所言，酌乎事勢；彼之所執者則理也。宋以來固執一理而不揆事勢之利害者，獨此人也哉？汝且休矣！』拊幾有聲，醫者悚然而寤。」（《如是我聞》三）

> 東光有王莽河，即胡蘇河也，旱則涸，水則漲，每病涉焉。外舅馬公周籙言，「雍正末有丐婦一手抱兒一手扶病姑涉此水，至中流，姑蹶而僕，婦棄兒於水，努力負姑出。姑大詬曰，『我七十老嫗，死何害？張氏數世待此兒延香火，爾胡棄兒以拯我？斬祖宗之祀者，爾也！』婦泣不敢語，長跪而已。越兩日，姑竟以哭孫不食死；婦嗚咽不成聲，癡坐數日，亦立槁。……有著論者，謂兒與

姑較則姑重，姑與祖宗較則祖宗重。使婦或有夫，或尚有兄弟，則棄兒是；既兩世窮嫠，止一線之孤子，則姑所責者是：婦雖死，有餘悔焉。姚安公曰，『講學家責人無已時。夫急流洶湧，少縱即逝，此豈能深思長計時哉？勢不兩全，棄兒救姑，此天理之正而人心之所安也。使姑死而兒存，……不又有責以愛兒棄姑世耶？且兒方提抱，育不育未可知，使姑死而兒又不育，悔更何如耶？此婦所爲，超出恒情已萬萬，不幸而其姑自殞，以死殉之，亦可哀矣。猶沾沾焉而動其喙，以爲精義之學，毋乃白骨銜冤，黃泉賚恨乎？孫復作《春秋尊王發微》，二百四十年內有貶無襃；胡致堂作《讀史管見》，三代以下無完人，辨則辨矣，非吾之所欲聞也。』」（《槐西雜誌》二）

　　《灤陽消夏錄》方脫稿，即爲書肆刊行，旋與《聊齋志異》峙立；《如是我聞》等繼之，行益廣。其影響所及，則使文人擬作，雖尚有《聊齋》遺風，而摹繪之筆頓減，終乃類於宋明人談異之書。如同時之臨川樂鈞[15]《耳食錄》十二卷（乾隆五十七年序）《二錄》八卷（五十九年序），後出之海昌許秋坨[16]《聞見異辭》二卷（道光二十六年序），武進湯用中[17]《翼稗編》八卷（二十八年序）等，皆其類也。迨長洲王韜[18]作《遁窟讕言》（同治元年成），《淞隱漫錄》（光緒初成），《淞濱瑣話》（光緒十三年序）各十二卷，天長宣鼎[19]作《夜雨秋燈錄》十六卷（光緒二十一

---

[15] 樂鈞，字元淑，號蓮裳，清臨川（今屬江西）人。撰有《青芝山館詩集》。

[16] 許秋坨，清海昌（今浙江海寧）人。撰有《琵琶演義》等。

[17] 湯用中，字芷卿，清常州（今屬江蘇）人。

[18] 王韜（1828－1897年），字紫詮，號仲弢，又號天南遁叟，清長洲（今江蘇吳縣）人。撰有《淞隱漫錄》（又名《後聊齋志異》）、《淞濱瑣話》（又名《淞隱續錄》）。

[19] 宣鼎（1834－1879年），字瘦梅，清天長（今屬安徽）人。撰有《返魂香傳奇》等。

年序），其筆致又純爲《聊齋》者流，一時傳佈頗廣遠，然所記載，則已狐鬼漸稀，而煙花粉黛之事盛矣。

　　體式較近於紀氏五書者，有雲間許元仲[20]《三異筆談》四卷（道光七年序），德清俞鴻漸[21]《印雪軒隨筆》四卷（道光二十五年序），後者甚推《閱微》，而云「微嫌其中排擊宋儒語過多」（卷二），則旨趣實異。光緒中，德清俞樾[22]作《右台仙館筆記》十六卷，止述異聞，不涉因果；又有羊朱翁（亦俞樾）作《耳郵》四卷，自署「戲編」，序謂「用意措辭，亦似有善惡報應之說，實則聊以遣日，非敢雲意在勸懲」。頗似以《新齊諧》爲法，而記敘簡雅，乃類《閱微》，但內容殊異，鬼事不過什一而已。他如江陰金捧閶[23]之《客窗偶筆》四卷（嘉慶元年序），福州梁恭辰[24]之《池上草堂筆記》二十四卷（道光二十八年序），桐城許奉恩[25]之《裏乘》十卷（似亦道光中作），亦記異事，貌如志怪者流，而盛陳禍福，專主勸懲，已不足以稱小說。

---

[20] 許元仲，字小歐，清松江（今屬上海）人。

[21] 俞鴻漸（1781—1846年），字儀伯，清德清（今屬浙江）人。撰有《印雪軒文鈔》《印雪軒詩抄》等。

[22] 俞樾（1821—1907年），字蔭甫，號曲園，清德清人。著述頗多，總稱《春在堂全書》。

[23] 金捧閶（1760—1810年），字玠堂，清江陰（今屬江蘇）人。撰有《客窗偶筆》，後散佚，其孫輯得四卷，與《客窗二筆》一卷合刻。

[24] 梁恭辰，字敬叔，清福州（今屬福建）人。

[25] 許奉恩，字叔平，清桐城（今屬安徽）人。

第二十三篇

清之諷刺小説

　　寓譏彈於稗史者，晉唐已有，而明爲盛，尤在人情小說中。然此類小說，大抵設一庸人，極形其陋劣之態，藉以襯托俊士，顯其才華，故往往大不近情，其用才比於「打諢」。若較勝之作，描寫時亦刻深，譏刺之切，或逾鋒刃，而《西遊補》之外，每似集中於一人或一家，則又疑私懷怨毒，乃逞惡言，非於世事有不平，因抽毫而抨擊矣。其近於呵斥全群者，則有《鍾馗捉鬼傳》❶十回，疑尙是明人作，取諸色人，比之群鬼，一一抉剔，發其隱情，然詞意淺露，已同謾晰，所謂「婉曲」，實非所知。迨吳敬梓《儒林外史》出，乃秉持公心，指擿時弊，機鋒所向，尤在士林；其文又戚而能諧，婉而多諷：於是說部中乃始有足稱諷刺之書。

　　吳敬梓字敏軒，安徽全椒人，幼即穎異，善記誦，稍長補官學弟子員，尤精《文選》，詩賦援筆立成。然不善治生，性又豪，不數年揮舊產俱盡，時或至於絕糧，雍正乙卯，安徽巡撫趙國麟舉以應博學鴻詞科，不赴，移家金陵，爲文壇盟主，又集同志建先賢祠

---

❶ 《鍾馗捉鬼傳》，魯迅所云「十回」本，當指《斬鬼傳》，一名《第九才子書斬鬼傳》，又名《說唐平鬼全傳》，題「陽直介符劉先生手著」、「煙霞散人手著」、「澹園居士評閱」，或題「陽直樵雲山人編次」。有人認爲作者即劉璋，山西太原人，雍正初官深澤縣令。存世有抄本、莞爾堂刊本等。

於雨花山麓，祀泰伯以下二百三十人，資不足，售所居屋以成之，而家益貧。晚年自號文木老人，客揚州，尤落拓縱酒，乾隆十九年卒於客中，年五十四（一七○一～一七五四）。所著有《詩說》❷七卷，《文木山房集》五卷，詩七卷，皆不甚傳（詳見新標點本《儒林外史》卷首）。

清版《儒林外史》內頁

吳敬梓著作皆奇數，故《儒林外史》亦一例，爲五十五回；其成殆在雍正末，著者方僑居於金陵也。時距明亡未百年，士流蓋尚有明季遺風，制藝而外，百不經意，但爲矯飾，雲希聖賢。敬梓之所描寫者即是此曹，既多據自所聞見，而筆又足以達之，故能爛幽索隱，物無遁形，凡官師，儒者，名士，山人，間亦有市井細民，皆現身紙上，聲態並作，使彼世相，如在目前，惟全書無主幹，僅驅使各種人物，行列而來，事與其來俱起，亦與其去俱訖，雖云長篇，頗同短制；但如集諸碎錦，合爲帖子，雖非巨幅，而時見珍異，因亦娛心，使人刮目矣。敬梓又愛才士，「汲引如不及，獨嫉『時文士』如仇，其尤工者，則尤嫉之。」（程晉芳所作傳云）故書中攻難制藝及以制藝出身者亦甚烈，如令選家馬二先生自述制藝之所以可貴云：

> 「……『舉業』二字，是從古及今，人人必要做的。
> 就如孔子生在春秋時候，那時用『言揚行舉』做官，

❷ 《詩說》，已佚。

故孔子只講得個『言寡尤，行寡悔，祿在其中』：這便是孔子的舉業。到漢朝，用賢良方正開科，所以公孫弘董仲舒舉賢良方正：這便是漢人的舉業。到唐朝，用詩賦取士；他們若講孔孟的話，就沒有官做了，所以唐人都會做幾句詩：這便是唐人的舉業。到宋朝，又好了，都用的是些理學的人做官，所以程朱就講理學：這便是宋人的舉業。到本朝，用文章取士，這是極好的法則。就是夫子在而今，也要念文章，做舉業，斷不講那『言寡尤，行寡悔』的話。何也？就日日講究『言寡尤，行寡悔』，那個給你官做？孔子的道，也就不行了。」（第十三回）

《儒林外史》所傳人物，大都實有其人，而以象形諧聲或廋詞隱語寓其姓名，若參以雍乾間諸家文集，往往十得八九（詳見本書上元金和跋）。此馬二先生字純上，處州人，實即全椒馮粹中[3]，爲著者摯友，其言眞率，又尚上知春秋漢唐，在「時文士」中實猶屬誠篤博通之士，但其議論，則不特盡揭當時對於學問之見解，且洞見所謂儒者之心肝者也。至於性行，乃亦君子，例如西湖之遊，雖全無會心，頗殺風景，而茫茫然大嚼而歸，迂儒之本色固在：

> 馬二先生獨自一個，帶了幾個錢，步出錢塘門，在茶亭裏吃了幾碗茶，到西湖沿上牌樓跟前坐下，見那一船一船鄉下婦女來燒香的，……後面都跟著自己的漢子，……上了岸，散往各廟裏去了。馬二先生看了一遍，不在意裏。起來又走了裏把多路，望著湖沿上接連著幾個酒店，……馬二先生沒有錢買了吃，……只得走進一個麵店，十六個錢吃了一碗麵，肚裏不飽，又走到間壁一個茶室吃了一碗茶，買了兩個錢「處片」嚼嚼，到覺有些滋

---

❸ 馮粹中，名祚泰，清全椒（今屬安徽）人。

味。吃完了出來，……往前走，過了六橋。轉個灣，便像些村莊地方。又有人家的棺材，厝基中間，走也走不清，甚是可厭。馬二先生欲待回去，遇著一個走路的，問道「前面可還有好頑（玩）的所在？」那人道，「轉過去便是淨慈，雷峰。怎麼不好頑？」馬二先生於是又往前走。……過了雷峰，遠遠望見高高下下許多房子蓋著琉璃瓦，……馬二先生走到跟前，看見一個極高的山門，一個金字直匾，上寫「敕賜淨慈禪寺」；山門旁邊一個小門。馬二先生走了進去；……那些富貴人家女客，成群結隊，裏裏外外，來往不絕。……馬二先生身子又長，戴一頂高方巾，一幅烏黑的臉，腆著個肚子，穿著一雙厚底破靴，橫著身子亂跑，只管在人窩子裏撞。女人也不看他，他也不看女人。前前後後跑了一交，又出來坐在那茶亭內，……吃了一碗茶。櫃上擺著許多碟子：橘餅，芝麻糖，粽子，燒餅，處片，黑棗，煮栗子，馬二先生每樣買了幾個錢，不論好歹，吃了一飽。馬二先生覺得倦了，直著腳跑進清波門；到了下處，關門睡了。因爲多走了路，在下處睡了一天；第三日起來，要到城隍山走走。……（第十四回）

至敘范進家本寒微，以鄉試中式暴發，旋丁母憂，翼翼盡禮，則無一貶詞，而情僞畢露，誠微辭之妙選，亦狙擊之辣手矣：

……兩人（張靜齋及范進）進來，先是靜齋謁過，范進上來敘師生之禮。湯知縣再三謙讓，奉坐吃茶。同靜齋敘了些闊別的話；又把范進的文章稱讚了一番，問道「因何不去會試？」范進方才說道，「先母見背，遵制丁憂。」湯知縣大驚，忙叫換去了吉服。拱進後堂，擺上酒

《儒林外史》版畫

來。……知縣安了席坐下，用的都是銀鑲杯箸。范進退前縮後的不舉杯箸，知縣不解其故。靜齋笑道，「世先生因遵制，想是不用這個杯箸。」知縣忙叫換去。換了一個磁杯，一雙象牙箸來，范進又不肯舉動。靜齋道，「這個箸也不用。」隨即換了一雙白顏色竹子的來，方才罷了。知縣疑惑：「他居喪如此盡禮，倘或不用葷酒，卻是不曾備辦。」落後看見他在燕窩碗裏揀了一個大蝦圓子送在嘴裏，方才放心。……（第四回）

此外刻劃偽妄之處尚多，掊擊習俗者亦屢見。其述王玉輝之女既殉夫，玉輝大喜，而當入祠建坊之際，「轉覺心傷，辭了不肯來」，後又自言「在家日日看見老妻悲慟，心中不忍」（第四十八回），則描寫良心與禮教之衝突，殊極刻深（詳見本書錢玄同序）；作者生清初，又束身名教之內，而能心有依違，托稗說以寄慨，殆亦深有會於此矣。以言君子，尚亦有人，杜少卿爲作者自況，更有杜慎卿（其兄青然），有虞育德（吳蒙泉），有莊尙志（程綿莊），皆貞士；其盛舉則極於祭先賢。迨南京名士漸已銷磨，先賢祠亦荒廢；而奇人幸未絕於市井，一爲「會寫字的」，一爲「賣火紙筒子的」，一爲「開茶館的」，一爲「做裁縫的」。末一尤恬淡，居三山街，曰荊元，能彈琴賦詩，縫紉之暇，往往以此自遣；間亦訪其同人。

一日，荊元吃過了飯，思量沒事，一徑踱到清涼山來。……他有一個老朋友姓于，住在山背後。這于老者也不讀書，也不做生意，……督率著他五個兒子灌園。……這日，荊元步了進來，于老者迎著道，「好些時不見老哥來，生意忙的緊？」荊元道，「正是。今日才打發清楚些。特來看看老爹。」于老者道，「恰好烹了一壺現成

茶，請用一杯。」斟了送過來。荊元接了，坐著吃，道，
「這茶，色香味都好。老爹卻是那裏取來的這樣好水？」
于老者道，「我們城西不比你們城南，到處井泉都是吃得
的。」荊元道，「古人動說『桃源避世』，我想起來，那
裏要甚麼桃源。只如老爹這樣清閒自在，住在這樣『城市
山林』的所在，就是現在的活神仙了。」于老者道，「只
是我老拙一樣事也不會做，怎的如老哥會彈一曲琴，也
覺得消遣些。近來想是一發彈的好了，可好幾時請教一
回？」荊元道，「這也容易，老爹不嫌汙耳，明日攜琴來
請教。」說了一會，辭別回來。次日，荊元自己抱了琴，
來到園裏，于老者已焚下一爐好香，在那裏等候。……于
老者替荊元把琴安放在石凳上，荊元席地坐下，于老者也
坐在旁邊。荊元慢慢的和了弦，彈起來，鏗鏗鏘鏘，聲振
林木。……彈了一會，忽作變徵之音，淒清宛轉。于老者
聽到深微之處，不覺淒然淚下。自此，他兩人常常往來。
當下也就別過了。（第五十五回）

然獨不樂與士人往還，且知士人亦不屑與友：固非「儒林」中
人也。至於此後有無賢人君子得入《儒林外史》，則作者但存疑問
而已。

《儒林外史》初惟傳鈔，後刊木於揚州，已而刻本非一。

嘗有人排列全書人物，作「幽榜」，謂神宗以水旱偏災，流民
載道，冀「旌沉抑之人才」以祈福利，乃並賜進士及第，並遣禮官
就國子監祭之；又割裂作者文集中駢語，襞積之以造詔表（金和跋
云），統爲一回綴於末，故一本有五十六回。又有人自作四回，事
既不倫，語復猥陋，而亦雜入五十六回本中，印行於世，故一本又
有六十回。

是後亦鮮有以公心諷世之書如《儒林外史》者。

第二十四篇
清之人情小說

　　乾隆中（一七六五年頃），有小說曰《石頭記》者忽出於北
京，歷五六年而盛行，然皆寫本，以數十金鬻於廟市。其本止八十
回，開篇即敘本書之由來，謂女媧補天，獨留一石未用，石甚自悼
歎，俄見一僧一道，以爲「形體到也是個寶物了，還只沒有實在好
處，須得再鐫上數字，使人一見便知是奇物方妙。然後好攜你到隆
盛昌明之邦，詩禮簪纓之族，花柳繁華之地，溫柔富貴之鄉，去
安身樂業。」於是袖之而去。不知更歷幾劫，有空空道人見此大
石，上鐫文詞，從石之請，鈔以問世。道人亦「因空見色，由色生
情，傳情入色，自色悟空，遂易名爲情僧，改《石頭記》爲《情僧
錄》；東魯孔梅溪則題曰《風月寶鑒》；後因曹雪芹於悼紅軒中
披閱十載，增刪五次，纂成目錄，分出章回，則題曰《金陵十二
釵》，並題一絕云：『滿紙荒唐言，一把辛酸淚。都云作者癡，誰
解其中味？』」（戚蓼生所序八十回本之第一回）
　　本文所敘事則在石頭城（非即金陵）之賈府，爲寧國榮國二
公後。寧公長孫曰敷，早死；次敬襲爵，而性好道，又讓爵於子
珍，棄家學仙；珍遂縱恣，有子蓉，娶秦可卿。榮公長孫曰赦，子
璉，娶王熙鳳；次曰政；女曰敏，適林海，中年而亡，僅遺一女曰

黛玉。賈政娶於王，生子珠，早卒；次生女曰元春，後選爲妃；次復得子，則銜玉而生，玉又有字，因名寶玉，人皆以爲「來歷不小」，而政母史太君尤鍾愛之。寶玉既七八歲，聰明絕人，然性愛女子，常說，「女兒是水作的骨肉，男人是泥作的骨肉。」人於是又以爲將來且爲「色鬼」；賈政亦不甚愛惜，馭之極嚴，蓋緣「不知道這人來歷。……若非多讀書識字，加以致知格物之功，悟道參玄之力者，不能知也」（戚本第二回賈雨村云）。而賈氏實亦「閨閣中歷歷有人」，主從之外，姻連亦衆，如黛玉寶釵，皆來寄寓，史湘雲亦時至，尼妙玉則習靜於後園。

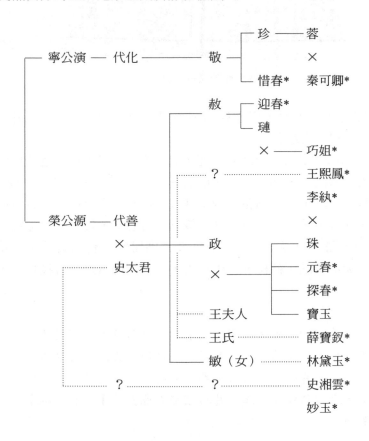

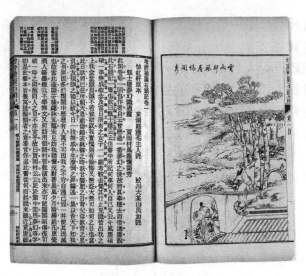

增評補圖《石頭記》

　　右即賈氏譜大要，用虛線者其姻連，著×者夫婦，著*者在
「金陵十二釵」之數者也。

　　事即始於林夫人（賈敏）之死，黛玉失恃，又善病，遂來依外
家，時與寶玉同年，爲十一歲。已而王夫人女弟所生女亦至，即薛
寶釵，較長一年，頗極端麗。寶玉純樸，並愛二人無偏心，寶釵渾
然不覺，而黛玉稍忮。一日，寶玉倦臥秦可卿室，遽夢入太虛境，
遇警幻仙，閱《金陵十二釵正冊》及《副冊》，有圖有詩，然不
解。警幻命奏新制《紅樓夢》十二支，其末闋爲《飛鳥各投林》，
詞有云：

　　　「爲官的，家業凋零；富貴的，金銀散盡。有恩的，
　　死裏逃生；無情的，分明報應。欠命的命已還，欠淚的淚
　　已盡！……看破的，遁入空門；癡迷的，枉送了性命。好
　　一似，食盡鳥投林：落了片白茫茫大地眞乾淨！」（戚本
　　第五回）

魯迅中國小説史略漢文學史綱要

然寶玉又不解,更歷他夢而寤。迨元春被選爲妃,榮公府愈貴盛,及其歸省,則辟大觀園以宴之,情親畢至,極天倫之樂。寶玉亦漸長,於外昵秦鍾蔣玉函,歸則周旋於姊妹中表以及侍兒如襲人、晴雯、平兒、紫鵑輩之間,昵而敬之,恐拂其意,愛博而心勞,而憂患亦日甚矣。

　　這日,寶玉因見湘雲漸愈,然後去看黛玉。正值黛玉才歇午覺,寶玉不敢驚動。因紫鵑正在回廊上手裏做針線,便上來問他,「昨日夜裏咳嗽的可好些?」紫鵑道,「好些了。」(寶玉道:「阿彌陀佛,寧可好了罷。」紫鵑笑道,「你也念起佛來,眞是新聞。」)寶玉笑道,「所謂『病篤亂投醫』了。」一面說,一面見他穿著彈墨綾子薄綿襖,外面只穿著青緞子夾背心,寶玉便伸手向他身上抹了一抹,說,「穿的這樣單薄,還在風口裏坐著。春風才至,時氣最不好。你再病了,越發難了。」紫鵑便說道,「從此咱們只可說話,別動手動腳的。一年大二年小的,叫人看著不尊重;又打著那起混賬行子們背地裏說你。你總不留心,還只管合小時一般行爲,如何使得?姑娘常常吩咐我們,不叫合你說笑。你近來瞧他,遠著你,還恐遠不及呢。」說著,便起身,攜了針線,進別房去了。寶玉見了這般景況,心中忽覺澆了一盆冷水一般,只看著竹子發了回呆。因祝媽正來挖筍修竿,便忙忙走了出來,一時魂魄失守,心無所知,隨便坐在一塊石上出神,不覺滴下淚來。直呆了五六頓飯工夫,千思萬想,總不知如何是好。偶值雪雁從王夫人房中取了人參來,從此經過,……便走過來,蹲下笑道,「你在這裏作什麼呢?」寶玉忽見了雪雁,便說道,「你又作什麼來招我?你難道不是女兒?他既防嫌,總不許你們理我,你又來尋我,倘

《紅樓夢》版畫

  魯迅中國小說史略漢文學史綱要

被人看見，豈不又生口舌？你快家去罷。」雪雁聽了，只當他又受了黛玉的委屈，只得回至房中，黛玉未醒，將人參交與紫鵑。……雪雁道，「姑娘還沒醒呢，是誰給了寶玉氣受？坐在那裏哭呢。」……紫鵑聽說，忙放下針線，……一直來尋寶玉。走到寶玉跟前，含笑說道，「我不過說了兩句話，爲的是大家好。你就賭氣，跑了這風地裏來哭，作出病來唬我。」寶玉忙笑道，「誰賭氣了？我因爲聽你說的有理，我想你們既這樣說，自然別人也是這樣說，將來漸漸的都不理我了。我所以想著自己傷心。」……（戚本第五十七回，括弧中句據程本補。）

然榮公府雖煊赫，而「生齒日繁，事務日盛，主僕上下，安富尊榮者盡多，運籌謀畫者無一，其日用排場，又不能將就省儉」，故「外面的架子雖未甚倒，內囊卻也盡上來了。」（第二回）頹運方至，變故漸多；寶玉在繁華豐厚中，且亦屢與「無常」覿面，先有可卿自經；秦鍾夭逝；自又中父妾厭勝之術，幾死；繼以金釧投井；尤二姐吞金；而所愛之侍兒晴雯又被遣，隨歿。悲涼之霧，遍被華林，然呼吸而領會之者，獨寶玉而已。

……他便帶了兩個小丫頭到一石後，也不怎麼樣，只問他二人道，「自我去了，你襲人姐姐可打發人瞧晴雯姐姐去了不曾？」這一個答道，「打發宋媽媽瞧去了。」寶玉道，「回來說什麼？」小丫頭道，「回來說：晴雯姐姐直著脖子叫了一夜，今兒早起就閉了眼，住了口，人事不知，也出不得一聲兒了，只有倒氣的分兒了。」寶玉忙問道，「一夜叫的是誰？」小丫頭子道，（「一夜叫的是娘。」寶玉拭淚道，「還叫誰？」小丫頭說，）「沒有聽見叫別人。」寶玉道，「你糊塗，想必沒聽真。」（……

因又想：）「雖然臨終未見，如今且去靈前一拜，也算盡這五六年的情腸。」……遂一徑出園，往前日之處來，意爲停柩在內。誰知他哥嫂見他一嚥氣，便回了進去，希圖得幾兩發送例銀。王夫人聞知，便賞了十兩銀子；又命「即刻送到外頭焚化了罷，『女兒癆』死的，斷不可留！」他哥嫂聽了這話，一面就雇了人來入殮，抬往城外化人廠去了。……寶玉走來撲了個空，……自立了半天，別沒法兒，只得翻身進入園中，待回自房，甚覺無趣，因乃順路來找黛玉，偏他不在房中。……又到蘅蕪院中，只見寂靜無人。……仍往瀟湘館來，偏黛玉尚未回來。……正在不知所以之際，忽見王夫人的丫頭進來找他，說，「老爺回來了，找你呢。又得了好題目來了，快走快走！」寶玉聽了，只得跟了出來。……彼時賈政正與眾幕友談論尋秋之勝；又說，「臨散時忽然談及一事，最是千古佳談，『風流俊逸忠義慷慨』八字皆備。到是個好題目，大家都要作一首挽詞。」眾人聽了，都忙請教是何等妙題。賈政乃說，「近日有一位恒王，出鎮青州。這恒王最喜女色，且公餘好武，因選了許多美女，日習武事。……其姬中有一姓林行四者，姿色既冠，且武藝更精，皆呼爲林四娘，恒王最得意，遂超拔林四娘統轄諸姬，又呼爲姽嫿將軍。」眾清客都稱「妙極神奇！竟以『姽嫿』下加『將軍』二字，更覺嫵媚風流，眞絕世奇文！想這恒王也是第一風流人物了。」……（戚本第七十八回，括弧中句據程本補。）

《石頭記》結局，雖早隱現於寶玉幻夢中，而八十回僅露「悲音」，殊難必其究竟。比乾隆五十七年（一七九二），乃有百二十回之排印本出，改名《紅樓夢》，字句亦時有不同，程偉元序其前

云，「……然原本目錄百二十卷，……爰爲竭力搜羅，自藏書家甚至故紙堆中，無不留心。數年以來，僅積有二十餘卷。一日，偶於鼓擔上得十餘卷，遂重價購之。……然漶漫不可收拾，乃同友人細加厘剔，截長補短，鈔成全部，復爲鐫板以公同好。《石頭記》全書至是始告成矣。」友人蓋謂高鶚❶，亦有序，末題「乾隆辛亥冬至後一日」，先於程式者一年。

　　後四十回雖數量止初本之半，而大故迭起，破敗死亡相繼，與所謂「食盡鳥飛獨存白地」者頗符，惟結末又稍振。寶玉先失其通靈玉，狀類失神。會賈政將赴外任，欲於寶玉娶婦後始就道，以黛玉羸弱，乃迎寶釵。姻事由王熙鳳謀畫，運行甚密，而卒爲黛玉所知，咯血，病日甚，至寶玉成婚之日遂卒。寶玉知將婚，自以爲必黛玉，欣然臨席，比見新婦爲寶釵，乃悲歡復病。時元妃先薨；賈赦以「交通外官倚勢凌弱」革職查抄，累及榮府；史太君又尋亡；妙玉則遭盜劫，不知所終；王熙鳳既失勢，亦鬱鬱死。寶玉病亦加，一日垂絕，忽有一僧持玉來，遂蘇，見僧復氣絕，歷噩夢而覺；乃忽改行，發憤欲振家聲，次年應鄉試，以第七名中式。寶釵亦有孕，而寶玉忽亡去。賈政既葬母於金陵，將歸京師，雪夜泊舟毗陵驛，見一人光頭赤足，披大紅猩猩氊斗篷，向之下拜，審視知爲寶玉。方欲就語，忽來一僧一道，挾以俱去，且不知何人作歌，云「歸大荒」，追之無有，「只見白茫茫一片曠野」而已。「後人見了這本傳奇，亦曾題過四句，爲作者緣起之言更進一竿云：『說到酸辛事，荒唐愈可悲，由來同一夢，休笑世人癡。』」（第一百二十回）

　　全書所寫，雖不外悲喜之情，聚散之跡，而人物事故，則擺脫舊套，與在先之人情小說甚不同。如開篇所說：

---

❶ 高鶚（約1738─約1815年），字蘭墅，別署紅樓外史，漢軍鑲黃旗人。撰有《高蘭墅集》《月小山房遺稿》。今傳一百二十回本《紅樓夢》，其後四十回一般認爲係高鶚所續。

空空道人遂向石頭說道，「石兄，你這一段故事，……據我看來：第一件，無朝代年紀可考；第二件，並無大賢大忠，理朝廷治風俗的善政。其中只不過幾個異樣女子——或情，或癡，或小才微善——亦無班姑蔡女之德能。我縱鈔去，恐世人不愛看呢。」

石頭笑曰，「我師何太癡也！若云無朝代可考，今我師竟假借漢唐等年紀添綴，又有何難？但我想歷來野史，皆蹈一轍；莫如我不借此套，反到新鮮別致，不過只取其事體情理罷了。……歷來野史，或訕謗君相，或貶人妻女，姦淫兇惡，不可勝數。……至若才子佳人等書，則又千部共出一套，且其中終不能不涉於淫濫，以致滿紙『潘安子建』，『西子文君』；……且環婢開口，即『者也之乎』，非文即理，故逐一看去，悉皆自相矛盾，大不近情理之說。竟不如我半世親睹親聞的這幾個女子，雖不敢說強似前代所有書中之人，但事蹟原委，亦可以消愁破悶也。……至若離合悲歡，興衰際遇，則又追蹤躡跡，不敢稍加穿鑿，徒爲哄人之目，而反失其眞傳者。……」（戚本第一回）

蓋敘述皆存本眞，聞見悉所親歷，正因寫實，轉成新鮮。而世人忽略此言，每欲別求深義，揣測之說，久而遂多。今汰去悠謬不足辯，如謂是刺和珅[2]（《譚瀛室筆記》）藏讖緯（《寄蝸殘贅》）明易象（《金玉緣》評語）之類，而著其世所廣傳者於下：

一，納蘭成德[3]家事說　自來信此者甚多。陳康祺[4]（《燕下

---

[2] 和珅，清滿洲正紅旗人，姓鈕祜祿氏，字致齋。

[3] 納蘭成德（1655—1685年），後改名性德，字容若，清滿洲正黃旗人。有《飲水詞》《通志堂集》等。

[4] 陳康祺，字鈞堂，清鄞縣（今屬浙江）人。撰有《燕下鄉脞錄》。

鄉脞錄》五）記姜宸英❺典康熙乙卯順天鄉試獲咎事，因及其師徐時棟❻（號柳泉）之說云，「小說《紅樓夢》一書，即記故相明珠家事，金釵十二，皆納蘭侍御所奉爲上客者也，寶釵影高淡人；妙玉即影西溟先生：『妙』爲『少女』，『姜』亦婦人之美稱；『如玉』『如英』，義可通假。……」侍御謂明珠之子成德，後改名性德，字容若。張維屏❼（《詩人徵略》）云，「賈寶玉蓋即容若也；《紅樓夢》所云，乃其髫齡時事。」俞樾（《小浮梅閒話》）亦謂其「中舉人止十五歲，於書中所述頗合。」然其他事蹟，乃皆不符；胡適作《紅樓夢考證》❽（《文存》三），已歷正其失。最有力者，一爲姜宸英有《祭納蘭成德文》，相契之深，非妙玉於寶玉可比；一爲成德死時年三十一，時明珠方貴盛也。

　　二，清世祖與董鄂妃故事說❾　王夢阮沈瓶庵❿合著之《紅樓夢索隱》爲此說。其提要有云，「蓋嘗聞之京師故老云，是書全爲清世祖與董鄂妃而作，兼及當時諸名王奇女也。……」而又指董鄂妃爲即秦淮舊妓嫁爲冒襄妾之董小宛，⓫清兵下江南，掠以北，有寵於清世祖，封貴妃，已而夭逝；世祖哀痛，乃遁跡五臺山爲僧云。孟森⓬作《董小宛考》（《心史叢刊》三集），則歷摘此說

❺　姜宸英（1628－1699年），字西溟，號湛園，清慈溪（今屬浙江）人。撰有《湛園未定稿》《西溟文鈔》等。

❻　徐時棟（1814－1873年），字定宇，號柳泉，清鄞縣（今屬浙江）人。撰有《柳泉詩文集》等。

❼　張維屏（1780－1859年），字南山，清番禺（今屬廣東）人。撰有《松心詩集、文集》等。《詩人征略》，即《國朝詩人征略》。

❽　胡適（1891－1962年），字適之，安徽績溪人。他所著《紅樓夢考證》寫於1921年，對《紅樓夢》作者、版本進行了考證。

❾　清世祖，即順治帝福臨（1638－1661年）。董鄂妃，順治之妃。有索隱派紅學家認爲董鄂妃即董小宛。

❿　王夢阮，不詳。沈瓶庵，中華書局編輯，曾編《中華小說界》雜誌。

⓫　冒襄（1611－1693年），字辟疆，號巢民，清初如皋（今屬江蘇）人。有《巢民詩集、文集》等。董小宛（1624－1651年），名白，原爲秦淮名妓，後爲冒襄妾。

⓬　孟森（1868－1937年），字蓴蓀，筆名心史，江蘇武進人。撰有《心史叢刊》三集。

《紅樓夢》繪畫

之謬,最有力者爲小宛生於明天啓甲子,若以順治七年入宮,已二十八歲矣,而其時清世祖方十四歲。

三,康熙朝政治狀態說　此說即發端於徐時棟,而大備於蔡元培❶之《石頭記索隱》。開卷即云,「《石頭記》者,清康熙朝政治小說也。作者持民族主義甚摯,書中本事,在吊明之亡,揭清之失,而尤於漢族名士仕清者寓痛惜之意。……」於是比擬引申,以求其合,以「紅」爲影「朱」字;以「石頭」爲指金陵;以「賈」爲斥僞朝;以「金陵十二釵」爲擬清初江南之名士:如林黛玉影朱彝尊,王熙鳳影余國柱,史湘雲影陳維崧,寶釵妙玉則從徐說,旁徵博引,用力甚勤。然胡適既考得作者生平,而此說遂不立,最有力者即曹雪芹爲漢軍,而《石頭記》實其自敘也。

然謂《紅樓夢》乃作者自敘,與本書開篇契合者,其說之出實最先,而確定反最後。嘉慶初,袁枚(《隨園詩話》二)已云,「康熙中,曹練亭爲江寧織造,……其子雪芹撰《紅樓夢》一書,

---

❶ 蔡元培(1868—1940年),字鶴卿,號子民,浙江紹興人。學者、教育家。曾著有《石頭記索隱》一書。

魯迅中國小說史略漢文學史綱要

備記風月繁華之盛。中有所謂大觀園者，即餘之隨園也。」末二語蓋誇，餘亦有小誤（如以棟爲練，以孫爲子），但已明言雪芹之書，所記者其聞見矣。而世間信者特少，王國維❹（《靜庵文集》）且詰難此類，以爲「所謂『親見親聞』者，亦可自旁觀者之口言之，未必躬爲劇中之人物」也，迨胡適作考證，乃較然彰明，知曹雪芹實生於榮華，終於苓落，半生經歷，絕似「石頭」，著書西郊，未就而沒；晚出全書，乃高鶚續成之者矣。

雪芹名霑，字芹溪，一字芹圃，正白旗漢軍。祖寅❺，字子清，號棟亭，康熙中爲江寧織造。清世祖南巡時，五次以織造署爲行宮，後四次皆寅在任。然頗嗜風雅，嘗刻古書十餘種，爲時所稱；亦能文，所著有《棟亭詩鈔》五卷，《詞鈔》一卷（《四庫書目》），傳奇二種（《在園雜誌》）。寅子，即雪芹父，亦爲江寧織造，故雪芹生於南京。時蓋康熙末。雍正六年，卸任，雪芹亦歸北京，時約十歲。然不知何因，是後曹氏似遭巨變，家頓落，雪芹至中年，乃至貧居西郊，啜粥，但猶傲兀，時復縱酒賦詩，而作《石頭記》蓋亦此際。乾隆二十七年，子殤，雪芹傷感成疾，至除夕，卒，年四十餘（一七一九？～一七六三）。其《石頭記》尚未就，今所傳者止八十回（詳見《胡適文選》）。

言後四十爲高鶚作者，俞樾（《小浮梅閒話》）云，「《船山詩草》有《贈高蘭墅鶚同年》一首云，『豔情人自說《紅樓》。』注云，『《紅樓夢》八十回以後，俱蘭墅所補。』然則此書非出一手。按鄉會試增五言八韻詩，始乾隆朝，而書中敘科場事已有詩，則其爲高君所補可證矣。」然鶚所作序，僅言「友人程子小泉過予，以其所購全書見示，且曰，『此僕數年銖積寸累之辛心，將付剞劂，公同好。子閑且憊矣，盍分任之。』予以是書……

❹ 王國維（1877－1927年），字靜安，號觀堂，浙江海寧人。撰有《宋元戲曲史》《觀堂集林》等。引文見《靜安文集·紅樓夢評論》。

❺ 曹寅（1658－1712年），曾官通政使，蘇州、江寧織造。主持刊刻《全唐詩》《佩文韻府》。所撰傳奇二種爲《虎口餘生》《續琵琶記》。

尙不背於名敎，……遂襄其役。」蓋不欲明言己出，而寮友則頗有知之者。鶚即字蘭墅，鑲黃旗漢軍，乾隆戊申舉人，乙卯進士，旋入翰林，官侍讀，又嘗爲嘉慶辛酉順天鄉試同考官。其補《紅樓夢》當在乾隆辛亥時，未成進士，「閑且憊矣」，故於雪芹蕭條之感，偶或相通。然心志未灰，則與所謂「暮年之人，貧病交攻，漸漸的露出那下世光景來」（戚本第一回）者又絕異。是以續書雖亦悲涼，而賈氏終於「蘭桂齊芳」，家業復起，殊不類茫茫白地，眞成乾淨者矣。

　　續《紅樓夢》八十回本者，尙不止一高鶚。俞平伯[16]從戚蓼生所序之八十回本舊評中抉剔，知先有續書三十回，似敘賈氏子孫流散，寶玉貧寒不堪，「懸崖撒手」，終於爲僧；然其詳不可考（《紅樓夢辨》下有專論）。或謂「戴君誠夫見一舊時眞本，八十回之後，皆與今本不同，榮寧籍沒後，皆極蕭條；寶釵亦早卒，寶玉無以作家，至淪於擊柝之流。史湘雲則爲乞丐，後乃與寶玉仍成夫婦。……聞吳潤生中丞家尙藏有其本。」（蔣瑞藻《小說考證》七引《續閱微草堂筆記》）此又一本，蓋亦續書。二書所補，或俱未契於作者本懷，然長夜無晨，則與前書之伏線亦不背。

　　此他續作，紛紜尙多，如《後紅樓夢》，《紅樓後夢》，《續紅樓夢》，《紅樓復夢》，《紅樓夢補》，《紅樓補夢》，《紅樓重夢》，《紅樓再夢》，《紅樓幻夢》，《紅樓圓夢》，《增補紅樓》，《鬼紅樓》，《紅樓夢影》等。[17]大率承高鶚續書而更補其缺陷，結以「團圓」；甚或謂作者本以爲書中無一好人，因而鑽刺

---

[16] 俞平伯（1900－1990年），名銘衡，浙江德淸人。作家、學者。曾著有《紅樓夢辨》。

[17] 《後紅樓夢》，逍遙子撰。《續紅樓夢》，同名者有二：一爲秦子忱撰，一爲題「海圃主人手制」。《紅樓復夢》，題「紅香閣小和山樵南陽氏編輯」。《紅樓夢補》，歸鋤子撰。《紅樓幻夢》，花月癡人撰。《紅樓圓夢》，夢夢先生撰。《增補紅樓》，嫏嬛山樵撰。《鬼紅樓》，即《續紅樓夢》，秦子忱撰。《紅樓夢影》，雲槎外史（一名西湖散人）撰。《紅樓後夢》《紅樓補夢》《紅樓重夢》《紅樓再夢》，未見。

吹求，大加筆伐。但據本書自說，則僅乃如實抒寫，絕無譏彈，獨於自身，深所懺悔。此固常情所嘉，故《紅樓夢》至今爲人愛重，然亦常情所怪，故復有人不滿，奮起而補訂圓滿之。此足見人之度量相去之遠，亦曹雪芹之所以不可及也。仍錄彼語，以結此篇：

  ……作者自云：因曾歷過一番夢幻之後，故將眞事隱去，而借「通靈」之說，撰此《石頭記》一書也。……自又云：今風塵碌碌，一事無成，忽念及當日所有之女子，一一細考較去，覺其行止見識，皆出於我之上。何我堂堂鬚眉，誠不若彼裙釵女子？實愧則有餘，悔又無益，是大無可如何之日也。當此，則自欲將已往所賴天恩祖德，錦衣紈袴之時，飫甘饜肥之日，背父兄教育之恩，負師友規訓之德，以致今日一技無成，半生潦倒之罪，編述一集，以告天下人。我之罪固不免，然閨閣中本自歷歷有人，萬不可因我之不肖，自己護短，一倂使其泯滅。雖今日之茅椽蓬牖，瓦灶繩床，其晨夕風露，階柳庭花，亦未有妨我之襟懷，束筆閣墨；雖我未學，下筆無文，又何妨用俚語村言，敷衍出一段故事來，亦可使閨閣照傳，復可悅世之目，破人愁悶，不亦宜乎？……（戚本第一回）

第二十五篇

清之以小説見才學者

　　以小説爲庋學問文章之具，與寓懲勸同意而異用者，在清蓋莫先於《野叟曝言》❶。其書光緒初始出，序云康熙時江陰夏氏作，其人「以名諸生貢於成均，既不得志乃應大人先生之聘，輒祭酒帷幕中，遍歷燕晉秦隴。……繼而假道黔蜀，自湘浮漢，溯江而歸。所歷既富，於是發爲文章，益有奇氣，……然首已斑矣。（自是）屏絕進取，壹意著書」，成《野叟曝言》二十卷，然僅以示友人，不欲問世，迨印行時，已小有缺失；一本獨全，疑他人補足之。二本皆無撰人名，金武祥（《江陰藝文志》凡例）則云夏二銘作。二銘，夏敬渠之號也；光緒《江陰縣誌》（十七《文苑傳》）云，「敬渠，字懋修，諸生；英敏績學，通史經，旁及諸子百家禮樂兵刑天文算數之學，靡不淹貫。……生平足跡幾遍海內，所交盡賢豪。著有《綱目舉正》，《經史餘論》，《全史約編》，《學古編》，詩文集若干卷。」與序所言者頗合，惟列於趙曦明❷之後，則乾隆中蓋尚存。

　　《野叟曝言》龐然巨帙，回數多至百五十四回，以「奮武揆

---

❶ 《野叟曝言》，清夏敬渠（1705—1787年）撰。
❷ 趙曦明（1704—1787年），字敬夫，號瞰江山人，清江陰（今屬江蘇）人。撰有《桑梓見聞錄》《顏氏家訓注》等。

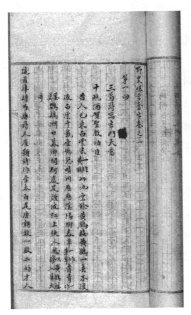

清抄本《野叟曝言》內頁

文天下無雙正十熔經鑄史人間第一奇書」二十字編卷，即作者所以渾括其全書。至於內容，則如凡例言，凡「敘事，說理，談經，論史，教孝，勸忠，運籌，決策，藝之兵詩醫算，情之喜怒哀懼，講道學，辟邪說，……」無所不包，而以文白為之主。白字素臣，「是錚錚鐵漢，落落奇才，吟遍江山，胸羅星斗。說他不求宦達，卻見理如漆雕；說他不會風流，卻多情如宋玉。揮毫作賦，則頡頏相如；抵掌談兵，則伯仲諸葛，力能扛鼎，退然如不勝衣；勇可屠龍，凜然若將隕谷。旁通歷數，下視一行；閑涉岐黃，肩隨仲景。以朋友為性命；奉名教若神明。真是極有血性的真儒，不識炎涼的名士。他平生有一段大本領，是止崇正學，不信異端；有一副大手眼，是解人所不能解，言人所不能言」（第一回）。然而明君在上，君子不窮，超擢飛騰，莫不如意。書名辟鬼，舉手除妖，百夷懾於神威，四靈集其家圉。文功武烈，並萃一身，天子崇禮，號曰「素父」。而仍有異術，既能易形，又工內媚，姬妾羅列，生二十四男。男又大貴，且生百孫；孫又生子，復有雲孫。其母水氏年百歲，既見「六世同堂」，來獻壽者亦七十國；皇帝贈聯，至稱為「鎮國衛聖仁孝慈壽宣成文母水太君」（百四十四回）。凡人臣榮顯之事，為士人意想所能及者，此書幾畢載矣，惟尚不敢希帝王。至於排斥異端，用力尤勁，道人釋子，多被誅夷，壇場荒涼，塔寺毀廢，獨有「素父」一家，乃嘉祥備

具，爲萬流宗仰而已。

《野叟曝言》云是作者「抱負不凡，未得黼黻休明，至老經猷莫展」，因而命筆，比之「野老無事，曝日清談」（凡例云）。可知衒學寄慨，實其主因，聖而尊榮，則爲抱負，與明人之神魔及佳人才子小說面目似異，根柢實同，惟以異端易魔，以聖人易才子而已。意既誇誕，文復無味，殊不足以稱藝文，但欲知當時所謂「理學家」之心理，則於中頗可考見。雍正末，江陰人楊名時❸爲雲南巡撫，其鄉人拔貢生夏宗瀾❹嘗從之問《易》，以名時爲李光地❺門人，故並宗光地而說益怪。乾隆初，名時入爲禮部尚書，宗瀾亦以經學薦授國子監助教，又歷主他講席，仍終身師名時（《四庫書目》六及十《江陰志》十六及十七）。稍後又有諸生夏祖熊❻，亦「博通群經，尤篤好性命之學，患二氏說漫衍，因復考辨以歸於正」（《江陰志》十七）。蓋江陰自有楊名時（卒贈太子太傅諡文定）而影響頗及於其鄉之士風；自有夏宗瀾師楊名時而影響又頗及於夏氏之家學，大率與當時當道名公同意，崇程朱❼而斥陸王，以「打僧罵道」爲唯一盛業，故若文白者之言行際遇，固非獨作者一人之理想人物矣。文白或云即作者自寓，析「夏」字作之；又有時太師，則楊名時也，其崇仰蓋承夏宗瀾之緒餘，然因此遂或誤以《野叟曝言》爲宗瀾作。

---

❸ 楊名時（1661—1757年），字賓實，號凝齋，清江陰人。撰有《易義隨記》《詩義記講》等。

❹ 夏宗瀾，字起八，清江陰人。撰有《易卦箚記》等。

❺ 李光地（1642—1718年），字晉卿，號榕村，清安溪（今屬福建）人。主編《性理精義》《朱子大全》等書。

❻ 夏祖熊，字夢占，清江陰人。撰有《易學大成》等。

❼ 程朱，即北宋程顥、程頤和南宋朱熹。程顥（1032—1085年），字伯淳，人稱明道先生，洛陽（今屬河南）人。程頤（1033—1107年），字正叔，人稱伊川先生，程顥之弟。撰有《二程全書》。朱熹，參看第九篇。陸王，即南宋陸九淵和明王守仁。陸九淵（1139—1193年），字子靜，號存齋，南宋金溪（今屬江西）人。撰有《象山先生全集》。王守仁（1472—1528年），字伯安，號陽明，明余姚（今屬浙江）人。撰有《王文成公全書》。

清刻本《蟫史》內頁

　　欲於小說見其才藻之美者，則有屠紳《蟫史》二十卷。紳字賢書，號笏岩，亦江陰人，世業農。紳幼孤，而資質聰敏，年十三即入邑庠，二十成進士，尋授雲南師宗縣知縣，遷尋甸州知州，五校鄉闈，頗稱得士，後爲廣州同知。嘉慶六年以候補在北京，暴疾卒於客舍，年五十八（一七四四～一八〇一）。紳豪放嫉俗，生平慕湯顯祖之爲人，而作吏頗酷，又好內，姬侍眾多（已上俱見《鷗亭詩話》附錄）；爲文則務爲古澀豔異，晦其義旨，志怪有《六合內外瑣言》，雜說有《鷗亭詩話》（見第二十二篇），皆如此。《蟫史》爲長篇，署「磊砢山房原本」，金武祥（《粟香隨筆》二）云是紳作。書中有桑蠋生，蓋作者自寓，其言有雲，「予，甲子生也。」與紳生年正同。開篇又雲，「在昔吳依官於粵嶺，行年大衍有奇，海隅之行，若有所得，輒就見聞傳聞之異辭，匯爲一編。」且假傅鼐❽扞苗之事（在乾隆六十年）爲主幹，則始作當在嘉慶

---

❽　傅鼐（1758—1811年），字重庵，清山陰（今浙江紹興）人。乾隆末至嘉慶中，曾於湘黔一帶鎮壓苗民起義。

初，不數年而畢；有五年四月小停道人序。次年，則紳死矣。

《蟫史》首即言閩人桑㪌生海行，舟敗墮水，流至甲子石之外澳，為捕魚人所救，引以見甘鼎。鼎官指揮，方奉檄築城防寇，求地形家，見生大喜，如其圖依甲子石為垣，遂成神奇之城，敵不能瞰。又於地穴中得三篋書，其一凡二十卷，「題曰『徹土作稼之文，歸墟野㲄氏畫』。又一篋為天人圖，題曰『眼藏須彌僧道作』。又一篋為方書，題曰『六子攜持極老人口授』。蜀生謂指揮曰，『此書明明授我主賓矣。何言之？徹土，桑也；作稼，甘也。』……營龕於祕室，置之；行則藏枕中；有所求發明，則拜而同啟視；兩人大悅。」（第一回）已而有酈天龍者為亂，自署廣州王，其黨婁赤有異術，則翊輔之。甘鼎進討，有龍女來助，擒天龍，而婁赤逸去。鼎以功晉位鎮撫，仍隨石珏協剿海寇，又破交人；婁赤在交阯，則仍不能得。旋擢兵馬總帥，赴楚蜀黔廣備九股苗，遂與諸苗戰，多歷奇險，然皆勝，其一事云：

> ……須臾，苗卒大呼曰，「漢將不敢見陣耶？」季孫引五百人，翼而進。兩旗忽下，地中飛出滴血雞六，向漢將啼；又六犬皆火色，亦嗥聲如豺。軍士面灰死，木立，僅倚其械。矩兒飛椎鑿六犬腦，皆裂。木蘭袖蛇醫，引之啄一雞，張喙死；五雞連棲而不鳴。惟見瓦片所圖雞犬形，狼藉於地，實非有二物也。……復至金大都督營中，則癩牛病馬各六，均有皮無毛；士卒為角觸足踏者皆死，一牛齕金大都督之足，已齒陷於骨；矩兒揮兩戚落牛首，齒仍不脫；木蘭急遣虎頭神鑿去其齒，足骨亦折焉，令左右舁歸大營。牛馬奔突無所制，木蘭以鯉鱗帕撒之，一鱗露一劍，並斫一十牛馬。其物各吐火四五尺，鱗劍為之焦灼，火大延燒，牛馬皆叫囂自得。見獼猴擲身入，舉手作霹靂聲，暴雨滅火，平地起水丈餘，牛馬俱浸死。木蘭喜

曰，「吾固知樂王子能傳滅火眞人衣缽矣。」水退，見牛馬皆無有，乃砌壁之破甕朱書牛馬字：是爲蠱妖之「窮神盡化」云。……（卷九）

婁萬赤亦在苗中，知交將有事，潛歸。甘鼎至廣州，與撫軍區星進擊交。區用玃兒策，疾薄宜京，斬關而入，擒其王，交民悉降；甘則由水道進，列營於江橋北。

……婁萬赤與其師李長脚鬥法於江橋南。……李長脚變金井給萬赤，即墜入，忽有鐵樹挺出，井闌撐欲破。玃兒引慶喜至，出白羅巾擲樹巔，砉然有聲，鐵樹不復見，李長脚復其形，覓萬赤，臥橋畔沙石間。遂袖出白壺子一器，持向萬赤頂骨咒曰，……咒畢，舉手振一雷。萬赤精氣已鑠，躍入江中，將隨波出海。木蘭呼鱗介士百人追之飄浮，所在必見吆喝，乃變爲璞蛄。乘海蟹空腹，入之，以爲「藏身之固」矣，交人善撈蟹者，得是物如箕，大喜，刳蟹將取其腹腴，一蟲隨手出，俟墜地化爲人形，俄頃長大，固儼然盲僧焉，詢之不復語。有屠者攜刀來視，咄咄曰，「蟹腹自有『仙人』，一名『和尚』，要是讕語；斷無別腸容此妖物，不誅戮之，吾南交禍未已也。」揮刀斫其首。時甘君已入城，與區撫軍議班師矣；常越所部卒持盲僧首以獻，轉告兩元戎。桑長史進曰，「斯必萬赤頭也。記天人第二圖爲大蟹浮海中，篆云『橫行自斃』。某當初疑萬赤先亡，乃今始驗。」適李長脚入辭，視其頭笑曰，「此賊以水火陰陽，爲害中國，不死於黃鉞而死於屠刀，固犬豕之流耳。仙骨何有哉？……」……（卷二十）

自是交平。桑蠋生還閩；甘鼎亦棄官去，言將度庾嶺云。

《蟫史》神態，彷彿甚奇，然探其本根，則實未離於神魔小說；其綴以褻語，固由作者稟性，而一面亦尙承明代「世情書」之流風。特緣勉造硬語，力擬古書，成詰屈之文，遂得掩凡近之意。洪亮吉[9]（《北江詩話》）評其詩云，「如栽盆紅藥，蓄沼文魚。」汪瑔[10]序其《鸎亭詩話》云，「貌淵奧而實平易，……然筆致逋峭可喜。」即謂雖華豔而乏天趣，徒奇崛而無深意也。《蟫史》亦然，惟以其文體爲他人所未試，足稱獨步而已。

以排偶之文試爲小說者，則有陳球之《燕山外史》八卷。球字蘊齋，秀水諸生，家貧，以賣畫自給，工駢儷，喜傳奇，因有此作（《光緒嘉興府志》五十二）。自謂「史體從無以四六爲文，自我作古，極知僭妄，……第行於稗乘，當希末減。」蓋未見張鷟《遊仙窟》（見第八篇），遂自以爲獨創矣。其本成於嘉慶中（約一八一〇），專主詞華，略以寄慨，故即取明馮夢楨[11]所撰《竇生傳》爲骨幹，加以敷衍，演爲三萬一千餘言。傳略謂永樂時有竇繩祖，本燕人，就學於嘉興，悅貧女李愛姑，迎以同居；久之，父迫令就婚淄川宦族，遂絕去。愛姑復爲金陵嶺商所紿，輾轉落妓家，得俠士馬遜之助，終復歸竇，而大婦甚妒，虐遇之，生不能堪，偕愛姑遁去，會有唐賽兒之亂，又相失。比生復歸，則資產已空，婦亦求去，孑然止存一身，而愛姑忽至，自言當日匿尼庵中，今遂返矣。是年竇生及第，累官至山東巡撫；迎愛姑入署如命婦。未幾生男，求乳媼，有應者，則前大婦也，再嫁後夫死子殤，遂困頓爲賤役，而生仍優容之。然婦又設計害馬遜，主亦牽連得罪；顧終竟昭雪復官，後與愛姑皆仙去。其事殊庸陋，如一切佳人才子小說常

---

[9] 洪亮吉（1746—1809年），字稚存，號北江，清陽湖（今江蘇常州）人。撰有《洪北江全集》等。

[10] 汪瑔（1828—1891年），字芙生，號穀庵，清山陰人。撰有《隨山館集》等。

[11] 馮夢楨（1548—1605年），字開之，明秀水（今浙江嘉興）人。撰有《歷代貢舉志》《快雪堂集》等。

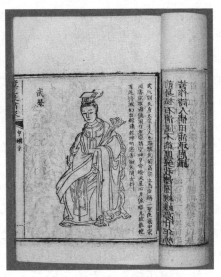

清刻本《鏡花緣》插圖

套，而作者奮然有取，則殆緣轉折尙多，足以示行文手腕而已，然語必四六，隨處拘牽，狀物敍情，俱失生氣，姑勿論六朝儷語，即較之張之作，雖無其俳諧，而亦遜其生動也。仍錄其敍寶生爲父促歸，愛姑悵悵失所之辭，以備一格：

> ……其父記憶體愛犢之思，外作搏牛之勢，投鼠曁邁忌器，打鴨未免驚鴛；放苙之豚，追來入苙，喪家之犬，叱去還家。疾驅而身弱如羊，遂作補牢之計，嚴錮而人防似虎，似無出柙之時；所虞龍性難馴，拴於鐵柱，還恐猿心易動，辱以蒲鞭。由是姑也薔薇架畔，青黛將顰，薛荔牆邊，紅花欲悴，托意丁香枝上，其意誰知，寄情豆蔻梢頭，此情自喻。而乃蓮心獨苦，竹瀝將枯，卻嫌柳絮何情，漫漫似雪，轉恨海棠無力，密密垂絲。才過迎春，又經半夏，采葑采葛，只自空期，投李投桃，俱爲陳跡，

依稀夢裏，徒栽侍女之花，抑鬱胸前，空帶宜男之草。未能躅忿，安得忘憂？鼓殘瑟上桐絲，奚時續斷，剖破樓頭菱影，何日當歸？豈知去者益遠，望乃徒勞，昔雖音問久疏，猶同鄉井，後竟夢魂永隔，忽阻山川。室邇人遐，每切三秋之感，星移物換，僅深兩地之思。……（卷二）

至光緒初（一八七九），有永嘉傅聲谷注釋之，然於本文反有刪削。

雍乾以來，江南人士惕於文字之禍，因避史事不道，折而考證經子以至小學，若藝術之微，亦所不廢；惟語必徵實，忌為空談，博識之風，於是亦盛。逮風氣既成，則學者之面目亦自具，小說乃「道聽塗說者之所造」，史以為「無可觀」，故亦不屑道也；然尚有一李汝珍之作《鏡花緣》。汝珍字松石，直隸大興人，少而穎異，不樂為時文，乾隆四十七年隨其兄之海州任，因師事凌廷堪⓬，論文之暇，兼及音韻，自云「受益極多」，時年約二十。其生平交遊，頗多研治聲韻之士；汝珍亦特長於韻學，旁及雜藝，如壬遁星卜象緯，以至書法弈道多通。顧不得志，蓋以諸生終老海州，晚年窮愁，則作小說以自遣，歷十餘年始成，道光八年遂有刻本。不數年，汝珍亦卒，年六十餘（約一七六三～一八三〇）。於音韻之著述有《音鑑》⓭，主實用，重今音，而敢於變古（以上詳見新標點本《鏡花緣》卷首胡適《引論》）。蓋惟精聲韻之學而仍敢於變古，乃能居學者之列，博識多通而仍敢為小說也；惟於小說又復論學說藝，數典談經，連篇累牘而不能自己，則博識多通又害之。

《鏡花緣》凡一百回，大略敘武后於寒中欲賞花，詔百花齊放；花神不敢抗命，從之，然又獲天譴，謫於人間，為百女子。時

⓬ 凌廷堪（1755—1809年），字次仲，清歙縣（今屬安徽）人。撰有《燕樂考原》《校禮堂文集》等。

⓭ 《音鑑》，李汝珍撰，係研究南北方音的音韻學著作。

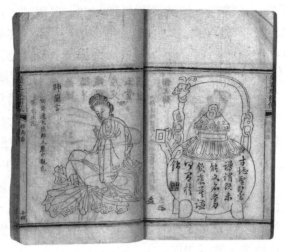

《鏡花緣》插圖

有秀才唐敖,應試中探花,而言官舉劾,謂與叛人徐敬業輩有舊,復被黜,因慨然有出塵之想,附其婦弟林之洋商舶遨遊海外,跋涉異域,時遇畸人,又多睹奇俗怪物,幸食仙草,「入聖超凡」,遂入山不復返。其女小山又附舶尋父,仍歷諸異境,且經眾險,終不遇;但從山中一樵父得父書,名之曰閨臣,約其「中過才女」後可相見;更進,則見荒塚,曰鏡花塚;更進,則入水月村;更進,則見泣紅亭,其中有碑,上鑴百人名姓,首史幽探,終畢全貞,而唐閨臣在第十一。人名之後有總論,其文有云:

　　泣紅亭主人曰:以史幽探哀萃芳冠首者,蓋主人自言窮探野史,嘗有所見,惜湮沒無聞,而哀群芳之不傳,因筆志之。……結以花再芳畢全貞者,蓋以群芳淪落,幾至漸滅無聞,今賴斯而不朽,非若花之重芳乎?所列百人,莫非瓊林琪樹,合璧聯珠,故以全貞畢焉。(第四十八回)

閨臣不得已，遂歸；值武後開科試才女，得與試，且亦入選，名次如礙文。於是同榜者百人大會於宗伯府，又連日宴集，彈琴賦詩，圍棋講射，蹴鞠鬥草，行令論文，評韻譜，解《毛詩》，盡觴詠之樂。已而有兩女子來，自云考列四等才女，而實風姨月姊化身，旋復以文字結嫌，弄風驚其坐眾。魁星則現形助諸女，麻姑亦化爲道姑，來和解之，於是即席誦詩，皆包含坐中諸人身世，自過去及現在，以至將來，間有哀音，聽者黯淡，然不久意解，歡笑如初。末則文芸起兵謀匡復，才女或亦在軍，有死者；而武家軍終敗。於是中宗復位，仍尊太后武氏爲則天大聖皇帝。未幾，則天下詔，謂來歲仍開女試，並命前科眾才女重赴「弘文宴」，而《鏡花緣》隨畢。然以上僅全局之半，作者自云欲知「鏡中全影，且待後緣」，則當有續書，然竟未作。

作者命筆之由，即見於《泣紅亭記》，蓋於諸女，悲其銷沉，爰托稗官，以傳芳烈。書中關於女子之論亦多，故胡適以爲「是一部討論婦女問題的小說，他對於這個問題的答案，是男女應該受平等的待遇，平等的教育，平等的選舉制度」（詳見本書《引論》四）。其於社會制度，亦有不平，每設事端，以寓理想；惜爲時勢所限，仍多迂拘，例如君子國民情，甚受作者嘆羨，然因讓而爭，矯僞已甚，生息此土，則亦勞矣，不如作詼諧觀，反有啓顏之效也。

……說話間，來到鬧市，只見一隸卒在那裏買物，手中拿著貨物道，「老兄如此高貨，卻討恁般賤價，教小弟買去，如何能安？務求將價加增，方好遵教。若再過謙，那是有意不肯賞光交易了。」……只聽賣貨人答道，「既承照顧，敢不仰體。但適才妄討大價，已覺厚顏；不意老兄反說貨高價賤，豈不更教小弟慚愧？況敝貨並非『言無二價』，其中頗有虛頭。俗云『漫天要價，就地還錢』。

今老兄不但不減，反要加增，如此克己，只好請到別家交
易，小弟實難遵命。」唐敖道，「『漫天要價，就地還
錢』，原是買物之人向來俗談；至『並非言無二價，其中
頗有虛頭』，亦是買者之話。不意今皆出於賣者之口，倒
也有趣。」只聽隸卒又說道，「老兄以高貨討賤價，反說
小弟『克己』，豈不失了忠恕之道？凡事總要彼此無欺，
方爲公允。試問『那個腹中無算盤』，小弟又安能受人之
愚哩？」談之許久，賣貨人執意不增。隸卒賭氣，照數付
價，拿了一半貨物，剛要舉步。賣貨人那裏肯依，只說
「價多貨少」，攔住不放。路旁走過兩個老翁，作好作
歹，從公評定，令隸卒照價拿了八折貨物，這才交易而
去。……唐敖道，「如此看來，這幾個交易光景，豈非
『好讓不爭』的一幅行樂圖麼？我們還打聽甚麼？且到前
面再去暢遊。如此美地，領略領略風景，廣廣見識，也是
好的。」……（第十一回《觀雅化閒遊君子邦》）

　　又其羅列古典才藝，亦殊繁多，所敘唐氏父女之遊行，才女
百人之聚宴，幾占全書什七，無不廣據舊文（略見錢靜方《小說叢
考》上），歷陳眾藝，一時之事，或互數回。而作者則甚自喜，假
林之洋之打諢，自論其書云，「這部『少子』，乃聖朝太平之世出
的；是俺天朝讀書人做的。這人就是老子的後裔。老子做的是《道
德經》，講的都是元虛奧妙。他這『少子』雖以遊戲爲事，卻暗寓
勸善之意，不外風人之旨。上面載著諸子百家，人物花鳥，書畫琴
棋，醫卜星相，音韻演算法，無一不備。還有各樣燈謎，諸般酒
令，以及雙陸馬吊，射鵠蹴球，鬥草投壺，各種百戲之類。件件都
可解得睡魔，也可令人噴飯。」（二十三回）蓋以爲學術之匯流，
文藝之列肆，然亦與《萬寶全書》❹爲鄰比矣。惟經作者匠心，剪

❹　《萬寶全書》，舊題明陳繼儒纂輯，清毛煥文增補。內容多涉及日用生活知識，兼雜
　　酒令、燈謎、博戲、葡筮等。

裁運用，故亦頗有雖爲古典所拘，而尚能綽約有風致者，略引如下：

　　……多九公道，「林兄如餓，恰好此地有個充饑之物。」隨向碧草叢中摘了幾枝青草。……林之洋接過，只見這草宛如韭菜，內有嫩莖，開著幾朵青花，即放入口內，不覺點頭道，「這草一股清香，倒也好吃。請問九公，他叫甚麼名號？……」唐敖道，「小弟聞得海外鵲山有青草，花如韭，名『祝餘』，可以療饑。大約就是此物了。」多九公連連點頭。於是又朝前走。……只見唐敖忽然路旁折了一枝青草，其葉如松，青翠異常，葉上生著一子，大如芥子，把子取下，手執青草道，「舅兄才吃祝餘，小弟只好以此奉陪了。」説罷，吃入腹內。又把那個芥子放在掌中，吹氣一口，登時從那子中生出一枝青草來，也如松葉，約長一尺，再吹一口，又長一尺，一連吹氣三口，共有三尺之長，放在口邊，隨又吃了。林之洋笑道，「妹夫要這樣很嚼，只怕這裏青草都被你吃盡哩。這芥子忽變青草，這是甚故？」多九公道，「此是『躡空草』，又名『掌中芥』。取子放在掌中，一吹長一尺，再吹又長一尺，至三尺止。人若吃了，能立空中，所以叫作躡空草。」林之洋道，「有這好處，俺也吃他幾枝，久後回家，儻房上有賊，俺躡空追他，豈不省事。」於是各處尋了多時，並無蹤影。多九公道，「林兄不必找了。此草不吹不生。這空山中有誰吹氣栽他？剛才唐兄吃的，大約此子因鳥雀啄食，受了呼吸之氣，因此落地而生，並非常見之物，你卻從何尋找？老夫在海外多年，今日也是初次才見。若非唐兄吹他，老夫還不知就是躡空草哩。」……

　　（第九回）

第二十六篇

清之狹邪小説

　　唐人登科之後，多作冶遊，習俗相沿，以爲佳話，故伎家故事，文人間亦著之篇章，今尚存者有崔令欽❶《教坊記》及孫棨《北里志》。自明及清，作者尤夥，明梅鼎祚❷之《青泥蓮花記》，清余懷❸之《板橋雜記》尤有名。是後則揚州，吳門，珠江，上海諸豔跡，皆有錄載❹；且伎人小傳，亦漸侵入志異書類中，然大率雜事瑣聞，並無條貫，不過偶弄筆墨，聊遣綺懷而已。若以狹邪中人物事故爲全書主幹，且組織成長篇至數十回者，蓋始見於《品花寶鑒》❺，惟所記則爲伶人。

　　明代雖有教坊，而禁士大夫涉足，亦不得挾妓，然獨未雲云招

---

❶ 崔令欽，唐博陵（今河北定縣）人。撰有《教坊記》。孫棨《北里志》，參看第十篇。

❷ 梅鼎祚（1553—1619年），字禹金，明宣城（今屬安徽）人。撰有傳奇《玉合記》、雜劇《昆侖奴》等。

❸ 余懷（1616—？年），字澹心，別號鬘持老人，清莆田（今屬福建）人。撰有《味外軒文稿》《研山堂集》等。

❹ 記述妓家事載，揚州有芬利它行者《竹西花事小錄》等，吳門（蘇州）有西溪山人《吳門畫舫錄》、個中生《吳門畫舫續錄》等，珠江（廣州）有支機生《珠江名花小傳》、周友良《珠江梅柳記》等，上海有淞北玉生《海陬冶遊錄》《淞濱瑣話》等。

❺ 《品花寶鑒》，撰者不詳。卷首有石函氏（陳森）自序。

優。達官名士以規避禁令，每呼伶人侑酒，使歌舞談笑；有文名者又揄揚讚歎，往往如狂酲，其流行於是日盛。清初，伶人之焰始稍衰，後復熾，漸乃愈益猥劣，稱爲「像姑」，流品比於娼女矣。《品花寶鑒》者，刻於咸豐二年（一八五二），即以敘乾隆以來北京優伶爲專職，而記載之內，時雜猥辭，自謂伶人有邪正，狎客亦有雅俗，並陳妍媸，固猶勸懲之意，其說與明人之凡爲「世情書」者略同。至於敘事行文，則似欲以纏綿見長，風雅爲主，而描摹兒女之書，昔又多有，遂復不能擺脫舊套，雖所謂上品，即作者之理想人物如梅子玉杜琴言輩，亦不外伶如

清刻本《品花寶鑒》內頁

佳人，客爲才子，溫情軟語，累牘不休，獨有佳人非女，則他書所未寫者耳。其敘「名旦」杜琴言往梅子玉家問病時情狀云：

　　卻說琴言到梅宅之時，心中十分害怕，滿擬此番必有一場羞辱。及至見過顏夫人之後，不但不加呵責，倒有憐恤之心，又命他去安慰子玉，卻也意想不到，心中一喜一悲。但不知子玉病體輕重，如何慰之？只好遵夫人之命，老著臉走到子玉房裏。見簾幃不捲，几案生塵，一張小楠木床掛了輕綃帳。雲兒先把帳子掀開，叫聲「少爺，琴言來看你了。」子玉正在夢中，模模糊糊應了兩聲。琴言就坐在床沿，見那子玉面龐黃瘦，憔悴不堪。琴言湊在枕

魯迅中國小說史略漢文學史綱要

邊，低低叫了一聲，不絕淚湧下來，滴在子玉的臉上。只見子玉忽然呵呵一笑道：

「七月七日長生殿，夜半無人私語時。」

子玉吟了之後，又接連笑了兩笑。琴言見他夢魘如此，十分難忍，在子玉身上掀了兩掀，因想夫人在外，不好高叫，改口叫聲「少爺」。子玉猶在夢中想念，候到七月七日，到素蘭處，會了琴言，三人又好訴衷談心，這是子玉刻刻不忘，所以念出這兩句唐曲來。魂夢既酣，一時難醒，又見他大笑一會，又吟道：

「我道是黃泉碧落兩難尋，……」

歌罷，翻身向內睡著。琴言看他昏到如此，淚越多了，只好呆怔怔看著，不好再叫。……（第二十九回）

《品花寶鑒》中人物，大抵實有，就其姓名性行，推之可知。惟梅杜二人皆假設，字以「玉」與「言」者，即「寓言」之謂，蓋著者以為高絕，世已無人足供影射者矣。書中有高品，則所以自況，實為常州人陳森書（作者手稿之《梅花夢傳奇》上，自署毗陵陳森，則「書」字或誤衍），號少逸，道光中寓居北京，出入菊部中，因拾聞見事為書三十回，然又中輟，出京漫遊，己酉（一八四九）自廣西復至京，始足成後半，共六十回，好事者競相傳鈔，越三年而有刻本（楊懋建《夢華瑣簿》）。

至作者理想之結局，則具於末一回，為名士與名旦會於九香園，畫伶人小像為花神，諸名士為贊；諸伶又書諸名士長生祿位，各為贊，皆刻石供養九香樓下。時諸伶已脫梨園，乃「當著眾名士之前」，熔化釵鈿，焚棄衣裙，將爐時，「忽然一陣香風，將那灰爐吹上半空，飄飄點點，映著一輪紅日，像無數的花朵與蝴蝶飛舞，金迷紙醉，香氣撲鼻，越旋越高，到了半天，成了萬點金光，一閃不見」云。

其後有《花月痕》十六卷五十二回，題「眠鶴主人編次」，咸豐戊午年（一八五八）序，而光緒中始流行。其書雖不全寫狹邪，顧與伎人特有關涉，隱現全書中，配以名士，亦如佳人才子小說定式。略謂韋癡珠韓荷生皆偉才碩學，遊幕並州，極相善，亦同遊曲中，又各有相眷妓，韋者曰秋痕，韓者曰采秋。韋風流文采，傾動一時，而不遇，困頓羈旅中；秋痕雖傾心，亦終不得嫁韋。已而韋妻先歿，韋亦尋亡，秋痕殉

清刻本《花月痕》內頁

焉。韓則先爲達官幕中上客，參機要，旋以平寇功，由舉人保升兵科給事中，復因戰績，累遷至封侯。采秋久歸韓，亦得一品夫人封典。班師受封之後，「高宴三日，自大將軍以至走卒，無不雀忭。」（第五十回）而韋乃僅一子零丁，扶棺南下而已。其佈局蓋在使升沉相形，行文亦惟以纏綿爲主，但時復有悲涼哀怨之筆，交錯其間，欲於歡笑之時，並見黯然之色，而詩詞簡啓，充塞書中，文飾既繁，情致轉晦。符兆綸[6]評之云，「詞賦名家，卻非說部當行，其淋漓盡致處，亦是從詞賦中發洩出來，哀感頑豔。……」雖稍諛，然亦中其失。至結末敘韓荷生戰績，忽雜妖異之事，則如情話未央，突來鬼語，尤爲通篇蕪累矣。

　　……采秋道，「……妙玉稱個『檻外人』，寶玉

---

[6] 符兆綸，字雪樵，清宜黃（今屬江西）人。撰有《夢梨雲詩抄》等。

  魯迅中國小説史略漢文學史綱要

稱個『檻內人』；妙玉住的是櫳翠庵，寶玉住的是怡紅院。……書中先說妙玉怎樣清潔，寶玉常常自認濁物。不見將來清者轉濁，濁者極清？」癡珠歎一口氣，高吟道，「『一失足成千古恨，再回頭已百年身。』」隨說道，「……就書中『賈雨村言』例之：薛者，設也；黛者，代也。設此人代寶玉以寫生，故『寶玉』二字，寶字上屬於釵，就是寶釵；玉字下繫於黛，就是黛玉。釵黛直是個『子虛烏有』，算不得什麼。倒是妙玉，真是做寶玉的反面鏡子，故名之爲妙。一僧一尼，暗暗影射，你道是不是呢？」采秋答應。……癡珠隨說道，「『色即是空，空即是色。』」便敲著案子朗吟道：

「銀字箏調心字香，英雄底事不柔腸？我來一切觀空處，也要天花作道場。採蓮曲裏猜蓮子，叢桂開時又見君，何必搖鞭背花去，十年心已定香熏。」

荷生不待癡珠吟完，便哈哈大笑道，「算了，喝酒罷。」說笑一回，天就亮了。癡珠用過早點，坐著采秋的車先去了。午間，得荷生柬帖云：

「頃晤秋痕，淚隨語下，可憐之至。弟再四慰解，令作緩圖。臨行，囑弟轉致閣下云，『好自靜養。耿耿此心，必有以相報也。』知關錦念，率此布聞。並呈小詩四章，求和。」

詩是七絕四首。……癡珠閱畢，便次韻和云：

「無端花事太凌遲，殘蕊傷心剩折枝，我欲替他求淨境，轉嫌風惡不全吹。蹉跎恨在夕陽邊，湖海浮沉二十年，駱馬楊枝都去也，……」

正往下寫，禿頭回道，「菜市街李家著人來請，說是劉姑娘病得不好。」癡珠驚訝，便坐車赴秋心院來。秋痕頭上包著縐帕，趺坐床上，身邊放著數本書，凝眸若有

所思，突見癡珠，便含笑低聲說道，「我料得你挨不上十天。其實何苦呢？」癡珠說道，「他們說你病著，叫我怎忍不來呢？」秋痕歎道，「你如今一請就來，往後又是糾纏不清。」癡珠笑道，「往後再商量罷。」自此，癡珠又照舊往來了。是夜，癡珠續成和韻詩，末一章有「博得蛾眉甘一死，果然知己屬傾城」之句，至今猶誦人口。……（第二十五回）

　　長樂謝章鋌❼《賭棋山莊詩集》有《題魏子安所著書後》五絕三首，一為《石經考》，一為《陔南山館詩話》，一即《花月痕》❽（蔣瑞藻《小說考證》八引《雷顚筆記》），因知此書為魏子安作。子安名秀仁，福建侯官人，少負文名，而年二十餘始入泮，即連舉丙午（一八四六）鄉試，然屢應進士試不第，乃遊山西陝西四川，終為成都芙蓉書院院長，因亂逃歸，卒，年五十六（一八一九～一八七四），著作滿家，而世獨傳其《花月痕》（《賭棋山莊文集》五）。秀仁寓山西時，為太原知府保眠琴教子，所入頗豐，且多暇，而苦無聊，乃作小說，以韋癡珠自況，保偶見之，大喜，力獎其成，遂為巨帙云（謝章鋌《課餘續錄》一）。然所托似不止此，卷首有太原歌妓《劉栩鳳傳》❾，謂「傾心於逋客，欲委身焉」，以索值昂中止，將抑鬱憔悴死矣。則秋痕蓋即此人影子，而逋客實魏。韋、韓，又逋客之影子也，設窮達兩途，各擬想其所能至，窮或類章，達當如韓，故雖自寓一己，亦遂離而二之矣。

　　全書以伎女為主題者，有《青樓夢》六十四回，題「慕眞山人著」，序則云俞吟香。吟香名達，江蘇長洲人，中年頗作冶遊，後欲出離，而世事牽纏，又不能遽去，光緒十年（一八八四）

---

❼ 謝章鋌，字枚如，清長樂（今屬福建）人。有《賭棋山莊全集》。
❽ 《花月痕》，事見《賭棋山莊文集》卷五《魏子安墓誌銘》。
❾ 《劉栩鳳傳》，即《樓梧花史小傳》。

民國版《繪圖青樓夢》書影

以風疾卒，所著尚有《醉紅軒筆話》《花間棒》《吳中考古錄》及《閑鷗集》等❿（鄒弢《三借廬筆談》四）。《青樓夢》成於光緒四年，則取吳中倡女，以發揮其「遊花國，護美人，采芹香，掇巍科，任政事，報親恩，全友誼，敦琴瑟，撫子女，睦親鄰，謝繁華，求慕道」（第一回）之大理想，所寫非實，從可知矣。略謂金挹香字企眞，蘇州府長洲縣人，幼即工文，長更慧美，然不娶，謂欲得「有情人」，而「當世滔滔，斯人誰與？竟使一介寒儒，懷才不遇，公卿大夫竟無一識我之人，反不若青樓女子，竟有慧眼識英雄於未遇時也」（本書《題綱》）。故挹香遊狹邪，特受伎人愛重，指揮如意，猶南面王。例如：

　　……（挹香與二友及十二妓女）至軒中，三人重復觀玩，見其中修飾，別有巧思。軒外名花綺麗，草木精神。正中擺了筵席，月素定了位次，三人居中，眾美人亦序次而坐：
　　第一位駕鴦館主人褚愛芳　第二位煙柳山人王湘雲
　第三位鐵笛仙袁巧雲　第四位愛雛女史朱素卿　第五位惜

---

❿ 《醉紅軒筆話》《花間棒》《吳中考古錄》《閑鷗集》，均見鄒弢《三借廬筆談》，未見刻本。

花春起早使者陸麗春　第六位探梅女士鄭素卿　第七位浣
花仙史陸文卿　……第十一位梅雪爭先客何月娟

末位護芳樓主人自己坐了；兩旁四對侍兒斟酒。眾
美人傳杯弄盞，極盡綢繆。抱香向慧瓊道，「今日如此
盛會，宜舉一觴令，庶不負此良辰。」月素道，「君言誠
是，即請賜令。」抱香說道，「請主人自己開令。」月素
道，「豈有此理，還請你來。」抱香被推不過，只得說
道，「有占了。」眾美人道，「令官必須先飲門面杯起
令，才是。」於是十二位美人俱各斟酒一杯，奉與抱香；
抱香一飲而盡，乃啟口道，「酒令勝於軍令，違者罰酒三
巨觥！」眾美人唯唯聽命。……（第五回）

抱香亦深於情，侍疾服勞不厭，如：

……一日，抱香至留香閣，愛卿適發胃氣，飲食不
進。抱香十分不捨，忽想著過青田著有《醫門寶》四卷，
尚在館中書架內，其中胃氣丹方頗多，遂到館取而復至，
查到「香欝散」最宜，令侍兒配了回來，親侍藥爐茶灶；
又解了幾天館，朝夕在留香閣陪伴。愛卿更加感激，乃口
占一絕，以報抱香。……（第二十一回）

後乃終「掇巍科」，納五妓，一妻四妾。又爲養親計，捐職
仕餘杭，即遷知府，則「任政事」矣。已而父母皆在府衙中跨鶴仙
去；抱香亦悟道，將入山，

……心中思想道，「我欲勘破紅塵，不能明告他們
知道，只得一個私自瞞了他們，踱了出去的了。」次日
寫了三封信，寄與拜林夢仙仲英，無非與他們留書志別的

事情，又囑拜林早日代吟梅完其姻事。過了幾天，挹香又帶了幾十兩銀子，自己去置辦了道袍道服草帽涼鞋，寄在人家，重歸家裏。又到梅花館來，恰巧五美俱在，挹香見他們不識不知，仍舊笑嘻嘻在著那裏，覺心中還有些對他們不起的念頭。想了一回，歎道，「既解情關，有何戀戀！」……（第六十回）

遂去，羽化於天臺山，又歸家，悉度其妻妾，於是「金氏門中兩代白日升天」（第六十一回）。其子則早掄元；舊友亦因挹香汲引，皆仙去；而曩昔所識三十六伎；亦一一「歸班」，緣此輩「多是散花苑主坐下司花的仙女，因為偶觸思凡之念，所以謫降紅塵，如今塵緣已滿，應該重入仙班」（第六十四回）也。

《紅樓夢》方板行，續作及翻案者即奮起，各竭智巧，使之團圓，久之，乃漸興盡，蓋至道光末而始不甚作此等書。然其餘波，則所被尚廣遠，惟常人之家，人數鮮少，事故無多，縱有波瀾，亦不適於《紅樓夢》筆意，故遂一變，即由敘男女雜遝之狹邪以發洩之。如上述三書，雖意度有高下，文筆有妍媸，而皆摹繪柔情，敷陳豔跡，精神所在，實無不同，特以談釵黛而生厭，因改求佳人於倡優，知大觀園者已多，則別辟情場於北里而已。然自《海上花列傳》出，乃始實寫妓家，暴其奸譎，謂「以過來人現身說法」，欲使閱者「按跡尋蹤，心通其意，見當前之媚於西子，即可知背後之潑於夜叉，見今日之密於糟糠，即可卜他年之毒於蛇蠍」（第一回）。則開宗明義，已異前人，而《紅樓夢》在狹邪小說之澤，亦自此而斬也。

《海上花列傳》今有六十四回，題「雲間花也憐儂著」，或謂其人即松江韓子雲❶，善弈棋，嗜鴉片，旅居上海甚久，曾充報

---

❶ 韓子雲（1856—1894年），名邦慶，別號太仙，清松江（今屬上海）人。曾任申報館編輯。

館編輯，所得筆墨之資，悉揮霍於花叢中，閱歷既深，遂洞悉此中伎倆（《小說考證》八引《談瀛室筆記》）；而未詳其名，自署雲間，則華亭人也。其書出於光緒十八年（一八九二），每七日印二回，遍鬻於市，頗風行。大略以趙樸齋爲全書線索，言趙年十七，以訪母舅洪善卿至上海，遂遊青樓，少不更事，沉溺至大困頓，旋被洪送令還。而趙又潛返，愈益淪落，至「拉洋車」。書至此爲第二十八回，忽不復印。作者雖目光始終不離於趙，顧事蹟則僅此，惟因趙又牽連租界商人及浪遊子弟，雜述其沉湎征逐之狀，並及煙花，自「長三」至「花煙間」具有；略如《儒林外史》，若斷若續，綴爲長篇。其訾倡女之無深情，雖責善於非所，而記載如實，絕少誇張，則固能自踐其「寫照傳神，屬辭比事，點綴渲染，躍躍如生」（第一回）之約者矣。如述趙樸齋初至上海，與張小村同赴「花煙間」時情狀云：

　　……王阿二一見小村，便攛上去嚷道，「耐好啊！騙我，阿是？耐說轉去兩三個月哩，直到仔故歇坎坎來。阿是兩三個月嘎？只怕有兩三年哉！……」小村忙陪笑央告道，「耐勸勸氣，我搭耐說。」便湊著王阿二耳朵邊，輕輕的說話。說不到四句，王阿二忽跳起來，沉下臉道，「耐倒乖殺哚。耐想拿件濕布衫撥來別人著仔，耐末脫體哉，阿是？」小村發急道，「勿是呀，耐也等我說完仔了。」王阿二便又爬在小村懷裏去聽，也不知咕咕唧唧說些甚麼，只見小村說著，又努嘴，王阿二即回頭把趙樸齋瞟了一眼，接著小村又說了幾句。王阿二道，「耐末那價呢？」小村道，「我是原照舊哩。」王阿二方才罷了；立起身來，剔亮了燈檯；問樸齋尊姓；又自頭至足，細細打量。樸齋別轉臉去，裝做看單條。只見一個半老娘姨，一手提水銚子，一手托兩盒煙膏，……蹭上樓來，……把煙

盒放在煙盤裏，點了煙燈，沖了茶碗，仍提銚子下樓自去。王阿二靠在小村身旁燒起煙來，見樸齋獨自坐著，便說，「榻床浪來軃軃哩。」樸齋巴不得一聲，隨向煙榻下手躺下，看著王阿二燒好一口煙，裝在槍上，授於小村，颼颼颼直吸到底。……至第三口，小村說，「數吃哉。」王阿二調過槍來，授與樸齋。樸齋吸不慣，不到半口，斗門噎住。……王阿二將籤子打通煙眼，替他把火。樸齋趁勢捏他手腕，王阿二奪過手，把樸齋腿膀盡力摔了一把，摔得樸齋又酸又痛又爽快。樸齋吸完煙，卻偷眼去看小村，見小村閉著眼，朦朦朧朧，似睡非睡光景，樸齋低聲叫「小村哥」。連叫兩聲，小村只搖手，不答應。王阿二道，「煙迷呀，隨俚去罷。」樸齋便不叫了。……（第二回）

至光緒二十年，則第一至六十回俱出，進敘洪善卿於無意中見趙拉車，即寄書於姊，述其狀。洪氏無計；惟其女曰二寶者頗能，乃與母赴上海來訪，得之，而又皆留連不遽返。洪善卿力勸令歸，不聽，乃絕去。三人資斧漸盡，馴至不能歸，二寶遂為倡，名甚噪。已而遇史三公子，云是巨富，極愛二寶，迎之至別墅消夏，謂將娶以為妻，特須返南京略一屏當，始來迓，遂別。二寶由是謝絕他客，且貸金盛製衣飾，備作嫁資，而史三公子竟不至。使樸齋往南京詢得消息，則云公子新訂婚，方赴揚州親迎去矣。二寶聞信昏絕，救之始蘇，而負債至三四千金，非重理舊業不能償，於是復攬客，見噩夢而書止。自跋謂將續作，然不成。後半於所謂海上名流之雅集，記敘特詳，但稍失實；至描寫他人之徵逐，揮霍，及互相欺謾之狀，乃不稍遜於前三十回。有述賴公子賞女優一節，甚得當時世態：

……文君改裝登場，一個門客湊趣，先喊聲「好！」不料接接連連，你也喊好，我也喊好，一片聲嚷得天崩地塌，海攪江翻。……只有賴公子捧腹大笑，極其得意。唱過半出，就令當差的放賞。那當差的將一卷洋錢散放在巴斗內，呈賴公子過目，望臺上只一撒，但聞索郎一聲響，便見許多晶瑩焜耀的東西，滿台亂滾；台下這些幫閒門客又齊聲一號。文君揣知賴公子其欲逐逐，心上一急，倒急出個計較來，當場依然用心的唱，唱罷落場，……含笑入席。不提防賴公子一手將文君攔入懷中；文君慌的推開立起，佯作怒色，卻又爬在賴公子肩膀，悄悄的附耳說了幾句，賴公子連連點頭道，「曉得哉。」……（第四十四回）

書中人物，亦多實有，而悉隱其眞姓名，惟不爲趙樸齋諱。相傳趙本作者摯友，時濟以金，久而厭絕，韓遂撰此書以謗之，印賣至第二十八回，趙急致重賂，始輟筆，而書已風行；已而趙死，乃續作貿利，且放筆至寫其妹爲倡云。然二寶淪落，實作者豫定之局，故當開篇趙樸齋初見洪善卿時，即敘洪問「耐有個令妹，……阿曾受茶？」答則曰，「勿曾。今年也十五歲哉。」已爲後文伏線也。光緒末至宣統初，上海此類小說之出尤多，往往數回輒中止，殆得賂矣；而無所營求，僅欲摘發伎家罪惡之書亦興起，惟大都巧爲羅織，故作已甚之辭，冀震聳世間耳目，終未有如《海上花列傳》之平淡而近自然者。

第二十七篇

清之俠義小說及公案

　　明季以來，世目《三國》《水滸》《西遊》《金瓶梅》爲「四大奇書」❶，居說部上首，比清乾隆中，《紅樓夢》盛行，遂奪《三國》之席，而尤見稱於文人。惟細民所嗜，則仍在《三國》《水滸》。時勢屢更，人情日異於昔，久亦稍厭，漸生別流，雖故發源於前數書，而精神或至正反，大旨在揄揚勇俠，讚美粗豪，然又必不背於忠義。其所以然者，即一緣文人或有憾於《紅樓》，其代表爲《兒女英雄傳》；一緣民心已不通於《水滸》，其代表爲《三俠五義》。

　　《兒女英雄傳評話》本五十三回，今殘存四十回，題「燕北閒人著」。馬從善❷序云出文康手，蓋定稿於道光中。文康，費莫氏，字鐵仙，滿洲鑲紅旗人，大學士勒保❸次孫也，「以資爲理藩院郎中，出爲郡守，洊擢觀察，丁憂旋裏，特起爲駐藏大臣，以疾

---

❶　「四大奇書」，清李漁《三國演義序》雲：「昔弇州先生有宇宙四大奇書之目，曰：《史記》也，《南華》也，《水滸》與《西廂》也。馮猶龍亦有四大奇書之目，曰：《三國》也，《水滸》也，《西遊》與《金瓶梅》也。兩人之論各異。愚謂書之奇，當從其類，《水滸》在小說家，與經史不類；《西廂》系詞曲，與小說又不類。今將從其類以配其奇，則馮說爲近是。」
❷　馬從善，自號古遼闊圃，文康家門客。
❸　勒保（1740－1819年），費莫氏，字宜軒，清滿洲鑲紅旗人。

不果行，卒於家。」家本貴盛，而諸子不肖，遂中落且至困憊。文康晚年塊處一室，筆墨僅存，因著此書以自遣。升降盛衰，俱所親歷，「故於世運之變遷，人情之反復，三致意焉。」（並序語）榮華已落，愴然有懷，命筆留辭，其情況蓋與曹雪芹頗類。惟彼為寫實，為自敘，此為理想，為敘他，加以經歷復殊，而成就遂迥異矣。書首有雍正甲寅觀鑒我齋序，謂為「格致之書」，反《西遊》等之「怪力亂神」而正之；次乾隆甲寅東海吾了翁識，謂得於春明市上，不知作者何人，研讀數四，「更於沒字處求之」，始知言皆有物，因補其闕失，弁以數言云云：皆作者假託。開篇則謂「這部評話……初名《金玉緣》；因所傳的是首善京都一樁公案，又名《日下新書》。篇中立旨立言，雖然無當於文，卻還一洗穢語淫詞，不乖於正，因又名《正法眼藏五十三參》，初非釋家言也。後來東海吾了翁重訂，題曰《兒女英雄傳評話》。……」（首回）多立異名，搖曳見態，亦仍為《紅樓夢》家數也。

所謂「京都一樁公案」者，為有俠女曰何玉鳳，本出名門，而智慧驍勇絕世，其父先為人所害，因奉母避居山林，欲伺間報仇。其怨家曰紀獻唐，有大勳勞於國，勢甚盛。何玉鳳急切不得當，變姓名曰十三妹，往來市井間，頗拓弛玩世；偶於旅次見孝子安驥困厄，救之，以是相識，後漸稔。已而紀獻唐為朝廷所誅，何雖未手刃其仇而父仇則已報，欲出家，然卒為勸沮者所動，嫁安驥。驥又有妻曰張金鳳，亦嘗為玉鳳所拯，乃相睦如姊妹，後各有孕，故此書初名《金玉緣》。

書中人物亦常取同時人為藍本；或取前人，如紀獻唐，蔣瑞藻（《小說考證》八）云，「吾之意，以為紀者，年也；獻者，《曲禮》雲，『犬名羹獻』；唐為帝堯年號：合之則年羹堯也。……其事蹟與本傳所記悉合。」安驥殆以自寓，或者有慨於子而反寫之。十三妹未詳，當純出作者意造，緣欲使英雄兒女之概，備於一身，遂致性格失常，言動絕異，矯揉之態，觸目皆是矣。如敘安驥初遇

何於旅舍，慮其入室，呼人抬石杜門，眾不能動，而何反爲之運以入，即其例也：

> ……那女子又説道，「弄這塊石頭，何至於鬧的這等馬仰人翻的呀？」張三手裏拿著鐝頭，看了一眼，接口説，「怎麼『馬仰人翻』呢？瞧這傢伙，不這麼弄，問得動他嗎？打諒頑兒呢。」那女子走到跟前，把那塊石頭端相了端相，……約莫也有個二百四五十斤重，原是一個碾糧食的碌碡；上面靠邊，卻有個鑿通了的關眼兒。……他先挽了挽袖子，……把那石頭撂倒在平地上，用右手推著一轉，找著那個關眼兒，伸進兩個指頭去勾住了，往上只一悠，就把那二百多斤的石頭碌碡，單撒手兒提了起來。向著張三李四説道，「你們兩個也別閒著，把這石頭上的土給我拂落淨了。」兩個屁滾尿流，答應了一聲，連忙用手拂落了一陣，説，「得了。」那女子才回過頭來，滿面含春的向安公子道，「尊客，這石頭放在那裏？」安公子羞得面紅過耳，眼觀鼻鼻觀心的答應了一聲，説，「有勞，就放在屋裏罷。」那女子聽了，便一手提著石頭，款動一雙小腳兒，上了臺階兒，那隻手撩起了布簾，跨進門去，輕輕的把那塊石頭放在屋裏南牆根兒底下；回轉頭來，氣不喘，面不紅，心不跳。眾人伸頭探腦的向屋裏看了，無不咋異。……（第四回）

結末言安驥以探花及第，復由國子監祭酒簡放烏里雅蘇台參贊大臣，未赴，又「改爲學政，陛辭後即行赴任，辦了些疑難大案，政聲載道，位極人臣，不能盡述。」因此復有人作續書三十二回，文意並拙，且未完，云有二續，序題「不計年月無名氏」，蓋光緒二十年頃北京書估之所造也。

《三俠五義》出於光緒五年（一八七九），原名《忠烈俠義傳》，百二十回，首署「石玉崑述」❹，而序則云問竹主人原藏，入迷道人編訂，皆不詳爲何如人。凡此流著作，雖意在敍勇俠之士，遊行村市，安良除暴，爲國立功，而必以一名臣大吏爲中樞，以總領一切豪俊，其在《三俠五義》者曰包拯。拯字希仁，以進士官至禮部侍郎，其間嘗除天章閣待制，又除龍圖閣學士，權知開封府，立朝剛毅，關節不到，世人比之閻羅，有傳在《宋史》（三百十六）。而民間所傳，則行事率怪異，元人雜劇中已有包公「斷立太后」及「審烏盆鬼」❺諸異說；明人又作短書十卷曰《龍圖公案》❻，亦名《包公案》，記拯借私訪夢兆鬼語等以斷奇案六十三事，然文意甚拙，蓋僅識文字者所爲。後又演爲大部，仍稱《龍圖公案》❼，則組織加密，首尾通連，即爲《三俠五義》藍本矣。

　　《三俠五義》開篇，即敍宋眞宗未有子，而劉李二妃俱娠，約立舉子者爲正宮。劉乃與宮監郭槐密謀，俟李生子，即易以剝皮之狸貓，謂生怪物。太子則付宮人寇珠，命縊而棄諸水，寇珠不忍，竊授陳林，匿八大王所，云是第三子，始得長育。劉又讒李妃去之，忠宦多死。眞宗無子，既崩，八王第三子乃入承大統，即仁宗也。書由是即進敍包拯降生，惟以前案爲下文伏線而已。復次，則述拯婚宦及斷案事蹟，往往取他人故事，並附著之。比知開封，乃於民間遇李妃，發「狸貓換子」舊案，時仁宗始知李爲眞母，迎以歸。拯又以忠誠之行，感化豪客，如三俠，即南俠展昭，北俠歐陽春，雙俠丁兆蘭，丁兆蕙，以及五鼠，爲鑽天鼠盧方，徹地鼠韓

❹ 石玉崑（約1810—約1871年），字振之，清天津人。道光咸豐年間說書藝人。

❺ 「斷立太后」，見元雜劇《抱妝盒》。「審烏盆鬼」，見元雜劇《盆兒鬼》。

❻ 《龍圖公案》，全稱《包龍圖判百家公案》，一名《包公傳》，題「錢塘散人安遇時編集」，有明萬曆二十二年朱氏與耕堂本，係雜取戲曲筆記及民間傳說而成。又有清初刊《龍圖公案》，一名《龍圖神斷公案》，前有陶元序。此種又有簡本，六卷六十六則，有乾隆書業堂刊本。

❼ 仍稱《龍圖公案》，指傳鈔本《龍圖耳錄》，係石玉崑說唱《龍圖公案》的刪去唱詞的記錄本。

彰，穿山鼠徐慶，翻江鼠蔣平，錦毛鼠白玉堂等，率爲盜俠，縱橫江湖間，或則偶入京師，戲盜御物，人亦莫能制，顧皆先後傾心，投誠受職，協誅強暴，人民大安。後襄陽王趙珏謀反，匿其黨之盟書於沖霄樓，五鼠從巡按顏查散探訪，而白玉堂邊獨往盜之，遂墜銅網陣而死；書至此亦完。其中人物之見於史者，惟包拯八王等數人；故事亦多非實有，五鼠雖明人之《龍圖公案》及《西洋記》皆載及，而並云物怪，與此之爲義士者不同，宗藩謀反，仁宗時實未有，此殆因明宸濠事❽而影響附會之矣。至於構設事端，頗傷稚弱，而獨於寫草野豪傑，輒奕奕有神，間或襯以世態，雜以詼諧，亦每令莽夫分外生色。值世間方飽於妖異之說，脂粉之談，而此遂以粗豪脫略見長，於說部中露頭角也。

　　……馬漢道，「喝酒是小事，但不知錦毛鼠是怎麼個人？」……展爺便將陷空島的眾人說出，又將綽號兒說與眾人聽了。公孫先生在旁，聽得明白，猛然省悟道，「此人來找大哥，卻是要與大哥合氣的。」展爺道，「他與我素無仇隙，與我合什麼氣呢？」公孫策道，「大哥，你自想想，他們五人號稱『五鼠』，你卻號稱『御貓』，焉有貓兒不捕鼠之理？這明是嗔大哥號稱御貓之故，所以知道他要與大哥合氣。」展爺道，「賢弟所說，似乎有理。但我這『御貓』，乃聖上所賜，非是劣兄有意稱『貓』，要欺壓朋友。他若真個爲此事而來，劣兄甘拜下風，從此後不稱御貓，也未爲不可。」眾人尚未答言，惟趙虎正在豪飲之間，……卻有些不服氣，拿著酒杯，立起身來道，「大哥，你老素昔膽量過人，今日何自餒如此？這『御貓』二字，乃聖上所賜，如何改得？儻若是那個甚麼白糖

---

❽ 明宸濠事，明正德十四年（1519年），宗室寧王朱宸濠僞稱奉太後密詔，於南昌起兵叛亂，後兵敗被殺。

咧，黑糖咧，他不來便罷，他若來時，我燒一壺開開的水，把他沖著喝了，也去去我的滯氣。」展爺連忙擺手說，「四弟悄言。豈不聞『窗外有耳』？」剛說至此，只聽得拍的一聲，從外面飛進一物，不偏不歪，正打在趙虎擎的那個酒杯之上，只聽噹啷啷一聲，將酒杯打了個粉碎。趙爺唬了一跳，眾人無不驚駭。只見展爺早已出席，將摺扇虛掩，回身復又將燈吹滅，便把外衣脫下，裏面卻是早已結束停當的。暗暗將寶劍拿在手中，卻把摺扇假做一開，只聽拍的一聲，又是一物打在摺扇上。展爺這才把摺扇一開，隨著勁一伏身躥將出去。只覺得迎面一股寒風，嗖的就是一刀，展爺將劍扁著，往上一迎，隨招隨架，用目在星光之下仔細觀瞧，見來人穿著簇青的夜行衣靠，腳步伶俐；依稀是前在苗家集見的那人。二人也不言語，惟聽刀劍之聲，叮噹亂響。展爺不過招架，並不還手，見他刀刀逼緊，門路精奇，南俠暗暗喝采；又想道，「這朋友好不知進退。我讓著你，不肯傷你。又何必趕盡殺絕？難道我還怕你不成？」暗道，「也叫他知道知道。」便把寶劍一橫，等刀臨近，用個「鶴唳長空勢」，用力往上一削。只聽得噌的一聲，那人的刀已分爲兩段，不敢進步，只見他將身一縱，已上了牆頭。展爺一躍身，也跟上去。……（第三十九回）

當俞樾寓吳下時，潘祖蔭歸自北京[9]，出示此本，初以爲尋常俗書耳，及閱畢，乃歎其「事蹟新奇，筆意酣恣，描寫既細入毫芒，點染又曲中筋節，正如柳麻子說『武松打店』，初到店內無人，驀地一吼，店中空缸空甓，皆甕甕有聲：閑中著色，精神百

---

❾ 俞樾，參看第二十二篇。他將《三俠五義》改名《七俠五義》，並作序。潘祖蔭（1830－1890年），字伯寅，號鄭盦，清吳縣（今屬江蘇）人。

倍。」（俞序語）而頗病開篇「狸貓換太子」之不經，乃別撰第一回，「援據史傳，訂正俗說。」又以書中南俠、北俠、雙俠，其數已四，非三能包，加小俠艾虎，則又成五，「而黑妖狐智化者，小俠之師也，小諸葛沈仲元者，第一百回中盛稱其從遊戲中生出俠義來，然則此兩人非俠而何？」因復改名《七俠五義》，於光緒己丑（一八八九）序而傳之，乃與初本並行，在江浙特盛。

其年五月，復有《小五義》出於北京，十月，又出《續小五義》，皆一百二十四回。序謂與《三俠五義》皆石玉昆原稿，得之其徒。「本三千多篇，分上中下三部，總名《忠烈俠義傳》，原無大小之說，因上部三俠五義爲創始之人，故謂之大五義，中下二部五義即其後人出世，故謂之小五義。」《小五義》雖續上部，而又自白玉堂盜盟單起，略當上部之百一回；全書則以襄陽王謀反，義俠之士競謀探其隱事爲線索。是時白玉堂早被害，餘亦漸衰老，而後輩繼起，並有父風。盧方之子珍，韓彰之子天錦，徐慶之子良，白玉堂之侄芸生，旨意外湊聚於客舍，益以小俠艾虎，遂結爲兄弟。諸人奔走道路，頗誅豪強，終集武昌，擬共破銅網陣，未陷而書畢。《續小五義》即接敘前案，銅網先破，叛王遂逃，而諸俠仍在江湖間誅鋤盜賊。已而襄陽王成擒，天子論功，俠義之士皆受封賞，於是全書完。序雖云二書皆石玉昆舊本，而較之上部，則中部荒率殊甚，入下又稍細，因疑草創或出一人，潤色則由眾手，其伎倆有工拙，故正續遂差異也。

且說徐慶天然的性氣一沖的性情，永不思前想後，一時不順，他就變臉，把桌子一扳，嘩喇一聲，碗盞皆碎。鍾雄是泥人，還有個土性情，拿住了你們，好眼相看，擺酒款待，你倒如此，難怪他怒發。指著三爺道，「你這是怎樣了？」三爺說，「這是好的哪。」寨主說，「不好便當怎樣？」三爺說，「打你！」話言未了，就是一拳。

鍾雄就用指尖往三爺肋下一點。「哎喲！」噗咚！三爺就躺於地下。焉知曉鍾寨主用的是「十二支講關法」，又叫「閉血法」，俗語就叫「點穴」。三爺心裏明白，不能動轉。鍾雄拿腳一踢，吩咐綁起來。三爺周身這才活動，又教人捆上了五花大綁。展南俠自己把二臂往後一背，說，「你們把我捆上！」眾人有些不肯，又不能不捆。鍾雄傳令，推在丹鳳橋梟首。內中有人嚷道，「刀下留人！」……（《小五義》第十七回）

　　且說黑妖狐智化與小諸葛沈仲元二人暗地商議，獨出己見，要去上王府盜取盟單。……（智化）爬伏在懸龕之上，晃千里火照明：下面是一個方匣子，……上頭有一個長方的硬木匣子，兩邊有個如意金環。伸手揪住兩個金環，往懷中一帶，只聽上面嗑一聲，下來了一口月牙式鍘刀。智化把眼睛一閉，也不敢往前躥，也不敢往後縮，正在腰脊骨中噹啷的一聲，智化以為是腰斷兩截，慢慢睜開眼睛一看，卻不覺著疼痛，就是不能動轉。列公，這是什麼緣故？皆因他是月牙式樣；若要是鍘草的鍘刀，那可就把人鍘為兩段。此刀當中有一個過隴兒，也不至於甚大；又對著智爺的腰細；又對著解了百寶囊，底下沒有東西墊著；又有背後背著這一口刀，連皮鞘帶刀尖，正把腰脊骨護住。……總而言之：智化命不該絕。可把沈仲元嚇了個膽裂魂飛。……（《續小五義》第一回）

　　大小五義之書既盡出，乃即見《正續小五義全傳》刊行，凡十五卷六十回，前有光緒壬辰（一八九二）繡谷居士序。其本即取《小五義》及續書，合為一部，去其複重，又汰其鋪敘，省略成十三卷五十二回。末二卷八回則謂襄陽王將就擒，而又逸去，至紅羅山，舉兵復戰，乃始敗亡，是二書之所無，實為蛇足。行文敘事，亦雖簡明有加，而原有之游詞餘韻，刊落甚多，故神采則轉遜矣。

包拯顏查散而外，以他人爲全書樞軸者，在先亦已嘗有。道光十八年（一八三八），有《施公案》八卷九十七回，一名《百斷奇觀》，記康熙時施仕綸[10]（當作世綸）爲泰州知州至漕運總督時行事，文意俱拙，略如明人之《包公案》，而稍加曲折，一案或互數回；且斷案之外，又有遇險，已爲俠義小說先導。至光緒十七年（一八九一），則有《彭公案》二十四卷一百回，爲貪夢道人作，述彭朋[11]（當作鵬）於康熙中爲三河縣知縣，洊擢河南巡撫，回京出查大同要案等故事，亦不外賢臣微行，豪傑盜寶之類，而字句拙劣，幾不成文。

　　其他類似《三俠五義》之書尚甚夥，通行者有《永慶升平》九十七回，爲潞河張廣瑞錄哈輔源演說[12]，敘康熙帝變裝私訪，及除邪教，平「逆匪」諸案；尋有續一百回，亦貪夢道人作。又有《聖朝鼎盛萬年青》八集，共七十六回，無撰人名，則記康熙帝以大政付劉墉陳宏謀[13]，自遊江南，歷遇奸徒欺法，英傑效忠之事。餘如《英雄大八義》《英雄小八義》《七劍十三俠》《七劍十八義》[14]等，其類尚多，大率出光緒二十年頃。後又有《劉公案》（劉墉），《李公案》（李丙寅當作秉衡）[15]；而《施公案》亦續至十集，《彭公案》續至十七集；《七俠五義》則續至二十四集，千篇一律，語多不通，甚至一人之性格，亦先後頓異，蓋歷經衆

---

❿ 施世綸（？—1722年），字文賢，清漢軍鑲黃旗人。撰有《南堂集》。

⓫ 彭鵬（1637—1704年），字奮斯，號古愚，清福建莆田人。撰有《古愚心言》。

⓬ 郭廣瑞，字筱亭，別號燕南居士，清潞河（今北京通縣）人。哈輔源，滿洲旗人。說書藝人，以專說《永慶升平》而聞名。

⓭ 劉墉（1719—1804年），字崇如，號石庵，清諸城（今屬山東）人。陳宏謀（1696—1771年），字汝咨，號榕門，清臨桂（今屬廣西）人。

⓮ 《英雄大八義》，撰者不詳。《英雄小八義》，係《英雄大八義》續集，撰者不詳。《七劍十三俠》，又名《七子十三生》，題「姑蘇桃花館主人唐芸洲編次」。《七劍十八義》，未見，同類書有《七劍八俠十六義》《五劍十八義》等多種。

⓯ 《劉公案》，一名《李公案奇聞》，三十四回，題「惜紅居士編纂」。存世僅見晚清儲仁遜抄本。

手，共成惡書，漫不加察，遂多矛盾矣。

　　《三俠五義》及其續書，繪聲狀物，甚有平話習氣，《兒女英雄傳》亦然。郭廣瑞序《永慶升平》云，「余少遊四海，常聽評詞演《永慶升平》一書，……國初以來，有此實事流傳，咸豐年間有姜振名先生，乃評談今古之人，嘗演說此書，未能有人刊刻，傳流於世。余長聽哈輔源先生演說，熟記在心，閒暇之時，錄成四卷。……」《小五義》序亦謂與《三俠五義》皆石玉昆原稿，得之其徒，則石玉昆殆亦咸豐時說話人，與姜振名各專一種故事。文康習聞說書，擬其口吻，於是《兒女英雄傳》遂亦特有「演說」流風。是俠義小說之在清，正接宋人話本正脈，固平民文學之歷七百餘年而再興者也。惟後來僅有擬作及續書，且多濫惡，而此道又衰落。清初，「流寇」悉平，遺民未忘舊君，遂漸念草澤英雄之爲明宣力者，故陳忱作《後水滸傳》，則使李俊去國而王於暹羅（見第十五篇）。歷康熙至乾隆百三十餘年，威力廣被，人民懾服，即士人亦無貳心，故道光時俞萬春作《結水滸傳》，則使一百八人無一倖免（亦見第十五篇），然此尚爲僚佐之見也。《三俠五義》爲市井細民寫心，乃似較有《水滸》餘韻，然亦僅其外貌，而非精神。時去明亡已久遠，說書之地又爲北京，其先又屢平內亂，遊民輒以從軍得功名，歸耀其鄉里，亦甚動野人歆羨，故凡俠義小說中之英雄，在民間每極粗豪，大有綠林結習，而終必爲一大僚隸卒，供使令奔走以爲寵榮，此蓋非心悅誠服，樂爲臣僕之時不辦也。然當時於此等書，則以爲「善人必獲福報，惡人總有禍臨，邪者定遭凶殃，正者終逢吉庇，報應分明，昭彰不爽，使讀者有拍案稱快之樂，無廢書長歎之時……」（《三俠五義》及《永慶升平》序）云。

　　而其時歐人之力又侵入中國。

第二十八篇

清末之譴責小說

　　光緒庚子（一九○○）後，譴責小說之出特盛。蓋嘉慶以來，雖屢平內亂（白蓮教，太平天國，捻，回），亦屢挫於外敵（英，法，日本），細民暗昧，尚啜茗聽平逆武功，有識者則已翻然思改革，憑敵愾之心，呼維新與愛國，而於「富強」尤致意焉。戊戌變政既不成，越二年即庚子歲而有義和團之變，群乃知政府不足與圖治，頓有揠擊之意矣。其在小說，則揭發伏藏，顯其弊惡，而於時政，嚴加糾彈，或更擴充，並及風俗。雖命意在於匡世，似與諷刺小說同倫，而辭氣浮露，筆無藏鋒，甚且過甚其辭，以合時人嗜好，則其度量技術之相去亦遠矣，故別謂之譴責小說。其作者，則南亭亭長與我佛山人名最著。

　　南亭亭長爲李寶嘉，字伯元，江蘇武進人，少擅制藝及詩賦，以第一名入學，累舉不第，乃赴上海辦《指南報》，旋輟，別辦《遊戲報》，爲俳諧嘲罵之文，後以「鋪底」售之商人，又別辦《海上繁華報》，記注倡優起居，並載詩詞小說，殊盛行❶。所著

----

❶　《指南報》，光緒二十二年（1896年）創刊，不久停刊。《遊戲報》，光緒二十三年（1897年）創刊，宣統二年（1910年）停刊。《海上繁華報》，未詳。該報於光緒二十七年（1901年）創刊，宣統二年停刊。

有《庚子國變彈詞》若干卷，《海天鴻雪記》六本，《李蓮英》一本❷，《繁華夢》《活地獄》❸各若干本。又有專意斥責時弊者曰《文明小史》，分刊於《繡像小說》❹中，尤有名。時正庚子，政令倒行，海內失望，多欲索禍患之由，責其罪人以自快，寶嘉亦應商人之托，撰《官場現形記》，擬爲十編，編十二回，自光緒二十七至二十九年中成三編，後二年又成二編，三十二年三月以瘵卒，年四十（一八六七～一九〇六），書遂不完；亦無子，伶人孫菊仙❺爲理其喪，酬《繁華報》之揄揚也。嘗被薦應經濟特科，不赴，時以爲高；又工篆刻，有《芋香印譜》行於世（見周桂笙《新庵筆記》三，李祖傑致胡適書及顧頡剛《讀書雜記》等）。

　　《官場現形記》已成者六十回，爲前半部，第三編印行時（一九〇三）有自序，略謂「亦嘗見夫官矣，送迎之外無治績，供張之外無材能，忍饑渴，冒寒暑，行香則天明而往，稟見則日昃而歸，卒不知其何所爲而來，亦卒不知其何所爲而去。」歲或有凶災，行振恤，又「皆得援救助之例，邀獎勵之恩，而所謂官者，乃日出而未有窮期。」及朝廷議汰除，則「上下蒙蔽，一如故舊，尤其甚者，假手宵小，授意私人，因苟且而通融，緣賄賂而解釋：是欲除弊而轉滋之弊也。」於是群官搜括，小民困窮，民不敢言，官乃愈肆，「南亭亭長有東方之諧謔，與淳于之滑稽，又熟知夫官之齷齪卑鄙之要凡，昏聵糊塗之大旨」，爰「以含蓄蘊釀存其忠厚，

❷　《庚子國變彈詞》，長篇彈詞，暴露八國聯軍侵略中國的罪行。《海天鴻雪記》，題「二春居士編」，每回後有南亭亭長評。《李蓮英》，未見。
❸　《繁華夢》，即《海上繁華夢》，題「古滬警夢癡仙戲墨」。作者孫家振，字玉聲，別署海上漱石生、江南煙雨客、玉玲瓏館主，上海人，任職《新聞報》，又創辦《笑林報》。《活地獄》，署南亭亭長著，願雨樓加評。南亭亭長即李伯元。小說自光緒二十九年連載於《繡像小說》，至三十九回李伯元去世，餘四回由繭叟（吳趼人）及茂苑惜秋生（歐陽巨源）續成。
❹　《繡像小說》，李寶嘉主編的小說期刊。小說期刊，光緒二十九年（1903年）創刊於上海，光緒三十二年（1906年）停刊。
❺　孫菊仙（1841－1931年），名濂，天津人。京劇藝人。

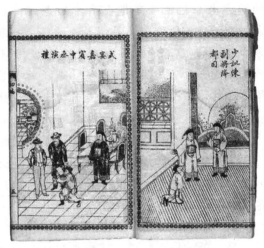

增注繪圖《官場現形記》插頁

以酣暢淋漓闡其隱微，……窮年累月，殫精竭誠，成書一帙，名曰
《官場現形記》。……凡神禹所不能鑄之於鼎，溫嶠所不能燭之以
犀者，無不畢備也。」故凡所敘述，皆迎合，鑽營，朦混，羅掘，
傾軋等故事，兼及士人之熱心於作吏，及官吏閨中之隱情。頭緒既
繁，腳色復夥，其記事遂率與一人俱起，亦即與其人俱訖，若斷若
續，與《儒林外史》略同。然臆說頗多，難云實錄，無自序所謂
「含蓄蘊釀」之實，殊不足望文木老人後塵。況所搜羅，又僅「話
柄」，聯綴此等，以成類書；官場伎倆，本小異大同，匯為長編，
即千篇一律。特緣時勢要求，得此為快，故《官場現形記》乃驟享
大名；而襲用「現形」名目，描寫他事，如商界學界女界者亦接踵
也。今錄南亭亭長之作八百餘言為例，並以概餘子：

> ……卻說賈大少爺，……看看已到了引見之期，頭
> 天赴部演禮，一切照例儀注，不庸細述。這天賈大少爺
> 起了一個半夜，坐車進城，……一直等到八點鐘，才有帶

領引見的司官老爺把他帶了進去，不知走到一個甚麼殿上，司官把袖一摔，他們一班幾個人在臺階上一溜跪下，離著上頭約摸有二丈遠，曉得坐在上頭的就是「當今」了。……他是道班，又是明保的人員，當天就有旨，叫他第二天預備召見。……賈大少爺雖是世家子弟，然而今番乃是第一遭見皇上，雖然請教過多少人，究竟放心不下。當時引見了下來，先看見華中堂。華中堂是收過他一萬銀子古董的，見了面問長問短，甚是關切。後來賈大少爺請教他道，「明日朝見，門生的父親是現任臬司，門生見了上頭，要碰頭不要碰頭？」華中堂沒有聽見上文，只聽得「碰頭」二字，連連回答道，「多碰頭，少說話：是做官的祕訣。」賈大少爺忙分辨道，「門生說的是上頭問著門生的父親，自然要碰頭；倘不問，也要碰頭不要碰頭？」華中堂道，「上頭不問你，你千萬不要多說話；應該碰頭的地方，又萬萬不要忘記不碰，就是不該碰，你多磕頭，總沒有處分的。」一席話說得賈大少爺格外糊塗，意思還要問，中堂已起身送客了。賈大少爺只好出來，心想華中堂事情忙，不便煩他，不如去找黃大軍機，……或者肯賜教一二。誰知見了面，賈大少爺把話才說完，黃大人先問「你見過中堂沒有？他怎麼說的？」賈大少爺照述一遍，黃大人道，「華中堂閱歷深，他叫你多碰頭少說話，老成人之見，這是一點兒不錯的。」……賈大少爺無法，只得又去找徐大軍機。這位徐大人，上了年紀，兩耳重聽，就是有時候聽得兩句，也裝作不知。他平生最講究養心之學，有兩個訣竅：一個是「不動心」，一個是「不操心」。……後來他這個訣竅被同寅中都看穿了，大家就送他一個外號，叫他做「琉璃蛋」。……這日賈大少爺……去求教他，見面之後，寒暄了幾句，便題到此事。徐大人

道，「本來多碰頭是頂好的事。就是不碰頭，也使得。你還是應得碰頭的時候，你碰頭；不必碰的時候，還是不必碰的為妙。」賈大少爺又把華黃二位的話述了一遍，徐大人道，「他兩位說的話都不錯。你便照他二位的話，看事行事，最妥。」說了半天，仍舊說不出一毫道理，只得又退了下來。後來一直找到一位小軍機，也是他老人家的好友，才把儀注說清。第二天召見上去，居然沒有出岔子。⋯⋯（第二十六回）

　　我佛山人為吳沃堯，字繭人，後改趼人，廣東南海人也，居佛山鎮，故自稱「我佛山人」。年二十餘至上海，常為日報撰文，皆小品；光緒二十八年新會梁啓超❻印行《新小說》於日本之橫濱，月一冊，次年（一九〇三），沃堯乃始學為長篇，即以寄之，先後凡數種，曰《電術奇談》❼，曰《九命奇冤》，曰《二十年目睹之怪現狀》，名於是日盛，而末一種尤為世間所稱。後客山東，遊日本，皆不得意，終復居上海；三十二年，為《月月小說》❽主筆，撰《劫餘灰》《發財祕訣》《上海遊驂錄》；又為《指南報》作《新石頭記》。又一年，則主持廣志小學校，甚盡力於學務，所作遂不多。宣統紀元，始成《近十年之怪現狀》二十回，二年九月遂卒，年四十五（一八六六～一九一〇）。別有《恨海》《胡寶玉》二種，先皆單行；又嘗應商人之托，以三百金為撰《還我靈魂記》頌其藥，一時頗被訾議，而文亦不傳（見《新庵筆記》三，《近十年之怪現狀》自序，《我佛山人筆記》汪維甫序）。短文非所長，

---

❻ 梁啓超（1873－1929年），字卓如，號任公，廣東新會人。著述甚多，主要有《飲冰室文集》等。

❼ 《電術奇談》，又名《催眠術》，署「日本菊池幽芳原著，東莞方慶周譯述，我佛山人衍義，知新主人評點」。我佛山人即吳沃堯，知新主人為周桂笙。

❽ 《月月小說》，吳趼人、周桂笙等主編，一九〇六年九月創刊於上海，一九〇八年十二月停刊。

後因名重，亦有人綴集爲《趼廛筆記》《趼人十三種》《我佛山人筆記四種》《我佛山人滑稽談》《我佛山人箚記小說》等。

《二十年目睹之怪現狀》本連載於《新小說》❾中，後亦與《新小說》俱輟，光緒三十三年乃有單行本甲至丁四卷，宣統元年又出戊至辛四卷，共一百八回。全書以自號「九死一生」者爲線索，歷記二十年中所遇，所見，所聞天地間驚聽之事，綴爲一書，始自童年，末無結束，雜集「話柄」，與《官場現形記》同。而作者經歷較多，故所敍之族類亦較夥，官師士商，皆著於錄，搜羅當時傳說而外，亦販舊作（如《鍾馗捉鬼傳》之類），以爲新聞。自云「只因我出來應世的二十年中，回頭想來，所遇見的只有三種東西：第一種是蛇蟲鼠蟻；第二種是豺狼虎豹；第三種是魑魅魍魎。」（第一回）則通本所述，不離此類人物之言行可知也。相傳吳沃堯性強毅，不欲下於人，遂坎坷沒世，故其言殊慨然。惜描寫失之張惶，時或傷於溢惡，言違眞實，則感人之力頓微，終不過連篇「話柄」，僅足供閒散者談笑之資而已。其敍北京同寓人符彌軒之虐待其祖云：

> ……到了晚上，各人都已安歇，我在枕上隱隱聽得一陣喧嚷的聲音出在東院裏。……嚷了一陣，又靜了一陣，靜了一陣，又嚷一陣，雖是聽不出所說的話來，卻只覺得耳根不清淨，睡不安穩。……直等到自鳴鐘報了三點之後，方才矇矓睡去；等到一覺醒來，已是九點多鐘了。連忙起來，穿好衣服，走出客堂，只見吳亮臣李在茲和兩個學徒，一個廚子，兩個打雜，圍在一起竊竊私議。我忙問是甚麼事。……亮臣正要開言，在茲道，「叫王三說罷，省了我們費嘴。」打雜王三便道，「是東院符老爺家的事。昨天晚上半夜裏我起來解手，聽見東院裏有人吵

---

❾ 《新小說》，光緒二十八年（1902）梁啓超創辦於橫濱，共刊行兩卷。

嘴，……就摸到後院裏，……往裏面偷看：原來符老爺和符太太對坐在上面，那一個到我們家裏討飯的老頭兒坐在下面，兩口子正罵那老頭子呢。那老頭子低著頭哭，只不做聲。符太太罵得最出奇，說道，『一個人活到五六十歲，就應該死的了，從來沒見過八十多歲人還活著的。』符老爺道，『活著倒也罷了。無論是粥是飯，有得吃吃點，安分守己也罷了；今天嫌粥了，明天嫌飯了，你可知道要吃的好，喝的好，穿的好，是要自己本事掙來的呢。』那老頭子道，『可憐我並不求好吃好喝，只求一點兒鹹菜罷了。』符老爺聽了，便直跳起來，說道，『今日要鹹菜，明日便要鹹肉，後日便要雞鵝魚鴨，再過些時，便燕窩魚翅都要起來了。我是個沒補缺的窮官兒，供應不起！』說到那裏，拍桌子打板凳的大罵。……罵夠了一回，老媽子開上酒菜來，擺在當中一張獨腳圓桌上。符老爺兩口子對坐著喝酒，卻是有說有笑的。那老頭子坐在底下，只管抽抽咽咽的哭。符老爺喝兩杯，罵兩句；符太太只管拿骨頭來逗叭兒狗頑。那老頭子哭喪著臉，不知說了一句甚麼話，符老爺登時大發雷霆起來，把那獨腳桌子一掀，匋劻一聲，桌上的東西翻了個滿地，大聲喝道，『你便吃去！』那老頭子也太不要臉，認眞就爬在地下拾來吃。符老爺忽的站了起來，提起坐的凳子，對準了那老頭子捽去。幸虧站著的老媽子搶著過來接了一接，雖然接不住，卻擋去勢子不少。那凳子雖然還捽在那老頭子的頭上，卻只捽破了一點頭皮。倘不是那一擋，只怕腦子也磕出來了。」我聽了這一番話，不覺嚇了一身大汗，默默自己打主意。到了吃飯時，我便叫李在茲趕緊去找房子，我們要搬家了。……（第七十四回）

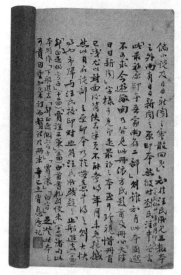

清抄本《老殘遊記》內頁

吳沃堯之所撰著，惟《恨海》《劫餘灰》，及演述譯本之《電術奇談》等三種，自云是寫情小說，其他悉此類，而譴責之度稍不同。至於本旨，則緣借筆墨爲生，故如周桂笙（《新庵筆記》三）言，亦「因人，因地，因時，各有變態」，但其大要，則在「主張恢復舊道德」（見《新庵譯屑》評語）云。

又有《老殘遊記》二十章，題「洪都百煉生」著，實劉鶚之作也❿，有光緒丙午（一九〇六）之秋於海上所作序；或雲本未完，末數回乃其子續作之。鶚字鐵雲，江蘇丹徒人，少精算學，能讀書，而放曠不守繩墨，後忽自悔，閉戶歲餘，乃行醫於上海，旋又棄而學賈，盡喪其資。光緒十四年河決鄭州，鶚以同知投效於吳大澂⓫，治河有功，聲譽大起，漸至以知府用。在北京二年，上書請敷鐵道；又主張開山西礦，既成，世俗交謫，稱爲「漢奸」。庚子之亂，鶚以賤值購太倉儲粟於歐人，或云實以振饑困者，全活甚眾；後數年，政府即以私售倉粟罪之，流新疆死（約一八五〇～一九一〇，詳見羅振玉《五十日夢痕錄》）。其書即借鐵英號老殘者之遊行，而歷記其言論聞見，敘景狀物，時有可觀，作者信仰，並見於內，而攻擊官吏之處亦多。其記剛弼誤認魏氏父女爲謀斃一家十三命重犯，魏氏僕

❿ 劉鶚（1857—1909年），曾官候補知府，後棄官經商。除《老殘遊記》外，編有甲骨文《鐵雲藏龜》等。

⓫ 吳大澂（1835—1902年），字清卿，號愙齋，清吳縣（今屬江蘇）人。撰有《愙齋詩文集》《愙齋集古錄》等。

行賄求免，而剛弼即以此證實之，則摘發所謂清官者之可恨，或尤甚於贓官，言人所未嘗言，雖作者亦甚自憙，以爲「贓官可恨，人人知之，清官尤可恨，人多不知。蓋贓官自知有病，不敢公然爲非；清官則自以爲不要錢，何所不可？剛愎自用，小則殺人，大則誤國，吾人親目所見，不知凡幾矣。試觀徐桐李秉衡[12]，其顯然者也。……歷來小說，皆揭贓官之惡。有揭清官之惡者，自《老殘遊記》始」也。

  ……那衙役們早將魏家父女帶到，卻都是死了一半的樣子。兩人跪到堂上，剛弼便從懷裏摸出那個一千兩銀票並那五千五百兩憑據，……叫差役送與他父女們看，他父女回說，「不懂，這是甚麼緣故？」……剛弼哈哈大笑道，「你不知道，等我來告訴你，你就知道了。昨兒有個胡舉人來拜我，先送一千兩銀子，道，你們這案，叫我設法兒開脫；又說，如果開脫，銀子再要多些也肯。……我再詳細告訴你，倘若人命不是你謀害的，你家爲甚麼肯拿幾千兩銀子出來打點呢？這是第一據。……倘人不是你害的，我告訴他，『照五百兩一條命計算，也應該六千五百兩。』你那管事的就應該說，『人命實不是我家害的，如蒙委員代爲昭雪，七千八千俱可，六千五百兩的數目卻不敢答應。』怎麼他毫無疑義，就照五百兩一條命算帳呢？這是第二據。我勸你們，早遲總得招認，免得饒上許多刑具的苦楚。」那父女兩個連連叩頭說，「青天大老爺。實在是冤枉。」剛弼把桌子一拍，大怒道，「我這樣開導，你們還是不招？再替我夾拶起來！」底下差役炸雷似的答應了一聲「嘎！」……正要動刑。剛弼又道，「慢著。行

---

[12] 徐桐（1819—1900年），字蔭軒，漢軍正藍旗人。李秉衡（1830—1900年），字鑒堂，海城（今屬遼寧）人。

刑的差役上來，我對你說。……你們伎倆，我全知道。你們看那案子是不要緊的呢，你們得了錢，用刑就輕；讓犯人不甚吃苦。你們看那案情重大，是翻不過來的了，你們得了錢，就猛一緊，把犯人當堂治死，成全他個整屍首，本官又有個嚴刑斃命的處分。我是全曉得的。今日替我先撈賈魏氏，只不許撈得他發昏，但看神色不好就鬆刑，等他回過氣來再撈。預備十天工夫，無論你甚麼好漢，也不怕你不招！」……（第十六章）

《孽海花》書影

《孽海花》以光緒三十三年載於《小說林》[13]，稱「歷史小說」，署「愛自由者發起，東亞病夫編述」。相傳實常熟舉人曾樸[14]字孟樸者所爲。第一回猶楔子，有六十回全目，自金汮掄元起，即用爲線索，雜敘清季三十年間遺聞逸事；後似欲以豫想之革命收場，而忽中止，旋合輯爲書十卷，僅二十回。金汮謂吳縣洪鈞，嘗典試江西，丁憂歸，過上海，納名妓傅彩雲爲妾，後使英，攜以俱去，稱夫人，頗多話柄。比洪歿於北京，傅復赴上海爲妓，稱曹夢蘭，又至天津，稱賽金花，庚子之亂，爲聯軍

---

⑬ 《小說林》，黃摩西主編。1907年1月於上海創刊，1908年9月停刊。

⑭ 曾樸（1872—1935年），字孟朴，筆名東亞病夫，江蘇常熟人。所撰小說除《孽海花》外，尚有《魯男子》等。

統帥所昵，勢甚張。書於洪、傅特多惡謔，並寫當時達官名士模樣，亦極淋漓，而時復張大其詞，如凡譴責小說通病；惟結構工巧，文采斐然，則其所長也。書中人物，幾無不有所影射；使撰人誠如所傳，則改稱李純客者實其師李慈銘[15]字蓴客（見曾之撰《越縵堂駢體文集序》），親炙者久，描寫當能近實，而形容時復過度，亦失自然，蓋尙增飾而賤白描，當日之作風固如此矣。即引爲例：

　　……卻說小燕便服輕車，叫車夫徑到城南保安寺街而來。那時秋高氣爽，塵軟蹄輕，不一會，已到了門口。把車停在門前兩棵大榆樹陰下。家人方要通報，小燕搖手說「不必」，自己輕跳下車。正跨進門，瞥見門上新貼一副淡紅朱砂箋的門對，寫得英秀瘦削，歷落傾斜的兩行字，道：
　　　　保安寺街藏書十萬卷
　　　　戶部員外補闕一千年
　　小燕一笑。進門一個影壁；繞影壁而東，朝北三間倒廳；沿倒廳廊下一直進去，一個秋葉式的洞門；洞門裏面，方方一個小院落。庭前一架紫藤，綠葉森森，滿院種著木芙蓉，紅豔嬌酣，正是開花時候。三間靜室，垂著湘簾，悄無人聲。那當兒恰好一陣微風，小燕覺得在簾縫裏透出一股藥煙，清香沁鼻。掀簾進去，卻見一個椎結小童，正拿著把破蒲扇，在中堂東壁邊煮藥哩。見小燕進來，正要起立。只聽房裏高吟道，「淡墨羅巾燈畔字，小風鈴佩夢中人。」小燕一腳跨進去，笑道，「『夢中人』是誰呢？」一面說，一面看，只見純客穿著件半舊熟羅半

───────────

[15] 李慈銘（1830－1894年），字磊伯，號蓴客，會稽（今浙江紹興）人。撰有《越縵堂日記》《白華絳跗閣詩集》《湖塘林館駢體文鈔》等。

截衫，踏著草鞋，本來好好兒，一手捋著短鬚，坐在一張舊竹榻上看書。看見小燕進來，連忙和身倒下，伏在一部破書上發喘，顫聲道，「呀，怎麼小翁來，老夫病體竟不能起迓，怎好怎好？」小燕道，「純老清恙，幾時起的？怎麼兄弟連影兒也不知？」純客道，「就是諸公定議替老夫做壽那天起的。可見老夫福薄，不克當諸公盛意。雲臥園一集，只怕今天去不成了。」小燕道，「風寒小疾，服藥後當可小瘥。還望先生速駕，以慰諸君渴望。」小燕說話時，卻把眼偷瞧，只見榻上枕邊拖出一幅長箋，滿紙都是些抬頭。那抬頭卻奇怪，不是「閣下」「臺端」，也非「長者」「左右」，一迭連三，全是「妄人」兩字。小燕覺得詫異，想要留心看他一兩行，忽聽秋葉門外有兩個人，一路談話，一路躡手躡腳的進來。那時純客正要開口，只聽竹簾子拍的一聲。正是：十丈紅塵埋俠骨，一簾秋色養詩魂。不知來者何人，且聽下回分解。（第十九回）

　　《孽海花》亦有他人續書（《碧血幕》《續孽海花》），皆不稱。
　　此外以抉摘社會弊惡自命，撰作此類小說者尚多，顧什九學步前數書，而甚不逮，徒作譙呵之文，轉無感人之力，旋生旋滅，亦多不完。其下者乃至醜詆私敵，等於謗書；又或有嫚罵之志而無抒寫之才，則遂墮落而爲「黑幕小說」❻。

---

❻ 「黑幕小說」，1916年10月《時事新報》辟「上海黑幕」專欄後逐漸風行的一種小說，代表作品有《繪圖中國黑幕大觀》等。

後　記

　　右中國小說史略二十八篇其第一至第十五篇以去年十月中印訖已而於朱彝尊明詩綜卷八十知雁宕山樵陳忱字遐心胡適爲後水滸傳序放得其事尤眾於謝無量平民文學之兩大文豪第一編知說唐傳舊本題廬陵羅本撰粉粧樓相傳亦羅貫中作惜得見在後不及增修其第十六篇以下草稿則久置案頭時有更定然識力儉隘觀覽又不周洽不特於明清小說闕略尚多即近時作者如魏子安韓子雲輩之名亦緣他事相牽未遑博訪況小說初刻多有序跋可藉知成書年代及其撰人而舊本希覯僅獲新書賈人草率於本文之外大率刊落用以編錄亦復依據寡薄時盧訛謬惟更歷歲月或能小小妥帖耳而時會交迫當復印行乃任其不備輒付排印顧疇昔所懷將以助聽者之聆察釋寫生之煩勞之志願則於是乎畢矣一千九百二十四年三月三日校竟記

漢文學史綱要

第一篇

自文字至文章

　　在昔原始之民，其居群中，蓋惟以姿態聲音，自達其情意而已。聲音繁變，成言辭，言辭諧美，乃兆歌詠。時屬草昧，庶民樸淳，心志鬱於內，則任情而歌呼，天地變於外，則只畏以頌祝，踴躍吟歎，時越儕輩，爲眾所賞，默識不忘，口耳相傳，或逮後世。復有巫覡，職在通神，盛爲歌舞，以祈靈貺，而讚頌之在人群，其用乃愈益廣大。試察今之蠻民，雖狀極狉獉，未有衣服宮室文字，而頌神抒情之什，降靈召鬼之人，大抵有焉。呂不韋云，「昔葛天氏之樂，三人操牛尾，投足以歌八闋」❶。（《呂氏春秋‧仲夏紀‧古樂》）鄭玄則謂「詩之興也，諒不於上皇之世」❷。（《詩譜序》）雖荒古無文，並難徵信，而證以今日之野人，揆之人間之心理，固當以呂氏所言，爲較近於事理者矣。

　　然而言者，猶風波也，激蕩既已，餘蹤杳然，獨恃口耳之傳，

---

❶ 呂不韋（？—前235年），戰國末期衛國濮陽（今屬河南）人。曾命門客編撰《呂氏春秋》二十六卷。葛天氏，傳說中氏族首領之一。八闋，據《呂氏春秋‧仲夏紀‧古樂》載，即《載民》《玄鳥》《遂草木》《奮五谷》《敬天常》《建帝功》《依地德》《總禽獸之極》。

❷ 鄭玄（127—200年），字康成，東漢北海高密（今屬山東）人。所撰《詩譜》，分別說明《詩經》風、雅、頌各部分的地域、時代等情況。上皇，指的是伏羲氏（亦稱庖犧氏）。

祭祀狩獵塗牛骨刻辭（商）

殊不足以行遠或垂後。詩人感物，發爲歌吟，吟已感漓，其事隨
訖。倘將記言行，存事功，則專憑言語，大懼遺忘，故古者嘗結繩
而治，而後之聖人易之以書契。結繩之法，今不能知；書契者，相
傳「古者庖犧氏之王天下也，仰則觀象於天，俯則觀法於地；觀鳥
獸之文與地之宜，近取諸身，遠取諸物，於是始作八卦。」
（《易》❸《下係辭》）「神農氏復重之爲六十四爻。」（司馬貞
《補史記》）頗似爲文字所由始。其文今具存於《易》，積畫成
象，短長錯綜，變易有窮，與後之文字不相系屬。故許愼❹復以爲
「黃帝之史倉頡，見鳥獸蹄远之跡，知分理之可相別異也，初造書

---

❸ 《易》，又稱《周易》，我國古代占卜書。分經與傳。經有卦、卦辭、爻辭三部分；
　 傳有十篇，是對經的解釋。
❹ 許愼（約58—約147年），字叔重，東漢汝南召陵（今河南偃城）人。所撰《說文解
　 字》三十卷，係文字學的重要著作。

契」（《說文解字序》）。要之文字成就，所當綿歷歲時，且由眾手，全群共喻，乃得流行，誰爲作者，殊難確指，歸功一聖，亦憑臆之說也。

　　許慎云，「倉頡之初作書，蓋依類象形，故謂之文。其後形聲相益，即謂之字。字者，言孳乳而浸多也。著於竹帛謂之書。書者，如也。……《周禮》八歲入小學，保氏教國了，先以六書。一曰指事，指事者，視而可識，察而可見，上下是也；二曰象形，象形者，畫成其物，隨體詰詘，日月是也；三曰形聲，形聲者，以事爲名，取譬相成，江河是也；四曰會意，會意者，比類合誼，以見指，武信是也；五曰轉注，轉注者，建類一首，同意相受，考老是也；六曰假借，假借者，本無其字，依聲托事，令長是也。」（《說文解字序》）指事象形會意爲形體之事，形聲假借爲聲音之事，轉注者，訓詁之事也。虞夏書契，今不可見，岣嶁禹書，僞造不足論，商周以來，則刻於骨甲金石者多有，下及秦漢，文字彌繁，而攝以六事，大抵弼合。意者文字初作，首必象形，觸目會

《説文解字》書頁

心，不待授受，漸而演進，則會意指事之類興焉。今之文字，形聲轉多，而察其締構，什九以形象爲本柢，誦習一字，當識形音義三：口誦耳聞其音，目察其形，心通其義，三識並用，一字之功乃全。其在文章，則寫山曰崚嶒嵯峨，狀水曰汪洋澎湃，菽苻蔥蘢，恍逢豐木，**鱒魴鰻鯉**，如見多魚。故其所函，遂具三美：意美以感心，一也；音美以感耳，二也；形美以感目，三也。

連屬文字，亦謂之文。而其興盛，蓋亦由巫史乎。巫以記神事，更進，則史以記人事也，然尙以上告於天；翻今之《易》與《書》，間能得其彷彿。至於上古實狀，則荒漠不可考，君長之名，且難審知，世以天皇地皇人皇爲三皇**❺**者，列三才開始之序，繼以有巢燧人**❻**伏羲神農者，明人群進化之程，殆皆後人所命，非眞號矣。降及軒轅，遂多傳說，逮於虞夏，乃有箸於簡策之文傳於今。

巫史非詩人，其職雖止於傳事，然厥初亦憑口耳，慮有愆誤，則練句協音，以便記誦。文字既作，固無愆誤之虞矣，而簡策繁重，書削爲勞，故復當儉約其文，以省物力，或因舊習，仍作韻言。今所傳有黃帝《道言》**❼**（見《呂氏春秋》），《金人銘》**❽**（《說苑》），顓頊**❾**《丹書》（《大戴禮記》），帝嚳**❿**《政語》

---

❺ 三皇，諸說不一。《帝王世紀》云：「天地開闢，有天皇氏、地皇氏、人皇氏。」西漢孔安國《尙書序》：「伏羲、神農、黃帝之書謂之三墳」；唐孔穎達《正義》：「三皇之書爲三墳。」

❻ 有巢、燧人，傳說中氏族首領。

❼ 黃帝，傳說中的上古帝王。《史記‧五帝本紀》：「黃帝者，少典之子，姓公孫，名曰軒轅。」《道言》，散見《呂氏春秋》《淮南子》等書。

❽ 《金人銘》，西漢劉向《說苑‧敬愼》記孔丘在周太廟見一金人（銅人），背上刻有銘文，有句云：「熒熒不滅，炎炎奈何。涓涓不壅，將成江河。綿綿不絕，將成網羅。青青不伐，將尋斧柯。」

❾ 顓頊，據《帝王世紀》載，顓頊即「高陽氏，黃帝之孫」。《大戴禮記‧武王踐阼》載顓頊《丹書》語云：「敬勝怠者吉，怠勝敬者滅；義勝欲者從，欲勝義者凶。」

❿ 帝嚳，據《帝王世紀》載，帝嚳即「高辛氏，少皞之孫」，少皞爲黃帝之子。《賈子新書》記帝嚳語云：「德莫高於博愛人，而政莫高於博利人，故政莫大於信，治莫大於仁，吾愼此而已也。」

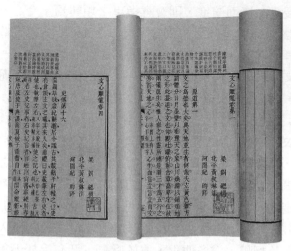

《文心雕龍》書影

（《賈誼新書》），雖並出秦漢人書，不足憑信，而大抵協其音，偶其詞，使讀者易於上口，則殆猶古之道也。

由前言更推度之，則初始之文，殆本與語言稍異，當有藻韻，以便傳誦，「直言曰言，論難曰語」⑪，區以別矣。然漢時已並稱凡箸於竹帛者爲文章（《漢書·藝文志》）；後或更拓其封域，舉一切可以圖寫，接於目睛者皆屬之。梁之劉勰⑫，至謂「人文之元，肇自太極」（《文心雕龍·原道》），三才所顯，並由道妙，「形立則章成矣，聲發則文生矣」，故凡虎斑霞綺，林籟泉韻，俱爲文章。其說汗漫，不可審理。稍隘之義，則《易》有曰，「物相雜，故曰文。」⑬《說文解字》曰，「文，錯畫也。」可知凡所謂

---

⑪ 「直言曰言，論難曰語」，語見《說文解字》第三卷。

⑫ 劉勰（約465—約532年），字彥和，南朝梁南東莞（今江蘇鎮江）人。所撰《文心雕龍》，十卷，五十篇，是中國第一部系統性的文學理論批評專著。

⑬ 「物相雜，故曰文」，語見《易·繫辭（下）》。

文，必相錯綜，錯而不亂，亦近麗爾之象。至劉熙❶云「文者，會集眾彩以成錦繡，會集眾字以成辭義，如文繡然也」（《釋名》）。則確然以文章之事，當具辭義，且有華飾，如文繡矣。《說文》又有彣字，云：「䫻也」；「䫻，彣彰也」❶。蓋即此義。然後來不用，但書文章，今通稱文學。

劉勰雖於《原道》一篇，以人「為五行之秀，實天地之心，心生而言立，言立而文明，自然之道也。傍及萬品，動植皆文。……」而晉宋以來，文筆之辨又甚峻。其《總術篇》即云，「今之常言：有文有筆。以為無韻者筆也，有韻者文也。」蕭繹❶所詮，尤為昭晰，曰：「今之門徒，轉相師受，通聖人之經者謂之儒；屈原宋玉枚乘長卿之徒，止於辭賦則謂之文。……至如不便為詩如閻纂，善為章奏如伯松，若是之流，泛謂之筆。吟詠風謠，流連哀思者謂之文。」又曰，「筆，退則非謂成篇，進則不云取義，神其巧惠，筆端而已。至如文者，惟須綺縠紛披，宮徵靡曼，脣吻遒會，精靈蕩搖。而古之文筆今之文筆，其源又異。」（《金樓子‧立言篇》）蓋其時文章界域，極可弛張，縱之則包舉萬匯之形聲；嚴之則排擯簡質之敘記，必有藻韻，善移人情，始得稱文。其不然者，概謂之筆。

辭筆或詩筆對舉，唐世猶然，逮及宋元，此義遂晦，於是散體之筆，並稱曰文，且謂其用，所以載道，提挈經訓，誅鋤美辭，講章告示，高張文苑矣。清阮元❶作《文言說》，其子福又作《文筆對》，復昭古誼，而其說亦不行。

---

❶ 劉熙,字成國，東漢末北海（今山東濰坊）人。所撰《釋名》，八卷，以音同或音近的字解釋字義，推究事物所以命名的由來。

❶ 「䫻，彣彰也」，許慎《說文解字》原作「䫻，有文章也」。清段玉裁注：「彣，䫻也，有部曰䫻，有彣彰也。」

❶ 蕭繹（508－554年），即梁元帝。所撰《金樓子》，原為十卷，今存六卷。

❶ 阮元（1764－1849年），字伯元，號芸台，清儀徵（今屬江蘇）人。著有《揅經室集》，其中《文言說》《文韻說》《與友人論古文書》等篇。

第二篇

書與詩

　　《周禮》❶，外史掌三皇五帝之書❷，今已莫知其書爲何等。
假使五帝書誠爲五典，則今惟《堯典》在《尚書》❸中。「尚者，
上也。上所爲，下所書也。」（王充《論衡・須頌篇》）或曰：
「言此上代以來之書。」（孔穎達《尚書正義》）緯書❹謂「孔子
求書，得黃帝玄孫帝魁之書，迄於秦穆公，凡三千二百四十篇。斷
遠取近，定可爲世法者百二十篇；以百二篇爲《尚書》，十八篇爲
《中候》。去三千一百二十篇」。（《尚書璿璣鈐》）乃漢人侈大
之言，不可信。《尚書》蓋本百篇：《虞夏書》二十篇，《商書》
《周書》各四十篇❺。今本有序，相傳孔子所爲，言其作意（《漢

---

❶ 《周禮》，又名《周官》，記述周王室官制和戰國時各國制度，戰國後期寫成。

❷ 三皇五帝之書，即「三墳五典」。西漢孔安國《尚書序》載：「伏羲、神農、黃帝之
　書謂之三墳，言大道也。少昊、顓頊、高辛、唐、虞之書謂之五典，言常道也。」

❸ 《堯典》，《尚書》第一篇，也稱「帝典」。主要記載堯舜禪讓事蹟等。《尚書》，
　即《書》，中國上古歷史檔和追述古代史事的著作的彙編。

❹ 緯書，漢代人混合神學迷信思想附會儒家經義的書。《易》《書》《詩》《禮》
　《樂》《春秋》《孝經》七經的緯書，統稱「七緯」。

❺ 《虞夏書》，指《虞書》和《夏書》。《虞書》記載傳說中唐堯、虞舜、夏禹等事
　蹟；《夏書》記載夏代史事。《商書》記載商代史事。《周書》記載周代史事。

書·藝文志》），然亦難信，以其文不類也。秦燔燒經籍，濟南伏生❻抱書藏山中，又失之。漢興，景帝使晁錯往從口授，而伏生旋老死，僅得自《堯典》至《秦誓》二十八篇；故漢人嘗以擬二十八宿❼。

　　《書》之體例有六：曰典，曰謨，曰訓，曰誥，曰誓，曰命❽，是稱六體。然其中有《禹貢》❾，頗似記，餘則概爲訓下與告上之詞，猶後世之詔令與奏議也。其文質樸，亦詰屈難讀，距以藻韻爲飾，俾便頌習，便行遠之時，蓋已遠矣。晉衛宏❿則云，「伏生老，不能正言，言不可曉，使其女傳言教錯。齊人語多與穎川異，錯所不知，凡十二三，略以其意屬讀而已。」故難解之處多有，今即略錄《堯典》中語，以見大凡：

　　　　……帝曰：疇咨若時，登庸。放齊曰：胤子朱，啓明。帝曰：吁！嚚訟，可乎？帝曰：疇咨若予采？驩兜曰：都！共工，方鳩僝工。帝曰：吁！靜言庸違，象恭，滔天！帝曰：咨，四嶽！湯湯洪水方割，蕩蕩懷山襄陵，浩浩滔天，下民其咨。有能，俾乂。僉曰：於，鯀哉！帝曰：吁，咈哉！方命，圮族。嶽曰：異哉！試可，乃已。帝曰：往，欽哉！九載，績用弗成。帝曰：咨，四嶽！朕

---

❻ 伏生，名勝，字子賤，西漢濟南（郡治今山東章丘）人。《史記·儒林列傳》記載：「故爲秦博士。孝文帝時，欲求能治《尚書》者，天下無有，乃聞伏生能治，欲召之。是時伏生年九十餘，老，不能行，於是乃詔太常使掌故晁錯往受之。秦時焚書，伏生壁藏之。其後兵大起，流亡，漢定，伏生求其書，亡數十篇，獨得二十九篇，即以教於齊魯之間。」

❼ 故漢人嘗以擬二十八宿，見《史記·儒林列傳》唐司馬貞《索隱》。

❽ 曰典、曰謨、曰訓、曰誥、曰誓、曰命，《尚書》中的六種文體。典，記述帝王言行；謨，記述君臣謀議國事；訓，記述訓導言詞；誥，施政文告；誓，臨戰勉勵將士的誓詞；命，帝王的詔令。

❾ 《禹貢》，《尚書·夏書》的一篇。內容記述夏禹王劃定冀、兗、青、徐等九州，並記載各州山川、土壤、物產和貢賦等級。

❿ 衛宏，字敬仲，東漢東海（郡治今山東郯城）人。治《毛詩》及《古文尚書》。

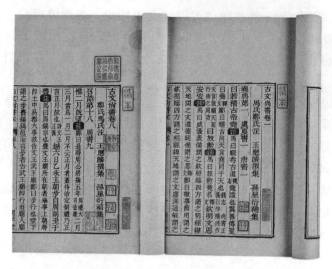

清刻本《尚書》內頁

在位七十載，汝能庸命，巽朕位。嶽曰：否德，忝帝位。
曰：明明，揚側陋！師錫帝曰：有鰥在下，曰虞舜。帝
曰：俞！予聞。如何？嶽曰：瞽子。父頑，母嚚，象傲。
克諧以孝，烝烝乂，不格奸。帝曰：我其試哉。女於時觀
厥刑於二女，厘降二女於嬀汭，嬪於虞。

揚雄[11]曰，「昔之說書者序以百，……虞夏之書渾渾爾，商書
灝灝爾，周書噩噩爾。」（《法言·問神》）虞夏禪讓，獨饒治
績，敷揚休烈，故深大矣；周多征伐，上下相戒，事危而言切，則
峻肅而不阿借；惟商書時有哀激之音，若緣而失其援，以爲夷曠，
所未詳也。如《西伯戡黎》：

[11] 揚雄（前53—18年），亦作楊雄，字子雲，西漢蜀郡成都（今屬四川）人。其著作有
明人所輯《揚子雲集》，六卷。所撰《蜀王本紀》，一卷，記蜀國開國至秦時諸王
的異事。撰有《法言》《方言》等書和《甘泉》《長楊》等賦。

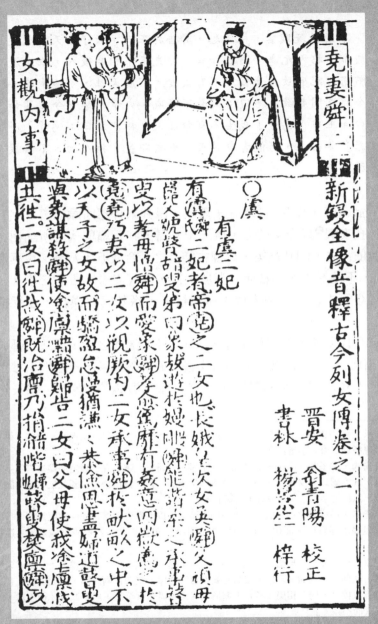

堯妻舜二女觀內事

西伯既戡黎，祖伊恐，奔告於王曰：天子！天既訖我殷命，格人元龜，罔敢知吉。非先王不相我後人，惟王淫戲用自絕。故天棄我，不有康食。不虞天性，不迪率典。今我民罔弗欲喪，曰：天曷不降威，大命不摯？今王其如台。王曰：嗚呼！我生不有命在天？祖伊反曰：嗚呼！乃罪多參在上，乃能責命於天？殷之即喪，指乃功，不無戮於爾邦！

　　武帝時，魯共王⑫壞孔子舊宅，得其末孫惠所藏之書，字皆古文。孔安國⑬以今文校之，得二十五篇，其五篇與伏生所誦相合，因並依古文，開其篇第，以隸古字寫之，合成五十八篇。會巫蠱事⑭起，不得奏上，乃私傳其業於生徒，稱《尚書》古文之學（《隋書・經籍志》）。而先伏生所口授者，緣其寫以漢隸，遂反稱今文。

　　孔氏所傳，既以值巫蠱不行，遂有張霸⑮之徒，僞造《舜典》《汩作》等二十四篇，亦稱古文書，而辭義蕪鄙，不足取信於世。若今本孔傳《古文尚書》，則爲晉豫章梅賾⑯所奏上，獨失《舜

---

⑫ 魯共王，即劉餘，西漢景帝子。《隋書・經籍志》載：「魯共王壞孔子舊宅，得其末孫惠所藏之書，字皆古文。」

⑬ 孔安國，字子國，孔子十二世孫。《隋書・經籍志》載：孔子舊宅所藏之書「字皆古文，孔安國以今文校之，……又濟南伏生所誦，有五篇相合。安國並依古文，開其篇第，以隸古字寫之，合成五十八篇」。

⑭ 巫蠱事，指巫蠱之禍。武帝晚年多病，疑有人以巫蠱之術謀害他。寵臣江充遂誣陷太子以蠱術謀篡位。征和二年，太子被逼出奔，最後自殺。爲追查巫蠱事死者達數萬人。

⑮ 張霸，西漢東萊（郡治今山東掖縣）人。東漢王充《論衡・正說篇》：「至孝成皇帝時，征爲古文《尚書》學。東海張霸案百篇之序，空造百兩之篇，獻之成帝。帝出祕百篇以校之，皆不相應，於是下霸於吏。吏自霸罪當至死，成帝高其才而不誅，亦惜其文而不滅。」

⑯ 梅賾，又作梅頤或枚賾，字仲眞，東晉汝南西平（今湖北武昌）人。東晉元帝時，奏獻孔傳《古文尚書》。

典》；至隋購募，乃得其篇，唐孔穎達[17]疏之，遂大行於世。宋吳棫[18]始以爲疑；朱熹[19]更比較其詞，以爲「今文多艱澀，而古文反平易」，「卻似晉宋間文章」，並書序亦恐非安國作也。明鷟[20]作《尚書考異》，尤力發其復，謂「《尚書》惟今文傳自伏生口誦者爲眞古文。出孔壁中者，盡後儒僞作，大抵依約諸經《論》《孟》中語，並竊其字句而緣飾之」云。

　　詩歌之起，雖當早於記事，然葛天《八闋》，黃帝樂詞，[21]僅存其名。《家語》[22]謂舜彈五弦之琴，造《南風》[23]之詩曰：「南風之薰兮，可以解吾民之慍兮；南風之時兮，可以阜吾民之財兮。」《尚書大傳》[24]又載其《卿雲歌》云：「卿云爛兮，糾縵縵兮，日月光華，旦復旦兮！」辭僅達意，頗有古風，而漢魏始傳，殆亦後人擬作。其可徵信者，乃在《尚書・皋陶謨》，（僞孔傳《尚書》分之爲《益稷》）曰：

　　……夔曰：於！予擊石拊石，百獸率舞，庶尹允諧。
　帝庸作歌曰：敕天之命，惟時惟幾。乃歌曰：股肱喜哉，
　元首起哉，百工熙哉！皋陶拜手稽首揚言曰：念哉！率作
　興事，慎乃憲，欽哉！屢省乃成，欽哉！乃賡載歌曰：元

---

❶ 孔穎達（574—648年），字沖遠，唐冀州衡水（今屬河北）人。由隋入唐，奉太宗命主編《五經正義》。

❶ 吳棫（約1100—1154年），字才老，南宋建安（今福建建甌）人，撰有《韻補》等。

❶ 朱熹（1130—1200年），字元晦，號晦庵，南宋徽州婺源（今屬江西）人。撰有《四書章句集注》《詩集傳》和《朱子語類》等。他對孔傳《古文尚書》的懷疑，見《朱子語類》卷七十八。

❷ 梅鷟，字致齋，明旌德（今屬安徽）人。撰有《尚書考異》《尚書譜》。

❷ 黃帝樂詞，即《咸池》，《漢書・禮樂志》：「昔黃帝作《咸池》。」

❷ 《家語》，《孔子家語》的簡稱，《漢書・藝文志》著錄二十七卷。今本十卷，宋以來即認爲係魏時王肅收集和僞造。

❷ 《南風》，《禮記・樂記》：「昔者舜作五弦之琴，以歌南風。」

❷ 《尚書大傳》，舊題西漢伏生撰。清陳壽祺有輯本。其中說：「舜爲賓客，而禹爲主人。……於時卿雲聚，俊乂集，百工相和而歌《慶雲》。」

《詩經》圖卷之采薇

首明哉，股肱良哉，庶事康哉！又歌曰：元首叢脞哉，股
肱惰哉，萬事墮哉！帝曰，俞，往，欽哉！

　　以體式言，至爲單簡，去其助字，實止三言，與後之「湯之
《盤銘》㉕曰：苟日新，日日新，又日新」同式；又雖亦偶字履
韻，而朴陋無華，殊無以勝於記事。然此特君臣相勖，冀各慎其法
憲，敬其職事而已，長言詠歎，故命曰歌，固非詩人之作也。
　　自商至周，詩乃圓備，存於今者三百五篇，稱爲《詩經》。其
先雖遭秦火，而人所諷誦，不獨在竹帛，故最完。司馬遷㉖始以爲
「古者《詩》三千餘篇，及至孔子，去其重，取其可施於禮義，上
采契後稷，中述殷周之盛，至幽厲之缺。」然唐孔穎達已疑其言；
宋鄭樵㉗則謂詩皆商周人作，孔子得於魯太師，編而錄之。朱熹於

㉕　《盤銘》，見《禮記·大學》。
㉖　司馬遷（約前145—約前86年），參看本書第十篇。
㉗　鄭樵（1103—1162年），字漁仲，南宋福建莆田人，撰《通志》二百卷。

  魯迅中國小説史略漢文學史綱要

采薇遣戍役也文王之時西有
昆夷之患北有玁狁之難以天
子之命命將率遣戍役以守衛
中國故歌采薇以遣之出車以
勞還杜以勤歸也采薇采薇
薇亦作止曰歸曰歸歲亦莫止
靡室靡家玁狁之故不遑啟居
玁狁之故采薇采薇薇亦柔止
曰歸曰歸心亦憂止憂心烈烈
載飢載渴我戍未定靡使歸聘
采薇采薇薇亦剛止曰歸曰歸
歲亦陽止王事靡盬不遑啟處
憂心孔疚我行不來彼爾維何
維常之華彼路斯何君子之車
戎車既駕四牡業業豈敢定居
一月三捷駕彼四牡四牡騤騤
君子所依小人所腓四牡翼翼
象弭魚服豈不日戒玁狁孔棘

詩，其意常與鄭樵合，亦曰：「人言夫子刪詩，看來只是採得許多詩，夫子不曾刪去，只是刊定而已。」

《書》有六體，《詩》則有六義焉：一曰風，二曰賦，三曰比，四曰興，五曰雅，六曰頌。風雅頌以性質言：風者，閭巷之情詩；雅者，朝廷之樂歌；頌者，宗廟之樂歌也。是爲《詩》之三經。賦比興以體制言：賦者直抒其情；比者借物言志；興者托物興辭也。是爲《詩》之三緯。風以《關雎》始，雅有大小，小雅以《鹿鳴》始，大雅以《文王》始；頌以《清廟》始；是爲四始。漢時，說詩者眾，魯有申培，齊有轅固，燕有韓嬰[28]，皆嘗列於學官，而其書今並亡。存者獨有趙人毛萇詩傳，其學自謂傳自子夏；

[28] 申培，又稱申公，西漢魯（今山東曲阜）人。創魯詩學派。《漢書‧藝文志》著錄《魯故》二十五卷，《魯說》二十八卷，已失。轅固，又稱固生，西漢齊（今山東淄博）人。創齊詩學派。韓嬰，西漢燕（今北京）人。創韓詩學派。《漢書‧藝文志》著錄《韓故》三十六卷，《韓說》四十一卷，《韓內傳》四卷，《韓外傳》六卷。此三家《詩》學均由朝廷列爲經學科目，其書均已亡佚。清王先謙有輯本《詩三家義集疏》。

清刻本《詩經》內頁

河間獻王尤好之。其詩每篇皆有序，鄭玄以爲首篇大序即子夏作，後之小序則子夏毛公合作也[29]。而韓愈則云，「子夏不序詩。」朱熹解詩，亦但信詩不信序。然據范曄說，則實後漢衛宏之所爲爾[30]。

毛氏《詩序》既不可信，三家《詩》又失傳，作詩本義，遂難通曉。而《詩》之篇目次第，又不甚以時代爲先後，故後來異說滋多。明何楷[31]作《毛詩世本古義》，乃以詩編年，謂上起於夏少康時（《公劉》，《七月》等）而訖於周敬王之世，（《下泉》）雖與孟子知人論世[32]之說合，然亦非必其本義矣。要之《商頌》[33]五篇，事蹟分明，詞亦詰屈，與《尚書》近似，用以上續舜皋陶之歌，或非誣歟？今錄其《玄鳥》一篇；《毛詩》序曰：祀高宗也。

[29] 毛萇，西漢趙（郡治今河北邯鄲）人。相傳是「毛詩學」的傳授者。子夏（前507—？年），姓卜名商，春秋時晉國溫（今河南溫縣）人，孔子門徒。相傳《詩》《春秋》是由他傳授下來的。河間獻王，即劉德（前？—130年），景帝劉啓子。他收集古書，立博士，推崇儒術。毛公，即毛亨，西漢魯（今山東曲阜）人，一說河間（郡治今河北獻縣）人。相傳是「毛詩學」的創立者。「毛詩學」傳自毛亨，後人因稱毛亨爲「大毛公」，毛萇爲「小毛公」。

[30] 韓愈（768—824年），字退之，唐河南河陽（今河南孟縣）人。撰有《韓昌黎集》。范曄（398—445年），字蔚宗，南朝宋順陽（今河南淅川）人。撰有《後漢書》。《後漢書・儒林列傳》云：「衛宏字敬仲，東海人也。……九江謝曼卿善《毛詩》，乃爲其訓，宏從曼卿受學，因作《毛詩序》。」

[31] 何楷，字元子，明鎮海衛（今福建漳浦）人。所撰《毛詩世本古義》，又名《詩經世本古義》，二十八卷。

[32] 孟子知人論世，語見《孟子・萬章》。

[33] 《商頌》，包括《那》《烈祖》《玄鳥》《長髮》《殷武》五篇。

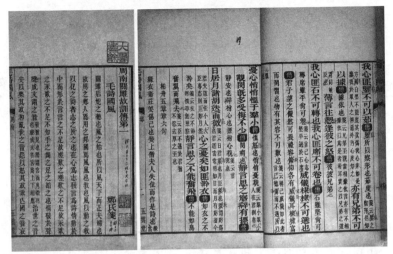

清刻本《毛詩》內頁

天命玄鳥，降而生商，宅殷土芒芒。古帝命武湯，正
域彼四方，方命厥後，奄有九有。商之先後，受命不殆，
在武丁孫子。武丁孫子，武王靡不勝，龍旂十乘，大糦是
承。邦畿千里，維民所止，肇域彼四海，四海來假。來假
祁祁，景員維河，殷受命咸宜，百祿是何。

至於二《雅》，則或美或刺，較足見作者之情，非如《頌》
詩，大率歎美。如《小雅・采薇》，言征人遠戍，雖勞而不敢息
云：

采薇采薇，薇亦作止。曰歸曰歸，歲亦莫止。靡室
靡家，玁狁之故；不遑啟居，玁狁之故。……彼爾維何？
維常之華。彼路斯何？君子之車。戎車既駕，四牡業業；
豈敢定居，一月三捷。……昔我往矣，楊柳依依；今我來

思，雨雪霏霏，行道遲遲，載渴載饑。我心傷悲，莫知我哀！

此蓋所謂怨誹而不亂，溫柔敦厚之言矣。然亦有甚激切者，如《大雅·瞻卬》：

瞻卬昊天，則不我惠，孔填不寧，降此大厲。邦靡有定，士民其瘵。蟊賊蟊疾，靡有夷屆：罪罟不收，靡有夷瘳！人有土田，女反有之！人有民人，女復奪之！此宜無罪，女反收之；彼宜有罪，女復説之！哲夫成城，哲婦傾城。……觱沸檻泉，維其深矣；心之憂矣，寧自今矣。不自我先，不自我後。藐藐昊天，無不克鞏；無忝皇祖，式救爾後！

《國風》之詞，乃較平易，發抒情性，亦更分明。如：

野有死麇，白茅包之；有女懷春，吉士誘之。林有樸樕；野有死鹿，白茅純束；有女如玉。舒而脱脱兮；无感我帨兮；无使尨也吠！（《召南·野有死麇》）

溱與洧，方渙渙兮；士與女，方秉蕳兮。女曰觀乎？士曰既且。且往觀乎，洧之外，洵訏且樂。維士與女，伊其相謔，贈之以勺藥。……（《鄭風·溱洧》）

山有樞，隰有榆。子有衣裳，弗曳弗婁；子有車馬，弗馳弗驅；宛其死矣，他人是愉。山有栲，隰有杻。子有廷內，弗灑弗掃；子有鐘鼓，弗鼓弗考，宛其死矣，他人是保。山有漆，隰有栗。子有酒食，何不日鼓瑟？且以喜樂，且以永日。宛其死矣，他人入室。（《唐風·山有樞》）

《詩》之次第，首《國風》，次《雅》，次《頌》。《國風》次第，則始周召二南❸❹，次邶鄘衛王鄭齊魏唐秦陳檜曹而終以豳。其序列先後，宋人多以爲即孔子微旨所寓，然古詩流傳來久，篇次未必一如其故，今亦無以定之。惟《詩》以平易之《風》始，而漸及典重之《雅》與《頌》；《國風》又以所尊之周室始，次乃旁及於各國，則大致尚可推見而已。

　　《詩》三百篇，皆出北方，而以黃河爲中心。其十五國中，周南召南王檜陳鄭在河南，邶鄘衛曹齊魏唐在河北，豳秦則在涇渭之濱，疆域概不越今河南山西陝西山東四省之外。其民厚重，故雖直抒胸臆，猶能止乎禮義，忿而不戾，怨而不怒，哀而不傷，樂而不淫，雖詩歌，亦教訓也。然此特後儒之言，實則激楚之言，奔放之詞，《風》《雅》中亦常有，而孔子則曰：「《詩》三百，一言以蔽之，曰：思無邪。」後儒因孔子告顏淵爲邦，曰「放鄭聲」。又曰：「惡鄭聲之亂雅樂也。」遂亦疑及《鄭風》，以爲淫逸，失其旨矣。自心不淨，則外物隨之，嵇康❸❺曰：「若夫鄭聲，是音聲之至妙，妙音感人，猶美色惑志，耽槃荒酒，易以喪業，自非至人，孰能禦之。」（本集《聲無哀樂論》）世之欲捐窈窕之聲，蓋由於此，其理亦並通於文章。

　　參考書——

　　《尚書正義》（唐孔穎達）

　　《毛詩正義》（同上）

　　《經義考》（清朱彝尊）卷七二至七六　卷九八至一百

　　《支那文學史綱》（日本兒島獻吉郎）第二篇二至四章

　　《詩經研究》（謝無量）

---

❸❹ 周召二南，指《國風》中的《周南》和《召南》。

❸❺ 嵇康（223—262年），字叔夜，三國魏譙郡銍（今安徽宿縣西南）人。撰有《嵇中散集》。此外還著有《聲哀樂論》《琴賦》等。

第三篇

老　莊

　　周室寖衰，風人輟采；故曰：「王者之跡熄而詩亡。」❶志士欲救世弊，則窮竭神慮，舉其知聞。而諸侯又方並爭，厚招遊學之士；或將取合世主，起行其言，乃復力斥異家，以自所執持者爲要道，騁辯騰說，著作雲起矣。然當時足稱「顯學」❷者，實止三家，曰道，曰儒，曰墨。

　　道家書據《漢書・藝文志》所錄有《伊尹》《太公》《辛甲》❸等，今皆不傳；《鬻子》《筦子》❹亦後人作，故存於今者莫先於《老子》。老子❺名耳，字聃，姓李氏，楚人，蓋生於周靈王初（約西曆紀元前五七〇），嘗爲守藏室之史，見周之衰，遂去，至關，爲關令尹喜❻著書上下篇，言道德之意，五千餘言而去，莫

---

❶ 「王者之跡熄而詩亡」，語見《孟子・離婁（下）》。

❷ 「顯學」，《韓非子・顯學》：「世之顯學，儒墨也。」

❸ 《伊尹》，《漢書・藝文志》著錄五十一篇，傳伊尹作。《太公》，《漢書・藝文志》著錄二三七篇，傳呂望作。《辛甲》，《漢書・藝文志》著錄二十九篇，傳辛甲作。

❹ 《鬻子》，《漢書・藝文志》著錄二十二篇，傳鬻熊作。《筦子》，《漢書・藝文志》著錄八十六篇，傳管仲作。

❺ 老子（約前571—？年），春秋時楚國苦縣（今河南鹿邑）人，道家學派創始者。《隋書・經籍志》著錄《老子道德經》二卷。

❻ 關令尹喜，《漢書・藝文志》著錄《關尹子》九篇，傳尹喜作。原注：「名喜，爲關吏。老子過關，喜去吏而從之。」

知其所終也。今書又離爲八十一章，亦後人妄分，本文實惟雜述思想，頗無條貫；時亦對字協韻，以便記誦，與秦漢人所傳之黃帝《金人銘》，顓頊《丹書》等（見第一篇）同：

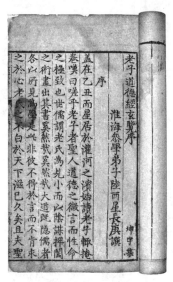

《詩經》圖卷之采薇內頁

　　視之不見名曰夷，聽之不聞名曰希，搏之不得名曰微。此三者不可致詰，故混而爲一。其上不，其下不昧，繩繩不可名，復歸於無物。是謂無狀之狀，無物之象，是謂惚恍。迎之不見其首，隨之不見其後，執古之道，以禦今之有。能知古始，是謂道紀。

　　執大象，天下往。往而不害，安平太。樂與餌，過客止；道之出口，淡乎其無味，視之不足見，聽之不足聞，用之不足既。

　　老子嘗爲周室守書，博見文典，又閱世變，所識甚多，班固❼謂「道家者流蓋出於史官，歷記成敗存亡禍福古今之道，然後知秉要執本，清虛以自守，卑弱以自持」，者蓋以此。然老子之言亦不純一，戒多言而時有憤辭，尙無爲而仍欲治天下。其無爲者，以欲「無不爲」也。

---

❼ 班固（32—92年），字孟堅，東漢安陵（今陝西咸陽）人。曾校書祕府，繼其父班彪編撰《漢書》共一百卷。除撰《漢書》外，尙有《白虎通義》及《兩都賦》等。

尹喜見老子像

魯迅中國小說史略漢文學史綱要

大道廢，有仁義。智慧出，有大僞。六親不和有孝慈，國家昏亂有忠臣。

　　民之饑，以其上食稅之多，是以饑。民之難治，以其上之有爲，是以難治。民之輕死，以其求生之厚，是以輕死。夫唯無以生爲者，是賢於貴生。

　　……聖人處無爲之事，行不言之教，萬物作焉而不辭，生而不有，爲而不恃，功成而弗居。夫唯弗居，是以不去。

　　爲學日益，爲道日損。損之又損，以至於無爲。無爲而無不爲。取天下常以無事；及其有事，不足以取天下。

　　儒墨二家起老氏之後，而各欲盡人力以救世亂。孔子以周靈王二十一年（前五五一）生於魯昌平鄉陬邑，年三十餘，嘗問禮於老聃，然祖述堯舜❽，欲以治世弊，道不行，則定《詩》《書》，訂《禮》《樂》，序《易》，作《春秋》❾。既卒（敬王四十一年—前四七九），門人又相與輯其言行而論纂之，謂之《論語》。墨子❿亦魯人，名翟，蓋後於孔子百三四十年（約威烈王一至十年生），而尚夏道，兼愛尚同，非古之禮樂，亦非儒，有書七十一篇，今存者作十五卷。然儒者崇實，墨家尚質，故《論語》《墨子》，其文辭皆略無華飾，取足達意而已。時又有楊朱⓫，主「爲

---

❽ 祖述堯舜，語見《禮記·中庸》：「仲尼祖述堯舜，憲章文武。」朱熹注：「祖述者，遠宗其道。」

❾ 《詩》，《書》，參看本書第二篇。《禮》，即《儀禮》，春秋戰國時期部分禮制的彙編。《樂》，即《樂經》，已亡佚。《易》，即《周易》。《春秋》，魯國史書。相傳孔子曾對這些書作過整理。

❿ 墨子（約前468—376年），名翟，春秋戰國之際魯國人，墨家學派創始者。《漢書·藝文志》著錄《墨子》七十一篇，現存五十三篇，共十五卷。

⓫ 楊朱，戰國初期魏國人。其言論事蹟，散見《孟子》《莊子》《韓非子》《呂氏春秋》等書。《列子》中雖有《楊朱》篇，但系後人僞託。《孟子·滕文公（下）》曾云：「天下之言，不歸楊，則歸墨。」

明刻本《論語集注》內頁　　　　　清刻本《孟子》內頁

我」，殆未嘗著書，而其說亦盛行於戰國之世。孟子❷名軻（前三七二生二八九卒）者，鄒人，受學於子思，亦崇唐虞，說仁義，於楊墨則辭而辟之，著書七篇曰《孟子》。生當周季，漸有繁辭，而敘述則時特精妙，如墦間乞食一段，宋吳氏❸（《林下偶談》）極推稱之：

> 齊人有一妻一妾而處室者。其良人出，則必饜酒食
> 而後反；其妻問所與飲食者，盡富貴也。其妻告其妾曰：
> 良人出，則必饜酒食而後反，問其與飲食者，盡富貴也，

---

❷ 孟子（約前372—289年），名軻，戰國時鄒（今山東鄒縣）人，儒家學說的重要代表人物。他曾說：「楊子爲我，是無君也；墨氏兼愛，是無父也。無父無君，是禽獸也。」（《孟子·滕文公（下）》）子思（前483—402年），姓孔名伋，春秋時魯國人。孔子之孫，相傳他受業於曾參，作《中庸》。

❸ 宋吳氏，即吳子良（1197—？年），字明輔，號荊溪，南宋臨海（今屬浙江）人。所撰《林下偶談》，四卷。該書卷四論《孟子》：「其文法極可觀，如齊人乞墦一段尤妙，唐人雜說之類，蓋仿於此。」

魯迅中國小說史略漢文學史綱要

而未嘗有顯者來，吾將瞯良
人之所之也。蚤起，施從良
人之所之。遍國中無與立談
者，卒之東郭墦間之祭者，
乞其餘，不足，又顧而之
他。此其為饜足之道也。其
妻歸，告其妾曰：良人者，
所仰望而終身也，今若此。
與其妾訕其良人，而相泣於
中庭。而良人未之知也，施
施從外來，驕其妻妾。

《墨子》內頁

然文辭之美富者，實惟道
家，《列子》《鶡冠子》❶書晚
出，皆後人偽作；今存者有《莊子》。莊子名周，宋之蒙人，蓋稍
後於孟子，嘗為蒙漆園吏。著書十餘萬言，大抵寓言，人物土地，
皆空言無事實，而其文則汪洋辟闔，儀態萬方，晚周諸子之作，莫
能先也。今存三十三篇，《內篇》七，《外篇》十五，《雜篇》
十一；然《外篇》《雜篇》疑亦後人所加❶。於此略錄《內篇》之
文，以見大概：

　　囓缺問乎王倪曰：子知物之所同是乎？曰：吾惡乎
　知之。子知子之所不知邪？曰：吾惡乎知之。然則物無知

❶ 《列子》，列子即列禦寇，戰國時鄭國人。《漢書·藝文志》著錄《列子》八篇。
《鶡冠子》，《漢書·藝文志》著錄《鶡冠子》一篇。鶡冠子，姓名不詳，相傳戰國
時楚國人，一說春秋時人，因以鶡羽為冠，故得此號。

❶ 莊子（前369—前286年），名周，戰國時宋國人，道家學派代表人。《漢書·藝文
志》著錄《莊子》五十二篇。今傳《莊子》三十三篇，《內篇》有《逍遙遊》《齊物
論》《養生主》《人間世》《德充符》《大宗師》《應帝王》，此七篇一般認為係莊
周所撰；《外篇》有《駢拇》《馬蹄》等十五篇，《雜篇》有《庚桑楚》《徐無鬼》
等十一篇，此二十六篇一般認為係莊子後學所撰。

《莊子》書影內頁

邪？曰：吾惡乎知之。雖然，嘗試言之：庸詎知吾所謂知
之非不知邪？庸詎知吾所謂不知之非知邪？且吾嘗試問乎
女：民濕寢則要疾偏死，然乎哉？木處則惴慄恂懼，猿猴
然乎哉？三者孰知正處。……自我觀之：仁義之端，是非
之塗，樊然淆亂。吾惡能知其辯。齧缺曰：子不知利害，
則至人固不知利害乎？王倪曰：至人神矣，大澤焚而不能
熱，河漢沍而不能寒，疾雷破山，風振海而不能驚。若然
者乘雲氣，騎日月，而遊乎四海之外。死生無變於己，而
況利害之端乎？（《齊物論》第二）

泉涸，魚相與處於陸，相呴以濕，相濡以沫，不如相
忘於江湖。與其譽堯而非桀也，不如兩忘而化其道。夫大
塊載我以形，勞我以生，佚我以老，息我以死，故善吾生
者，乃所以善吾死也。（《大宗師》第六）

南海之帝爲儵，北海之帝爲忽，中央之帝爲混沌。儵

與忽時與相遇於混沌之地，混沌待之甚善。儵與忽謀報混沌之德，曰：人皆有七竅以視聽食息，此獨無有。嘗試鑿之。日鑿一竅，七日而混沌死。（《應帝王》第七）

末有《天下》一篇（胡適謂非莊周作），則歷評「天下之治方術者」，最推關尹老子，以爲「古之博大眞人」，而自述其文與意云：

莊子夢蝶圖

芴漠無形，變化無常。死與生與？天地並與？神明往與？芒乎何之，忽乎何適？萬物畢羅，莫足以歸。古之道術，有在於是者。莊周聞其風而悅之，以謬悠之說，荒唐之言，無端崖之辭，時縱恣而不儻，不以觭見之也。以天下為沈濁不可與莊語，以巵言為曼衍，以重言為真，以寓言為廣。獨與天地精神往來，而不敖倪於萬物；不譴是非，以與世俗處。其書雖瑰瑋，而連犿无傷也。其辭雖參差，而諔詭可觀。彼其充實，不可以已。上與造物者遊，而下與外死生無終始者為友。其於本也，弘大而辟，深閎而肆；其於宗也，可謂稠適而上遂矣。……

故自史遷以來，均謂周之要本，歸於老子之言。然老子尚欲言有無，別修短，知白黑，而措意於天下；周則欲並有無修短白黑而一之，以大歸於「混沌」，其「不譴是非」，「外死生」，「無終始」，胥此意也。中國出世之說，至此乃始圓備。

察周季之思潮，略有四派。一鄒魯派，皆誦法先王，標榜仁義，以備世之急，儒有孔孟，墨有墨翟，二陳宋派，老子生於苦縣，本陳地也，言清淨之治，迨莊周生於宋，則且以「天下為沈濁不可與莊語」，自無為而入於虛無。三曰鄭衛派，鄭有鄧析申不害，衛有公孫鞅，趙有慎到公孫龍，韓有韓非❶，皆言名法。四

❶ 鄧析（前545—501年），春秋時鄭國大夫。曾編刑書《竹刑》，已佚。《漢書·藝文志》著錄《鄧析》二篇，亦佚。今存《鄧析子》一卷，係偽作。申不害（約前385—337年），戰國時鄭國人，曾任韓昭侯相。《漢書·藝文志》著錄《申子》六篇，現僅存《大體》一篇。公孫鞅（約前390—338年），即商鞅，戰國時衛國人。秦孝公時，兩次進行變法。《漢書·藝文志》著錄《商君》二十九篇，今存二十四篇；又有《公孫鞅》二十七篇，已佚。慎到（約前395—約315年），戰國時趙國人，曾在齊國講學。《漢書·藝文志》著錄《慎子》四十二篇，今存五篇。公孫龍（約前320—250年），戰國時趙國人，曾為平原君門客。《漢書·藝文志》著錄《公孫龍子》十四篇，今存六篇。韓非（約前280—233年），戰國時韓國人，受業於荀況。《漢書·藝文志》著錄《韓子》五十五篇。

曰燕齊派，則多作空疏迂怪之談，齊之騶衍，騶奭，田駢，接子❼
等，皆其卓者，亦秦漢方士所從出也。

參考書——

《老子》（晉王弼注）

《莊子》（晉郭象注）

《史記》（《孔子世家》，《孟》《老莊列傳》等）

《漢書》（《藝文志》）

《子略》（宋高似孫）

《中國文學史綱》（日本兒島獻吉郎）第二篇第六章

《中國大文學史》（謝無量）卷二第七章

《中國哲學史大綱》（胡適）上卷

---

❼ 騶衍（約前305－240年），號談天衍，戰國時齊國人，曾任燕昭王之師。《漢書·藝
文志》著錄《鄒子》四十九篇，又《鄒子終始》五十六篇。清馬國翰《玉函山房輯佚
書》有《鄒子》一卷。騶奭，號雕龍奭，戰國時齊國人，曾爲列大夫。《漢書·藝文
志》著錄《鄒奭子》十二篇，已佚。田駢，又名陳駢子，號天口駢，戰國時齊國人，
宣王時曾在稷下講學。《漢書·藝文志》著錄《田子》二十五篇，已佚。接子，又名
捷子，戰國時齊國人。宣王時曾遊稷下講學。《漢書·藝文志》著錄《捷子》二篇，
已佚。

第四篇

屈原及宋玉

　　戰國之世，言道術既有莊周之蔑詩禮，貴虛無，尤以文辭，陵轢諸子。在韻言則有屈原❶起於楚，被讒放逐，乃作《離騷》。逸響偉辭，卓絕一世。後人驚其文采，相率仿效，以原楚產，故稱《楚辭》❷。較之於《詩》，則其言甚長，其思甚幻，其文甚麗，其旨甚明，憑心而言，不遵矩度。故後儒之服膺詩教者，或訾而絀之，然其影響於後來之文章，乃甚或在三百篇以上。

　　屈原，名平，楚同姓也，事懷王爲左徒，博聞強志，明於治亂，嫻於辭令，王令原草憲令，上官大夫欲奪其稿，不得，讒之於王，王怒而疏屈原。原彷徨山澤，見先王之廟及公卿祠堂，圖畫天地山川神靈，琦瑋僪佹，及古賢聖怪物行事。因書其壁，呵而問之，以抒憤懣，曰《天問》❸。辭句大率四言；以所圖故事，今多失傳，故往往難得其解：

---

❶ 屈原（約前340─約278年），名平，字原，又字靈均，戰國後期楚國人。《漢書・藝文志》著錄屈原賦二十五篇，已散佚。今傳屈原作品，見西漢劉向所輯《楚辭》。

❷ 楚辭，北宋黃伯思《東觀餘論・翼騷序》云：「屈宋諸騷，皆書楚語，作楚聲，紀楚地，名楚物，故可謂之楚辭。」

❸ 《天問》，《楚辭》篇名，屈原撰。

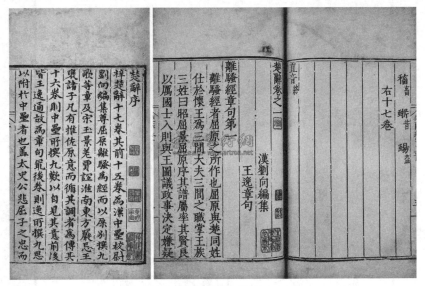

明版《楚辭》內頁

……雄虺九首，儵忽焉在？何所不死，長人何守？靡
蓱九衢，枲華安居？一蛇吞象，厥大何如？黑水玄趾，三
危安在？延年不死，壽何所止？鯪魚何所，鬿堆焉處？羿
焉彃日，烏焉解羽？……

……中央共牧後何怒？蜂蟻微命力何固？驚女採薇鹿
何祐？北至回水萃何喜？兄有噬犬弟何欲，易之以百兩卒
无祿？……

後蓋又召還，嘗欲聯齊拒秦，不見用。懷王與秦婚，子蘭勸
王入秦，屈原止之，不聽，卒爲秦所留。長子頃襄王立，子蘭爲
令尹，亦讒屈原，王怒而遷之。原在湘沅之間九年，行吟澤畔，顏
色憔悴，作《離騷》，終懷石自投汨羅以死，時蓋頃襄王十四五年
（前二八五或六）也。

《離騷》者，司馬遷以爲「離憂」，班固以爲「遭憂」，王逸

天問圖

❹釋以離別之愁思，揚雄則解為「牢騷」，故作《反離騷》❺，又作《畔牢愁》矣。其辭述己之始生，以至壯大，迄於將終，雖懷內美，重以修能，正道直行，而罹讒賊，於是放言遐想，稱古帝，懷神山，呼龍虯，思妖女，申紓其心，自明無罪，因以諷諫。其文幾二千言，中有云：

> ……跪敷衽以陳辭兮，耿吾既得此中正。駟玉虯以乘鷖兮，溢埃風余上征。朝發軔於蒼梧兮，夕余至乎縣圃，欲少留此靈瑣兮，日忽忽其將暮。吾令羲和弭節兮，望崦嵫而勿迫，路曼曼其修遠兮，吾將上下而求索。飲余馬於咸池兮，總余轡乎扶桑，折若木以拂日兮，聊消遙以相羊。……覽相觀於四極兮，周流乎天餘乃下，望瑤台之偃蹇兮，見有娀之佚女。吾令鴆為媒兮，鴆告余以不好；雄鳩之鳴逝兮，餘猶惡其佻巧。……理弱而媒拙兮，恐導言之不固；時混濁而嫉賢兮，好蔽美而稱惡。閨中既以邃遠兮，哲王又不寤。懷朕情而不發兮，余焉能忍與此終古！……

次述占於靈氛，問於巫咸，無不勸其遠遊，毋懷故宇，於是馳神縱意，將翱將翔，而眷懷宗國，終又寧死而不忍去也：

> ……抑志而弭節兮，神高馳之邈邈；奏《九歌》而舞《韶》兮，聊假日以偷樂。陟升皇之赫戲兮，忽臨睨夫舊

---

❹ 王逸，字叔師，東漢南郡宜城（今屬湖北）人。所撰《楚辭章句》，係《楚辭》最早注本。

❺ 《反離騷》，《漢書・揚雄傳》載：雄讀屈原《離騷》，「悲其文，讀之未嘗不流涕也。以為君子得時則大行，不得時則龍蛇，遇不遇命也，何必湛身哉!乃作書，往往摭《離騷》文而反之，自崏山投諸江流以吊屈原，名曰《反離騷》。」「又旁《惜誦》以下至《懷沙》一卷，名曰《畔牢愁》。」

鄉；僕夫悲餘馬懷兮，蜷局顧而不行。

亂曰：已矣哉！國無人，莫我知兮，又何懷乎故都？
既莫足與爲美政兮，吾將從彭咸之所居！

今所傳《楚辭》中有《九章》❻九篇，亦屈原作。又有《卜
居》，《漁父》，述屈原既放，與卜者及漁人問答之辭，亦云自
製，然或後人取故事仿作之，而其設爲問難，疊韻偶句之法，則頗
爲詞人則效，近如宋玉之《風賦》，遠如相如之《子虛》，《上
林》，班固之《兩都》❼皆是也。

《離騷》之出，其沾溉文林，既極廣遠，評騭之語，遂亦紛
繁，揚之者謂可與日月爭光，抑之者且不許與狂狷比跡，蓋一則達
觀於文章，一乃局蹐於詩教，故其裁決，區以別矣。實則《離騷》
之異於《詩》者，特在形式藻采之間耳，時與俗異，故聲調不同；
地異，故山川神靈動植皆不同；惟欲婚簡狄，留二姚，或爲北方人
民所不敢道，若其怨憤責數之言，則三百篇中之甚於此者多矣。楚
雖蠻夷，久爲大國，春秋之世，已能賦詩，風雅之教，寧所未習，
幸其固有文化，尚未淪亡，交錯爲文，遂生壯采。劉勰取其言辭，
校之經典，謂有異有同，固雅頌之博徒，實戰國之風雅，「雖取熔
經義，亦自鑄偉辭。……故能氣往轢古，辭來切今，驚采絕豔；難
與並能。」（《文心雕龍·辨騷》）可謂知言者已。

形式文采之所以異者，由二因緣，曰時與地。古者交接鄰國，
揖讓之際，蓋必誦詩，故孔子曰：不學詩，無以言❽。周室既衰，
聘問歌詠，不行於列國，而遊說之風寖盛，縱橫之士，欲以唇吻奏
功，遂競爲美辭，以動人主。如屈原同時有蘇秦者，其說趙司寇李

---

❻ 《九章》，屈原九篇較短作品的總稱，即《惜誦》《涉江》《哀郢》《抽思》《懷
　沙》《思美人》《惜往日》《桔頌》《悲回風》。

❼ 《風賦》，舊題宋玉撰，後人或疑爲僞託。《子虛》《上林》，即《子虛賦》《上林
　賦》，西漢司馬相如作。《兩都》，即《西都賦》和《東都賦》，東漢班固作。

❽ 「不學詩，無以言」，語見《論語·季氏》。

兌❾也，曰：「雒陽乘軒里蘇秦，家貧親老，無罷車駕馬，桑輪蓬篋，贏擔囊，觸塵埃，蒙霜露，越漳河，足重繭，日百而舍，造外闕，願造於前，口道天下之事。」（《趙策》一）自敘其來，華飾至此，則辯說之際，可以推知。餘波流衍，漸及文苑，繁辭華句，固已非詩之樸質之體式所能載矣。況《離騷》產地，與詩不同，彼有河渭，此則沅湘，彼惟樸樕，此則蘭茝；又重巫，浩歌曼舞，足以樂神，盛造歌辭，用於祀祭。《楚辭》中有《九歌》，❿謂「楚南郢之邑，沅湘之間，其俗信鬼而好祀，……屈原放逐，……愁思怫鬱，出見俗人祭祀之禮，歌舞之樂，其詞鄙俚，因爲作《九歌》之曲」。而綺靡杳渺，與原他文頗不同，雖曰「爲作」，固當有本。俗歌俚句，非不可沾溉詞人，句不拘於四言，聖不限於堯舜，蓋荊楚之常習，其所由來者遠矣。今略錄其《湘夫人》：

> 帝子降兮北渚，目眇眇兮愁余。嫋嫋兮秋風，洞庭波兮木葉下。登白蘋兮騁望，與佳期兮夕張。鳥何萃兮蘋中，罾何爲兮木上？沅有芷兮澧有蘭，思公子兮未敢言；慌惚兮遠望，觀流水兮潺湲。麋何食兮庭中，蛟何爲兮水裔？朝馳余馬兮江皋，夕濟兮西澨。聞佳人兮召予，將騰駕兮偕逝。築室兮水中，葺之以荷蓋。蓀壁兮紫壇，播芳椒兮盈堂，桂棟兮蘭橑，辛夷楣兮藥房。
>
> ……芷葺兮荷蓋，繚之兮杜衡，合百草兮實庭，建芳馨兮庑門。九疑繽兮並迎，靈之來兮如雲。捐余袂兮江中，遺余褋兮澧浦，搴汀洲兮杜若，將以遺兮遠者。時不

---

❾ 蘇秦（前？—317年），字季子，戰國時東周洛陽人。縱橫家，主六國聯合抗秦的「合縱」之說。李兌，戰國時趙國人。《資治通鑒·周紀》載：「公子成爲相，號安平君，李兌爲司寇。是時惠文王少，成、兌專政。」

❿ 《九歌》，共十一篇，即《東皇太一》《雲中君》《湘君》《湘夫人》《大司命》《少司命》《東君》《河伯》《山鬼》《國殤》《禮魂》，係屈原根據民間祭祀的樂歌加工改寫而成。

九歌圖

可分驟得，聊消遙兮容與。

　　同時有儒者趙人荀況❶（約前三一五～前二三〇），年五十始遊學於齊，三爲祭酒；已而被讒適楚，春申君以爲蘭陵令。亦作賦，《漢書》云十篇，今有五篇在《荀子》中，曰《禮》，曰《知》，曰《雲》，曰《蠶》，曰《箴》，臣以隱語設問，而王以隱語解之，文亦樸質，槪爲四言，與楚聲不類。又有佹詩，實亦賦，言天下不治之意，即以遺春申君者，則詞甚切激，殆不下於屈原，豈身臨楚邦，居移其氣，終亦生牢愁之思乎？

　　　　天下不治，請陳佹詩：天地易位，四時易鄉。列星殞墜，旦暮晦盲。……仁人絀約，敖暴擅強。天下幽險，恐失世英。螭龍爲蝘蜓，鴟梟爲鳳凰。比干見刳，孔子拘匡。昭昭乎其知之明也，鬱鬱乎其遇時之不祥也。……聖人共手，時幾將矣，與愚以疑，願聞反辭。其小歌曰：念彼遠方，何其塞矣。仁人絀約，暴人衍矣。忠臣危殆，讒人般矣。瓊玉瑤珠，不知佩也。雜布與錦，不知異也。……以盲爲明；以聾爲聰；以危爲安；以吉爲凶。嗚呼上天，曷維其同！

　　稍後，楚又有宋玉唐勒景差❷之徒，皆好辭，而以賦見稱。然雖學屈原之文辭，終莫敢直諫，蓋掇其哀愁，獵其華豔，而「九死未悔」❸之槪失矣。宋玉者，王逸以爲屈原弟子；事懷王之子襄

---

❶ 荀況（約前313—238年），又稱荀卿、孫卿，戰國時趙國人。《漢書・藝文志》著錄《孫卿子》三十三篇。今稱《荀子》。

❷ 宋玉，戰國時楚國鄢（在今河南鄢陵）人。唐勒、景差皆戰國時楚國人。《史記・屈原賈生列傳》云：「楚有宋玉、唐勒、景差之徒者，皆好辭而以賦見稱，然皆祖屈原之從容辭令，終莫敢直諫。」《漢書・藝文志》著錄宋玉賦十六篇，唐勒賦四篇。

❸ 「九死未悔」，語見《離騷》：「亦餘心之所善兮，雖九死其猶未悔。」

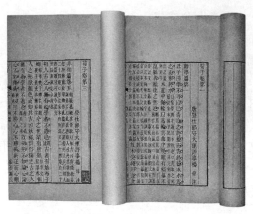

《荀子》內頁

王，爲大夫，然不得志。所作本十六篇，今存十一篇，殆多後人擬作，可信者有《九辯》。《九辯》[14]本古辭，玉取其名，創爲新制，雖馳神逞想，不如《離騷》，而淒怨之情，實爲獨絕。如：

> 皇天平分四時兮，竊獨悲此凜秋。白露既下降百草兮，奄離披此梧楸。去白日之昭昭兮，襲長夜之悠悠。離芳藹之方壯兮，餘萎約而悲愁。秋既先戒以白露兮，冬又申之以嚴霜。……歲忽忽而遒盡兮，恐餘壽之弗將。悼餘生之不時兮，逢此世之俇攘。澹容與而獨倚兮，蟋蟀鳴此西堂。心怵惕而震盪兮，何所憂之多方？卬明月而太息兮，步列星而極明。

又有《招魂》[15]一篇，外陳四方之惡，內崇楚國之美，欲召魂

---

[14] 《九辯》，王逸《楚辭章句・九辯序》云：「宋玉者，屈原弟子也。憫惜其師忠而放逐，故作《九辯》，以述其志。」

[15] 《招魂》，王逸《楚辭章句・招魂序》云：「宋玉憐哀屈原忠而斥棄，愁懣山澤，魂魄放佚，厥命將落，故作《招魂》。」但據《史記・屈原賈生列傳》載：「余讀《離騷》《天問》《招魂》《哀郢》，悲其志。」可見《招魂》係屈原所撰。

魄，來歸修門。司馬遷以爲屈原作，然辭氣殊不類。其文華靡，長於敷陳，言險難則天地間皆不可居，述逸樂則飲食聲色必極其致，後人作賦，頗學其誇。句末俱用「些」字，亦爲創格，宋沈存中❶云，「今夔峽湖湘及南北江獠人，凡禁咒句尾皆稱些，乃楚人舊俗」也。

> ……魂兮歸來，南方不可以止些。雕題黑齒，得人肉以祀，以其骨爲醢些。蝮蛇蓁蓁；封狐千里些。雄虺九首，往來倏忽，吞人以益其心些。魂兮歸來，不可以久淫些。……魂兮歸來，君无上天些。虎豹九關，啄害下人些。一夫九首，拔木九千些。豺狼從目，往來侁侁些，懸人以娭，投之深淵些，致命於帝，然後得瞑些。歸來歸來，往恐危身些。……魂兮歸來，入修門些。……室家遂宗，食多方些。稻粢穱麥，挐黃粱些。大苦鹹酸，辛甘行些。肥牛之腱，臑若芳些。和酸若苦，陳吳羹些。胹鱉炮羔，有柘漿些。……肴羞未通，女樂羅些。陳鍾按鼓，造新歌些，涉江採菱，發揚荷些。美人既醉，朱顏酡些。娭光眇視，目曾波些。被文服纖，麗而不奇些。長髮曼鬋，豔陸離些。……

其稱爲賦者則九篇（《文選》四篇；《古文苑》六篇，然《舞賦》實傅毅作）❷，大率言玉與唐勒景差同侍楚王，即事興情，因而成賦，然文辭繁縟填委，時涉神仙，與玉之《九辯》《招魂》及

---

❶ 沈存中（1031—1095年），名括，北宋錢塘（今浙江杭州）人。撰有《夢溪筆談》《長興集》等。

❷ 九篇，指《文選》所收《風賦》《高唐賦》《神女賦》《登徒子好色賦》，及《古文苑》所收《諷賦》《笛賦》《釣賦》《大言》《小言》。《文選》，即《昭明文選》，南朝梁蕭統（昭明太子）編，選錄先秦至梁的詩文詞賦。《古文苑》，編者不詳，舊說係唐人舊藏本，清顧廣圻以爲係宋人所錄，內收周代至南齊詩文，皆史傳及《文選》所不載。傅毅，參看本書第八篇。

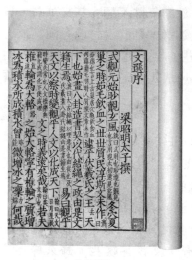

《文選》

當時情景頗違異，疑亦猶屈原之《卜居》《漁父》，皆後人依託爲之。又有《對楚王問》（見《文選》及《說苑》）[18]，自辯所以不見譽於士民眾庶之故，先徵歌曲，次引鯨鳳，以明俗士之不能知聖人。其辭甚繁，殆如遊說之士所談辯，或亦依託也。然與賦當並出漢初。劉勰謂賦萌於《騷》[19]，荀卿宋玉，乃錫專名，與詩劃境，蔚成大國；又謂「宋玉含才，始造對問」，於是枚乘《七發》，揚雄《連珠》[20]，抒憤之文，郁然盛起。然則騷者，固亦受三百篇之澤，而特由其時遊說之風而恢宏，因荊楚之俗而奇偉；賦與對問，又其長流之漫於後代者也。

唐勒景差之文，今所傳尤少。《楚辭》中有《大招》[21]，欲效

---

[18] 《對楚王問》，此文敘寫楚王與宋玉問答。此處《說苑》應作《新序》，二書均係西漢劉向編撰。

[19] 賦萌於《騷》，《文心雕龍·詮賦》：「及靈均唱《騷》，始廣聲貌。然賦也者，受命於詩人，拓宇於楚辭也。於是荀況《禮》《智》，宋玉《風》《釣》，爰錫名號，與詩畫境，六義附庸，蔚成大國。」

[20] 枚乘《七發》，參看本書第八篇。揚雄《連珠》，後來「連珠」亦成爲一種文體。《藝文類聚》卷五十七引西晉傅玄《連珠序》云：「其文體辭麗而言約，不指說事情，必假喻以達其旨，而賢者微悟，合於古詩勸興之義。欲使歷歷如貫珠，易覩而可悅，故謂之連珠也。」

[21] 《大招》，王逸《楚辭章句·大招序》：「《大招》者，屈原之所作也。或曰景差，疑不能明也。」南宋朱熹《楚辭集注》云：「此篇決爲差作無疑也。」明胡應麟《詩藪·雜編·遺逸》則云：「（唐）勒賦四篇，志於《藝文》。……蓋《大招》即此四篇中之一篇。」

《招魂》而甚不逮，王逸雲，「屈原之所作也；或曰景差。」審其文辭，謂差為近。

參考書——
《楚辭集注》（宋朱熹）
《荀子》卷十八
《史記》卷八十四《屈原賈生列傳》
《文心雕龍講疏》（范文瀾）卷一《辨騷》，卷二《詮賦》，卷三《雜文》。
《支那文學之研究》（日本鈴木虎雄）卷一《騷賦之生成》
《楚辭新論》（謝無量）
《楚辭概論》（游國恩）

第五篇

李　斯

　　秦始皇帝即位之初，相國呂不韋以列國常下士喜賓客，且多辯士，如荀況之徒，著書布天下，乃亦厚養士，使人人著其所知，集以爲書，凡二十餘萬言，號曰《呂氏春秋》 **❶**，布咸陽市門，延諸侯遊士賓客，有能增損一字者予千金。始皇既壯，絀不韋；又漸並兼列國，雖亦召文學，置博士，而終則焚燒《詩》《書》，殺諸生甚眾，重任丞相李斯，以法術爲治。

　　李斯 **❷**，楚上蔡人，少與韓非俱從荀況學帝王之術，成而入秦，爲呂不韋舍人，說始皇，拜爲長史，漸進至左丞相，二世二年（前二〇八）宦者趙高誣以謀反，殺之，具五刑，夷三族。斯雖出荀卿之門，而不師儒者之道，治尚嚴急，然於文字，則有殊勳，六國之時，文字異形，斯乃立意，罷其不與秦文合者，畫一書體，作《倉頡》七章，與古文頗不同，後稱秦篆；又始造隸書，蓋起於

---

❶ 《呂氏春秋》，《史記・呂不韋列傳》載：「呂不韋乃使其客人人著所聞，集論以爲八《覽》、六《論》、十二《紀》，二十餘萬言。以爲備天地萬物古今之事，號曰《呂氏春秋》。布咸陽市門，懸千金其上，延諸侯遊士賓客，有能增損一字者予千金。」

❷ 李斯（前？—208年），楚國上蔡（今屬河南）人。《倉頡》，亦作《蒼頡》，古代字書。李斯作七章。

焚書坑儒圖

官獄多事，苟趨簡易，施之於徒隸也。法家大抵少文采，惟李斯奏議，尚有華辭，如上書《諫逐客》❸云：

> ……必秦國所生然後可，則是夜光之璧，不飾朝廷；犀象之器，不爲玩好；鄭衛之女，不充後宮；而駿良駃騠，不實外廄；江南金錫不爲用，西蜀丹青不爲采。……夫擊甕叩缶，彈箏搏髀，而歌呼嗚嗚快耳目者，眞秦之聲也。鄭衛《桑間》《昭虞》《武象》者，異國之樂也。今棄擊甕叩缶而就鄭衛，退彈箏而取《昭虞》。若是者，何也？快意當前，適觀而已矣。今取人則不然：不問可否，不論曲直，非秦者去，爲客者逐。然則是所重者在乎色樂珠玉，而所輕者在乎人民也。此非所以跨海內，制諸侯之術也。……

二十八年，始皇始東巡郡縣，群臣乃相與誦其功德，刻於金石，以垂後世。其辭亦李斯所爲，今尚有流傳，質而能壯，實漢晉碑銘所從出也。如《泰山刻石文》：

> 皇帝臨位，作制明法，臣下修飾。二十六年，初並天下，罔不賓服。親巡天下黎民，登茲泰山，周覽東極。從臣思跡，本原事業，只誦功德。治道運行，諸產得宜，皆有法式。大義休明，垂於後世，順承勿革。皇帝躬聖，既平天下，不懈於治。……昭隔內外，靡不清淨，施於後嗣。化及無窮，遵奉遺詔，永承重戒。

❸ 《諫逐客》，即《諫逐客書》。

❹ 《仙眞人詩》，《史記‧秦始皇本紀》載：東郡民刻隕石以詛始皇，「始皇不樂，使博士爲《仙眞人詩》，及行所遊天下，傳令樂人歌弦之。」

❺ 《房中樂》，周代樂歌的一種，係宗廟所用樂章。《漢書‧禮樂志》載：「漢興，……又有《房中祠樂》，高祖唐山夫人所作也。周有《房中樂》，至秦名曰《壽人》。凡樂，樂其所生，禮不忘本。高祖樂楚聲，故《房中樂》楚聲也。孝惠二年，

三十六年，東郡民刻隕石以詛始皇，案問不服，盡誅石旁居人。始皇終不樂，乃使博士作《仙眞人詩》❹；及行所遊天下，傳令樂人歌弦之。其詩蓋後世遊仙詩之祖，然不傳。《漢書》《藝文志》著秦時雜賦九篇；《禮樂志》云周有《房中樂》❺，至秦名曰《壽人》，今亦俱佚。故由現存者而言，秦之文章，李斯一人而已。

　　參考書——
　　《史記》卷六《秦始皇帝本紀》；卷八十五《呂不韋》，八十七《李斯列傳》
　　《全秦文》（清嚴可均輯）
　　《中國大文學史》（謝無量）第二編第八章

第六篇

漢宮之楚聲

　　秦既焚燒詩書，坑諸生於咸陽，儒者乃往往伏匿民間，或則委身於敵以舒憤怨。故陳涉起匹夫，旬月王楚，而魯諸儒持孔氏之禮器歸之；孔甲❷則爲涉博士，與俱敗死。漢興，高祖亦不樂儒術，其佐又多刀筆之吏，惟酈食其，陸賈，叔孫通❸文雅，有博士餘風。然其廁足漢廷，亦非盡因文術，陸賈雖稱說詩書，顧特以辯才見賞，酈生固自命儒者，而高祖實以說客視之；至叔孫通，則正以曲學阿世取容，非重其能定朝儀，知典禮也。即位之後，過魯，雖曾以中牢祀孔子，蓋亦英雄欺人，將借此收攬人心，俾知一反秦之所爲而已。高祖崩，儒者亦不見用，《漢書·儒林傳》云：「孝惠高後時，公卿皆武力功臣。孝文本好刑名之言。及至孝景，不任儒；竇太后又好黃老術，故諸博士具官待問，未有進者。」

　　故在文章，則楚漢之際，詩教已熄，民間多樂楚聲，劉邦以一

---

❶ 陳涉（前？—208年），名勝，字涉，秦末陽城（今河南登封）人，我國歷史上第一次農民起義領袖。

❷ 孔甲（約前264—208年），名鮒，字甲，孔子八世孫。

❸ 酈食其（前？—203年），漢初陳留（今河南杞縣）人，劉邦謀士。陸賈，西漢楚（今江蘇徐州）人。漢初大中大夫。叔孫通，漢初薛（今山東薛城）人。漢王朝建立時，他曾擬定朝會典章制度。

亭長登帝位，其風遂亦被宮掖。蓋秦滅六國，四方怨恨，而楚尤發憤，誓雖三戶必亡秦，於是江湖激昂之士，遂以楚聲爲尚。項籍困於垓下，歌曰：「力拔山兮氣蓋世，時不利兮騅不逝！騅不逝兮可奈何？虞兮虞兮奈若何？」❹楚聲也。高祖既定天下，因征黥布過沛，置酒沛宮，召故人父老子弟佐酒，自擊築歌曰：「大風起兮雲飛揚。威加海內兮歸故鄉。安得猛士兮守四方！」❺亦楚聲也。且發沛中兒百二十人教之歌，群兒皆和習之。其後欲立戚夫人子趙王如意，因而廢太子，不果，戚夫人泣涕，亦令作楚舞，而自爲楚歌❻：

　　　　鴻鵠高飛，一舉千里，羽翼已就，橫絕四海。橫絕四
　　海，又可奈何？雖有矰繳，尚安所施？

　　《房中樂》始於周，以樂祖先。漢初，高帝姬唐山夫人作樂詞，以從帝所好，亦楚聲。至孝惠二年（前一九三）使樂府令夏侯寬備其簫管，更名《安世樂》，凡十六章，今錄其二：

　　　　豐草葽，女羅施。善何如，誰能回？大莫大，成教
　　德；長莫長，被無極。
　　　　都荔遂芳，窅眾桂華。孝奏天儀，若日月光。乘玄四
　　龍，回馳北行。羽旄殷盛，芬哉芒芒。孝道隨世，我署文
　　章。

　　又以沛宮爲原廟，令歌兒吹習高帝《大風》之歌，遂用百二十人爲常員。文景相嗣，禮官肄之。楚聲之在漢宮，其見重如此，故後來帝王倉卒言志，概用其聲，而武帝詞華，實爲獨絕。當其行幸

───────────────

❹ 即《垓下歌》，見《史記·項羽本紀》。
❺ 即《大風歌》，見《史記·高祖本紀》。
❻ 見《史記·留侯世家》。

河東，祠後土，顧視帝京，忻然中流，與群臣宴飲，自作《秋風辭》❼，纏綿流麗，雖詞人不能過也：

> 秋風起兮白雲飛，草木黃落兮雁南歸。蘭有秀兮菊有芳，懷佳人兮不能忘。泛樓船兮濟汾河，橫中流兮揚素波，簫鼓鳴兮發棹歌。歡樂極兮哀情多，少壯幾時兮奈老何。

降及少帝，將為董卓所鴆，與妻唐姬別❽，悲歌云：「天道易兮我何艱，棄萬乘兮退守藩。逆臣見迫兮命不延，逝將去汝兮適幽玄！」唐姬歌曰：「皇天崩兮後土頹，身為帝兮命天摧。死生路異兮從此乖，奈我煢獨兮中心哀！」雖臨危抒憤，詞意淺露，而其體式，亦皆楚歌也。

參考書——
《漢書》（《帝紀》《禮樂志》）
《全漢詩》（丁福保輯）
《中國大文學史》（謝無量）第三編第一章

---

❼ 《秋風辭》，見蕭統編《文選》卷四十五。
❽ 《後漢書·皇后紀》載，初平元年（190年），「卓乃置弘農王於閣上，使郎中令李儒進鴆，曰：「服此藥，可以辟惡。」王曰：「我無疾，是欲殺我耳！」不肯飲。強飲之，不得已，乃與妻唐姬及宮人飲醼別」，「（王）遂飲藥而死」。此處所引少帝及唐姬歌，均見於該《紀》。

第七篇

賈誼與晁錯

漢初善言治道，亦擅文章者，先有陸賈[1]佐高祖，每稱說《詩》《書》高帝命著書言秦所以失天下及古今成敗，每奏一篇，帝未嘗不稱善，名其書曰《新語》；今存。文帝時則有潁川賈山，嘗借秦爲喻，言治亂之道，名曰《至言》[2]；其後每上書，言多激切，善指事意，然不見用。所言今多亡失，惟《至言》見於《漢書》本傳。

賈誼[3]，雒陽人，嘗從秦博士張蒼受《春秋左氏傳》[4]。年十八，以能誦《詩》《書》屬文稱於郡中，廷尉吳公薦於文帝，召爲博士，時年二十餘，而善於答詔令，諸生莫能及。文帝悅之，一

---

❶ 陸賈，西漢楚（今江蘇徐州）人。《漢書·藝文志》著錄「《陸賈》，二十三篇」係與他的其他著作合計。

❷ 賈山，西漢潁川（今河南禹縣）人。《漢書·藝文志》著錄《賈山》八篇。《至言》，敘論秦王朝滅亡的歷史教訓，強調帝王應聽取臣下勸諫。

❸ 賈誼（前200－168年），西漢洛陽（今屬河南）人。《漢書·藝文志》著錄《賈誼》五十八篇，即今傳本《賈誼新書》，又稱《賈子》。又賦七篇，除《吊屈原賦》《鵩賦》外，《楚辭》收有《惜誓》，題賈誼作。

❹ 張蒼（前？－152年），西漢陽武（今河南原陽）人。《漢書·藝文志》著錄《張蒼》十六篇。《春秋左氏傳》，即《左傳》，相傳系春秋時左丘明所作，是一部依據《春秋》記述當時各國史事的編年體史書。《隋書·經籍志》：「《左氏》，漢初出於張蒼之家，本無傳者。至文帝時，梁太傅賈誼爲訓詁。」

歲中超遷至大中大夫，且擬以任公卿。絳灌馮敬[5]等毀之曰：「雒陽之人年少初學，專欲擅權，紛亂諸事。」於是帝亦疏之，不用其議；後以誼爲長沙王[6]太傅。誼既以謫去，意不自得，及渡湘水，爲賦弔屈原，亦以自諭也：

> 恭承嘉惠兮俟罪長沙，側聞屈原兮自湛汨羅。造托湘流兮敬弔先生，遭世罔極兮乃殞厥身。嗚呼哀哉兮逢時不祥，鸞鳳伏竄兮鴟梟翱翔。闒茸尊顯兮讒諛得志，賢聖逆曳兮方正倒植。……吁嗟默默，生之無故兮。斡棄周鼎，寶康瓠兮。騰駕罷牛，驂蹇驢兮。驥垂兩耳，服鹽車兮。章甫薦履，漸不可久兮。嗟苦先生，獨離此咎兮。訊曰：已矣，國其莫我知兮，獨壹鬱其誰語。鳳漂漂其高逝兮，夫固自引而遠去。襲九淵之神龍兮，沕深潛以自珍；偭蟂獺以隱處兮，夫豈從蝦與蛭蟥。所貴聖人之神德兮，遠濁世而自藏；使騏驥可得繫而羈兮，豈云異夫犬羊。般紛紛其離此尤兮，亦夫子之故也；歷九州而相其君兮，何必懷此都也！鳳凰翔於千仞兮，覽德輝而下之；見細德之險徵兮，遙曾擊而去之。彼尋常之汙瀆兮，豈能容夫吞舟之巨魚；橫江湖之鱣鯨兮，固將制於螻蟻。

三年，有鵩飛入誼舍，止於坐隅。長沙卑濕，誼自懼不壽，因作《服賦》以自廣，服者，楚人之謂鵩也。大意謂禍福糾纏，吉凶同域，生不足悅，死不足患，縱軀委命，乃與道俱，見服細故，無

---

❺ 絳灌，絳指絳侯周勃（前？—169年），西漢沛縣（今屬江蘇）人；灌指潁侯灌嬰（前？—176年），西漢睢陽（今河南商丘）人。二人隨劉邦起義，後協力共誅諸呂，迎立文帝。馮敬（前？—142年），文帝時任典客、御史大夫。周勃、灌嬰、馮敬等毀賈誼事，見《漢書·賈誼傳》。
❻ 長沙王，漢初建長沙國，封吳芮爲長沙王。賈誼所傅者係第五世長沙王吳產（產，一作著）。

足疑慮。其外死生，順造化之旨，蓋得之於莊生。歲餘，文帝徵誼，問鬼神之本，自歎爲不能及。頃之，拜爲帝少子梁懷王太傅❼。時復封淮南厲王子四人❽爲列侯，誼上疏以諫；又以諸侯王僭擬，地或連數郡，非古之制，乃屢上書陳政事，請稍削之。其治安之策，洋洋至六千言，以爲天下「事勢，有可爲痛哭者一，可爲流涕者二，可爲長太息者六，若其他背理而傷道者，難遍以疏舉」，因歷指其失，頗切事情，然不見聽。居數年，懷王墮馬死，無後；誼自傷爲傅無狀，哭泣歲餘，亦死，年三十三（前二〇〇～一六八）。

晁錯❾，潁川人，少學申商刑名於軹張恢❿所，文帝時以文學爲太常掌故，被遣從濟南伏生受《尚書》，還，因上便宜事，以書稱說，詔以爲太子舍人門大夫，遷博士，拜太子家令。又以辯得幸太子，太子家號曰智囊。舉賢良文學，對策高第，又數上書文帝，言削諸侯事及法令可更定者。帝不聽，然奇其材，遷中大夫。景帝即位，以爲內史，言事輒聽，始寵幸傾九卿，法令多所更定，袁盎申屠嘉⓫皆弗善之，而錯愈貴，遷爲御史大夫。又請削諸侯之地，收其枝郡。其說削吳云：

---

❼ 梁懷王太傅，梁懷王指漢文帝少子劉揖。《漢書・賈誼傳》載：「乃拜誼爲梁懷王太傅。懷王，上少子，愛，而好書，故令誼傅之。」

❽ 淮南厲王四子，淮南厲王即文帝庶弟劉長，高祖時封淮南王。文帝時因謀叛罪押赴四川，中途不食而死，文帝甚悔，後分封其子安、勃、賜、良四人爲列侯。

❾ 晁錯（前200—154年），西漢潁川（今河南禹縣）人。《漢書・藝文志》著錄《晁錯》三十一篇。

❿ 張恢，西漢軹縣（今河南濟源）人。《漢書・袁盎晁錯傳》載：晁錯「學申商刑名於軹張恢生所」。

⓫ 袁盎（前？—148年），即爰盎，字絲，西漢楚人，後徙安陵（今陝西咸陽）。申屠嘉（前？—155年），西漢梁（郡治今河南商丘）人。《漢書・袁盎晁錯傳》載：「錯又言宜削諸侯事，及法令可更定者，書凡三十篇。孝文雖不盡聽，然奇其材。當是時，太子善錯計策，袁盎諸大功臣多不好錯。景帝即位，以錯爲內史。錯數請間言事，輒聽，幸傾九卿，法令多所更定。丞相申屠嘉心弗便。」

昔高帝初定天下，昆弟少，諸子弱，大封同姓，故孽子悼惠王王齊七十二城，庶弟元王王楚四十城，兄子王吳五十餘城。封三庶孽，王天下半。今吳王前有太子之隙，詐稱病不朝，於古法當誅。文帝不忍，因賜幾杖，德至厚也。不改過自新，乃益驕恣，公即山鑄錢，煮海爲鹽，誘天下亡人，謀作亂逆。今削之亦反，不削亦反。削之，其反亟，禍小；不削之，其反遲，禍大。

　　錯請削地之奏，諸貴人皆不敢難，惟竇嬰[12]爭之，由是與錯有隙。諸侯亦先疾其所更法令三十章，於是吳楚七國遂反，[13]以誅錯爲名；竇嬰袁盎又說文帝，[14]令晁錯衣朝衣，斬於東市（前一五四年）。

　　晁賈性行，其初蓋頗同，一從伏生傳《尚書》，一從張蒼受《左氏》。錯請削諸侯地，且更定法令；誼亦欲改正朔，易服色；又同被功臣貴幸所譖毀。爲文皆疏直激切，盡所欲言；司馬遷亦云：「賈生晁錯明申商。」[15]惟誼尤有文采，而沈實則稍遜，如其《治安策》，《過秦論》，與晁錯之《賢良對策》，《言兵事疏》，《守邊勸農疏》，皆爲西漢鴻文，沾漑後人，其澤甚遠；然以二人之論匈奴者相較，則可見賈生之言，乃頗疏闊，不能與晁錯之深識爲倫比矣。

　　惟其後之所以絕異者，蓋以文帝守靜，故賈生所議，皆不見用，爲梁王傅，抑鬱而終。晁錯則適遭景帝，稍能改革，於是大獲

[12] 竇嬰（前？—131年），字王孫，西漢觀津（今河北衡水）人。
[13] 吳楚七國遂反，《漢書·景帝本紀》載：前元三年（前154年）正月，「吳王濞、膠西王卬、楚王戊、趙王遂、濟南王辟光、菑川王賢、膠東王雄渠皆舉兵反。大赦天下，遣太尉亞夫、大將軍竇嬰將兵擊之，斬御史大夫晁錯以謝七國。」
[14] 文帝，應爲景帝
[15] 「賈生晁錯明申商」，語見《史記·太史公自序》：「自曹參薦蓋公言黃老，而賈生、晁錯明申、商。」

寵幸，得行其言，卒召變亂，斬於東市；又夙以刑名著稱，遂復來
「爲人陗直刻深」❶之謗。使易地而處，所遇之主不同，則其晚節
末路，蓋未可知也。但賈誼能文章，平生又坎，司馬遷哀其不遇，
以與屈原同傳，遂尤爲後世所知聞。

參考書——
《史記》（卷八十四，一百一）
《漢書》（卷四十八，四十九）
《全漢文》（清嚴可均輯）
《中國大文學史》（第三編第二章）
《支那文學史綱》（第三篇第四章）

---

❶ 「爲人陗直刻深」，語出《漢書・袁盎晁錯傳》。

第八篇

藩國之文術

　　漢高祖雖不喜儒，文景二帝，亦好刑名黃老，而當時諸侯王
中，則頗有傾心養士，致意於文術者。楚，吳，梁，淮南，河間五
王，其尤著者也。

　　楚元王交❶爲高祖同父少弟，好書多材藝，少時，與魯穆生，
白生，申公❷，俱受詩於孫卿門人浮丘伯❸。故好《詩》，既王楚，
諸子亦皆讀《詩》；申公始爲詩傳，號《魯詩》；元王亦自爲傳，
號《元王詩》。漢初治詩大師，皆居於楚；申公，白公之外，又有
韋孟，❹爲元王傅，傅子夷王，及孫王戊。戊荒淫不遵道，孟乃作
詩諷諫；後遂去位，徙家於鄒，又作詩一篇，其敘事布詞，自爲一
體，皆有風雅遺韻。魏晉以來，逮相師法，用以敘先烈，述祖德，
故任昉《文章緣起》❺以爲「四言詩起於前漢楚王傅韋孟《諫楚夷

---

❶ 楚元王交，即劉交（前？—179年），隨劉邦起兵，後封楚王。撰有《元王詩》，已
　　佚。
❷ 穆生，西漢魯（今山東曲阜一帶）人。白生，又稱白公，魯國奄里（在今山東曲阜城
　　東）人。申公，即申培。
❸ 浮丘伯，又稱浮丘公，複姓浮丘，漢初齊人。
❹ 韋孟，西漢彭城（郡治今江蘇徐州）人。曾任楚國劉交、劉郢、劉戊三王之傅。
❺ 任昉（460—508年），字彥升，南朝梁樂安博昌（今山東壽光）人。《述異記》，
　　《宋史·藝文志》著錄二卷，題任昉撰。所撰《文章緣起》，又名《文章始》，一卷，
　　隋已亡佚。

漢文帝像

王戊》詩」也。

　　吳王濞[6]者，高祖兄仲之子。文帝時，吳太子入見，與皇太子爭博道，皇太子引博局提殺之。吳王由是怨望，藏亡匿死，積三十餘年，故能使其眾。然所用多縱橫遊說之士；亦有並擅文詞者，如嚴忌，鄒陽，枚乘等。吳既敗，皆游梁。

　　梁孝王名武[7]，文帝竇皇後少子也。七國之叛，梁距吳楚最有功，又最為大國，鹵簿擬天子；招延四方豪傑，自山東遊士莫不至。傳《易》者有丁寬，以授田王孫，田授施仇，孟喜，梁丘賀[8]，

---

❻ 吳王濞，即劉濞（前215—154年），劉邦侄，封吳王。

❼ 梁孝王武，即劉武（前？—144年），文帝劉恒次子。

❽ 丁寬，字子襄，漢初梁（今河南商丘一帶）人。從田何受《易》，《漢書·藝文志》著錄《丁氏》八篇。田王孫，西漢碭（今安徽碭山）人。施仇，字長卿，西漢沛縣（今屬江蘇）人。孟喜，字長卿，西漢蘭陵（今山東嶧縣）人。《隋書·經籍志》著錄《周易》八卷，孟喜章句。梁丘賀，梁丘係複姓，字長翁，西漢琅琊諸縣（今山東諸城）人。《漢書·藝文志》著錄《章句》施、孟、梁丘氏各二篇。

由是《易》有施孟梁丘三家之學。又有羊勝，公孫詭，韓安國，❾各以辯智著稱。吳敗，吳客又皆游梁；司馬相如❿亦嘗遊梁，皆詞賦高手，天下文學之盛，當時蓋未有如梁者也。

嚴忌本姓莊，後避明帝⓫諱，稱嚴，會稽吳人。好詞賦，哀屈原忠貞不遇，作詞曰《哀時命》。遭景帝不好詞賦，無所得志，乃遊吳；吳敗，徒步入梁，受知孝王，與鄒陽，枚乘同見尊重，而忌名尤盛，世稱莊夫子。《漢志》有《莊夫子賦》二十四篇；今僅存《哀時命》一篇，在《楚辭》中。

鄒陽，齊人，初與嚴忌，枚乘等俱仕吳，皆以文辯著名。吳王將叛，陽作書以諫，不見用，乃去而之梁，從孝王遊。其為人有智略，慷慨不苟合，為羊勝，公孫詭所讒，孝王怒，下陽於獄，將殺之。陽在獄中，上書自明：

……語曰：有白頭如新，傾蓋如故。何則？知與不知也。故樊於期逃秦之燕，借荊軻首以奉丹事；王奢去齊之魏，臨城自劌，以卻齊而存魏。夫王奢樊於期，非新於齊秦而故於燕魏也，所以去二國，死兩君者，行合於志而慕義無窮也。……今人主誠能去驕傲之心，懷可報之意，披心腹，見情素，墮肝膽，施德厚，終與之窮達，無愛於士，則桀之犬可使吠堯，而跖之客可使刺由。何況因萬乘之權，假聖王之資乎？然則荊軻湛七族，要離燔妻子，豈足為大王道哉？……

---

❾ 羊勝（前？—148年），西漢齊郡（治今山東淄博）人。公孫詭（前？—148年），西漢齊人。二人同為梁王門客。韓安國（前？—130年），字長孺，西漢梁成安（在今河南）人。

❿ 司馬相如（前179—117年），字長卿，西漢蜀郡成都（今屬四川）人。撰有《司馬文園集》。

⓫ 明帝，即東漢明帝劉莊（28—75年），光武帝第四子，建武中元二年（西元57年）繼位，在位18年。

書奏，孝王立出之，卒為上客，後羊勝公孫詭以罪死，陽獨為梁王解深怒於天子。蓋吳蓄深謀，偏好策士，故文辯之士，亦常有縱橫家遺風，詞令文章，並長辟闔，猶戰國遊士之說也。《漢志》縱橫家，有《鄒陽》七篇，而不錄其詞賦，似陽之在漢，固以權略見稱。《西京雜記》云：梁孝王遊於忘憂之館，集諸遊士，使各為賦。枚乘《柳賦》，路喬如《鶴賦》，公孫詭《文鹿賦》，鄒陽《酒賦》，公孫乘《月賦》，羊勝《屏風賦》，韓安國作《幾賦》不成，鄒陽代作。鄒陽安國罰酒三升；賜枚乘路喬如絹，人五匹。《西京雜記》為晉葛洪❷作，托之劉歆❸，則諸賦或亦洪之所為耳。

　　枚乘，字叔，淮陰人，為吳王濞郎中。吳王謀為逆，乘上書以諫，吳王不納，乃去而之梁。漢既平七國，乘由是知名；景帝召拜弘農都尉。乘久為大國上賓，不樂郡吏，以病去官；復遊梁。梁客皆善屬詞，乘尤高。梁孝王薨，乘歸淮陰。武帝自為太子聞乘名，及即位，乘年老，乃以安車蒲輪征乘，道死（前一四○）。

　　《漢志》有《枚乘賦》九篇；今惟《梁王菟園賦》存。《臨灞池遠訣賦》僅存其目，《柳賦》蓋偽託。然乘於文林，業績之偉，乃在略依《楚辭》《七諫》❹之法，並取《招魂》《大招》之意，自造《七發》❺。借吳楚為客主，先言興輦之損，宮室之疾，食色之害，宜聽妙言要道，以疏神導體，於是說以聲色逸遊之樂等等，凡六事，最末為觀濤於廣陵：

---

❷ 《西京雜記》，東晉葛洪撰，託名西漢劉歆。記敘西漢遺聞軼事及神話傳說。葛洪（284—363年），字稚川，東晉句容（今屬江蘇）人。除《西京雜記》外，尚撰有《抱朴子》《神仙傳》等。

❸ 劉歆（？—23年），字子駿，受詔與父向領校祕書，撰成《七略》。原有《劉歆集》，已散佚，明人輯有《劉子駿集》。《七略》，我國最早的一部目錄書，《隋書·經籍志》著錄七卷，已散佚，今存清人輯本一卷。

❹ 《七諫》，西漢東方朔撰。內容係悼念屈原。

❺ 枚乘《七發》，假設楚太子有病，吳客往問，用音樂、飲食、車馬、遊觀、田獵、觀濤、論道七事啟發太子，故稱《七發》。以後稱此類文體為「七體」，或稱「七」。

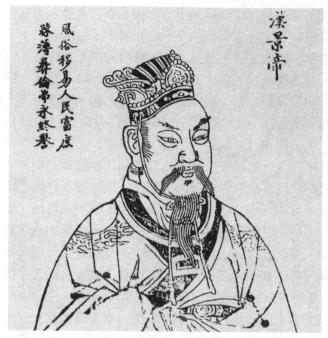

風俗移易人民富庶
發藼彝倫常永終譽

漢景帝像

　　……其始起也，洪淋淋焉若白鷺之下翔；其少進也，
浩浩潐潐，如素車白馬帷蓋之張。其波湧而雲亂，擾擾焉
如三軍之騰裝。其旁作而奔起也，飄飄焉如輕車之勒兵。
六駕蛟龍，附從太白。純馳浩蜆，前後駱驛。顯顯印印，
椐椐強強，莘莘將將。壁壘重堅，逻雜似軍行。訇隱匈
蓋，軋盤湧裔，原不可當。觀其兩傍，則滂渤怫鬱，閤漢
感突，上擊下律。有似勇壯之卒，突怒而無畏，蹈壁沖
津，窮曲隨隈，逾岸出追，遇者死，當者壞。……

其說皆不入，則云：

將為太子奏方術之士，有資略者，若莊周，魏牟，楊朱，墨翟，便娟，詹何之倫，使之論天下之精微，理萬物之是非；孔老覽觀，孟子持籌而算之，萬不失一。此亦天下要言妙道也，太子豈欲聞之乎？於是太子據几而起，曰：渙乎若一聽聖人辯士之言。涊然汗出，霍然病已。

由是遂有「七」體，後之文士，仿作者眾，漢傅毅有《七激》，劉廣有《七興》，崔有《七依》，……凡十餘家；遞及魏晉，仍多擬造。謝靈運有《七集》十卷，卞景有《七林》十二卷，梁又有《七林》三十卷，蓋即集眾家此體為之，今俱佚；惟乘《七發》及曹植《七啟》，張協《七命》❻，在《文選》中。

《文選》又有《古詩十九首》❼，皆五言，無撰人名。唐李善❽曰：並云古詩，蓋不知作者；或云枚乘，疑不能明也。然陳徐陵❾所集《玉台新詠》，則其中九首，明題乘名。審如是，乘乃不特始創七體，且亦肇開五古者矣，今錄其三：

西北有高樓，上與浮雲齊，交疏結綺窗，阿閣三重階。上有弦歌聲，音響一何悲，誰能為此曲，無乃杞梁

---

❻ 《藝文類聚》云：「昔枚乘作《七發》，而屬文之士，若傅毅、劉廣世、崔駰、李尤、桓麟、崔琦、劉梁之徒，承其流而作之者，紛焉《七激》《七興》《七依》《七疑》《七說》《七蠲》《七舉》之篇。通儒大才馬季長、張平子亦引其源而廣之。馬作《七厲》，張造《七辯》。」傅毅（？—約9年），字武仲，東漢扶風茂陵（今陝西興平）人。謝靈運（385—433年），南朝宋陽夏（今河南太康）人。東晉謝玄之孫。撰有《謝康樂集》。卞景，生平不詳。《隋書·經籍志》著錄《七林》十卷。曹植（192—232年），字子建，三國沛國譙（今安徽亳縣）人。曹操第三子，封陳王。撰有《曹子建集》。張協，字景陽，西晉安平（今屬河北）人。有《張景陽集》。

❼ 《古詩十九首》，無名氏作，非一時一人所為，或謂出於西漢時，一般認為多出於東漢。梁蕭統輯為一組收入《文選》，題作《古詩十九首》。

❽ 李善（約630—689年），唐江都（今屬江蘇）人。所注《文選》共六十卷。

❾ 徐陵（507—583年），字孝穆，南朝陳東海郯（今山東郯城）人。宮體詩代表作家。有《徐孝穆集》。《玉台新詠》，是他所編的詩歌總集，十卷。

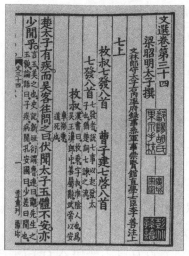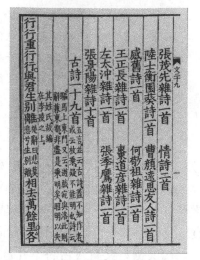

《文選‧古詩十九首》內頁　　　《玉台新詠》內頁

妻。清商隨風發，中曲正徘徊，一彈再三歎，慷慨有餘哀。不惜歌者苦，但傷知音稀。願爲雙鴻鵠，奮翅起高飛。

……相去日已遠，衣帶日已緩。浮雲蔽白日，遊子不復返。思君令人老，歲月忽已晚，棄捐勿復道，努力加餐飯。

迢迢牽牛星，皎皎河漢女。纖纖濯素手，札札弄機杼，終日不成章，泣涕零如雨。河漢清且淺，相處復幾許，盈盈一水間，脈脈不得語。

其詞隨語成韻，隨韻成趣，不假雕琢，而意志自深，風神或近楚《騷》，體式實爲獨造，誠所謂「畜神奇於溫厚，寓感愴於和平，意愈淺愈深，詞愈近愈遠」者也。稍後李陵與蘇武[20]贈答，亦

---

[20] 李陵（前？—74年），字少卿，西漢隴西成紀（今甘肅秦安）人，名將李廣之孫。漢武帝時伐匈奴，兵敗降敵。蘇武（前？—60年），字子卿，西漢杜陵（今陝西西安）人。武帝時以中郎將出使匈奴，被拘十九年。現存蘇武與李陵贈答詩，學者疑係後人僞託。

為五言，蓋文景以後，漸多此體，而天質自然，終當以乘為獨絕矣。

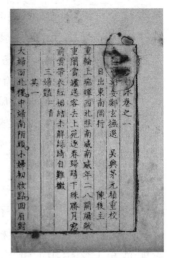

《玉台新詠》卷首

淮南王安[21]為文帝所封，好書，鼓琴；招致賓客方術之士數千人，作為《內書》二十一篇，《外書》甚眾；又有《中篇》八卷，言神仙黃白之術，亦二十餘萬言。時武帝方好藝文，以安為諸父，辯博善文辭，甚尊重之。嘗使為《離騷傳》，且受詔，日食時上。傳今亡；所傳者惟《淮南王》二十一篇，亦曰《鴻烈》[22]。其書蓋與諸遊士講論，掇拾舊文而成。其諸遊士著者，則為蘇飛，李尚，左吳，田由，雷被，毛被，伍被，晉昌等八人，是曰八公；又分造詞賦，以類相從，或稱《大山》，或稱《小山》[23]，其義猶《詩》之有《大雅》《小雅》也。小山之徒有《招隱士》之賦，其源雖出《離騷》《招魂》等，而不泥於跡象，為漢代楚辭之新聲：

> 桂樹叢生兮山之幽，偃蹇連蜷兮枝相繚。山氣巃嵸兮
> 石嵯峨；溪谷嶄岩兮水曾波。猿狄群嘯兮虎豹嘷，攀援桂

---

[21] 淮南王安，即劉安（前179—122年），淮南厲王劉長子，劉邦孫。

[22] 《內書》《外書》與《中篇》均係淮南王劉安集門客編撰。《漢書·藝文志》著錄《淮南內》二十一篇，《淮南外》三十三篇。唐顏師古注：「《內篇》論道，《外篇》雜說。」《內書》又稱《鴻烈》，《外書》又稱《淮南外篇》。《鴻烈》經西漢劉向校刊，改稱《淮南》，後稱《淮南子》。《中篇》，《漢書·藝文志》未著錄，書名見《漢書·淮南王傳》中。

[23] 《大山》《小山》，王逸《楚辭章句·招隱士序》：「昔淮南王安博雅好古，招懷天下俊偉之士。自八公之徒，咸慕其德而歸其仁，各竭才智，著作篇章，分造辭賦，以類相從，故或稱《小山》，或稱《大山》，其義猶《詩》有《小雅》《大雅》也。」

枝兮聊淹留。王孫遊兮不歸，春草生兮萋萋，歲暮兮不自
聊，蟪蛄鳴兮啾啾。塊兮軋，山曲岪，心淹留兮恫慌忽；
罔兮沕，憭兮慄，虎豹穴，叢薄深林兮人上慄。嶔岑碕
礒兮硱磳磈硊，樹輪相糾兮林木茷骩；青莎雜樹兮薠草
靃靡；白鹿麏麚兮或騰或倚，狀兒崟崟兮峨峨，淒淒兮漇
漇。獼猴兮熊羆，慕類兮以悲。攀援桂枝兮聊淹留，虎豹
鬥兮熊羆咆，禽獸駭兮亡其曹。王孫兮歸來，山中兮不可
以久留。

　　河間獻王德㉔爲景帝子，亦好書，而所得皆古文先秦舊書。又
立《毛氏詩》，《左氏春秋》博士；山東諸儒，多從而遊。其所好
蓋與楚元王交相類。惟吳梁淮南三國之客，較富文詞，梁客之上
者，多來自吳，甚有縱橫家餘韻；聚淮南者，則大抵浮辯方術之士
也。

　　參考書──
　　《史記》（卷一百六，一百十八）
　　《漢書》（卷三十六，四十四，四十七，五十一，五十三）
　　《全漢文》（清嚴可均輯）
　　《中國大文學史》（第三編第三章）

㉔ 河間獻王德，即劉德（前？─130年），景帝劉啓子。他收集古書，立博士，推崇儒
　術。

魯迅中國小說史略漢文學史綱要

第九篇

武帝時文術之盛

　　武帝有雄材大略，而頗尚儒術。即位後，丞相衛綰即請奏罷郡國所舉賢良治申商韓非蘇秦張儀之言者❶。又以安車蒲輪徵申公枚乘等；議立明堂；置五經博士❷。元光間親策賢良，則董仲舒公孫弘❸等出焉。又早慕詞賦，喜《楚辭》，嘗使淮南王安爲《離騷》作傳。其所自造，如《秋風辭》（見第七篇）《悼李夫人賦》❹（見《漢書·外戚傳》）等，亦入文家堂奧。復立樂府，集趙代秦

---

❶ 衛綰，西漢代郡大陵（今山西文水）人。《漢書·武帝紀》：「建元元年多十月，詔丞相、御史、列侯、中二千石、二千石、諸侯相舉賢良方正直言極諫之士。丞相綰奏：'所舉賢良，或治申、商、韓非、蘇秦、張儀之言，亂國政，請皆罷。'奏可。」

❷ 立明堂，《漢書·儒林傳》載：「（趙）綰、（王）臧請立明堂，以朝諸侯，不能就其事，乃言師申公。於是上使使束帛加璧，安車以蒲裹輪，駕駟迎申公，弟子二人乘軺傳從。至，……舍魯邸，議明堂事。」置「五經」博士，《漢書·武帝紀》載：建元五年（前136年）春，「置'五經'博士」。

❸ 董仲舒（前179—104年），西漢廣川（今河北棗強）人。曾建議罷黜百家，獨尊儒術。《漢書·藝文志》著錄《董仲舒》百二十三篇。撰有《春秋繁露》等。公孫弘（前200—121年），字季，西漢薛（今山東滕縣）人。《漢書·藝文志》著錄《公孫弘》十篇。

❹ 《悼李夫人賦》，漢武帝悼念寵妃李夫人之作。《漢書·外戚傳》載：「孝武李夫人，本以倡進」，甚得寵幸。她死後武帝「自爲作賦，以傷悼夫人」。按漢武辭賦，《漢書·藝文志》著錄「上所自造賦二篇」，未注篇名。

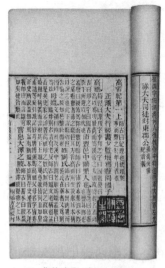

《漢書》書影內頁

楚之謳，以李延年爲協律都尉，多舉司馬相如等數十人作詩頌❺，用於天地諸祠，是爲《十九章》之歌。延年輒承意弦歌所造詩，謂之《新聲曲》，實則楚聲之遺，又擴而變之者也。其《郊祀歌》十九章，今存《漢書》《禮樂志》中，第三至第六章，皆題《鄒子樂》❻。

朱明盛長，旉與萬物。桐生茂豫，靡有所詘。敷華就實，既阜既昌，登成甫田，百鬼迪嘗。廣大建祀，肅雍不忘。神若宥之，傳世無疆。（《朱明》三《鄒子樂》）

日出入安窮，時世不與人同。故春非我春，夏非我夏，秋非我秋，冬非我冬。泊如四海之沱，遍觀是邪謂何。吾知所樂，獨樂六龍。六龍之調，使我心若。訾，黃其何不來下！（《日出入》九）

是時河間獻王以爲治道非禮樂不成，因獻所集雅樂；大樂官亦肄習之以備數，然不常用，用者皆新聲。至遨遊宴飲之時，則又有新聲變曲。曲亦防於李延年。延年中山人，身及父母兄弟皆故倡，坐法腐刑，給事狗監中。性知音，善歌舞，武帝愛之，每爲新聲變

---

❺ 李延年（前？―約87年），西漢中山（郡治今河北定縣）人，武帝寵妃李夫人之兄。《十九章》之歌，即《郊祀歌》十九章。此類新歌與舊時雅樂不同，內容除讚美天地神祇外，還歌頌其他神靈和祥瑞。

❻ 《鄒子樂》，胡應麟《詩藪·古體·雜言》：「漢《祇郊祀歌十九章》，以爲司馬相如等作，而《青陽》《朱明》四章，史題鄒子樂名。」

曲，聞者莫不感動。嘗侍武帝，起舞，歌曰：「北方有佳人，絕世而獨立，一顧傾人城，再顧傾人國。寧不知傾城與傾國，佳人難再得。」因進其女弟，得幸，號李夫人，早卒。武帝思念不已，方士齊人少翁言能致其魂，乃夜張燭設帳，而令帝居他帳遙望，見一好女，如李夫人之貌，然不得就視。帝愈益相思悲感，作爲詩曰：「是耶非耶？立而望之，偏何姍姍來其遲。」令樂府諸音家弦歌之。隨事興詠，節促意長，殆即所謂新聲變曲者也。

　　文學之士，在武帝左右者亦甚眾。先有嚴助❽，會稽吳人，嚴忌子也，或云族家子，以賢良對策高第，擢爲中大夫。助薦吳人朱

東方朔像

董仲舒像

❼ 少翁，西漢齊人，武帝時方士。招李夫人魂魄一事，見《史記・孝武本紀》及《漢書・外戚傳》。

❽ 嚴助（前？－122年），本姓莊，後人因避明帝劉莊諱，或改爲嚴，西漢會稽吳（今江蘇蘇州）人。《漢書・藝文志》著錄《莊助》四篇、賦三十五篇，均已佚。現存《喻意淮南王》一篇，見《漢書》本傳。

買臣❾召見，說《春秋》，言《楚詞》，亦拜中大夫，與嚴助俱侍中。又有吾丘壽王，司馬相如，主父偃，徐樂，嚴安，東方朔，枚皋，膠倉，終軍，嚴蔥奇❿等；而東方朔，枚皋，嚴助，吾丘壽王，司馬相如尤見親幸。相如文最高，然常稱疾避事；朔皋持論不根，見遇如俳優，惟嚴助與壽王見任用。助最先進，常與大臣辯論國家便宜，有奇異亦輒使為文，及作賦頌數十篇。壽王字子贛，趙人，年少以善格五召待詔，遷侍中中郎；有賦十五篇，見《漢志》。

東方朔字曼倩，平原厭次人也。武帝初即位，徵天下舉方正賢良文學材力之士，待以不次之位，四方士多上書言得失，自衒鬻者以千數。朔初來，上書曰：「臣朔少失父母，長養兄嫂。年十二學書，三多，文史足用。十五學擊劍。十六學詩書，誦二十二萬言。十九學孫吳兵法，戰陣之具，鉦鼓之教，亦誦二十二萬言。凡臣朔固已誦四十四萬言。又常服子路之言。臣朔年二十二；長九尺三

---

❾ 朱買臣（前？－115年），字翁子，西漢吳（今江蘇蘇州）人。《漢書・藝文志》著錄朱買臣賦三篇，已佚。

❿ 吾丘壽王，字子贛，西漢趙人。《漢書・藝文志》著錄《吾丘壽王》六篇、賦十五篇。現存《議禁民不得挾弓弩對》見《漢書》本傳，《驃騎論功論》見《藝文類聚》卷五十九，賦篇已佚。主父偃（前？－126年），主父係複姓，西漢臨淄（今山東淄博）人。《漢書・藝文志》著錄《主父偃》二十八篇，《漢書》本傳存《上書諫伐匈奴》等三篇。徐樂，西漢燕郡無終（今天津薊縣）人。《漢書・藝文志》著錄《徐樂》一篇。現存《上書言世務》一篇，見《漢書》本傳。嚴安，原姓莊，西漢臨淄（今屬山東）人。《漢書・藝文志》著錄《莊安》一篇。現存《上書言世務》一篇，見《漢書》本傳。東方朔（前154－93年），字曼倩，西漢平原厭次（今山東惠民）人。《漢書・藝文志》著錄《東方朔》二十篇，現存《上書》《諫除上林苑》《化民有道對》《答客難》《非有先生傳》五篇，見《漢書》本傳。此外《藝文類聚》卷二十三收有《誡子》，《初學記》卷十八收有《從公孫弘借車》等。枚皋，字少孺，西漢淮陰（今屬江蘇）人。枚乘庶子，《漢書・藝文志》著錄枚皋賦百二十篇，皆不傳。膠倉，一作聊蒼，西漢趙人。《漢書・藝文志》著錄《待詔金馬聊蒼》三篇。終軍（前？－112年），字子雲，西漢濟南（今屬山東）人。《漢書・藝文志》著錄《終軍》八篇。現存《白麟奇木對》《自請使匈奴》等，見《漢書》本傳。嚴蔥奇，本姓莊，西漢吳（今江蘇蘇州）人。《漢書・藝文志》著錄常侍郎莊蔥奇賦十一篇，已佚。

蘇武牧羊圖

寸，目若懸珠，齒若編貝；勇若孟賁，捷若慶忌，廉若鮑叔，信若尾生。若此，可以爲天子大臣矣。臣朔昧死，再拜以聞。」其文辭不遜，高自稱譽。帝偉之，令待詔公車；漸以奇計俳辭得親近，詼達多端，不名一行，然時觀察顏色，直言切諫，帝亦常用之。嘗至太中大夫，與枚皋郭舍人❶俱在左右，但詼啁而已，不得大官，因以刑名家言求試用，辭數萬言，指意放蕩，頗復詼諧，終不見用，乃作《答客難》❷（見《漢書》本傳）以自慰諭。又有《七諫》（見《楚辭》），則言君子失志，自古而然。臨終誡子云：「明者處世，莫尚於中，優哉遊哉，與道相從。首陽爲拙，柳下爲工。飽食安步，以仕代農。依隱玩世，詭時不逢。……聖人之道，一龍一蛇，形見神藏，與物變化，隨時之宜，無有常家。」又黃老意也。朔蓋多所通曉，然先以自衒進身，終以滑稽名世，後之好事者因取奇言怪語，附著之朔；方士又附會以爲神仙，作《神異經》《十洲記》，❸托爲朔造，其實皆非也。

枚皋者字少孺，枚乘孽子也。武帝征乘，道死，詔問乘子，無能爲文者。皋上書自陳，得見，詔使作《平樂觀賦》，善之，拜爲郎，使匈奴。然皋好詼笑，爲賦頌多嫚戲，故不得尊顯，見視如倡，才比東方朔郭舍人。作文甚疾，故所賦甚多，自謂不及司馬相如，而頗詆娸東方朔，又自詆娸。班固云：「其文骫骳，曲隨其事，皆得其意，頗詼笑，不甚閑靡。凡可讀者百二十篇，其尤嫚戲不可讀者尚數十篇。」

至於儒術之士，亦擅文詞者，則有菑川薛人公孫宏，字次卿，元光中賢良對策第一，拜博士，終爲丞相，封平津侯，於是天下學

---

❶ 郭舍人，姓郭名舍人，漢武帝寵幸的藝人。事見《史記·滑稽列傳》。

❷ 《答客難》，《漢書·東方朔傳》：「朔上書陳農戰強國之計，因自訟獨不得大官，欲求試用。其言專商鞅、韓非之語也，指意放蕩，頗復詼諧，辭數萬言，終不見用。朔因著論，設客難己，用位卑以自慰喻。」

❸ 《神異經》，《隋書·經籍書》著錄一卷，仿《山海經》，偏重於記載奇產異物。《十洲記》，《隋書·經籍志》著錄一卷，記漢武帝召東方朔詢問海內十洲物產事。二書均系僞託，

士，靡然向風矣。廣川董仲舒與公孫弘同學，於經術尤著，景帝時已爲博士，武帝即位，舉賢良對策，除江都相，遷膠西相，卒。嘗作《士不遇賦》（見《古文苑》），有云：

> ……觀上世之清輝兮，廉士亦榮榮而靡歸。殷湯有卞隨與務光兮，周武有伯夷與叔齊；卞隨務光遁跡於深山兮，伯夷叔齊登山而採薇。使彼聖賢其繇周邊兮，矧舉世而同迷。若伍員與屈原兮，固亦無所復顧。亦不能同彼數子兮，將遠遊而終古。……

終則謂不若反身素業，歸於一善，托聲楚調，結以中庸，雖爲粹然儒者之言，而牢愁狷狹之意盡矣。

小說家言，時亦興盛。洛陽人虞初[14]，以方士侍郎，號黃車使者，作《周說》九百四十三篇。齊人饒，不知其姓，爲待詔，作《心術》[15]二十五篇。又有《封禪方說》十八篇，不知何人作，然今俱亡。

詩之新制，亦復蔚起。《騷》《雅》遺聲之外，遂有雜言，是爲《樂府》。《漢書》云東方朔作八言及七言詩，各有上下篇，今雖不傳；然元封三年作柏梁台[16]，詔群臣二千石有能爲七言詩，乃得上坐，則其辭今具存，通篇七言，亦聯句之權輿也：

> 日月星辰和四時皇帝，驂駕駟馬從梁來梁王，郡國士馬羽林材大司馬，總領天下誠難治丞相，和撫四夷不易哉

---

[14] 虞初，西漢洛陽（今屬河南）人。《漢書·藝文志》著錄《虞初周說》九四三篇，已佚。

[15] 《心術》，《漢書·藝文志》著錄《待詔臣饒心術》二十五篇。顏師古注：「劉向《別錄》云：饒，齊人也，不知其姓。武帝時待詔，作書名曰《心術》也。」

[16] 柏梁台，《柏梁台詩》收入《古文苑》，有序云：「漢武帝元封三年作柏梁台，詔群臣二千石有能爲七言詩，乃得上座。」柏梁台聯詩後人疑爲僞託。

大將軍，刀筆之吏臣執之御史大夫。（中略）蠻吏朝賀常會期典屬國，柱枅欂櫨相枝持大匠，枇杷橘栗桃李梅太官令，走狗逐兔張罘罳上林令，齧妃女唇甘如飴郭舍人，迫窘詰屈幾窮哉東方朔。

褚少孫[17]補《史記》云：「東方朔行殿中，郎謂之曰：人皆以先生爲狂。朔曰：如朔等，所謂避世於朝廷間者也。古之人乃避世於深山中。時坐席中酒酣，乃據地歌曰——

> 陸沈於俗，避世金馬門。宮殿中，可以避世全身；何必深山之中，蒿廬之下。

亦新體也，然或出後人附會。

五言有枚乘開其先，而是時蘇李別詩[18]，亦稱佳制。蘇武字子卿，京兆杜陵人，天漢元年，以中郎將使匈奴，留不遣。李陵字少卿，隴西成紀人，天漢二年擊匈奴，兵敗降虜，單于以女妻之，立爲右校王；漢夷其族。至元始六年，蘇武得歸，故與陵以詩贈答：

> 攜手上河梁，遊子暮何之。徘徊蹊路側，悢悢不能辭。行人難久留，各言長相思。安知非日月，弦望自有時。努力崇明德，皓首以爲期。（李陵與蘇武詩三首之一）
>
> 二鳧俱北飛，一鳧獨南翔。子當留斯館，我當歸故鄉。一別如秦胡，會見何詎央。愴悢切中懷，不覺淚沾裳。願子長努力，言笑莫相忘。（蘇武別李陵。見《初學

---

⑰ 褚少孫，西漢潁川（今河南禹縣）人。從王式學《魯詩》，爲博士，見《漢書·王式傳》。

⑱ 蘇李別詩，指蘇武、李陵的贈答詩，蘇武《別李陵》見《初學記》卷十八、《古文苑》卷四。李陵《與蘇武詩》三首見《文選·雜詩》。

記》卷十八，然疑是後人擬作）

　　武歸後拜典屬國；宣帝即位，賜爵關內侯，神爵二年（前六十）卒，年八十餘。陵則在匈奴二十餘年，卒，有集二卷。詩以外，後世又頗傳其書問[19]，在《文選》及《藝文類聚》中。

　　參考書——
　　《史記》（卷一百二十六）
　　《漢書》（卷六，二十二，五十一，五十四，六十五，九十三）
　　《樂府詩集》（宋郭茂倩編）
　　《全漢文》（清嚴可均輯）
　　《全漢詩》（丁福保輯）
　　《中國大文學史》（第三編第四章）

[19] 書問，即《李陵答蘇武書》，見《文選》卷四十一及《藝文類聚》卷三十。後人疑是六朝人偽作。《藝文類聚》，唐歐陽詢奉命編纂的類書，一百卷，引錄古籍達一千四百餘種。

第十章

司馬相如與司馬遷

　　武帝時文人，賦莫若司馬相如，文莫若司馬遷[1]，而一則寥寂，一則被刑。蓋雄於文者，常桀驁不欲迎雄主之意，故遇合常不及凡文人。

　　司馬相如字長卿，蜀郡成都人。少時好讀書，學擊劍，故其親名之曰犬子；既學，慕藺相如[2]之爲人，更名相如。以貲爲郎，事景帝。帝不好辭賦，時梁孝王來朝，遊說之士鄒陽枚乘嚴忌等皆從，相如見而悅之，因病免，遊梁，與諸侯遊士居，數歲，作《子虛賦》。武帝立，讀而善之，曰：「朕獨不得與此人同時哉？」蜀人楊得意[3]爲狗監侍帝，因言是其邑人司馬相如作，乃召問相如。相如曰：有是。然此乃諸侯之事，未足觀，請爲天子遊獵之賦。帝令尚書給筆札。相如以「子虛」，虛言也，爲楚稱；「烏有先生」者，烏有此事也，爲齊難；「亡是公」者，亡是人也，欲明天子之

❶ 司馬遷（約前145—約86年），字子長，西漢夏陽（今陝西韓城）人。所撰《史記》，
　　爲我國第一部紀傳體通史。
❷ 藺相如，戰國時趙國人，官至上卿。事蹟見《史記·藺相如傳》。
❸ 楊得意，西漢蜀郡（治今成都）人。《漢書·司馬相如傳》載：「蜀人楊得意爲狗
　　監，侍上。上讀《子虛賦》而善之，曰：「朕獨不得與此人同時哉！」得意曰：「臣
　　邑人司馬相如自言爲此賦。」上驚，乃召問相如。」

司馬相如像

義。故虛借此三人爲辭，以推天子諸侯之苑囿。其卒章歸之於節儉，因以諷諫。其文具存《史記》及《漢書》本傳中；《文選》則以後半爲《上林賦》，或召問後之所續歟？

相如既奏賦，武帝大悅，以爲郎；數歲，作《喻巴蜀檄》❹，旋拜中郎將，赴蜀，通西南夷，以蜀父老多言此事無益，大臣亦以爲然，乃作《難蜀父老》文❺。其後，人有上書言相如使時受金，遂失官，歲餘，復召爲郎。然常閒居，不慕官爵，亦往往託辭諷諫，於遊獵信讒之事，皆有微辭。拜孝文園令。武帝既以《子虛賦》爲善，相如察其好神仙，乃曰：「上林之事，未足美也，尚有靡者。臣嘗爲《大人賦》❻，未就；請具而奏之。」意以爲列仙之儒，居山澤間，形容甚臞，非帝王之仙意。惟彼大人，居於中州，悲世迫隘，於是輕舉，乘虛無，超無友，亦忘天地，而乃獨存也。中有云：

> ……屯余車而萬乘兮，粹雲蓋而樹華旗。使句芒其將行兮，吾欲往乎南娭。……紛湛湛其差錯兮，雜遝膠輵以方馳。騷擾沖蓯其紛挐兮，滂濞泱軋麗以林離。攢羅列聚叢以龍茸兮，衍曼流爛痑以陸離。徑入雷室之砰磷鬱律兮，洞出鬼谷之堀礨崴魁。……時若曖曖將混濁兮，召屏翳，誅風伯，刑雨師。西望昆侖之軋沕荒忽兮，直徑馳乎三危。排閶闔而入帝宮兮，載玉女而與之俱歸。登閬風而遙集兮，亢鳥騰而壹止。低徊陰山翔以紆曲兮，吾乃今

---

❹ 《喻巴蜀檄》，《漢書·司馬相如傳》載：「相如爲郎數歲，會唐蒙使略通夜郎、僰中，發巴蜀吏卒千人，郡又多爲發轉漕萬餘人，用軍興法誅其渠率。巴蜀民大驚恐。上聞之，乃遣相如責唐蒙等，因諭告巴蜀民以非上意。」

❺ 《難蜀父老》，《司馬相如傳》載：「相如使時，蜀長老多言通西南夷之不爲用，大臣亦以爲然。……乃著書，藉蜀父老爲辭，而己詰難之，以風天子，且因宣其使指，令百姓皆知天子意。」《喻巴蜀檄》《難蜀父老》二文均見《漢書》本傳。

❻ 《大人賦》，《漢書·司馬相如傳》載：「相如見上好仙，……以爲列仙之儒居山澤間，形容甚臞，此非帝王之仙意也，乃遂奏《大人賦》。」賦見《漢書》本傳。

日睹西王母，暠然白首戴勝而穴處兮，亦幸有三足烏爲之
使。必長生若此而不死兮，雖濟萬世不足以喜。……

　　既奏，武帝大悅，飄飄有凌雲之氣，似遊天地之間意。蓋漢興
好楚聲，武帝左右親信，如朱買臣等，多以楚辭進，而相如獨變其
體，益以瑋奇之意，飾以綺麗之辭，句之短長，亦不拘成法，與當
時甚不同。故揚雄以爲使孔門用賦，則賈誼升堂，相如入室❼。班
固以爲西蜀自相如遊宦京師，而文章冠天下。蓋後之揚雄，王褒，
李尤❽，固皆蜀人也。然相如亦作短賦，則繁麗之詞較少，如《哀
二世賦》，《長門賦》。獨《美人賦》❾頗靡麗，殆即揚雄所謂
「勸百而諷一，猶騁鄭衛之音，曲終而奏雅」者乎？

　　　　……途出鄭衛，道由桑中，朝發溱洧，暮宿上宮。
　上宮閒館，寂寥空虛，門閤晝掩，曖若神居。臣排其戶
　而造其堂，芳香芬烈，黼帳高張；有女獨處，婉然在床，
　奇葩逸麗，淑質豔光，睹臣遷延，微笑而言曰：「上客何
　國之公子，所從來無乃遠乎？」遂設旨酒，進鳴琴。臣遂
　撫弦爲《幽蘭》《白雪》之曲。女乃歌曰：「獨處室兮廓
　無依，思佳人兮情傷悲。有美人兮來何遲？日既暮兮華色
　衰，敢託身兮長自私。」玉釵掛臣冠，羅袖拂臣衣。時日
　西夕，玄陰晦冥，流風慘冽，素雪飄零，閒房寂謐，不聞
　人聲。……臣乃脈定於内，心正於懷，信誓旦旦，秉志不
　回，翻然高舉，與彼長辭。

---

❼ 賈誼升堂，相如入室，語見《漢書‧藝文志》，意謂相如辭賦造詣高於賈誼。

❽ 王褒，字子淵，西漢蜀郡資中（今四川資陽）人。所撰《聖主得賢臣頌》，見《漢
　書‧王褒傳》。又有俳文《僮約》，見《藝文類聚》卷三十五。李尤，字伯仁，東漢
　廣漢雒（今四川廣漢）人。受詔與劉珍等撰《漢記》，又撰有賦、銘多篇及《七歎》
　《哀典》等。

❾ 《長門賦》，相如爲謫居長門宮的陳皇后作。收入《文選》。《美人賦》，司馬相如
　遊梁時作。揚雄語見《漢書‧司馬相如傳贊》。

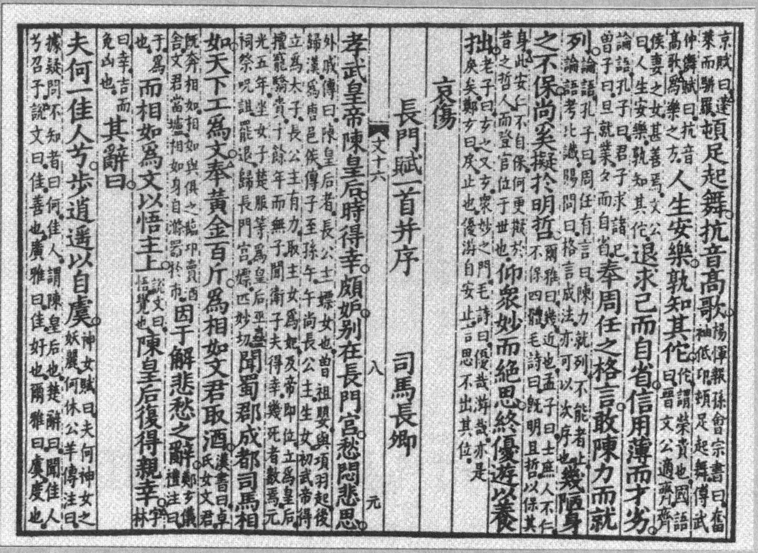

《文選・司馬相如・長門賦》內頁

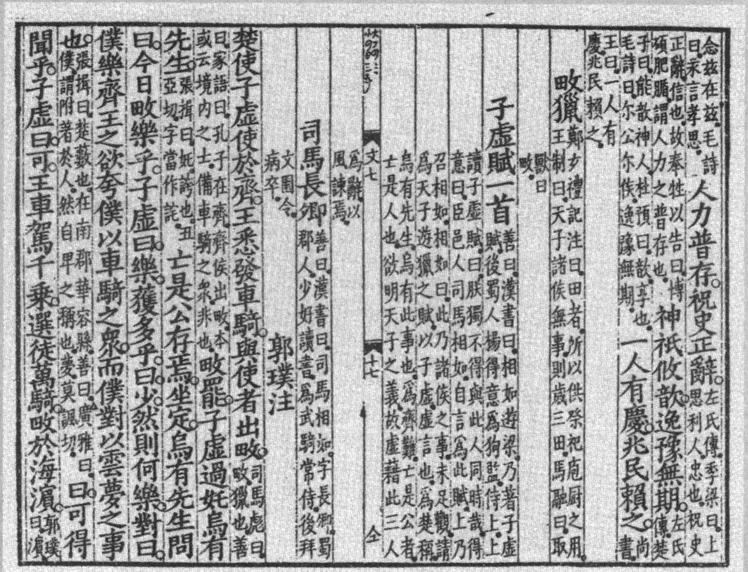

《文選・司馬相如・子虛賦》內頁

相如既病免，居茂陵，武帝聞其病甚，使所忠❿往取書，至則已死（前一一七）。僅得一卷書，言封禪事。蓋相如嘗從胡安⓫受經。故少以文詞遊宦，而晚年終奏封禪之禮矣。於小學，則有《凡將篇》⓬，今不存。然其專長，終在辭賦，製作雖甚遲緩，而不師故轍，自擅妙才，廣博閎麗，卓絕漢代，明王世貞⓭評《子虛》《上林》，以爲材極富，辭極麗，運筆極古雅，精神極流動，長沙有其意而無其材，班張潘有其材而無其筆，子雲有其筆而不得其精神流動之處云云⓮，其爲歷代評家所傾倒，可謂至矣。

司馬遷字子長，河內人，生於龍門，年十歲誦古文，二十而南遊吳會，北涉汶泗，遊鄒魯，過梁楚以歸，仕爲郎中。父談⓯，爲太史令，元封初卒。遷繼其業，天漢中李陵降匈奴，遷明陵無罪，遂下吏，指爲誣上，家貧不能自贖，交遊莫救，卒坐宮刑。被刑後爲中書令，因益發憤，據《左氏》，《國語》；采《世本》，《戰國策》；述《楚漢春秋》⓰，終成《史記》一百三十篇⓱，始於

---

❿ 所忠，武帝近臣，事蹟散見《食貨志》《郊祀志》等。

⓫ 胡安，西漢蜀郡臨邛（今屬四川）人。清嘉慶《邛州直隸州志》卷三十四《人物志》載：「胡安，舊志臨邛人，聚徒教授白鶴山點易洞。先生明天文曆象陰陽之數，司馬相如從學焉。後乘鶴仙去。」

⓬ 《凡將篇》，《漢書·藝文志》：「武帝時司馬相如作《凡將篇》，無複字。元帝時黃門令史遊作《急就篇》，成帝時將作大匠李長作《元尚篇》，皆《蒼頡》中正字也。《凡將》則頗有出矣。」宋代已佚。

⓭ 王世貞（1526－1590年），字元美，號鳳洲，弇州山人，明太倉（今屬江蘇）人。撰有《弇州山人四部稿》《藝苑卮言》等。

⓮ 長沙，指賈誼。班、張、潘，指班固、張衡、潘嶽。子雲，指揚雄。

⓯ 談，司馬談（前？－110年），西漢夏陽（今陝西韓城）人，武帝時任太史令。所撰《論六家之要指》，見《太史公自序》中。

⓰ 《左氏》，《春秋左氏傳》，即《左傳》，相傳係春秋時左丘明所作。是一部依據《春秋》記述當時各國史事的編年體史書。《國語》，《漢書·藝文志》著錄二十一篇，相傳爲左丘明撰。《世本》，《漢書·藝文志》著錄十五篇，戰國時史官編撰。原書已佚，現有清人輯本多種。《戰國策》，《漢書·藝文志》著錄三十三篇，戰國時各國史官或策士所輯，西漢劉向編訂。《楚漢春秋》，《漢書·藝文志》著錄九篇，西漢陸賈撰。原書已佚，現有清人輯本。

⓱ 《史記》一百三十篇，《史記》全書有表十篇、本紀十二篇、書八篇、世家三十篇、列傳七十篇，共一百三十篇。

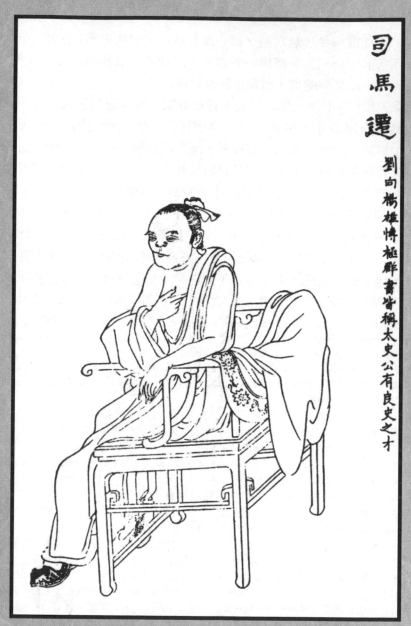

司馬遷

劉向揚雄博極群書皆稱太史公有良史之才

司馬遷像

黃帝，中述陶唐[18]，而至武帝獲白麟止，蓋自謂其書所以繼《春秋》也。其友益州刺史任安[19]，嘗責以古賢臣之義，遷報書有云：

《史記》內頁

　　……所以隱忍苟活，函糞土之中而不辭者，恨私心有所不盡，鄙沒世而文采不表於後也。古者富貴而名摩滅不可勝記，惟倜儻非常之人稱焉。蓋西伯拘而演《周易》；仲尼厄而作《春秋》；屈原放逐，乃賦《離騷》；左丘失明，厥有《國語》；孫子臏腳，《兵法》修列。……《詩》三百篇，大抵賢聖發憤之所爲作也。此人皆意有所鬱結，不得通其道，故述往事，思來者。及如左丘明無目，孫子斷足，終不可用，退論書策，以舒其憤，思垂空文以自見。僕竊不遜，近自托於無能之辭，網羅天下放失舊聞，考之行事，稽其成敗興衰之理，凡百三十篇。亦欲以究天人之際，通古今之變，成一家之言。草創未就，適會此禍，惜其不成，是以就極刑而無慍色。僕誠已著此書，藏之名山，傳之其人，通邑大都，則僕償前辱之責，雖萬被戮，豈有悔哉？然此可爲智者道，難爲俗人言也！……

❿ 陶唐，即帝堯。堯初定居陶丘（今山東定陶），後遷於（今河北唐縣），故稱陶唐氏。

❾ 任安（前？－91年），字少卿，西漢滎陽（今屬河南）人。徵和二年巫蠱之禍起，太子被誣謀逆，任受牽連，被判腰斬。他在獄中致書司馬遷，司馬遷回書，此書即《報任安書》。

遷死後，書乃漸出；宣帝時，其外孫楊惲[20]祖述其書，遂宣佈焉。班彪[21]頗不滿，以爲「采經摭傳，分散數家之事，甚多疏略，或有牴牾。亦其涉略者廣博，貫穿經傳，馳騁古今上下數千載間，斯以勤矣。又其是非頗繆於聖人；論大道則先黃老而後六經，序遊俠則退處士而進奸雄，述貨殖則崇埶利而羞貧賤，此其所蔽也。」漢興，陸賈作《楚漢春秋》，是非雖多本於儒者，而太史職守，原出道家，其父談亦崇尙黃老，則《史記》雖繆於儒術，固亦能遠紹其舊業者矣。況發憤著書，意旨自激，其與任安書有云：「仆之先人，非有剖符丹書之功，文史星曆，近乎卜祝之間，固主上所戲弄，倡優畜之，流俗之所輕也。假令仆伏法受誅，若九牛亡一毛，與螻蟻何異。」恨爲弄臣，寄心楮墨，感身世之戮辱，傳畸人於千秋，雖背《春秋》之義，固不失爲史家之絕唱，無韻之《離騷》矣。惟不拘於史法，不囿於字句，發於情，肆於心而爲文，故能如茅坤[22]所言：「讀遊俠傳即欲輕生，讀《屈原》《賈誼傳》即欲流涕，讀《莊周》《魯仲連傳》即欲遺世，讀《李廣傳》即欲立鬥，讀《石建傳》即欲俯躬，讀《信陵》《平原君傳》即欲養士」也。

　　然《漢書》已言《史記》有缺[23]，於是續者紛起，如褚先生，馮商，劉歆[24]等。《漢書》亦有出自劉歆者，故崔適[25]以爲《史記》

---

[20] 楊惲（前？—54年），字子幼，西漢華陰（今屬陝西）人。《漢書·司馬遷傳》載：「遷既死後，其書稍出。宣帝時，遷外孫平通侯楊惲祖述其書，遂宣佈焉。」

[21] 班彪（3—54年），字叔皮，東漢扶風安陵（今陝西咸陽）人。

[22] 茅坤（1512—1601年），字順甫，號鹿門，明歸安（今浙江吳興）人。引文見《茅鹿門先生文集》卷一《與蔡白石太守論文書》。

[23] 《史記》有缺，《漢書·司馬遷傳》列舉《史記》篇目後云：「而十篇缺，有錄無書。」劉知幾《史通·古今正史》以爲「十篇未成，有錄而已」。

[24] 褚先生，即褚少孫，西漢潁川（今河南禹縣）人。從王式學《魯詩》，爲博士，見《漢書·王式傳》。馮商，字子高，西漢陽陵（今陝西高陵）人，《漢書·藝文志》著錄馮商所續《太史公》七篇。劉歆（？—23年），字子駿，受詔與父向領校祕書，撰成《七略》。原有《劉歆集》，已散佚，明人輯有《劉子駿集》。

[25] 崔適（1854—1924年），字懷謹，一字觶甫，浙江吳興人，曾任北京大學教授。著有《春秋復始》《史記探源》等書。

  魯迅中國小説史略漢文學史綱要

之文有與全書乖、與《漢書》合者，亦歆所續也；至若年代懸隔，章句割裂，則當是後世妄人所增與鈔胥所脫云。

遷雄於文，而亦愛賦，頗喜納之列傳中。於《賈誼傳》錄其《弔屈原賦》及《服賦》，而《漢書》則全載《治安策》，賦無一也。《司馬相如傳》上下篇，收賦尤多，爲《子虛》（合《上林》），《哀二世》，《大人》等。自亦造賦，《漢志》云八篇，今僅傳《士不遇賦》一篇，明胡應麟[26]以爲僞作。

至宣帝時，仍修武帝故事，講論六藝群書，博盡奇異之好；徵能爲楚辭者，於是劉向，張子僑，華龍，柳襃[27]等皆被召，待詔金馬門。又得蜀人王襃字子淵，詔之作《聖主得賢臣頌》，與張子僑等並待詔。襃能爲賦頌，亦作俳文；後方士言益州有金馬碧雞之寶，宣帝詔襃往祀，於道病死。

參考書——
《史記》（卷一百十七，一百三十）
《漢書》（卷五十七，六十二，六十四）
《史記探源》（崔適）
《中國大文學史》（第三編第四及第五章）
《支那文學史綱》（第三篇第六章）
《支那文學之研究》（日本鈴木虎雄）第一卷

〈全書終〉

---

[26] 胡應麟（1551—1602年），字元瑞，號少室山人，明蘭溪（今屬浙江）人。所撰《少室山房筆叢》，《明史·藝文志》著錄三十二卷，又續集十六卷。

[27] 劉向（約前77—6年），本名更生，字子政，西漢沛（今江蘇沛縣）人。曾於天祿閣領校群書，撰成《別錄》。原有《劉向集》六卷，已散佚，明人輯有《劉中壘集》。張子僑，又作張子，《漢書·藝文志》著錄光祿大夫張子僑賦三篇，已佚。華龍，事蹟附見《漢書·蕭望之傳》，《漢書·藝文志》著錄漢中都尉丞華龍賦二篇，已佚。柳襃，著作不詳。

國家圖書館出版品預行編目資料

中國小說史略，魯迅著 -- 初版，--新北市：
新視野New Vision, 2022.06
　　面；　公分 . --
　　ISBN 978-626-95822-1-1（平裝）
1.CST：中國小說　2.CST：中國文學史

820.97　　　　　　　　　　　　111005295

中國小說史略

魯迅　著

主　　編　林郁
出　　版　新視野 New Vision
製　　作　新潮社文化事業有限公司
　　　　　電話：(02) 8666-5711
　　　　　傳真：(02) 8666-5833
　　　　　E-mail：service@xcsbook.com.tw
印前作業　東豪印刷事業有限公司
印刷作業　福霖印刷有限公司

總 經 銷　聯合發行股份有限公司
　　　　　新北市新店區寶橋路 235 巷 6 弄 6 號 2F
　　　　　電話：(02) 2917-8022
　　　　　傳真：(02) 2915-6275

初　　版　2022 年 07 月